CHR

Originaire du nord de la France, Cévenol d'esprit et de cœur depuis plus de quarante ans, Christian Laborie fut professeur d'histoire-géographie. Auteur de plus d'une vingtaine de romans ayant le plus souvent les Cévennes comme cadre, il a notamment publié *Les Rives blanches*, puis la grande saga de la famille Rochefort, qui comprend *Les Rochefort*, *L'Enfant rebelle*, *Le Goût du soleil*, *La Promesse à Élise* et *L'Héritier du secret*. Tous ont paru aux Presses de la Cité. *Les Bonheurs de Céline* et *Les Enfants de Val Fleuri* ont paru en 2020 chez le même éditeur.

DANS LES YEUX
D'ANA

CHRISTIAN LABORIE

DANS LES YEUX D'ANA

PRESSES DE LA CITÉ

© Presses de la Cité, un département place des éditeurs, 2018, et 2019
pour la présente édition
ISBN : 978-2-266-30565-5
Dépôt légal : janvier 2021

Avertissement

Ce roman est une fiction. Si l'auteur a pris quelques libertés avec la géographie, certains événements et les quelques personnages ayant vécu à l'époque et qu'il a mis en scène, les faits auxquels il se réfère ont été transcrits avec la volonté de rester fidèle au contexte historique.

Prologue

Suisse, 11 août 1969

Philippe venait de boucler le coffre de la voiture et attendait impatiemment sa femme devant chez eux. Ana ne se précipitait jamais quand arrivait le moment d'un départ. Elle n'aimait pas quitter sa maison, même pour prendre quelques jours de vacances. En dehors de chez elle, elle perdait vite ses repères, comme si, soudain, quelque chose en elle se réveillait et lui rappelait combien elle avait souffert avant de ressentir cette certitude que plus jamais elle ne serait une transfuge, une étrangère.

A quarante et un ans, elle était une femme accomplie, sûre d'elle-même, qui affirmait que le destin n'était pas tracé de façon inéluctable. Chacun, pensait-elle, peut influer sur sa vie en prenant à temps les décisions qui s'imposent et en refusant la fatalité. Lucide et clairvoyante, elle gardait toujours l'espoir de renverser les remparts qui se dressaient devant elle depuis son plus jeune âge, depuis l'époque où son existence avait basculé dans le drame. Elle songeait fréquemment à une anecdote qu'un de ses amis lui avait racontée quand elle était encore étudiante sur les bancs de la faculté :

« Sais-tu que la mère d'Hitler avait eu l'intention d'avorter ? Tu imagines les conséquences ! Nous n'aurions pas connu toutes ces horreurs de la guerre. »

Ana était consciente qu'une telle éventualité aurait radicalement changé le cours de son existence et celui de l'Histoire. Ne devait-elle pas la vie à de nombreuses personnes qui, dans l'anonymat, l'avaient aidée, et sans lesquelles elle ne serait pas devenue ce qu'elle était aujourd'hui ?

« A quoi tient la destinée du monde ? avait-elle répondu à son ami. Peut-on appeler cela le hasard ou faut-il croire à l'intervention d'un Dieu aux volontés impénétrables ? »

Ana n'avait jamais caché à quiconque ses origines juives. Son seul nom, Goldberg, ne laissait aucun doute sur la provenance de ses ancêtres. A Lausanne, où elle avait vécu son adolescence et où elle s'était établie une fois achevée ses études de droit à Genève, on ne lui avait jamais fait de remarques désobligeantes à ce sujet. Elle avait assumé sa judéité sans problème, sans avoir besoin de se dissimuler derrière un autre nom. Elle aurait pu se faire appeler Montagne ou Orsini comme cela avait été le cas pendant la guerre. Mais elle avait toujours arboré fièrement le nom que ses parents lui avaient laissé en héritage, le nom auquel elle devait le sens de sa vie. Lors de son mariage avec Philippe, elle avait accepté non sans mal d'abandonner son patronyme au profit du sien : Latour. Mais, sur les lettres qu'elle envoyait, elle n'omettait jamais d'y ajouter Goldberg, comme pour marquer son droit à la différence. Elle avait longtemps souffert du regard des autres, du simple étonnement de ceux qui lui demandaient systématiquement : « C'est de quelle origine, votre nom ? Allemande… ou juive, peut-être ? »

Mais avec le temps et la maturité acquise devant les difficultés de la vie, Ana s'était forgé une carapace à toute épreuve qui lui avait toujours valu le respect, jamais l'indifférence ni le mépris.

En cet été 1969, Philippe avait décidé Ana à passer deux semaines sur la Côte d'Azur, à Eze-Village, une charmante petite commune perchée en balcon sur les flots bleus de la Méditerranée. Depuis leur mariage quatre ans plus tôt, ils n'avaient pris aucun congé, accaparés tous les deux par l'agence immobilière que Philippe dirigeait et qu'il avait héritée à la mort de son père, la même année. Celui-ci, français de souche, s'était installé en Suisse à l'approche de la cinquantaine afin d'échapper au fisc. Philippe l'avait rejoint, avec beaucoup de réticences, car il n'appréciait pas cette façon peu patriote d'agir. Mais son sens des affaires avait fini par l'emporter sur ses scrupules.

Ana était devenue son associée à part entière. Ils se partageaient les responsabilités et veillaient chacun sur un secteur d'activité. Philippe contrôlait, en qualité de syndic, la gestion des immeubles de grand standing, Ana se réservait la recherche et la vente des maisons individuelles et des appartements. A Lausanne, ils détenaient la plus grande société immobilière de la ville. Ils employaient plusieurs dizaines de salariés et leurs locaux occupaient tout un étage d'un building dominant de sa hauteur les rives du lac Léman. Si Philippe tenait son entreprise de son père, il devait sa réussite fulgurante à Ana. Celle-ci l'avait incité à prendre des initiatives qui avaient dynamisé sa société et l'avaient hissée au rang des plus puissantes du pays helvétique.

Après le passage de la frontière à Annemasse, ils prirent la direction de Grenoble afin d'éviter l'autoroute du Soleil. Le trafic était intense à cause des camions qui descendaient vers le sud et des derniers départs en vacances. Philippe roulait prudemment. Il avait réservé une chambre dans un hôtel de Barcelonnette où il avait tenu à faire étape. Il connaissait bien la petite ville des Basses-Alpes[1] où, plus jeune, il avait accompli son service militaire dans les chasseurs alpins, juste avant de partir en Algérie et de rejoindre son père en Suisse.

Ana alluma l'autoradio.

— Ça passe mal, ronchonna-t-elle.

— C'est à cause des montagnes.

Elle stoppa net ses recherches sur sa chanson préférée, *Chez Laurette*.

— Que de bons souvenirs ! dit-elle, la voix pleine d'émotion. Michel Delpech… C'est sur *Laurette* que nous nous sommes aimés la première fois.

— Ce n'est pas si loin. Cinq ans tout juste. On l'entendait souvent à l'époque de *Salut les copains*.

— Rappelle-moi qui animait cette émission de radio.

---

1. Alpes-de-Haute-Provence depuis 1970.

— Daniel Filipacchi, sur Europe 1. Mais je crois qu'ils viennent de supprimer l'émission, faute d'audience.

— C'était pour les minots de quinze-seize ans. Sarah n'écoutait que ça quand elle rentrait du lycée.

— Ta fille était de son temps.

— Elle l'est restée et je ne le lui reproche pas. D'ailleurs, elle ne m'a jamais déçue. Aujourd'hui, à vingt-quatre ans, elle a brillamment terminé ses études et vient d'obtenir un poste d'assistante auprès d'un diplomate français à l'ONU. Que demander de plus pour son enfant ?

— Elle suit le chemin de son grand-père. Tu m'as bien dit que ton père se destinait à la diplomatie ?

— C'est exact. S'il n'avait pas été juif, il aurait sans doute travaillé dans une ambassade. C'est une histoire affligeante dont je n'aime pas parler.

— Pardonne-moi, j'avais oublié.

Ana évoquait rarement ses parents, leurs origines, leur vie. Elle ne faisait jamais allusion aux années de son enfance, qu'elle gardait dans sa mémoire comme un jardin secret auquel même Philippe n'avait pas accès. En revanche, elle ne cachait pas la fierté qu'elle éprouvait pour sa fille. Elle l'avait élevée seule, après sa naissance en 1945. Elle ne lui avait compté ni son temps ni sa peine afin qu'elle ne manque de rien et n'ait pas à souffrir de l'absence du père qu'elle n'avait pu lui donner. Elle ne s'était jamais étendue devant elle sur ce sujet. Et Sarah avait toujours respecté les silences de sa mère.

Lorsque celle-ci lui avait présenté Philippe, elle venait de fêter ses dix-neuf ans. Ana ne savait pas comment lui annoncer la nouvelle. Elle n'eut guère besoin de lui fournir les détails de leur rencontre. Sarah comprit aussitôt ce que sa mère essayait maladroitement de lui avouer.

« Tu as enfin rencontré l'homme de ta vie, s'était-elle contentée de lui dire. Je suis heureuse pour toi, maman. »

— Ta fille te ressemble, poursuivit Philippe. Elle est l'image de la tolérance et de la gentillesse. Quand je l'ai vue la première fois, je t'ai reconnue dans ses yeux. Je me suis dit immédiatement : ce sont les yeux d'Ana, le même regard. J'ai compris qu'elle ne me repousserait pas.

Philippe jeta un coup d'œil ému en direction de sa femme et, tenant son volant d'une main, lui caressa la joue.

— Fais attention à ta conduite, le rappela-t-elle à l'ordre. Ce n'est pas le moment d'avoir un accident. Si tu veux m'embrasser, arrête-toi sur le bord de la route, je n'y suis pas opposée !

— Je crois que ça peut attendre. Nous sommes loin d'être arrivés.

Ana fit mine de se vexer, puis, le sourire aux lèvres, ajouta :

— Comme c'est bon finalement d'être libérés du boulot ! Nous allons passer deux semaines en amoureux, loin du tumulte de l'agence. Ça nous fera le plus grand bien.

— Tu te souviens de la première fois que je t'ai courtisée ?

— Bien sûr ! Comment pourrais-je oublier ?

— Tu travaillais déjà à l'agence pour mon père. Moi, je ne t'avais pas remarquée. Tu paraissais tellement sérieuse !

— Et toi tellement jeunot !

— Oh, je n'ai que dix ans de moins que toi ! Ce n'est pas énorme.

— Pour tes parents, ça n'a pas été évident de voir leur fils fréquenter une femme plus âgée que lui, qui plus est mère célibataire d'une fille de dix-neuf ans.

— Et juive de surcroît ! Même si tu étais appréciée par mon père en tant qu'assistante de direction, l'affaire était loin d'être dans le sac. C'est surtout ma mère qui tiquait sur le fait que tu avais eu une fille hors mariage.

— Ah, les préjugés !

Ana et Philippe remuaient avec plaisir leurs souvenirs tout en poursuivant leur route.

— A la soirée organisée par Jean-François, quand tu es arrivée dans ta robe longue de gala, j'ai été aussitôt subjugué. Tu étais sublime. Tu t'étais à peine maquillée, tes yeux scintillaient comme deux étoiles au firmament et tes cheveux ondulaient sur tes épaules… Je n'ai pas pu détacher mon regard de toi pendant toute la soirée. Puis lorsque je t'ai abordée pour t'inviter à danser… tu te rappelles… j'ai trébuché et failli renverser ma coupe de champagne dans ton décolleté. Tu as ri. Ensuite tu m'as regardé comme si tu me voyais pour la première fois…

— Moi aussi, je suis tombée amoureuse à ce moment-là ! Alors que je croyais que ça ne m'arriverait plus.

Philippe arrêta sa voiture dans une station-service. Avant de sortir faire le plein, il enlaça Ana, l'embrassa tendrement, d'abord dans le cou, puis derrière l'oreille, là où il aimait s'enivrer de l'odeur de son parfum.

Il l'étreignit amoureusement comme à leur première rencontre.

— Eh, les tourtereaux ! les interrompit le pompiste. Je vous dérange, peut-être ! Quelqu'un attend son tour derrière vous. Alors, je vous fais le plein ?

Ana se ressaisit, un peu confuse de s'être laissé surprendre. Philippe ne se départit pas de son calme et sortit du véhicule, la clé de contact à la main.

— Oui, s'il vous plaît… Dites-moi, on est encore loin de Barcelonnette ?

— Oh, vous en avez bien pour deux bonnes heures !

Ils reprirent leur route sans s'attarder.

— Le pompiste n'avait pas l'air commode, releva Ana. Tu as vu comme il nous a dévisagés ! Il a dû remarquer notre différence d'âge. Ça l'a choqué.

— Cesse donc de faire une fixation sur notre différence d'âge. Elle ne se perçoit absolument pas. Et quand bien même elle se verrait, l'opinion des autres n'a aucune importance. C'est toujours ce que tu m'as expliqué quand tu te sentais observée bizarrement parce que juive.

— Ce n'est pas le même regard que nous portent ceux qui nous jugent. La société n'est pas prête à accepter l'amour d'une femme pour un homme plus jeune qu'elle. Ça ne se fait pas. Ce n'est pas dans les mœurs.

— Ça le deviendra. Tiens, rallume plutôt la radio. Ça nous changera les idées.

Ils filaient maintenant en direction du col d'Allos. Barcelonnette n'était plus très loin.

— Ecoute, nota Philippe. Israël a bombardé un camp de réfugiés palestiniens.

Le commentateur des actualités donnait tous les détails de l'événement qui faisait la une des informations.

— Je n'approuve pas les attaques des Israéliens contre les Palestiniens, déplora Ana. On devrait tous s'unir pour vivre en paix dans cette partie du monde. Mon sang bout dans mes veines quand j'entends que des femmes, des enfants, des vieillards sont victimes de l'intransigeance et de la barbarie des hommes et qu'ils meurent sous les bombes dans l'indifférence générale des grandes nations.

— Ça te rappelle ton enfance. Je te comprends.

Ana n'admettait pas que le peuple de ses origines inflige à son tour à autrui les mêmes souffrances que celles endurées par ses parents avant et pendant la guerre.

— Je ne supporte pas la violence. J'en ai trop pâti.

Elle éteignit la radio.

— Je ne veux plus écouter les actualités pendant notre séjour, dit-elle. J'ai besoin de calme et de sérénité.

Elle se rembrunit subitement.

Ana parvenait mal à dissimuler sa mélancolie dans ses moments de nostalgie. Philippe ne la comprenait pas toujours quand elle lui fermait ainsi la porte de son cœur bouleversé. Il se sentait coupable de l'avoir froissée, de la faire souffrir, alors qu'il n'était pour rien dans ses états d'âme. Plus il tentait de percer ce qui la chagrinait, plus elle se cabrait et se réfugiait dans le mutisme.

Entre eux subsistait un sujet tabou : l'enfant qu'ils n'avaient pas eu. Très vite, après leur mariage, ils avaient

17

souhaité donner un frère à Sarah. Ana approchait de la quarantaine, les années lui étaient comptées. Mais la vie en décida autrement. Ana ne tomba jamais enceinte en dépit de tous leurs efforts. Les médecins avaient certifié que ni l'un ni l'autre n'était stérile. Ana en avait alors conclu que le traumatisme de la guerre, qu'elle avait subi, était sans doute responsable de sa propre déficience. Maladroitement, Philippe lui rappelait parfois qu'il aurait été le plus heureux des pères mais qu'il considérait Sarah comme sa fille malgré le peu d'années qui les séparaient. Ana n'était pas dupe. Elle comprenait bien que Philippe ne pouvait prendre sa fille pour la sienne. Ils n'avaient que sept ans d'écart.

Un jour, tandis qu'ils discutaient de leur avenir de couple, elle lui répliqua sans animosité :

« Si tu ne m'avais pas rencontrée la première, tu aurais pu épouser Sarah. La différence d'âge aurait été en ta faveur et tu n'aurais pas eu à subir les remarques désobligeantes que nous avons dû entendre ni les réticences de tes parents. »

Ana ne faisait jamais de reproches à Philippe. Elle l'aimait sans retenue, comme on aime à vingt ans, mais elle craignait qu'avec le temps la différence d'âge ne l'écarte d'elle. A l'agence, elle l'observait parfois bavarder avec ses secrétaires, toutes des filles d'une vingtaine d'années. La plupart étaient célibataires et, croyait-elle, prêtes à se laisser embobiner par les beaux discours d'un patron volage. Heureusement, Philippe n'était pas de cette veine-là. Mais au fond d'elle-même, Ana ne pouvait s'empêcher de songer à un accident de parcours de sa part.

— Tu me le dirais si tu avais une liaison avec une jeune femme ? lui demanda-t-elle soudain.

Surpris par sa question, Philippe détourna le regard de sa route.

— Qu'est-ce qui te prend tout à coup ? Pourquoi me demandes-tu cela ?

— Tu me le dirais ? insista-t-elle.

— Mais… je n'ai pas l'intention de te tromper, voyons, ma chérie. Ta question est stupide.

— Tu sais… je comprendrais très bien que tu veuilles aller butiner ailleurs. Ensemble, nous n'aurons jamais d'enfant. Maintenant, de toute façon, il est trop tard. Je suis trop vieille.

— Qu'est-ce que tu racontes ! Tu n'es pas vieille. Regarde-toi. Tu ressembles à une gamine, avec ton jean et tes cheveux au vent. Tu parais aussi jeune que Sarah. D'ailleurs, quand je vous observe toutes les deux côte à côte, j'ai l'impression de voir deux sœurs.

— Tu dis cela pour me flatter. Mais tu n'en penses pas un mot.

— Si j'avais eu envie d'avoir un enfant, j'aurais épousé une femme plus jeune.

— Ah, tu vois que tu y penses !

— Que je pense à quoi ?

— A mon âge. Aux années qui nous séparent. Quand j'aurai dix ans de plus, et le visage plein de rides, tu auras honte de ta femme. Alors, tu regretteras de m'avoir épousée.

— Cesse donc de dire des bêtises… Prends plutôt la carte dans le vide-poches et indique-moi où nous nous trouvons. J'ai l'impression que je me suis égaré. A cette heure-ci, nous devrions être arrivés à Barcelonnette. J'ai dû rater la bonne route au dernier carrefour.

Philippe n'aimait pas discuter de tels sujets au volant, Ana étant particulièrement sensible lorsqu'il s'agissait de leur couple. Il était conscient que leur différence d'âge pouvait devenir un objet de discorde. Perturbé, il s'énerva en s'apercevant qu'il avait roulé plus de vingt kilomètres dans une mauvaise direction.

— A cause de tes sottises, nous allons arriver après la tombée de la nuit, lui reprocha-t-il.

— Ce n'est pas ma faute si tu t'es engagé sur une mauvaise route ! Tu n'avais qu'à faire attention. C'est toi qui conduis !

— Tu m'as distrait avec tes considérations qui ne tiennent pas debout.

La conversation s'envenimait. Ana semblait chagrinée et s'en voulait déjà d'avoir froissé la susceptibilité de son mari.

— Pardonne-moi, lui dit-elle en posant sa main sur la sienne, tandis qu'il prenait le pommeau du levier de vitesse pour rétrograder. Je n'aurais pas dû te taquiner.

Philippe mit le clignotant à droite, ralentit, s'arrêta sur le bas-côté et consulta la carte Michelin.

— C'est bien ce que je pensais. Je me suis trompé. Il ne reste plus qu'à faire demi-tour.

La nuit était tombée depuis un bon quart d'heure et il commençait à pleuvoir.

— Il ne manquait plus que ça ! maugréa Philippe. J'ai horreur de conduire quand il pleut. Avec l'obscurité, je n'y vois rien à cause de la réverbération de la chaussée.

— Veux-tu que je prenne le volant ?

— Non. Tu n'aimes pas conduire. Ça va aller. On n'en a plus pour longtemps.

Il rebroussa chemin et, une vingtaine de kilomètres plus loin, retrouva sa route. Celle-ci était encombrée de camions qui se dirigeaient en sens contraire vers Grenoble. Les essuie-glaces de la Peugeot crissaient sur le pare-brise et laissaient des traces devant les yeux de Philippe.

— J'aurais dû les changer avant de partir. On n'y voit rien.

Au lieu de ralentir, il accéléra pour doubler une four-gonnette qui gênait son champ de vision. En face de lui, un semi-remorque le rappela à l'ordre et l'éblouit. Il se rangea immédiatement.

— Sois prudent, lui dit Ana, soudain prise de panique. Ces conducteurs de poids lourds sont de vrais chauffards ! La route leur appartient. Ils n'ont pas conscience du danger qu'ils représentent.

Philippe était crispé.

— Vivement que nous arrivions ! Je commence à en avoir marre. Je fatigue.

Ana passa sa main dans son cou pour le détendre.

Mal lui en prit.

Philippe détourna son regard vers elle.

Il dévia de sa trajectoire, roulant sur le côté gauche de la chaussée.

Devant lui, un autre camion, lancé à pleine vitesse, lui fit des appels de phares répétés, l'éblouissant encore plus.

Philippe perdit le contrôle de son véhicule. Sa 404 Peugeot zigzagua d'un bord à l'autre de la route.

Se retrouva bientôt face au poids lourd qui ne cessait de klaxonner.

A la dernière minute, Philippe donna un coup de volant sur sa droite et évita de justesse le monstre d'acier. Mais il ne put redresser sa direction. La chaussée était glissante.

La Peugeot sortit de la route, fit plusieurs tonneaux avant de s'écraser contre un arbre en contrebas.

Dans le silence de la nuit, deux corps gisaient, ensanglantés, dans une carcasse de voiture disloquée, seuls, l'un contre l'autre, comme si, dans un ultime souffle de vie, ils avaient voulu demeurer unis envers et contre tout, pour l'éternité.

Première partie

L'HÉRITAGE

1

La lettre

Lausanne, vendredi 25 avril 1975

Sarah Goldberg ressemblait beaucoup à sa mère dont elle était le parfait portrait, au dire de ceux qui les avaient connues toutes les deux. Dynamique dans son travail, secrète dans sa vie privée, elle n'aimait pas se perdre dans les futilités et appréciait la franchise et la droiture. Mais elle refusait d'être sans cesse comparée à elle. Ana avait disparu quelques années auparavant dans un tragique accident de la route. Elle lui avait consacré toutes ses années de jeunesse et ne s'était résolue à vivre pleinement sa vie qu'à l'aube de la quarantaine. Malheureusement le destin en avait décidé autrement. Ana n'avait connu le bonheur d'être une femme libérée que cinq ans à peine.

Depuis le décès de sa mère, Sarah se rendait au cimetière tous les jours, au retour de son travail, et fleurissait sa tombe chaque semaine. Elle avait conscience du sacrifice qu'elle lui avait consenti. A présent qu'en elle-même elle avait retrouvé la sérénité et qu'elle était parvenue à mettre définitivement un terme à son deuil, elle ne souhaitait plus qu'on vienne lui rappeler combien elle lui était redevable. Elle aussi aspirait à devenir une femme libre et surtout à pouvoir vivre dans la société qui l'entourait sans avoir à souffrir de sa différence.

Etre juive dans ce dernier quart du XXe siècle ne suscitait plus de réactions de rejet comme jadis, mais la tension montait dangereusement entre les partisans d'un Etat d'Israël puissant et capable de résister à ses voisins et ceux qui, soutenant la liberté des peuples et le droit à l'autodétermination, appuyaient les thèses palestiniennes au Moyen-Orient. L'Etat juif était parfois l'objet de vives critiques, et des attentats sanglants marquaient l'actualité, même à l'intérieur des pays européens.

Aussi Sarah prenait-elle son travail à cœur. A trente ans, attachée diplomatique à l'ONU, elle se trouvait souvent au centre des arcanes de la politique et des tractations secrètes des hommes d'Etat. Elle avait conscience que le monde n'allait pas faire l'économie de violents affrontements dans les décennies à venir, étant donné la montée en puissance des courants islamistes et le jeu dangereux des grandes puissances vis-à-vis d'Israël.

Plus qu'Ana – qui, pourtant, avait vécu les affres de la guerre –, elle se sentait directement concernée par cette mondialisation du conflit du Moyen-Orient et par ses enjeux. Comme elle, elle affichait ses origines sans hésitation et sans arrière-pensée, fière d'appartenir à un peuple voué aux gémonies depuis deux millénaires.

« Aujourd'hui, c'est un autre combat, affirmait-elle quand elle discutait avec ses amis du sort des Juifs dans le monde. Mais il s'agit toujours de notre survie. »

Contrairement à sa mère, Sarah n'avait pas souhaité épouser l'homme qu'elle aimait. Non qu'elle fût hostile au mariage, mais parce qu'elle ne voulait pas devoir choisir entre adopter le nom de son futur époux et garder le sien par une démarche administrative qu'elle réprouvait. Elle tenait à conserver son nom, Goldberg, par attachement à ses origines et pour ne pas avoir l'impression de se couper de ses racines.

Son compagnon, Gilles Lefebvre – un scientifique français installé en Suisse –, ne s'était pas opposé à sa décision et avait accepté sans réticence de vivre en couple avec elle, sans qu'il fût entre eux question de mariage.

« Si nous avons des enfants, avait-il cependant insisté, ils porteront nos deux noms. Cela se fait de plus en plus aujourd'hui, même dans les couples mariés. »

Sarah avait consenti. Pour elle, l'essentiel était que le nom des Goldberg ne se perde pas. C'était là le seul héritage de ses ancêtres.

Elle avait connu Gilles en se rendant sur la tombe de sa mère. Plongée dans ses pensées, elle ne regardait jamais autour d'elle quand elle se recueillait. Au fond d'elle-même, elle parlait à Ana, lui rendait compte de sa journée au travail, lui faisait part de ses états d'âme, de ses peines et de ses interrogations. Malgré la faible différence d'âge qui les séparait, elle n'avait jamais considéré sa mère comme une grande sœur. Et si d'aucuns s'amusaient à les confondre, elle s'évertuait à appeler Ana « maman » devant eux, afin de bien leur montrer qu'Ana avait été une mère vertueuse et courageuse et qu'elle n'avait pas la légèreté d'esprit et de comportement qu'on lui avait parfois prêtée.

Quand ils s'étaient rencontrés pour la première fois, Gilles venait d'enterrer son épouse, morte à trente-deux ans, à la suite d'une tumeur au cerveau. Sans enfant, il paraissait inconsolable tant sa peine se lisait sur son visage lorsqu'il se recueillait sur sa tombe, juste à côté de celle d'Ana. Les deux êtres, plongés dans leur douleur, ne se voyaient pas, ne devinaient pas la présence de l'autre. Un jour cependant, Gilles redressa la tête et, se tournant vers sa gauche comme mû par un appel de l'intérieur, aperçut Sarah. Il fut ému de sa tristesse, ne put dissimuler la sienne. Quand elle alla chercher de l'eau pour arroser les fleurs de la sépulture d'Ana, il lui proposa ses services. Elle accepta.

Commencèrent alors entre eux de courts échanges chaque fois qu'ils se retrouvaient sur la tombe de leur défunt. Tous deux en avaient pris l'habitude chaque samedi matin. Sarah ne resta pas indifférente à la gentillesse de Gilles dont l'affliction à l'égard de sa femme disparue n'avait d'égale que la sincérité qu'il témoignait à Sarah quand il lui disait combien elle le rendait plus fort par sa simple présence au cimetière.

Petit à petit, Gilles et Sarah apprirent à se découvrir, lui gardant le souvenir de son épouse, elle sans penser tomber amoureuse.

Puis, un jour, Gilles osa inviter Sarah à boire un verre. « Pour casser notre solitude », prétexta-t-il.

Se retrouver l'un devant l'autre, loin des deux tombes qui les avaient réunis jusqu'alors, leur permit de comprendre qu'au-delà de leur deuil, ce qui les unissait n'était pas uniquement l'attachement qu'ils éprouvaient pour leur défunt, mais un sentiment plus fort, né au fond de leur cœur. Ils s'aimaient comme on aime quand on se sent seul. Quand on ne s'attend pas à aimer. Quand on ne croit plus au coup de foudre et qu'on ne le cherche plus.

Gilles trouvait Sarah très mystérieuse, ce qui, à ses yeux, accroissait son charme et la rendait toujours plus désirable. Depuis trois ans qu'ils vivaient ensemble, il ne savait toujours presque rien d'elle et ne lui demandait jamais de s'ouvrir à lui, comme le font généralement ceux qui s'unissent pour la vie.

Sarah n'avait jamais tenté de découvrir les circonstances de sa naissance. Ana ne lui avait pas livré le jardin secret de ses souvenirs. Elle ignorait donc l'histoire de sa famille et qui était son père. Elle possédait très peu de détails sur ses grands-parents. Comme Ana jusqu'à son mariage avec Philippe, elle portait le nom de ces derniers, car sa mère l'avait conçue alors qu'elle n'était qu'une adolescente. Avec sa mort, Sarah pensait qu'elle ne saurait donc jamais la vérité. Au reste, puisque telle avait été sa volonté, elle ne souhaitait pas fouiller dans le passé de sa mère pour éclaircir les zones d'ombre qui planaient sur les débuts de sa vie.

« Mon seul héritage, aimait-elle répéter à Gilles, c'est mon nom. Je ferai donc tout pour qu'il ne se perde pas dans l'oubli. »

Gilles qui, lui, connaissait l'histoire de ses ancêtres depuis le XVIe siècle, ne s'offusquait pas de cette ignorance de la part de celle qu'il aimait. Il se doutait que la naissance de Sarah devait être entachée d'événements troublants. Juive née en 1945 d'une mère ayant accouché à l'âge de dix-sept ans, Sarah était donc venue au monde dans des circonstances douloureuses ou, tout au moins, très particulières. Mais il s'abstenait bien d'insister auprès d'elle pour en savoir davantage, persuadé qu'un jour, quand elle l'estimerait opportun, elle lui révélerait la vérité car, pensait-il, Sarah gardait en elle l'héritage d'un lourd secret.

Gilles se trompait. Sarah méconnaissait le destin d'Ana et de sa famille.

En ce vendredi 25 avril, Sarah s'apprêtait à se rendre à Genève où, à quatorze heures, commençait une conférence sur la paix au Moyen-Orient qui devait durer tout le week-end. Il n'était pas rare que, pour les besoins de son travail, elle dût s'absenter ainsi plusieurs jours d'affilée, même le dimanche. Elle aimait cette manière de vivre qui lui permettait de rompre la monotonie et les habitudes.

« Il n'y a rien de plus sclérosant dans un couple, affirmait-elle à Gilles, que de se laisser bercer par le train-train quotidien. Une vie bien rangée, c'est ce que souhaitent la plupart des gens. Moi, je ne vis que dans l'inattendu, quand ça bouge autour de moi. »

Gilles, plus casanier, moins impulsif, préférait une existence plus calme. Biologiste dans un laboratoire d'une grande firme pharmaceutique, il contribuait à la recherche pour la lutte contre le cancer. Il se montrait d'autant plus acharné à sa tâche depuis le décès de sa femme et ne regrettait qu'une chose : que Sarah ne prenne pas le temps de penser à avoir un enfant.

« J'y songe, le rassurait-elle. Mais je ne veux pas remettre ma carrière en question pour materner. Le moment n'est pas encore opportun. »

Gilles ne s'affolait pas. Sarah n'avait que trente ans et si lui en avait six de plus, il ne se sentait pas encore trop vieux pour être père.

« Je souhaiterais que nous ayons un enfant avant mes quarante ans », insistait-il cependant quand ils en discutaient.

Tel était en effet le plus grand désir de Gilles, qui n'avait pas eu d'enfant avec son épouse. Aussi Sarah ne lui gâchait-elle pas son envie quand, au lit, il se faisait plus cajoleur que d'habitude. Toutefois, elle s'était bien gardée de lui avouer qu'elle prenait la pilule afin de choisir le moment d'être enceinte. Elle ne voulait pas être mise devant le fait accompli… comme sa mère avait dû l'être à la fin de la guerre, dans des circonstances qu'elle n'était jamais parvenue à élucider.

Sarah ne paraissait pas pressée de partir. La télévision était allumée. C'était l'heure des actualités. Elle entendit l'annonce de la mort de Mike Brant, tombé du sixième étage de son immeuble du 16e arrondissement à Paris, le matin même à onze heures quinze. Elle s'immobilisa devant l'écran et regarda avec attention le court reportage sur la vie du crooner israélien. Il n'était pas son chanteur préféré, mais son parcours l'intéressait. Elle appela Gilles pour lui faire part de la triste nouvelle. Celui-ci, très accaparé – il emportait toujours des dossiers chez lui afin de s'avancer pendant le week-end –, ne réagit pas, et lui signala qu'elle allait se mettre en retard et rater le train qui devait l'emmener à Genève.

Tous les jours, pour les besoins de son travail, Sarah prenait le train qui lui permettait de rejoindre Genève en moins d'une heure. Le trajet était pour elle un moyen de décompresser, surtout au retour, quand elle avait passé une longue journée trépidante à essayer de démêler les écheveaux des accords conclus entre les nations à propos des sujets brûlants de l'actualité. A l'ONU, elle occupait un poste stratégique auprès d'un diplomate français impliqué dans les relations entre Israël et le reste du monde. Elle était au courant de nombreux secrets d'Etat dont elle se gardait bien de révéler le contenu, y compris à Gilles, tenue par son devoir de réserve. Aussi éprouvait-elle le besoin de mettre de la distance entre son lieu de travail et son lieu de résidence. Quand elle rentrait le soir, à Lausanne, elle avait l'impression de mieux respirer, de se ressourcer. Elle ne souhaitait pas habiter Genève qu'elle jugeait froide et sans âme, une ville trop marquée par son passé protestant. De chez elle, elle apercevait la rive française de l'autre côté du lac. Par beau temps, le sommet de la Dent d'Oche se détachait, comme une aquarelle, au-dessus de la surface de l'eau. Elle en appréciait les couleurs en demi-teintes et se laissait souvent emporter dans le tourbillon de ses pensées lorsqu'elle songeait à sa mère venue de France se réfugier en Suisse, ce pays de liberté qu'elle n'avait jamais quitté depuis sa naissance.

— Sarah, tu vas rater ton train ! insista Gilles.

Elle se détacha de l'écran de télévision, enfila son imperméable, saisit son sac à main et son attaché-case. Puis elle entrouvrit la porte du bureau où Gilles travaillait et lui lança :

— Je file.

— Tu ne m'embrasses pas !

— Si, bien sûr, mon chéri. J'ai la tête ailleurs, excuse-moi.

Gilles l'enlaça tendrement.

— Prends soin de toi, et passe un bon week-end.

— Je n'aurai pas beaucoup l'occasion de penser à moi avec tout ce qui m'attend. La conférence risque d'être agitée. Israël se montre toujours intraitable avec les Palestiniens. Ça promet de belles joutes oratoires.

— J'ai sorti ta voiture, ce matin, pour que tu ne perdes pas de temps. Elle est garée devant la porte.

Sarah remercia Gilles, prit le courrier en passant devant la boîte aux lettres et s'engouffra dans sa Volkswagen Passat. Tout en roulant en direction de la gare, elle consulta les enveloppes qui lui étaient adressées. Rien d'important n'attira son attention. « Je verrai cela dans le train », se dit-elle.

Elle parvint juste à temps sur le quai.

Comme d'habitude, elle s'installa près d'une fenêtre, côté gauche pour bénéficier de la vue sur le lac pendant le trajet. A cette heure matinale, elle retrouvait toujours les mêmes voyageurs, des gens qui, comme elle, allaient travailler à Genève. Leurs visages finissaient par lui être familiers. Mais elle évitait de se placer à côté d'un autre passager. Elle ne souhaitait pas devoir engager la conversation avec le premier venu, dire des banalités pour passer le temps. Son temps à elle était bien trop précieux pour le gaspiller. Elle profitait souvent de ce moment pour revoir ses dossiers ou ses interventions.

Dès qu'elle aurait débarqué, elle filerait vers le siège de l'ONU et couperait les ponts avec son quotidien. La conférence à laquelle elle était conviée devait s'ouvrir vers quatorze heures. Elle avait préparé ses notes avec minutie, ne laissant rien au hasard. Si Charles Ribeirac – le diplomate dont elle était l'attachée – lui demandait le moindre détail à propos d'un homme politique ou d'une affaire récente, elle devait être capable de lui fournir la réponse sur-le-champ. Jusqu'à présent elle n'avait jamais failli à ses obligations. Aussi, à plusieurs reprises, lui avait-on proposé des postes à plus grande responsabilité, en France, en Israël et même aux Etats-Unis, dans des ambassades. Elle avait refusé pour ne pas se séparer de Gilles. Elle ne le regrettait pas, mais chaque fois que la question lui était à nouveau posée, elle y réfléchissait.

A mi-parcours, elle sortit machinalement son courrier de son sac à main. Quatre lettres lui étaient adressées, dont une en provenance de France. Il n'était pas rare qu'elle reçoive des directives ou des ordres de mission de son patron, qui résidait à Neuilly. Elle-même se rendait chaque mois à Paris, pour le rencontrer.

Trois enveloppes portaient des en-têtes officiels. Rien que du travail, pensa-t-elle. La quatrième attira plus spécialement son attention. Elle provenait d'une étude notariale. Intriguée, elle l'ouvrit et en parcourut le contenu sans attendre.

La lettre lui était adressée par un certain maître Laffont, de Saint-Jean-du-Gard. Sarah n'avait jamais entendu parler de cette commune, ne savait même pas où elle se situait exactement. Le notaire lui demandait de bien vouloir passer à son étude le plus rapidement possible, étant dépositaire d'un testament dont elle était la légataire universelle. Il ne donnait aucun détail.

« Ce doit être une erreur », songea-t-elle en la rangeant dans son sac avec les trois autres.

Le train approchait de Genève. Sarah aperçut sur le lac le célèbre jet d'eau.

A sa sortie de la gare Cornavin, elle s'engouffra dans le premier taxi et prit la direction de l'ONU.

Pendant tout le week-end, elle ne pensa plus à la lettre venant de Saint-Jean-du-Gard. Elle l'avait oubliée. Son esprit fut très occupé par les enjeux de la conférence sur la paix au Moyen-Orient. Dans l'urgence, elle dut contacter le Haut-Commissariat des Nations unies pour les réfugiés afin de débloquer une obstruction de la part de l'URSS devant l'avance des Israéliens dans les Territoires occupés et faire respecter la Convention de Genève. La partie n'était pas gagnée, chaque nation demeurait inflexible. La France se posant en médiateur, il lui était revenu la charge de jouer l'intermédiaire entre l'Elysée et les partenaires de la conférence.

Lorsqu'elle fut de retour chez elle, à Lausanne, le lundi soir, elle s'affala dans son canapé, exténuée. Gilles était rentré depuis deux bonnes heures. En l'attendant, il avait préparé son plat préféré. Il aimait cuisiner et se mettait volontiers aux fourneaux quand il se retrouvait seul. Sarah appréciait ses petites attentions et les lui rendait à sa manière, après avoir décompressé. Il se doutait qu'elle ne serait pas d'humeur à raconter comment s'était passé son week-end. Chaque fois qu'elle s'absentait pour son travail, elle lui demandait de ne plus parler boulot, comme si elle désirait prendre du recul avec ce qui, cependant, constituait le sel de son existence.

Il s'approcha d'elle, un verre de scotch à la main.

— Je crois que tu en as besoin, lui dit-il en l'embrassant.

— Hum... Ça sent bon. Qu'est-ce que tu as mijoté pour mon retour ?

— De la joue de bœuf caramélisée à l'orange et déglacée à l'armagnac. Tu vas adorer.

— J'ai une faim de loup. Avec tout ce qu'ils m'ont demandé, je n'ai pas eu le temps de participer aux gueuletons organisés pour les membres de la conférence. J'ai dû me contenter de la cafèt'... Qu'as-tu fait en mon absence ?

— Ce soir, ma chérie, on ne parle pas travail. Je sais que tu n'y tiens pas. Moi non plus. En outre, pendant ce week-end, je n'ai rien fait d'intéressant qui mérite d'être raconté.

Sarah se blottit dans les bras de Gilles et s'abandonna en fermant les yeux.

— Comme c'est bon de rentrer chez soi !

Tout à coup, elle se rappela le courrier emporté le jour de son départ.

— J'ai reçu une lettre étrange, se reprit-elle. Une convocation de la part d'un notaire de Saint-Jean-du-Gard. J'ignore où se trouve cette commune.

— Saint-Jean-du-Gard ? C'est dans les Cévennes. Je connais cette petite ville. J'y ai passé quelques semaines de vacances avec mes parents, quand j'étais jeune. A l'époque nous campions, ma famille n'était pas fortunée. Avec quatre enfants, il n'était pas question d'aller à l'hôtel. Mais j'en garde un très bon souvenir. La plupart des campings se trouvaient au bord d'une rivière… le Gardon, si je me souviens bien. On s'y baignait, mes frères et moi. Il y avait un endroit formidable où l'on sautait dans l'eau du haut de rochers qui nous paraissaient vertigineux. C'était près d'un parc botanique, la Bambouseraie. Oui, c'est ça, c'était la Bambouseraie d'Anduze. Elles sont loin, ces années-là !

Sarah tendit sa lettre à Gilles.

— Qu'est-ce qu'il te veut, ce notaire ?

— Lis. Tu en sauras autant que moi.

Gilles parcourut à son tour le pli officiel et demanda :

— Tu as de la famille dans les Cévennes ?

— Pas du tout. Et je n'ai jamais mis les pieds dans cette région. A vrai dire, je ne sais pas où elle se situe exactement. Dans le sud de la France, mais où ? Les Cévennes, les Causses, l'Ardèche… pour moi c'est à peu près au même endroit !

— Tes connaissances géographiques sont vraiment à revoir, ma chérie !

— En attendant, que me conseilles-tu ? Que dois-je répondre à ce notaire ? C'est curieux, il n'a pas précisé de qui je serais l'héritière. Pour moi, il y a erreur sur la personne. Je ne dois pas être la seule à m'appeler Sarah Goldberg.

Gilles réfléchissait.

— Tu ne dis rien ? insista-t-elle.

— A mon avis, ça m'étonnerait que ce maître Laffont ait fait erreur. Un notaire est généralement bien renseigné. Quand il convoque quelqu'un, c'est qu'il a trouvé la bonne personne.

— Ça ne tient pas debout. Je ne vais pas gaspiller mon temps pour rien. Saint-Jean-du-Gard, ce n'est pas la porte à côté.

— Tu ne souhaitais pas prendre quelques jours de congé ? Ce serait l'occasion.

— Je préférerais d'abord lui téléphoner.

— Ça ne servira à rien. Un notaire qui se respecte ne transmettra jamais rien par téléphone.

Sarah hésitait.

— Tu m'accompagnerais ?

— En ce moment, ma chérie, cela m'est impossible. J'ai une recherche urgente à finir au labo. J'ai déjà pris beaucoup de retard. C'est extrêmement important. Je suis désolé. Mais tu n'as pas besoin de moi. Vas-y seule. Ça te fera le plus grand bien.

Sarah demanda à réfléchir.

— Je verrai demain, dit-elle, intriguée.

2

Le testament

30 avril 1975

Sarah partit pour les Cévennes après avoir beaucoup
hésité. Elle n'aimait pas être mise devant le fait accompli ni prendre des décisions précipitées. Or ce notaire
de Saint-Jean-du-Gard ne lui donnait pas d'autre choix
pour connaître le contenu du testament.

Elle quitta Lausanne deux jours après son retour de
Genève, par la route afin de ne pas être tributaire des
horaires des chemins de fer. Elle s'était renseignée :
pour se rendre dans cette bourgade cévenole, il lui
aurait fallu effectuer pas moins de trois changements
de train et finir le trajet en autocar.

« J'irai aussi vite en voiture, avait-elle reconnu
devant Gilles après avoir examiné la carte.

— Sois prudente au volant. Dans cette région, les
routes sont étroites et sinueuses, pas toujours en bon

état. De plus, demain c'est le 1er mai, tu risques d'avoir beaucoup de monde sur la route. »

Sans lui rappeler le terrible accident dont sa mère et son mari avaient été victimes, Gilles la mettait sans cesse en garde contre les dangers de la circulation. Sarah aimait conduire à vive allure. En hiver, elle allait même s'entraîner sur les pistes verglacées des circuits alpins ouverts au public.

Il ne lui fallut pas plus de cinq heures pour rejoindre Alès.

Parvenue à l'entrée de la ville, elle aperçut, étonnée, un étrange sommet de forme conique, dominé au loin par un massif tabulaire aux lignes de crête arrondies, le mont Lozère. Le ciel était d'un bleu azur éclatant et l'horizon parfaitement dégagé.

Elle s'arrêta dans le centre-ville, près du Gardon, et parcourut à pied les rues de la cité avant de s'attabler à la terrasse du Cambrinus. Un garçon de café vint aussitôt prendre sa commande.

A son accent, il releva :

— Vous êtes allemande ?

Elle sourit. Elle passait parfois pour une ressortissante germanique. Ayant toujours vécu en Suisse romande, elle avait une légère intonation dans la voix.

Elle répondit :

— Non, pas du tout.

— Touriste alors ?

— Je suis suisse, de Lausanne. Mais mes parents étaient français… enfin, c'est un peu compliqué.

— Je vois.

Au moment de régler l'addition, elle se renseigna, intriguée :

— Quelle est cette montagne bizarre au sommet pointu, qui domine la ville ?

— Vous voulez parler du mont Ricateau. Ce n'est pas le sommet d'une montagne, mais un terril. Ici, vous êtes en pays minier. Enfin… je devrais dire : vous êtes *encore* en pays minier, parce que les puits ferment les uns après les autres. Dans quelques années, le charbon ne sera plus qu'un souvenir. C'est ce qui est arrivé dans le Nord et dans l'Est. Si ça continue, Alès sera complètement sinistrée.

En se promenant dans les rues, Sarah avait effectivement perçu une certaine morosité. Certes, les magasins, nombreux, étaient très avenants et leurs vitrines n'avaient rien à envier à celles des grandes villes qu'elle fréquentait, mais le regard des passants lui avait paru terne, désenchanté. Leur tenue vestimentaire n'était pas très à la mode.

— Nous sommes une cité ouvrière en pleine reconversion, poursuivit le garçon de café. Le grand changement n'est pas pour demain. Pour cela, il faudrait un maire dynamique qui insuffle un air de renouveau et attire des entreprises de pointe.

— Qu'est-ce que tu as contre le maire actuel ? releva un autre client, voisin de table de Sarah. Dis-le franchement, Jeannot, au lieu de faire croire à madame que tout va mal dans notre belle région. Tu n'es qu'un petit salarié, tu devrais te réjouir de travailler dans une ville de gauche.

Sarah comprit qu'il valait mieux ne pas prendre part à la conversation. Elle ignorait qu'Alès était un bastion communiste. Elle poursuivit :

— Je dois me rendre à Saint-Jean-du-Gard. Est-ce loin d'ici ?

— Une trentaine de kilomètres. Mais à partir d'Anduze, c'est la montagne, vous ne roulerez plus aussi vite.

— Je suis au courant. Dans les Cévennes, les routes sont mauvaises, non ?

— Tu vois, reprit son voisin à l'adresse du jeune serveur, c'est avec des gens comme toi que les touristes ont une piètre opinion de notre région. A force de débiner notre patrimoine, ils finiront par ne plus venir visiter nos villes et nos villages.

Le garçon de café ne se laissait pas impressionner par son client qu'il avait l'air, au demeurant, de bien connaître.

— On avait une vraie richesse à Alès, le centre historique derrière le fort Vauban et autour de la cathédrale. La municipalité a préféré en faire table rase pour construire à la place des immeubles modernes qui dégradent le paysage. Au lieu de restaurer comme à Uzès, on a démoli pour bétonner. Même l'auberge du Coq-Hardi, où Louis XIII a séjourné en 1629, au moment de la Paix d'Alès, y est passée !

— Ce sont les tours et les longues barres de HLM qui bordent le cours d'eau ? demanda Sarah, curieuse. Je les ai aperçues en arrivant.

— Parfaitement, intervint le client. Mais c'est le maire précédent qui est responsable de cette destruction. C'était insalubre et on avait besoin de logements pour faire face à l'arrivée des rapatriés d'Algérie.

Ne tenant pas à se trouver au centre d'une polémique, Sarah régla l'addition et se dirigea vers sa voiture qu'elle avait garée le long du Gardon.

Elle prit la route de Saint-Christol-lès-Alès et, parvenue au-dessus d'Anduze, s'extasia. Elle s'arrêta quelques minutes avant d'aborder la grande descente en direction de la rivière, admirant le paysage à travers la vitre de sa portière. Les Portes d'Anduze, les deux promontoires rocheux dominant la bourgade, se reflétaient dans les eaux claires du Gardon. Sur la carte Michelin, elle avait remarqué que, dans la région, toutes les rivières portaient le même nom : Gardon d'Alès, Gardon d'Anduze, Gardon de Saint-Jean-du-Gard, Gardon de Mialet, Gardon de Saint-Etienne-Vallée-Française. Tous ces Gardon se rejoignaient et finissaient par former le Gard à partir de Ners. Le terme « Gardon », associé au nom d'une ville ou d'un village, était donc utilisé de façon générique pour la plupart des affluents de ce cours d'eau.

Elle prit le temps d'une courte halte dans Anduze. La tour de l'Horloge dominait les toits entremêlés de la cité. Celle-ci n'était pas encore encombrée de touristes, mais ses ruelles étaient animées. Il y régnait déjà une atmosphère de vacances qui la ravit.

Par curiosité, elle pénétra dans le temple dont la porte était grande ouverte. L'édifice, reconstruit au début du XIXe siècle dans le style néoclassique, se dressait au cœur du bourg. Sarah avait appris qu'il s'agissait du deuxième plus grand temple de France, après celui de Saint-Hippolyte-du-Fort. Elle fut étonnée par son architecture semi-circulaire. A l'intérieur, une tribune à mi-hauteur faisait le tour du bâtiment, constitué d'une seule salle voûtée en berceau. Les bancs se déployaient en demi-cercles au centre desquels se trouvait la chaire.

En ressortant, elle enfila la rue Droite qui menait à la place du marché, y admira la fontaine pagode au toit de tuiles vernissées, construite sur l'initiative d'un riche filateur de soie de retour d'Extrême-Orient. Elle s'attarda devant les vitrines des magasins de la rue de la République. Ses soucis lui semblaient loin.

Elle évacua de son esprit la raison de sa venue en France et, tout heureuse au volant de sa Passat, se dirigea vers Saint-Jean-du-Gard, l'esprit léger.

J'aurais presque envie de rester dans cette région quelques jours en vacances, se prit-elle à imaginer, tout en admirant le paysage qui défilait sous ses yeux.

Elle parvint à destination vers dix-neuf heures et s'arrêta devant la gare. Elle chercha sans tarder une chambre d'hôtel.

Après une nuit de repos, elle mit à profit la journée fériée du 1er mai pour visiter les alentours. Elle apprécia les bords du Gardon et le musée des Vallées cévenoles qui retraçait la vie quotidienne des Cévennes et surtout les activités liées au châtaignier et à la soie.

« C'est un endroit incontournable pour qui souhaite appréhender l'âme et la culture de la région, lui avait affirmé l'hôtelier qui, trop heureux d'accueillir une étrangère provenant de Suisse, lui avait aussi indiqué tous les hauts lieux de la révolte camisarde. Vous qui arrivez d'un pays réformé, ne manquez surtout pas de vous rendre au musée du Désert dans la commune de Mialet. Le musée du Protestantisme se trouve au Mas-Soubeyran, la maison de Rolland, l'un des héros de la rébellion protestante dans les Cévennes sous

Louis XIV. Tous les ans, le premier dimanche de septembre, s'y tient une assemblée de plusieurs milliers de fidèles venus des quatre coins de l'Europe.

— Je ne savais pas, reconnut humblement Sarah.

— Vous n'êtes donc pas huguenote ? s'étonna l'hôtelier. Vous êtes suisse pourtant !

— Je... »

Sarah hésita à poursuivre la conversation. Elle n'aimait pas dévoiler ses idées ou son appartenance confessionnelle au premier venu. Elle oublia ses réticences.

« Je suis juive, déclara-t-elle. Mes grands-parents sont morts en déportation à Auschwitz.

— Je suis désolé. Je ne voulais pas être indiscret. »

Le lendemain matin, elle se leva de bonne heure et se rendit dès neuf heures à l'étude de maître Laffont.

Le notaire ne s'attendait pas à sa visite aussi rapidement.

— A vrai dire, lui avoua-t-il, étonné, je pensais que vous ne répondriez pas à ma convocation. Parfois les personnes éloignées, vivant à l'étranger, averties par courrier officiel, ne donnent pas signe de vie. Elles se méfient sans doute. Il faut alors leur dépêcher le clerc d'un confrère de leur propre pays pour leur signifier l'importance de la démarche.

— Il est vrai que j'ai bien failli ne pas donner suite à votre requête, avoua Sarah. Je me suis demandé en effet s'il ne s'agissait pas d'une erreur. Et je n'avais pas envie de perdre mon temps. J'ai pris sur mes congés pour venir ici.

Les préliminaires terminés, le notaire ordonna à l'un de ses employés de lui apporter le dossier Fontanes. Celui-ci s'exécuta dans la minute.

— Connaissez-vous madame Lucie Fontanes ? s'enquit maître Laffont.

— Non, pas du tout. Au reste, je ne connais personne dans cette ville ni dans cette région où je ne suis jamais venue. Voilà pourquoi j'ai cru à une confusion lorsque j'ai lu votre convocation.

Le notaire semblait soudain dubitatif.

— Vous vous appelez bien Sarah Goldberg et vous êtes la fille d'Ana Goldberg ?

— Oui, c'est exact.

— Alors il n'y a pas d'erreur. Je suis dépositaire d'un testament qui fait de vous, à défaut de votre mère, décédée le 11 août 1969 dans un accident de voiture en compagnie de son mari Philippe Latour, la légataire universelle de madame Lucie Fontanes, décédée le 3 avril 1973 à la maison de retraite du Clair Logis à Alès.

Sarah interrogea le notaire, quelque peu éberluée.

— Comment avez-vous appris les circonstances de la mort de ma mère et de son mari ? Et comment êtes-vous remonté jusqu'à moi ? J'habite en Suisse et, je vous le redis, je n'ai jamais mis les pieds dans votre région. Cette Lucie Fontanes est pour moi une totale inconnue.

— Peut-être pas pour votre mère !

— Je ne crois pas que ma mère ait pu connaître cette femme. Elle ne m'a jamais parlé d'elle. Nous avons toujours vécu à Lausanne et nous allions peu en France, si ce n'est de l'autre côté du lac, vers Châtel, pour nous promener. Son travail l'accaparait beaucoup. Elle m'a élevée seule et ne pouvait se permettre des vacances à l'étranger.

— Je comprends votre étonnement, madame Goldberg, mais j'ai en ma possession un document qui ne fait aucun doute sur son heureux destinataire.

— Heureux ?

— Il s'agit d'un héritage, vous avez dû le deviner. En général, un légataire universel est un héritier !

Le notaire arbora un large sourire.

— Pour tout vous dire, madame Goldberg, j'ai mis longtemps à vous trouver. Je vais vous lire le testament holographe de madame Fontanes et vous saisirez mieux après cela.

Il ouvrit le dossier, en sortit une simple feuille de cahier d'écolier sur laquelle Sarah remarqua une écriture fine, des mots mal alignés comme ciselés à l'encre de Chine par une main maladroite.

— « Je, soussignée, Lucie Fontanes, saine de corps et d'esprit, dépose en l'étude de maître Laffont mes dernières volontés. Lorsque je ne serai plus de ce monde, je souhaite que tout ce qui m'appartient, maison, meubles, terres et argent, soit légué à Anne Orsini. A charge pour maître Laffont de retrouver cette personne après mon décès. N'ayant pas d'enfant ni aucun héritier direct ou indirect, je ne déshérite donc personne. Au cas où madame Orsini ne serait plus de ce monde et n'aurait pas eu de descendants, tous mes biens iront à l'œuvre des Orphelins de France. Fait à Alès, le 2 août 1968. »

Le notaire fit une pause de quelques secondes, puis reprit :

— Vous connaissez maintenant le contenu du testament qui fait de vous une heureuse héritière.

— Je ne comprends pas, releva aussitôt Sarah. L'héritière en question s'appelle Anne Orsini !

— J'y viens, poursuivit maître Laffont. C'est une bien longue histoire. Je vous dois en effet quelques explications. Vous saurez après cela pourquoi j'ai tant tardé à vous retrouver. Voilà…

Il s'installa dans un fauteuil qu'il tira vers celui dans lequel Sarah avait pris place, sortit une cigarette blonde de son étui, en offrit une à Sarah.

— Merci, refusa-t-elle, je ne fume pas.

— Venons-en au fait. D'abord, je dois vous dire que Lucie Fontanes était originaire de Saint-Germain-de-Calberte, où elle habitait. C'est une petite commune située dans la montagne, pas très loin de Saint-Jean-du-Gard. Mais, vous vous en rendrez vite compte par vous-même, il n'est pas si facile d'y accéder. Les routes sont très tortueuses. Saint-Germain est très à l'écart. C'est ce qui l'a un peu préservée pendant la guerre. Les Allemands n'y sont jamais entrés, enfin… d'après ce qu'on m'a raconté !

— Saint-Germain-de-Calberte ! s'étonna Sarah. Je n'ai jamais entendu parler de cet endroit !

— Après de longues démarches, j'ai découvert qu'une certaine Anne Orsini y avait séjourné pendant les années d'Occupation, de 1943 à 1944, et pendant quelques mois chez madame Fontanes et son mari, décédé lui aussi.

— Je ne comprends toujours pas.

— Laissez-moi poursuivre. En réalité, Anne Orsini s'appelait Anne Montagne à son arrivée à

Saint-Germain. Pourquoi a-t-elle changé de nom ? Mystère ! Mais il ne doit pas être difficile de le savoir. Ce n'était pas pour moi le plus important.

— Si je peux vous interrompre, maître, je ne vois pas le rapport entre cette personne et moi, ou plutôt entre elle et ma mère.

— Pour aller droit au but, madame Goldberg, Anne Montagne/Orsini et Ana Goldberg sont une seule et même personne. Après les recherches que j'ai entreprises pendant près de deux ans, aujourd'hui je peux vous l'affirmer. J'ai retrouvé trace de votre mère grâce aux archives du presbytère de Saint-Germain-de-Calberte. J'y ai découvert qu'une famille Montagne y avait séjourné sous le nom d'Orsini. De fil en aiguille, je suis remonté jusqu'au Chambon-sur-Lignon, en Haute-Loire, où l'on m'a appris qu'une jeune Ana Goldberg s'y était réfugiée et qu'on l'appelait Anne Montagne. J'ai vite fait la relation entre Orsini, Montagne et Goldberg.

— Cette jeune fille serait ma mère ! Mais...

— Il n'y a aucun doute. C'est bien de votre mère qu'il s'agit dans le testament de Lucie Fontanes. Ana Goldberg, alias Anne Orsini, alias Anne Montagne, est la légataire universelle de madame Lucie Fontanes. En tant que fille de ladite Ana Goldberg, décédée en 1969, vous êtes donc son héritière.

Sarah demeurait stupéfaite. Jamais sa mère n'avait fait allusion à cette histoire. Il était vrai qu'Ana n'avait jamais évoqué ses jeunes années devant sa fille. Elle l'avait élevée sans lui parler de son enfance, de sa famille, de ses amis. Elle s'était contentée de lui apprendre que ses grands-parents étaient morts en déportation. Sarah n'avait pas insisté, soucieuse avant tout de respecter les silences de sa mère.

« Certaines plaies ne cicatrisent jamais », lui avait confié Ana, le jour où elle s'était montrée curieuse de connaître ses origines, notamment le nom de son père.

Ne tenant pas à raviver les blessures du passé, Sarah s'était satisfaite de cette explication et avait vécu à l'ombre des non-dits.

— Renseignements pris, ajouta le notaire, j'ai aussi découvert que votre mère a séjourné une seconde fois au Chambon-sur-Lignon, en Haute-Loire, après son passage à Saint-Germain-de-Calberte. De là, elle a été exfiltrée vers la Suisse avec l'aide d'un pasteur. C'est grâce à ce détail qu'il m'a été plus facile de vous retrouver. Dans les archives des réfugiés de votre pays, le second nom d'emprunt de votre mère, Orsini, est mentionné. De plus Anne et Ana sont deux prénoms très ressemblants, de même que Montagne et Goldberg. En allemand, *Berg* signifie bien « montagne », n'est-ce pas ? Votre famille a dû changer plusieurs fois de nom pour échapper aux poursuites des Allemands ou de la Milice de Vichy.

Tout devenait plus clair dans l'esprit de Sarah. Les silences de sa mère. La déportation de ses grands-parents. L'absence de liens.

— Tout ce que vous venez de m'apprendre me bouleverse, reconnut-elle. Vous remuez tout un passé que je croyais à jamais enterré. Mais cette Lucie Fontanes… pourquoi a-t-elle fait de ma mère sa légataire universelle ?

— Je n'ai pas de réponse à vous donner à ce sujet, madame Goldberg. Moi, je ne suis que le dépositaire d'un acte testamentaire. Il ne m'appartient pas de chercher les raisons qui animent mes clients. Je dois seulement m'assurer qu'ils agissent en toute connaissance de cause et en toute conscience, sans avoir été soumis à l'influence d'une tierce personne ayant pu profiter de leur faiblesse.

Sarah demeurait sans réaction.

Devant son embarras, maître Laffont lui posa une ultime question.

— Avant de sortir de mon étude, vous devez prendre une décision.

— Quelle décision ?

— Acceptez-vous ou refusez-vous cet héritage ? Si vous le refusez, je dois faire respecter les dernières volontés de ma cliente en prévenant les Orphelins de France.

Sarah était incapable, sur le moment, de fournir une réponse. Pouvait-elle accepter un tel héritage sans savoir ce qui se cachait derrière, dans la méconnaissance totale de ce qui s'était passé ? Qu'est-ce qui avait incité cette Lucie Fontanes à léguer tous ses biens à sa mère ?

— Puis-je prendre le temps de la réflexion ? demandat-elle. Je ne repars pas encore en Suisse. J'aimerais en discuter avec mon compagnon. Je l'appellerai ce soir et je vous tiendrai au courant, disons… lundi.

Le notaire ne fit aucune objection. Il donna rendez-vous à Sarah le lundi suivant dans la matinée.

Trois jours plus tard, celle-ci retourna donc à son étude. Elle avait longuement consulté Gilles par téléphone. Celui-ci, après avoir examiné toutes les éventualités de cette étrange affaire de succession, lui avait conseillé de renoncer.

« Trop de zones d'ombre, lui avait-il déclaré. Ça sent l'embrouille. Tu risques de mettre les pieds dans une histoire qui va remuer la boue du passé.

— Tu ne m'aides pas beaucoup », lui avait-elle répondu.

Elle s'apprêtait à signifier son refus à maître Laffont. Mais, au dernier moment, quelque chose la retint.

— Alors, que faisons-nous ? s'enquit le notaire.

— J'accepte, lui dit-elle.

3

Premier contact

Juillet 1975

Sarah rentra à Lausanne dès le lendemain, après avoir signé les papiers de la succession. Elle n'avait pas manifesté devant le notaire son intention de se rendre immédiatement à Saint-Germain-de-Calberte pour prendre possession de son héritage.

A la réflexion, elle craignit – mais un peu tard – d'avoir trop vite accepté. Le doute s'était emparé d'elle une fois sur le chemin du retour.

« Gilles avait peut-être raison, pensa-t-elle au volant de sa voiture. J'aurais dû davantage me renseigner pour savoir qui était vraiment cette Lucie Fontanes. »

Quand elle lui fit part de sa décision, Gilles ne lui cacha pas son étonnement et la mit en garde.

— Qui était cette femme pour ta mère ? On n'en a jamais entendu parler !

Sarah avait cependant la ferme intention de retourner sur les lieux de son héritage dès que son travail le lui permettrait.

— Cette année, nous passerons nos vacances dans les Cévennes, déclara-t-elle. Je compte sur toi pour m'accompagner. Nous ne connaissons pas cette région de France. C'est une bonne occasion pour la découvrir.

Maintenant que cet héritage ravivait en elle ses racines, les silences de sa mère sur son passé commençaient à l'intriguer. Ana l'avait maintenue dans l'ignorance pour lui éviter certainement de trop souffrir. Sarah n'était pas dupe. Juive, née en 1945, elle savait seulement que ses grands-parents avaient été déportés et étaient morts en camp de concentration un an avant sa naissance. Sa mère avait donc échappé à l'arrestation qui leur avait été fatale. Elle ne connaissait rien de plus de cette tragédie familiale. Au reste, elle n'avait jamais voulu approfondir elle-même la question, comme si elle avait craint de découvrir des détails trop douloureux. Elle s'était toujours justifiée en affirmant qu'il était inutile de remuer le passé pour éviter de ressasser de dangereux ressentiments.

« J'ai à cœur l'avenir des Juifs, avait-elle un jour expliqué à Gilles qui s'étonnait de son comportement. L'avenir d'Israël m'interpelle chaque fois qu'il est question d'affrontements entre Juifs et Palestiniens. Mais je ne veux pas lier ma vie à la disparition de ma famille, aussi tragique fût-elle. Je travaille tous les jours avec des Allemands. Je ne souhaite pas que mon regard sur eux soit modifié par le souvenir d'une tragédie qui a épargné ma mère et moi, par la même occasion. »

Gilles eut beau lui expliquer que le devoir de mémoire ne devait en rien entacher le présent et qu'il était au contraire un gage pour l'avenir, il n'était jamais parvenu à la raisonner.

— Cette année, ma chérie, j'ai peur de ne pas pouvoir prendre de vacances. Le labo compte sur moi pour faire aboutir nos recherches. Nous avons signé un protocole qui nous oblige à remettre nos résultats fin décembre au plus tard. Si nous ne le faisons pas, la firme s'adressera à un autre laboratoire et nous perdrons toutes nos subventions.

— Tu ne pourras pas t'absenter une petite semaine ?

— Non, je regrette. Mais tu n'as qu'à y aller sans moi. De toute façon, je ne te serai pas très utile sur place. Tu pourras très bien te débrouiller seule.

Sarah reprit le cours de sa vie sans plus se préoccuper de son étrange héritage.

Lorsque vint l'été, elle partit dans les Cévennes, décidée à élucider le passé de sa mère.

Elle avait obtenu de maître Laffont tous les papiers qui faisaient d'elle la nouvelle détentrice des biens de Lucie Fontanes.

Elle avait ainsi hérité d'une maison située au centre de la commune de Saint-Germain-de-Calberte, jouxtant une épicerie que son ancienne propriétaire avait tenue jusqu'au début des années 1960. Puis d'un hectare et demi de terres sans grande valeur, couvertes de bois et de broussailles. Enfin, Lucie avait constitué un capital au Crédit agricole de Saint-Jean-du-Gard, sous forme d'une assurance-vie. Elle avait elle-même garanti sa vieillesse en puisant dans un carnet de Caisse d'épargne et en revendant des bons du Trésor afin de payer les frais de pension de l'établissement de retraite où elle avait fini ses jours. Au total, c'était une petite fortune qu'elle avait donc laissée à celle qu'elle avait désignée comme sa légataire universelle.

Sarah ne parvenait pas à se réjouir de cette aubaine. Lorsque le banquier du Crédit agricole lui fit part de la coquette somme qu'il avait ordre de lui transmettre sur son compte bancaire personnel, elle fut d'abord étonnée de constater qu'une femme comme Lucie Fontanes, une humble commerçante mariée à un maréchal-ferrant, ait pu épargner une telle fortune. Malgré le poste qu'elle occupait à l'ONU, et le travail de Gilles dans une grande firme pharmaceutique, elle était loin de posséder le dixième de ce que lui offrait sa mystérieuse bienfaitrice.

— Les gens de la campagne sont peu dépensiers, lui expliqua le banquier. De plus, dans les Cévennes, on ne dilapide pas ce qu'on a gagné. On dit souvent que les Cévenols sont aussi économes de leurs paroles que de leur argent ! C'est un peuple courageux qui sait se préserver du besoin en cas de coup dur.

Sarah ne connaissait pas le caractère des Cévenols. Elle n'imaginait pas à quel point la région avait été une terre de résistance opiniâtre à toute forme d'oppression. Les difficultés de la vie, les vexations, les interdits, le pouvoir de résilience avaient forgé l'âme de ses habitants.

— Vous apprendrez vite, ajouta le banquier, qu'il n'est pas facile de se faire admettre dans nos vallées. Vous serez considérée comme une *estrangère*, même si vous vous installez à demeure dans l'un de nos villages, même si l'on vous accepte. Cependant, si vous savez y faire, les portes s'ouvriront tôt ou tard devant vous, preuve de la confiance qu'on vous aura accordée. Et vous serez alors considérée comme un enfant du pays.

— Je vois, releva Sarah. Je dois m'attendre à passer un examen probatoire. Si j'avoue que je suis juive, ça risque d'être plus compliqué !

— Rassurez-vous, vous ne serez jamais mal jugée à cause de votre appartenance religieuse. Les Cévennes sont une terre de tolérance et d'accueil. Les gens d'ici connaissent mieux qu'ailleurs l'art de recevoir et de protéger. Vous le découvrirez par vous-même si vous vous intéressez à leur histoire. N'allez pas plus loin que la dernière guerre : les Juifs ont trouvé dans les Cévennes un refuge idéal pour se mettre à l'abri.

Involontairement, le banquier avait placé Sarah au cœur du problème qu'elle était venue résoudre à propos de sa mère.

Elle ne s'étendit pas davantage et, le lendemain, elle se rendit à Saint-Germain-de-Calberte pour prendre possession de la maison dont elle était devenue la propriétaire.

Sarah, contrairement à son habitude, roulait lentement, prenant le temps de contempler le paysage. La route serpentait à l'image de ces troupeaux de brebis guidés par leurs bergers vers les pâturages de transhumance. Longs fleuves de laine qui réveillaient la vie sur leur passage, après six mois d'un paisible endormissement.

Plus elle s'enfonçait dans la montagne, plus elle ressentait cette impression magique et envoûtante d'être happée vers un autre monde. Un monde où rien n'avait changé depuis longtemps, où tout paraissait immuable, comme si la nature s'était cristallisée. La vie elle-même semblait s'être arrêtée. Les oiseaux s'ébattaient en silence, osant à peine émettre quelques pépiements discrets. L'air brasillait au-dessus des collines, rempli de lourds effluves de sève et de miel. Les fonds de vallée, plongés dans l'ombre, laissaient remonter une légère humidité et dérobaient à la vue, sous le couvert épais des arbres, des mas isolés aux murs séculaires.

Les Cévennes apparaissaient à Sarah dans leur austère beauté. On l'avait prévenue. Ce n'était pas une région facile, où les curieux et autres amateurs de plein air pouvaient se faire rapidement une place au soleil pour y exercer leur activité favorite. En chemin, elle remarqua avec surprise, écrits à la peinture sur les parois rocheuses, des slogans étranges pour un pays d'accueil : « Halte au tourisme de masse ! » ou encore : « Non au projet de barrage à La Borie[1] ! » La contestation des Cévenols était toujours virulente quand ceux-ci se sentaient menacés. Beaucoup étaient prêts à s'opposer aux autorités en cas d'atteinte à l'intégrité de leur patrimoine. Ils y étaient trop attachés pour laisser à un aréopage de technocrates parisiens sortis de l'ENA ou de Polytechnique le soin de décider de l'avenir de leurs montagnes où, pour beaucoup d'entre eux, ils n'avaient jamais mis les pieds !

---

1. La vallée de la Gardonnenque devait être noyée sur 9 kilomètres pour irriguer 6 000 hectares entre Alès et Nîmes.

Elle arriva à destination au beau milieu de l'après-midi. La bourgade était calme. Visiblement les touristes ne s'y pressaient pas, contrairement à Anduze et à Saint-Jean-du-Gard où les vacanciers affluaient dès que la belle saison enveloppait de ses douceurs les crêtes et les vallées encaissées, les *serres* et les *valats* ; des campeurs la plupart du temps, épris de nature et de baignades dans le Gardon. Les Hollandais étaient de plus en plus nombreux à sillonner les routes tortueuses de la région. Après la période hippie qu'avaient connue les Cévenols au début de la décennie venait le temps des « Nordiques », comme certains les appelaient en y incluant les Belges et autres habitants du nord de la France.

Une chaleur lourde s'appesantissait sur les crêtes alentour. Les cigales s'en donnaient à cœur joie. Les *faïsses* – terrasses aux rustiques murs de pierres sèches – portaient de la vigne et des oliviers, en d'autres endroits des cultures légumières et fruitières. Les pentes moins accessibles étaient couvertes de châtaigniers, arbres à pain qui avaient toujours assuré la nourriture, même en temps de disette.

Les mas isolés et les maisons révélaient la géologie locale. Erigés en blocs de schiste, leurs murs et leurs toits aux reflets de cuivre et d'argent scintillaient au soleil comme la montagne d'où était tirée la pierre. Le village somnolait. Aucun signe de vie. Les volets étaient à demi clos, les portes fermées derrière des rideaux à mouches dont les fils métalliques encombrés de perles de plastique tintinnabulaient au moindre déplacement d'air.

Sarah se dirigea vers l'église dont elle avait aperçu de loin le clocher. Elle se gara devant la gendarmerie qui se trouvait à proximité et alla aux renseignements.

— Je cherche la maison de madame Fontanes, dit-elle au brigadier de faction au bureau d'accueil. Elle jouxte une ancienne épicerie, si mes informations sont exactes.

— Madame Fontanes ? s'étonna le gendarme.

— Elle a quitté Saint-Germain il y a plusieurs années et est décédée dans un établissement de retraite d'Alès voilà deux ans.

— Je ne vois pas de qui vous parlez. Remarquez, je ne suis pas en poste ici depuis longtemps. Je ne connais pas tout le monde. Surtout les morts ! Je vous conseille de vous adresser à la mairie. Avec leurs registres d'état civil, ils pourront vous renseigner.

Sarah s'exécuta aussitôt et demanda à rencontrer le secrétaire de mairie.

On la fit patienter quelques minutes, puis un homme d'une cinquantaine d'années s'avança vers elle.

— Raymond Vanduynslaeger, que puis-je pour vous, madame ? Madame…

— Goldberg. Sarah Goldberg. Je cherche la maison d'une certaine Lucie Fontanes, décédée en 1973. J'en ai hérité par testament et je viens prendre possession de mon bien. Je ne sais pas où elle se situe. Pourriez-vous m'aider ?

L'homme ne dissimula pas son étonnement et dévisagea Sarah comme si elle lui avait annoncé une catastrophe.

— Lucie Fontanes ! Vous… vous êtes l'héritière de Lucie Fontanes ? Nous commencions à nous demander ce qu'il allait advenir de sa maison. Elle s'était retirée à la maison de retraite du Clair Logis à Alès. Mais nous ignorions qu'elle avait des héritiers. Vous dites que vous vous appelez… Goldberg ! Je… je ne comprends pas très bien. Lucie Fontanes était une pure Cévenole. Elle nous avait caché qu'elle avait de la famille… euh…

Sarah saisit aussitôt l'allusion du fonctionnaire communal.

— Je ne suis pas parente avec Lucie Fontanes. Au reste, je ne connais pas cette dame.

— Je ne vous suis pas ! Vous êtes pourtant son…

— Oui, parfaitement, son héritière. En réalité, c'est ma mère, Ana Goldberg, qui a hérité de Lucie Fontanes. Mais elle aussi est décédée.

— Oh, je suis navré.

— Vous n'avez pas à l'être. Je suis donc la légataire universelle de madame Lucie Fontanes. J'ai en ma possession tous les documents qui l'attestent. Je peux vous les montrer si vous le désirez.

Le secrétaire de mairie semblait embarrassé. Lucie Fontanes était une ancienne administrée du village, mais il ignorait son histoire.

— Madame Fontanes était mariée avec Justin Fontanes, qui exerçait le métier de maréchal-ferrant. C'est très vieux ce que je vous raconte là. Aujourd'hui, il n'y a plus de maréchal-ferrant. C'était bien avant mon arrivée dans cette commune… je suis originaire du nord de la France. Justin Fontanes est mort en 45. Sa forge s'est éteinte avec lui. Quant à sa femme, elle a encore tenu son épicerie pendant une vingtaine d'années. Elle rendait bien service aux habitants de Saint-Germain. Ici, nous sommes à l'écart de tout. Une épicerie n'était pas un luxe, même à une époque où l'on a vu fleurir les grandes surfaces dans les villes.

Sarah montrait beaucoup d'intérêt pour ce que lui dévoilait son interlocuteur. Il la plongeait sans détour dans la vie de la commune. Elle aurait bien besoin de son aide pour connaître Lucie et ses motivations au moment de transmettre ses biens à sa mère, pour évoquer le séjour de celle-ci dans ces lieux chargés d'histoire. Si elle avait beaucoup appris sur le passé camisard de Saint-Germain-de-Calberte, elle n'avait pas encore découvert le rôle de ses habitants en faveur des réfugiés pendant la dernière guerre, notamment des Juifs qui avaient ainsi échappé à l'acharnement des nazis et de la Milice de Vichy.

— L'épicerie et la maison des Fontanes se trouvent au centre du village, finit par lui révéler le secrétaire de mairie. Vous ne pouvez pas la manquer. L'enseigne *Alimentation générale* est toujours visible sur le mur au-dessus de la vitrine. Mais tout est fermé.

— J'ai les clés. Je vais visiter les lieux sans tarder.

— Prenez garde ! Vous pourriez rencontrer des rats.

— Je serai prudente.

Sarah ne discuta pas davantage, ne tenant pas à s'expliquer devant un inconnu. Elle avait relevé le nom du secrétaire, un nom flamand.

« C'est un étranger au pays, se dit-elle. Pourtant il a été accepté par la population puisqu'il a obtenu le poste de secrétaire de mairie. Je ne devrais pas rencontrer trop de difficultés en fouillant dans le passé de la commune. »

Sarah espérait que ses recherches sur sa mère aboutiraient vite et que les langues se délieraient sans hésitation.

Elle se rendit sur la place principale du village et trouva facilement la demeure en question. Comme on le lui avait expliqué, elle était mitoyenne à une épicerie. Elle pensait voir à proximité la forge de Justin, mais il n'en fut rien.

L'église de Saint-Germain-de-Calberte, où était enterré l'abbé du Chayla, assassiné en 1702 par les réfractaires protestants, fait marquant le début de la guerre des camisards, lui faisait face et dominait de son clocher les toits de lauze des maisons. Le petit commerce bénéficiait d'une situation privilégiée, personne ne pouvant l'éviter à la sortie de la messe.

Des enfants jouaient sur le parvis, tandis que, à proximité, attablés à la terrasse d'un café, trois hommes d'un certain âge bavardaient autour d'un verre. Une voiture à la galerie lourdement chargée passa devant eux, perturbant leur conversation. Sarah prêta l'oreille. L'un d'eux se plaignait :

— Ça y est, les touristes sont arrivés ! Finie notre tranquillité.

— T'es bien content de leur proposer tes légumes sur le marché, aux touristes ! lui répondit son comparse.

— Oh, pour ce que ça rapporte ! Avec l'Europe tout va mal. On n'est même plus maîtres de fixer nos prix. C'est Bruxelles qui décide de tout.

Sarah s'approcha d'eux, leur dit bonjour et se présenta.

— Je suis la nouvelle propriétaire de la maison des Fontanes.

— La maison de Lucie ? s'étonna le plus près d'elle. Vous l'avez achetée ! Je ne savais pas qu'elle était à vendre. C'est le Justin qui doit se retourner dans sa tombe.

— Je ne l'ai pas achetée. J'en ai hérité.

Les trois hommes se regardèrent, incrédules. Ils dévisagèrent Sarah comme s'ils venaient d'apercevoir le diable en personne.

— Mais qui êtes-vous donc ? demanda le plus âgé.

L'octogénaire portait la casquette vissée bas sur le front, laissant apparaître une épaisse tignasse argentée. De grosses moustaches lui barraient le visage à la manière d'un grognard de l'Empire.

— Mon nom ne vous dira rien, répondit Sarah. Je m'appelle Sarah Goldberg. Mais celui de ma mère, peut-être : on la connaissait sous le nom d'Anne Orsini ou encore Anne Montagne.

Les trois hommes se consultèrent à nouveau du regard, comme si Sarah leur avait posé une énigme.

— On voit pas qui c'est, remarqua l'un des trois vieillards. Pourquoi d'ailleurs voulez-vous qu'on sache qui était votre mère ? Si elle est pas du pays, c'est une *estrangère*. Elle a pas dû s'éterniser. Ici, c'est pas un pays de cocagne ! Si t'es pas paysan, t'as aucune chance de t'habituer. Tu sais petite, les *zippies*, on les a vus arriver avec leurs cheveux longs et leurs bagnoles toutes déglinguées. Y sont pas restés beaucoup à traire les chèvres et à tisser la laine des moutons. Tous des rigolos issus de la capitale, des rêveurs qui nous ont pris pour des Indiens et qui ont essayé de vivre comme nous ! Tu parles ! La plupart, y sont rentrés chez eux.

— Ma mère n'était pas une hippie ! Vous vous trompez. Elle a séjourné dans votre commune il y a plus longtemps, pendant la guerre.

Les braves paysans se rembrunirent. Un lourd silence s'ensuivit.

64

Gênée, Sarah tenta de leur soutirer quelques détails supplémentaires.

— Alors, le nom de ma mère ne vous dit rien ? insista-t-elle.

L'octogénaire reprit son souffle, comme s'il devait faire un effort particulier pour s'exprimer :

— Ecoutez, petite. Si j'ai un conseil à vous donner, retournez d'où vous venez. Ici, on n'aime pas trop les curieux qui se mêlent de ce qui ne les regarde pas. Vous risqueriez de le regretter un jour.

Interloquée, Sarah ne répondit pas. Elle croyait les Cévenols accueillants, prêts à ouvrir leur porte. Elle avait oublié le conseil du banquier de Saint-Jean-du-Gard. « Il faut être patient et se montrer discret si vous voulez qu'on ne se méfie pas de vous. »

Elle n'insista pas.

Elle tourna les talons et se dirigea vers la maison de Lucie Fontanes.

Celle-ci se situait juste en face du café. Au moment où elle sortait la clé de son sac, l'un des trois hommes l'interpella :

— Vous ne devriez pas entrer, petite dame. Vous violez l'intimité de Lucie. Qu'espérez-vous donc trouver dans sa maison ?

— Cette maison m'appartient, que cela vous plaise ou non ! rétorqua Sarah, agacée par les remontrances des trois vieillards. Je suis chez moi ici, à présent.

Elle introduisit la clé dans la serrure et, lentement, poussa la porte. L'obscurité, tout à coup, l'enveloppa.

4

La maison

Juillet 1975

La maison sentait le renfermé. Sarah ouvrit immédiatement les fenêtres donnant sur la place pour aérer et jeta un rapide coup d'œil autour d'elle. Le jour entra à flots.

Le plafond était barré de grosses poutres de châtaignier, le sol dallé de larges carreaux noirs et blancs disposés en damier. Il s'agissait d'une pièce sommairement meublée à l'ancienne, au décor vieillot, la pièce à vivre comme on l'appelait communément. Assez vaste, elle était dominée par une large cheminée dont la hotte reposait sur une poutre taillée dans la masse qu'ornaient trois coupes en bronze et une pendule à colonnettes de marbre rose. Sous le manteau, un fauteuil en osier semblait attendre son occupant. Une crémaillère pendait dans l'âtre, soutenant un chaudron de cuivre noirci par les flammes. Des cendres étaient encore éparpillées entre deux chenets en fonte, signe que l'ancienne propriétaire n'avait pas pris le temps de nettoyer avant de quitter les lieux.

Un paravent dissimulait assez mal un fourneau émaillé et un évier en pierre monté sur un bâti en brique rouge. Tout un assortiment de casseroles, de poêles, de faitouts était accroché au-dessus d'un buffet en formica. Au milieu de l'espace, une table et quatre chaises de la même facture donnaient une note de couleur à cet univers dépourvu d'originalité et de chaleur. Enfin, signe de modernité, un réfrigérateur usagé et une machine à laver le linge avec essoreuse manuelle.

Sur les murs, une tapisserie fanée à petites fleurs ajoutait un air désuet à cet intérieur de personne âgée.

— Ce n'est pas très gai ! bredouilla Sarah à voix haute.

Dans l'enfilade, elle découvrit un salon meublé d'une armoire sombre et massive, d'un fauteuil au cuir craquelé et d'un poste de télévision. Il s'ouvrait par une porte vitrée sur un jardin clos entre quatre murs, en friche, au fond duquel trônait une cabane en bois peinte en vert.

« Les toilettes », se douta Sarah.

Un escalier montait à l'étage. Deux chambres meublées de lits surélevés, de commodes et d'armoires sans style en noyer se faisaient face de part et d'autre d'un étroit palier encombré d'une antique horloge comtoise dont le balancier, immobile, avait suspendu le temps. Elle jeta un coup d'œil aux fenêtres. La première donnait sur la placette, la seconde sur le jardinet.

Pas de chauffage, bien sûr ! remarqua Sarah.

Elle ouvrit les portes d'une armoire encore remplie de draps en coton, de couvertures de laine et d'édredons en plume, puis les tiroirs d'une commode pleins de linge de maison, de caleçons, de mouchoirs, de chaussettes et de sous-vêtements féminins d'un autre âge.

Elle ne s'éternisa pas. L'endroit n'était pas très hospitalier. Sarah avait trop l'habitude de son confort pour apprécier les antiquités.

Elle redescendit, repassa dans la pièce à vivre et ouvrit une porte fermée par un verrou, située juste à côté de la cheminée. Elle donnait accès au local qui servait d'épicerie. Un comptoir muni d'une balance Berkel, des étagères vides, des présentoirs divers ne laissaient aucun doute sur l'activité de Lucie Fontanes. De vieilles réclames décoraient les murs. Elle sourit et prit beaucoup de plaisir à examiner les plus truculentes. Sur l'une d'elles, un homme déclarait sa flamme à sa dulcinée, tous deux assis sur un banc, derrière une table où étaient posés deux verres et une bouteille d'apéritif. *Birrh donne du courage*, affirmait la publicité de l'époque. Une autre vantait les mérites de l'alcool de menthe Ricqlès. Une troisième, le petit déjeuner familial Banania, avec son célèbre personnage à la chéchia rouge et au corps constitué de deux bananes. Une autre encore, les bienfaits de la Blédine qui préparait *des générations d'athlètes*.

Toute une époque ! songea Sarah. Rien n'a changé, ici.

Elle se laissa aller à la rêverie, passant les paumes de ses mains sur les étagères comme pour mieux appréhender les petits détails de l'existence dont elles avaient été les témoins indiscrets, les secrets d'alcôve que Lucie Fontanes avait sans doute percés, cultivés, alimentés. Les confidences, les racontars, les plaintes, les reproches, les compliments, tout ce qui fait la vie d'un village, tout ce qui se colporte à l'épicerie, la boulangerie, la boucherie, au bistrot du coin. Le quotidien en somme, fait de tout et de rien !

Elle pensa à sa mère. Ana avait-elle connu ce lieu chargé d'anecdotes, mais aussi d'Histoire ? Avait-elle vu Lucie travailler derrière son comptoir, peser les légumes pour ses clientes, leur proposer les promotions du jour, aligner les chiffres avec son crayon gris pour établir leur note ? Avait-elle entendu les chuchotements des uns, les déclarations ostentatoires des autres ?

C'était quand ? chercha-t-elle. 1943, 1944. La guerre. L'Occupation. Les Allemands. Vichy. Les Juifs…

Elle ressentit soudain un profond malaise.

Que fais-je ici ? se reprocha-t-elle, comme prise de remords. Elle avait maintenant le sentiment qu'elle ne devait pas tenter de savoir ce que les murs qui l'entouraient cachaient à propos d'Ana. Ce n'était pas l'intimité de Lucie Fontanes qu'elle s'apprêtait à violer, comme le lui avaient reproché les vieillards attablés au café des Platanes, mais celle de sa propre mère.

— Je ferais mieux de m'en aller pendant qu'il est encore temps ! marmonna-t-elle entre ses dents en reculant devant un objet posé au sol et dissimulé sous un sac de jute.

Instinctivement elle saisit le sac, prête à le soulever. Hésita. Quelque chose lui disait de s'abstenir. Mais ce fut plus fort qu'elle. D'un geste vif, elle ôta le sac et dégagea un animal empaillé. Surprise, elle sursauta. Un chat de la plus belle espèce ! Elle trouva sa découverte assez macabre.

Pourquoi avoir empaillé son chat ? s'étonna-t-elle, quelque peu horrifiée. Et pourquoi l'avoir abandonné dans l'épicerie ?

Elle rabattit le sac du bout des doigts et quitta les lieux sans plus tarder. Elle avait besoin de réfléchir, de mettre ses idées en place, car, à présent qu'elle avait vu la maison de Lucie, elle se demandait plus que jamais pourquoi celle-ci l'avait léguée à Ana.

Il doit y avoir une raison, mais laquelle ? s'interrogeait-elle en remontant dans sa voiture.

Les trois vieillards étaient toujours attablés à la terrasse du café. Au moment de partir, elle entendit l'un d'eux l'interpeller. Elle baissa la vitre de sa portière.

— Alors, vous avez trouvé ce que vous cherchiez ?

— Je ne cherchais rien de particulier. Je voulais simplement visiter les lieux.

Elle démarra en trombe, ne tenant pas à discuter avec ces hommes qui lui semblaient un peu trop curieux, et se dirigea vers une petite pension de famille qu'elle avait repérée à son arrivée.

Elle y prit une chambre pour la nuit et demanda à téléphoner. Le propriétaire de l'établissement, ravi de recevoir une nouvelle cliente, s'enquit d'où elle venait et de ce qui l'amenait dans la commune.

— Je réside à Lausanne, répondit Sarah en s'emparant du combiné. Précisément, puis-je appeler en Suisse ?

— Euh… oui, hésita l'hôtelier, je me renseignerai pour le tarif. Faites donc.

Sarah voulait s'entretenir avec Gilles, car elle n'était plus sûre de ce qu'elle devait entreprendre.

Elle lui fit part de sa découverte, de ses rencontres, de ses premières impressions.

— La maison est vieille, reconnut-elle. Elle n'est pas habitable dans son état actuel. Ça ne te plairait pas, c'est certain. Mais la région est très belle, malgré une apparence austère. Les gens d'ici sont des taiseux. J'ai eu le sentiment qu'ils se méfiaient quand je leur parlais.

— Tu ne devrais pas t'éterniser, lui conseilla Gilles. Tu perds ton temps. Fais le nécessaire pour mettre cette maison en vente et reviens sans tarder. Mieux vaut ne pas t'incruster.

Sarah ne partageait pas tout à fait l'avis de Gilles. Quelque chose en elle la poussait à ne pas abandonner aussi rapidement. Certes, elle n'avait pas l'intention de transformer la maison de Lucie en résidence secondaire. Mais cette bâtisse gardait sans doute des secrets, se disait-elle, songeant au séjour de sa mère.

Qu'est-ce qu'Ana était venue faire dans ce coin reculé des Cévennes ? Qui avait-elle connu dans la commune ? Que s'était-il passé avec ses parents ? Pourquoi n'avait-elle pas été arrêtée avec eux ?

Toutes ces questions ne cessaient de s'entremêler dans sa tête. Demeurant sans réponses, elles l'incitaient à persister.

— Non, je ne peux pas partir aussi vite, maintenant que j'ai entrepris un si long voyage ! opposa-t-elle à son compagnon. Je reste à Saint-Germain-de-Calberte encore quelques jours, le temps de faire complètement le tour du propriétaire. Lucie possédait des terres à l'extérieur du village. Je veux voir dans quel état elles se trouvent. Et ce que je pourrais en tirer. Il me faudra sans doute me rendre à Alès dans une agence immobilière, et faire procéder à une expertise si je mets la propriété en vente. De plus, j'ai l'intention de faire un grand nettoyage. Ça me prendra bien jusqu'à la fin de la semaine prochaine.

Gilles n'insista pas. Son travail pressant pour son laboratoire l'accaparait trop pour lui permettre de se consacrer à Sarah.

— Tu ne m'en veux pas ? lui demanda-t-elle.

— Fais comme tu le sens. De toute façon, j'ai beaucoup de boulot.

Le soir, après le repas à la pension, elle se plongea dans les actes notariés que lui avait confiés maître Laffont et examina avec le plus grand soin toutes les transactions concernant les biens légués par Lucie Fontanes. Tout appartenait à sa famille. Les plus vieux documents dataient de 1629 et portaient le nom d'un certain Julius Barthélémy Pelatan, son nom de jeune fille. Des parcelles avaient été achetées par un lointain ancêtre en 1685, l'année même de la révocation de l'édit de Nantes, à un dénommé Brutus Almeras, ainsi que la maisonnette qui correspondait à l'épicerie. Cette fonction n'apparaissait sur les actes qu'à partir de 1821, à l'époque d'un certain Isaac Pelatan qui était forgeron. Sur d'autres papiers, il était question de simples échanges : en 1851, quelques acres de terre plantées de châtaigniers contre l'accès à une source ; cinq ans plus tard, l'usage d'une *clède,* un séchoir à châtaignes, contre le droit de laisser pâturer des brebis.

En parcourant les actes officiels qui attestaient l'origine de la fortune des Pelatan, Sarah eut l'impression de remonter le temps, celui de l'Histoire. Elle tenta de dresser un arbre généalogique en y plaçant chaque membre de la famille, en y précisant son métier – cultivateur, forgeron, maréchal-ferrant, marchand ambulant… Elle découvrit même un caporal de l'armée napoléonienne, revenu de la campagne de Russie, ayant reçu les honneurs du maire de la commune.

Tout lui parut parfaitement en ordre. Les Pelatan étaient une vieille famille de souche paysanne, protestante, comme la plupart des villageois. Ils représentaient la dernière lignée d'une branche qui s'éteignait avec Lucie. Certes, d'autres Pelatan pouvaient exister, mais le notaire avait été formel : Lucie était morte sans descendants directs. Il en était de même pour son mari, Justin Fontanes. Nul ne pouvait donc contester son testament.

Le lendemain, de bon matin, Sarah retourna dans la maison. Elle voulait se rendre compte des travaux à entreprendre pour rendre les lieux plus habitables et surtout plus agréables. Elle avait conscience que la vente en serait facilitée.

Auparavant elle prit un thé au café des Platanes, espérant y glaner de plus amples informations sur les Fontanes.

A neuf heures du matin, les premiers clients étaient déjà accoudés au comptoir et discutaient du temps et des actualités qu'ils avaient suivies sur leur poste de télévision ou à la radio. Le dimanche précédent, 20 juillet, le Tour de France s'était achevé par la victoire de Bernard Thévenet sur les Champs-Elysées, victoire finale qu'il s'était assurée dans l'Izoard à la manière brillante d'un Louison Bobet.

— Eddy Merckx a raté son coup, ironisait l'un d'eux en s'adressant au patron de l'établissement. Une sixième victoire aurait fait de lui le recordman de l'épreuve.

— N'empêche qu'il demeure à ce jour le plus grand cycliste de l'Histoire. Il a quand même remporté cinq Tours de France et cinq Tours d'Italie… sans compter le reste !

Les commentaires allaient bon train. Sarah écoutait avec attention, cherchant à s'immiscer dans la conversation afin de la ramener au sujet qui l'intéressait. L'occasion lui en fut donnée par un vieil homme qui, dès son entrée dans le café, maugréa contre le garde champêtre.

— Ce jeune freluquet ne connaît rien aux habitudes des anciens de la commune, déclara-t-il à la cantonade, l'air furieux.

— Que t'est-il donc arrivé, Antoine, pour te mettre dans un état pareil ? lui demanda aussitôt le cafetier.

— Figure-toi que j'ai posé des collets dans mes terres pour attraper ces satanés blaireaux qui me dévastent tout dans mon potager. Eh bien, le Pierrot du Mas neuf est venu me verbaliser, soi-disant parce que je n'avais pas le droit de m'attaquer à ces bestioles sans autorisation. C'est un monde ! On n'est même plus maître chez soi. Je lui en foutrai, moi, des autorisations *essepéciales* ! Ah, ça se passait pas comme ça du temps de Justin ! Lui au moins fermait les yeux.

— Que vas-tu rechercher le Justin Fontanes ? C'était avant la guerre. Y a plus de trente ans qu'il est mort.

Sarah sursauta. Justin Fontanes était donc aussi garde champêtre. Elle se permit d'intervenir :

— Vous connaissiez bien Justin Fontanes ?

Le client se retourna dans sa direction, repoussa son béret sur son front, découvrant un visage rougeaud, barré de grosses rides.

— Pour sûr que je le connaissais bien, le Justin ! On était de la même classe.

Puis, se demandant à qui il avait affaire, il ajouta en adoucissant sa voix rauque :

— Qui êtes-vous, ma petite dame ? On ne vous a jamais vue dans le coin jusqu'à présent. Vous êtes une touriste ?

— Pas exactement. Je suis la nouvelle propriétaire de la maison de Lucie Fontanes.

— Une parente à elle ?

— Non, pas du tout. C'est un peu compliqué. Mais tout ce qui touche aux Fontanes m'intéresse.

L'homme se referma aussitôt.

— Encore une *estrangère* au pays ! susurra-t-il à l'adresse du cafetier.

— Vous pouvez me dire comment est mort Justin Fontanes ? poursuivit néanmoins Sarah, voulant se montrer avenante.

— C'est de l'histoire ancienne, lui répondit le tenancier.

— Tu ferais mieux de te taire, Robert, le coupa son client en revissant son béret sur son crâne. C'est pas ses affaires !

Sarah ne désarma pas.

— Il est mort en 1945, n'est-ce pas ? Lucie était veuve depuis près de trente ans quand elle est décédée.

— Justin était résistant, précisa Robert Dugas. Il a été tué peu avant la fin du conflit. On a retrouvé son corps criblé de balles dans la forêt d'Aire-de-Côte, sur les pentes de l'Aigoual.

Sarah venait enfin d'obtenir un renseignement précis. Elle avait la ferme intention de découvrir tout le passé des Fontanes, afin d'éclaircir les raisons qui avaient poussé Lucie à transmettre sa fortune à sa mère.

— Et Lucie, poursuivit-elle, de quoi est-elle morte ?

— Oh, Lucie ! Elle a été emportée par une de ces cochonneries de maladies modernes. Elle avait quitté la commune depuis bientôt dix ans. Elle vivait dans une maison de retraite en ville. Si vous voulez en savoir plus, il vous faudrait aller à Alès, là où elle s'était retirée.

Sarah n'en demanda pas davantage.

Elle paya sa consommation et traversa sans tarder la placette du village.

Comme la veille, elle commença par aérer en grand toute la maison. L'odeur des vieux meubles l'incommodait. Passant d'une pièce à l'autre, elle établit un plan de bataille. Seule, avec peu de moyens, elle se sentit découragée. Mais refusant de se laisser abattre, elle sortit un carnet et un stylo-bille de sa poche afin de dresser la liste des travaux à entreprendre en priorité.

— Tout est à refaire, soupira-t-elle, ne pouvant s'empêcher de parler à voix haute. Même l'électricité n'est pas aux normes.

Les fils en effet couraient le long des murs, simplement agrafés sur les couvre-joints des menuiseries. Les interrupteurs et les prises dataient d'une époque lointaine, le tableau présentait un tas de fusibles sans plus de précisions. Le réchaud était alimenté par une bouteille de gaz butane placée sous l'évier. Il fallait s'agenouiller et faire des acrobaties pour l'atteindre.

Une fois sa liste dressée, elle décida d'arracher le papier peint de la pièce à vivre.

— Ce sera toujours ça de fait ! Ensuite, quand j'aurai terminé cette première corvée, je descendrai à Alès acheter de la peinture et du papier plus moderne.

Après avoir déniché quelques outils rudimentaires et un escabeau dans un appentis, elle commença son travail. Les lés se décollaient facilement. Le plâtre avait été recouvert au préalable de plusieurs couches d'enduit, ce qui avait eu pour effet de le durcir.

Il ne lui restait plus qu'un demi-pan de mur à achever. La chaleur était déjà accablante. Sarah fit une pause, se servit un verre d'eau fraîche au robinet et s'affala dans le fauteuil de cuir, face au poste de télévision. Elle imagina Lucie Fontanes en train de regarder *Vive la vie* ou *Les Saintes chéries*, les séries de l'époque où elle avait dû acquérir son téléviseur, somnolant dans la pénombre, l'écran allumé. Elle avait cherché une photo d'elle dans les tiroirs des commodes, dans le buffet. En vain. Elle ne pouvait donc mettre un visage sur celle qui occupait ses pensées.

Ses yeux furent tout à coup attirés par une tache bleue à moitié dissimulée sous le prochain lé à décoller. Elle n'y avait pas prêté attention jusqu'alors. Plus qu'une tache, il s'agissait du début d'un mot écrit à l'aide d'un pinceau ou d'un doigt trempé dans l'encre !

Elle s'extirpa de son fauteuil et, délicatement, arracha la bande de papier.

A sa grande stupéfaction, elle découvrit une phrase rédigée en gros caractères, comme dans un moment d'immense frayeur.

Sur le plâtre peint en crème, les lettres s'alignaient de façon hésitante :

Ne cherchez pas à savoir.

Sarah recula d'un pas, comme prise de panique, se rassit dans le fauteuil, épongea son front ruisselant de sueur d'un revers de main.

— *Ne cherchez pas à savoir*, relut-elle comme pour mieux deviner le sens caché de cette mise en garde.

Que cela signifiait-il ?

De quand cette inscription datait-elle et qui en était l'auteur ? Pourquoi avoir écrit sur le mur ? Lucie avait-elle tapissé afin de masquer ces mots qui dissimulaient peut-être un lourd secret ?

5

Etrange découverte

Sarah se demandait si elle ne ferait pas mieux
d'écouter Gilles et de rentrer à Lausanne le plus vite
possible. Maître Laffont pourrait se charger de la vente
de la maison.

Le soir de sa découverte, elle ne téléphona pas à
son compagnon. Elle connaissait d'avance sa réponse.
Elle préféra garder pour elle ses questions. Devait-elle
poursuivre ses investigations ? Chercher à comprendre
le sens de cette mystérieuse inscription ? A qui était-
elle adressée ?

Elle ne descendit pas prendre son repas dans la salle
à manger de la pension de famille afin d'éviter de se
retrouver avec les autres clients. Elle se fit monter un
plat dans sa chambre.

L'hôtelier la crut souffrante.

— Si vous le désirez, demain matin, à la première
heure, je peux appeler un médecin. Il arrive souvent
que les touristes attrapent une bricole pendant leur

séjour. C'est parfois à cause du changement de nourriture ou de l'eau qu'ils boivent par imprudence aux fontaines de nos villages.

— Je vais bien, je vous remercie. J'ai seulement besoin d'un peu de calme. C'est pourquoi, ce soir, je ne souhaite pas me mêler à la clientèle.

— N'hésitez pas à sonner et, si vous voulez encore téléphoner en Suisse, ne vous gênez pas. Mon téléphone est à votre disposition.

Sarah pensa à ce qu'elle avait découvert jusqu'au milieu de la nuit, puis finit par s'endormir.

Elle se leva de bon matin, d'attaque pour poursuivre ses travaux. Elle se rendit d'abord à Alès et acheta peinture et papier pour rafraîchir les quatre pièces de l'habitation.

Avant de reprendre la route de Saint-Germain-de-Calberte, elle se rendit chez les Compagnons d'Emmaüs. L'hôtelier lui avait indiqué qu'elle pouvait avoir recours à leurs services pour évacuer tout ce qui l'encombrait : mobilier, linge, outils. Elle était décidée à faire place nette. Cette maison avait besoin d'un sérieux coup de balai et d'une profonde rénovation si elle voulait avoir une chance de la revendre un bon prix.

Elle fut de retour au début de l'après-midi et se remit aussitôt au travail. Elle détapissa le salon en deux heures seulement, puis y rangea les meubles des pièces du rez-de-chaussée pour plus d'aisance. Les Compagnons d'Emmaüs devaient venir vider les lieux le lendemain matin. Aussi prit-elle le temps de fouiller les armoires, les commodes, le buffet de la cuisine pour sauvegarder tout ce qui pourrait lui être utile dans ses recherches du passé de Lucie Fontanes et de son mari. Elle ne trouva rien d'autre que de vieux journaux, des calendriers des PTT, des almanachs, des catalogues de Manufrance, des cartes postales envoyées à Lucie par des amies parties en vacances en Auvergne et sur la Côte d'Azur. Aucune lettre personnelle, aucun carnet où Lucie aurait pu inscrire des confidences, des pense-bêtes, des recettes, comme le font beaucoup de ménagères dans l'idée de les réaliser un jour à l'occasion d'un repas de famille.

Le lendemain, comme prévu, une camionnette s'arrêta vers dix heures devant la maison. Trois déménageurs en salopette bleue en sortirent sous les yeux médusés des clients du café des Platanes à qui rien n'échappait. Sur les flancs du véhicule, le mot « Emmaüs » était inscrit en gros caractères.

— On dirait que la Suisse a décidé de faire le ménage ! releva Robert Dugas, le cafetier, en servant les trois hommes qui s'étaient méfiés de Sarah à son arrivée.

— Qui c'est, ces Emmaüs ? demanda l'un d'eux.

— Ben, tu sais bien ! Des gens sans boulot qui travaillent pour la fondation de l'abbé Pierre. Ils ramassent les vieilleries, les retapent et les revendent pour gagner de l'argent destiné aux pauvres.

— Ça signifie que la Suisse veut se débarrasser des meubles de la Lucie ?

— Je le crois, oui. Sinon, je ne vois pas ce que ces gars seraient venus faire chez elle.

— *Boudiou !* C'est le Justin qui doit se retourner dans sa tombe, ajouta un comparse. Il va être furieux en regardant ça de là-haut !

— Elle a pas le droit d'agir ainsi ! s'insurgea le troisième, l'octogénaire qui avait conseillé à Sarah de rentrer chez elle le jour de son arrivée.

— Elle a tous les droits, lui rétorqua Robert, c'est elle la propriétaire à présent. Elle fait ce qu'elle veut de ce qui lui appartient. Et, entre nous, cette maison a bien besoin d'un grand nettoyage.

Sarah supervisait les allers-retours des déménageurs. Ceux-ci enlevèrent tout ce qui leur tombait sous la main, même la bouteille de Butane y passa. Ils éprouvèrent beaucoup de difficulté à vider l'étage, car ils durent démonter les armoires, les descendre délicatement par l'escalier étroit, s'y reprendre à deux ou trois fois.

La chaleur aidant, ils suaient sang et eau quand ils parvinrent au bout de leurs peines.

Sarah les arrêta net lorsqu'ils emportèrent enfin le fauteuil en cuir du salon. Une sorte de regret l'empêcha de le laisser partir avec les meubles qu'ils avaient déjà embarqués.

— Non, pas celui-là, s'il vous plaît, leur dit-elle. Remettez-le à sa place.

L'un des déménageurs s'étonna :

— C'est pourtant une vieillerie. Il est tout défraîchi et râpé. Vous n'en obtiendrez rien. Il doit dater de Mathusalem !

— J'y tiens. J'essaierai de le retaper moi-même, prétexta Sarah pour couper court à la discussion.

Les trois hommes s'exécutèrent.

Leur travail terminé, Sarah leur offrit à boire et leur demanda ce qu'elle leur devait.

— Vous donnez ce que vous voulez, lui répondit le conducteur du fourgon. De toute façon, tout ce qu'on pourra tirer de vos meubles ira aux pauvres. C'est comme ça qu'on leur vient en aide.

Sarah sortit de son portefeuille deux billets de cinq cents francs.

— Tenez, pour la main-d'œuvre et le déplacement.

Après le départ des Compagnons d'Emmaüs, elle reprit aussitôt son ouvrage. L'après-midi était déjà bien entamé mais, le soleil se couchant tard en cette saison, elle pouvait compter sur quelques heures encore pour achever le nettoyage avant de commencer la rénovation des murs.

Sarah n'avait jamais entrepris de tels travaux. Elle demanda l'avis de l'hôtelier, qui lui proposa les services de son fils.

— Il se débrouille bien pour ses quinze ans. Il m'a aidé à repeindre la salle à manger du restaurant et à tapisser les chambres. Vous pouvez lui faire confiance. Il vous sera de bon conseil. Et ça l'occupera pendant ses vacances. Les jeunes, il ne faut pas les laisser désœuvrés.

— Je le paierai, avança Sarah.

— Je ne disais pas cela dans cette intention. Mais si vous le dédommagez, ne lui donnez pas trop, il ne doit pas s'habituer à rendre service aux gens pour de l'argent.

— Toute peine mérite salaire, non ?

— C'est comme vous voyez.

Sarah se réjouit d'être secondée. Il lui restait seulement dix jours avant de repartir à Lausanne. Seule, elle n'aurait pas pu terminer la première tranche de travaux qu'elle avait entreprise.

Le lendemain, le jeune Francis Lacoste vint lui offrir son aide.

Ils commencèrent par la pièce à vivre. Auparavant, Sarah prit une photo de l'inscription sur le mur afin d'en conserver une trace. Puis ils appliquèrent le papier peint sur les murs. Francis semblait avoir fait ce travail toute sa vie et étonnait Sarah qui se trouvait dans la situation de l'apprentie, ce qui la faisait sourire intérieurement. Elle suivait ses conseils comme une élève devant son maître, préparait les lés, les encollait, les lui remettait pour qu'il les ajuste les uns à côté des autres.

— Ce sont des raccords droits, releva-t-il. C'est plus facile que les raccords sautés.

Le jour suivant, ils passèrent au salon. La pièce était plus petite mais les murs plus abîmés. Il fallut les enduire pour gommer les irrégularités du plâtre.

— Heureusement que tu es venu m'aider, reconnut Sarah. Je n'aurais jamais eu la force de peindre moi-même les plafonds.

— C'est un travail difficile, répondit fièrement le jeune garçon. Mais beaucoup de femmes le font. Il suffit de vouloir !

— Lorsque je reviendrai, on s'attaquera aux chambres et à la cage d'escalier. Quand tombent tes prochaines vacances ?

— J'ai quelques jours à la Toussaint. Puis deux semaines à Noël.

— Alors, va pour la Toussaint.

— Fin octobre, début novembre. Ce sera bon pour les champignons. Je vous y emmènerai si vous aimez ça. Avec mon père, on connaît des *boletières* que personne n'a jamais trouvées.

— Des quoi ?

— Des *boletières*, des endroits où poussent les bolets, les cèpes, quoi ! Vous n'allez pas aux champignons en Suisse ?

— Tu sais, Lausanne est une grande ville. Et j'avoue que je mène plutôt une vie de citadine.

— Je vois. Vous n'êtes pas habituée à la campagne. Mais qu'à cela ne tienne, je vous montrerai.

Sarah avait fini par prendre son jeune apprenti en sympathie.

Il était le premier Cévenol avec qui elle avait noué un lien de franche amitié. Pendant qu'ils travaillaient tous les deux, il lui parla de sa famille, de ses fréquentations, de sa petite amie, une fille de sa classe au collège. Il ne lui cachait rien, comme si elle avait toujours appartenu à ses proches relations. Avec sa permission, il l'appela par son prénom et la tutoya, ce que son père lui reprocha. Mais Sarah sut détendre l'atmosphère et conquit aussi l'hôtelier.

— Appelez-moi donc Louis, finit-il par lui demander.

Sarah s'étonna de ne pas avoir rencontré la maman de Francis.

— Elle est décédée il y a six ans, lui avoua Louis Lacoste. Emportée par un cancer du pancréas. Mais Francis a bien surmonté la douleur qui l'a submergé à l'époque. Il est fort. Plus que moi.

— J'ai perdu ma mère, il y a quelques années. Je me mets à sa place. Ça n'a pas dû être facile pour lui.

— Vous avez terminé vos travaux ?

— Pour le moment. Mais il reste beaucoup à faire. J'ai demandé à votre fils de m'aider à la Toussaint. Cette fois, on s'attaquera aux chambres de l'étage. J'envisage notamment de pratiquer une large ouverture entre la cuisine et l'épicerie. De même, je voudrais transformer la vitrine du magasin en une vaste baie vitrée et agrandir les fenêtres existantes pour donner plus de clarté. Ça exigera beaucoup de temps et d'énergie. Mais, une fois les travaux terminés, la maison aura gagné de la valeur.

— Vous avez l'intention de la revendre ?

— Oui. Je ne crois pas que mon compagnon apprécierait de passer ses vacances dans cette région.

— Et vous ?

Sarah, prise de court, hésita.

— Finalement, je commence à me plaire ici. Avec le temps, je pense pouvoir m'y faire admettre. J'aime les paysages abrupts de vos Cévennes, rudes et pourtant pleins de chaleur. On y rencontre des gens simples et généreux. Et cette méfiance qu'on pourrait leur attribuer n'est qu'apparente. En tout cas, c'est ce que j'ai ressenti le peu que j'ai discuté avec eux chez les commerçants de la commune.

— Quand repartez-vous ? demanda Louis, qui semblait sous le charme de sa cliente.

— Demain matin. Je reprends le travail lundi, dans deux jours. On m'attend à l'ONU. J'avoue qu'ici j'avais oublié les vicissitudes de la vie internationale. Je vais devoir me replonger dans le tourbillon de l'actualité !

— Bigre ! Quel programme ! Je vous regretterai. Et Francis encore plus que moi.

Avant de prendre définitivement congé, Sarah avait une dernière formalité à effectuer : calculer la dimension exacte des pièces afin d'établir un plan succinct.

A Lausanne, elle comptait parmi ses amis un architecte et avait l'intention de lui demander conseil pour la réalisation de ses projets.

— Ce soir, je passerai quelques heures dans la maison, avertit-elle. Ne vous inquiétez pas si je rentre un peu tard.

Le soleil tombait sur l'horizon quand elle commença ses mesures, d'abord celles des chambres, puis celles du salon. Elle finit par la pièce à vivre où, pensait-elle, il y aurait le plus de travaux à effectuer.

Vers neuf heures, il ne lui restait plus qu'à prendre les cotes du local de l'épicerie. Celle-ci était plongée dans l'obscurité. Elle alluma le néon du plafond et jeta un regard circulaire. La porte d'entrée partageait la devanture en deux parties égales s'ouvrant chacune sur l'extérieur par une vitrine reposant sur un bâti en bois. Le sol était recouvert d'un linoléum marron, usé aux passages les plus fréquentés, devant le comptoir notamment.

Elle entreprit de le soulever pour voir dans quel état se trouvait ce qu'il dissimulait. Mais il se cassa en plusieurs morceaux qu'elle entassa dans un coin. Elle fit apparaître un plancher rugueux composé de larges lattes clouées les unes à côté des autres. Elle marcha sans délicatesse à travers la pièce, martelant le sol du talon afin de déceler les défauts éventuels. Tout lui parut correct.

« On va pouvoir couler une dalle avant de carreler », pensa-t-elle.

Elle allait quitter les lieux, quand ses yeux se fixèrent sur l'arrière du comptoir. Le plancher n'était pas recouvert de linoléum. Elle projeta le faisceau de lumière de sa torche pour mieux y voir. S'accroupit. Tapa du poing.

« Ça sonne creux ! » s'étonna-t-elle.

Elle remarqua que les lattes étaient disjointes. Elle essaya de les soulever. En vain. Elle recommença plusieurs fois et ne fit que se casser les ongles.

« Pas de doute, c'est vide là-dessous. »

Elle alla chercher un pied-de-biche qu'elle avait repéré dans l'appentis. Avec précaution, elle ôta une première latte, puis une deuxième, puis d'autres. Contrairement au reste du plancher, aucune n'était clouée, elles étaient seulement emboîtées. Elle dégagea un petit mètre carré et mit au jour une sorte de trappe.

« Mais qu'est-ce donc ? » se demanda-t-elle.

Son cœur s'accélérait à l'idée de découvrir quelque chose d'insolite.

La gorge serrée, elle souleva facilement le couvercle de bois et écarquilla les yeux.

« Une cave ! »

Elle balaya l'espace au moyen de sa torche. Un escalier raide plongeait dans le noir.

Peu rassurée, car elle craignait la présence de rats, elle descendit, retenant son souffle.

L'endroit était exigu, trois mètres sur quatre environ, bas de plafond, mais un homme pouvait y tenir debout. Une minuscule ouverture donnait sur l'extérieur, dissimulée derrière un tas de gravats visible de l'intérieur.

« Pour l'aération et la lumière », se dit-elle.

Les murs en grosses pierres servaient d'assise à la bâtisse qu'ils soutenaient. L'un d'eux reposait sur le rocher, du schiste piqueté de cristaux de quartz. Le plafond était doublé d'une autre série de planches épaisses.

Le mobilier paraissait relativement récent : une petite table, une chaise en bois, un lit d'une personne doté d'un matelas et d'une couverture poussiéreuse, deux étagères reposant sur des moellons de granite en constituaient l'essentiel.

Sarah songea à ce qu'elle avait appris au musée des Vallées cévenoles de Saint-Jean-du-Gard et au musée du Désert de Mialet : pendant la guerre des Camisards, au XVIIIe siècle, les huguenots aménageaient des cachettes dans leurs maisons, pour y dissimuler l'un des leurs recherché par les dragons du roi. C'était parfois un placard à double fond creusé dans un pan de mur, un renfoncement derrière une armoire, ou un meuble dans lequel un homme debout pouvait se cacher.

Rien n'avait été abandonné sur place, sauf une vieille bible protestante datant de 1702, ce qui confirma l'hypothèse de Sarah.

« Cette cache n'a pas dû être utilisée depuis longtemps. Les Fontanes s'en servaient peut-être de cave pour entreposer des marchandises. Ils ont seulement respecté ce livre saint qui est d'époque. »

Un détail toutefois attira son attention : sur la table, une assiette en faïence, dans laquelle subsistaient des traces tenaces de nourriture, un verre et des couverts en fer-blanc. Si le verre paraissait ancien, l'assiette était décorée d'une tour Eiffel, preuve que le dernier

occupant ne remontait pas à l'époque de Louis XIV !
se dit alors Sarah, interloquée.

Elle pensa à la guerre : Justin Fontanes était résistant, il devait s'y cacher pour échapper aux miliciens ou à la Gestapo.

Elle éprouva subitement une grande émotion. Cet endroit était tout empreint de souvenirs, certainement douloureux. Elle imagina cet homme, qu'elle ne connaissait pas, dont elle n'avait jamais vu le portrait, tapi dans la pénombre, vivant des heures d'intense frayeur, juste au-dessous du plancher de l'épicerie où sa femme recevait ses clientes comme si de rien n'était, percevant leurs conversations, les questions brutales de ceux qui le recherchaient. Elle devina la peur que devait ressentir Lucie aux pires moments de ces interrogatoires.

Elle s'apprêtait à quitter ce lieu quand elle remarqua dans le mur, juste entre les deux étagères, une pierre légèrement descellée. Elle y appliqua les deux mains. La pierre bougeait. Elle parvint à la faire pivoter sur elle-même, découvrant une niche noire et peu profonde.

« La cache pour la Bible », supposa-t-elle sans hésiter.

Prudente, elle passa l'avant-bras dans le trou, sentit du bout des doigts un objet. Elle s'en saisit, le sortit. C'était un cahier d'écolier ressemblant à ceux qu'elle utilisait quand elle était petite.

Son émotion redoubla. Ce cahier ne pouvait être très ancien. Sans doute renfermait-il des renseignements que Justin tenait secrets et qui ne devaient surtout pas tomber aux mains des Allemands.

Elle replaça la pierre avec précaution. Remonta dans l'épicerie. Referma la trappe. Remit tout en ordre, le cœur haletant.

Que contenait ce cahier ? Qu'était-elle sur le point de découvrir ?

Elle s'assit dans le fauteuil de cuir. But un verre d'eau. Ouvrit le cahier, les doigts tremblants. Lut la première ligne, stupéfaite.

Des mots soigneusement calligraphiés, ressemblant à ceux de l'inscription du mur de la cuisine :

Je m'appelle Ana Goldberg. Voici mon histoire
et celle de ma famille...

6

Poignante révélation

Sur le moment, Sarah hésita à poursuivre sa lecture. Le lieu n'était pas bien choisi pour pénétrer dans l'univers secret de sa mère.

Elle feuilleta lentement le cahier. A chaque reprise d'écriture, Ana avait indiqué la date en haut d'une page nouvelle. La première remontait au 10 janvier 1944, la dernière au 25 avril de la même année. Trois mois et demi s'étaient donc écoulés entre le début et la fin de ses confidences.

Sarah avait beaucoup de mal à imaginer ce qui avait pu se passer dans la maison de Lucie et de Justin Fontanes.

« Ce qui est sûr, se dit-elle en refermant le précieux cahier, c'est que ma mère a séjourné ici et qu'elle s'y est probablement cachée. Lucie et Justin Fontanes ont été ses sauveurs quand ses parents ont été arrêtés par les Allemands ou les miliciens de Vichy. »

Elle commençait à entrevoir le début d'une longue et sans doute douloureuse histoire qu'elle avait ignorée jusqu'à maintenant par la propre volonté de sa mère. Elle comprenait mieux à présent pourquoi le notaire de Saint-Jean-du-Gard avait pu lui confirmer le séjour de celle-ci à Saint-Germain-de-Calberte pendant la guerre sous le nom d'Anne Orsini ou d'Anne Montagne. Ses parents avaient dû s'y réfugier sous un faux nom pour échapper aux poursuites. Elle avait eu la vie sauve, pas sa famille malheureusement.

Elle referma la maison.

Inutile de me précipiter, se dit-elle, je ne dois pas me laisser submerger par l'émotion.

De retour à l'hôtel vers vingt-trois heures, elle s'étonna de voir de la lumière. La salle de restaurant n'avait pas désempli. Une bande de jeunes finissait de manger et discutait bruyamment. De nombreuses bouteilles vides encombraient les tables qui avaient été poussées les unes à côté des autres au centre de la pièce.

— J'ai eu du monde à la dernière minute, s'excusa Louis Lacoste. Un groupe de randonneurs qui m'a demandé si j'avais de la place pour les héberger cette nuit. Je n'ai pas voulu refuser. Malgré la saison, ma pension n'est pas pleine. Alors, je n'ai pas hésité.

L'hôtelier paraissait navré à cause du dérangement que ces clients inattendus occasionnaient.

— Ils font un peu de bruit. Ils ont un peu bu et ont besoin de se défouler, mais je vais leur dire de se calmer après minuit. Ils doivent penser aux autres pensionnaires, n'est-ce pas ?

Sarah se taisait, encore sous le choc de l'émotion.

— Ça y est, vous avez terminé votre travail ? poursuivit Louis. J'espère que vous avez bien refermé derrière vous. Pendant ces mois d'été, il faut redoubler de prudence. Le village est parfois traversé par des bandes d'individus qu'on n'a jamais vus ni d'Eve ni d'Adam ! Mieux vaut se méfier. Les cambrioleurs ont vite fait de repérer les maisons abandonnées ou inhabitées.

— Oui, j'ai refermé derrière moi, le rassura Sarah qui l'écoutait d'une oreille distraite. J'ai tout vérifié.

— Vous n'avez pas l'air dans votre assiette. C'est votre départ qui vous met dans cet état ? Vous aimeriez prolonger votre séjour parmi nous ?

— Non… enfin oui… je resterais bien un peu plus longtemps. Mais mon travail, lui, n'attend pas. Je dois regagner mon poste.

— Oh, ma petite Sarah, quelque chose me dit que ce ne sont pas là les raisons de votre triste mine. Pas vrai ?

Sarah avait besoin de s'épancher, de discuter de ce qu'elle venait de découvrir, d'exprimer sa crainte d'apprendre une vérité qui bouleverserait subitement sa vie. Jusqu'à présent, elle avait mené une existence tranquille, à cent lieues de se douter que ses jours avaient commencé dans la douleur, dans le drame. Certes, elle savait ce qu'il était advenu de ses grands-parents. Mais les silences d'Ana lui avaient servi d'armure contre toute envie de remuer le passé.

— Connaissez-vous l'histoire de votre village pendant la guerre ? demanda-t-elle pour éluder la question de Louis.

— Pas vraiment, pour tout vous dire. J'étais jeune à l'époque. J'avais onze ans au début de la guerre. J'avais l'âge de l'insouciance. Pour moi, la guerre, l'Occupation, c'était un peu loin. D'ailleurs, les Allemands, on ne les a guère vus dans la commune.

— Vous viviez ici ! Vous devez quand même vous rappeler certaines choses, non ?

— Oui, bien sûr.

— Vous aviez quinze ans en 1943-44. Vous avez bien des souvenirs précis de cette période !

Louis ne semblait pas très à l'aise.

— J'avais quatorze ans en 44. Mes parents tenaient déjà cette pension de famille. Mais elle n'était pas aussi importante qu'aujourd'hui. Quand j'ai repris l'affaire, à la mort de mon père, j'ai construit une extension pour ajouter cinq chambres. C'est le membre neuf dans lequel vous logez.

— Le membre neuf ?

— Oui, c'est comme ça qu'on appelle une extension de maison dans nos Cévennes. Vous constaterez que les anciens mas ont souvent des ajouts assez visibles de l'extérieur. Chaque fois que la famille augmentait, les propriétaires bâtissaient donc un membre neuf. D'où les toits multiples si caractéristiques des mas cévenols.

— J'avais remarqué.

Sarah sentait que Louis n'avait pas envie de s'étendre sur le sujet qui l'intriguait.

Elle insista néanmoins.

— Vous étiez au courant que les Fontanes avaient protégé des Juifs pendant l'Occupation ?

Louis atermoya.

— C'est ce qu'on raconte. Mais, personnellement, je n'en ai pas la preuve. Je vous l'ai dit, à l'époque je ne m'intéressais pas à ces choses-là. Mais pourquoi me demandez-vous tout cela ?

Le ton de Louis avait subitement changé. Sarah ressentit beaucoup de méfiance dans sa question. Son interlocuteur lui cachait la vérité.

— Ce n'est que de la curiosité de ma part, dit-elle pour l'apaiser. J'ai appris en effet que certains habitants avaient agi d'une façon très humaine pendant la guerre, notamment en portant secours à des réfugiés juifs, des Français mais aussi des Polonais, des Russes, des Hongrois, et même des Espagnols républicains hostiles à Franco et des Arméniens rescapés du génocide de 1915. Ils étaient hébergés à l'Hôtel Martin. Vous devez vous souvenir !

— Oui, bien sûr. Les gens du coin savent tout cela. Mais c'est de l'histoire ancienne. Aujourd'hui, beaucoup d'eau a coulé sous les ponts, comme on dit. Il faut vivre avec son temps. Moi, ce qui m'intéresse, ce sont les touristes. Comme vous, Sarah. En plus, quand ils s'installent dans notre village, c'est autant de gagné pour ceux qui restent. Car, plus qu'ailleurs, ici on souffre de la désertification. Les jeunes partent tous les uns après les autres. Ils vont chercher du travail à la ville. Ils descendent à Alès, à Nîmes ou à Montpellier. Ou montent même à Paris pour ceux qui font de plus grandes études. On ne les revoit qu'à l'occasion, lorsqu'ils rendent visite à leurs parents. Personnellement, je ne peux que me réjouir d'avoir mon fiston auprès de moi. J'espère qu'il prendra ma suite. Mais pour cela, il faudrait plus de touristes. C'est notre enjeu pour l'avenir.

— Je comprends vos soucis, Louis… Je ne vous ennuie plus avec mes questions. Je monte me coucher. Il se fait tard. Demain, une longue route m'attend.

— Je vais demander à mes randonneurs de se calmer. Il est bientôt minuit. C'est le moment de se mettre en veille !

En réalité, malgré l'heure avancée, Sarah n'avait pas l'intention de se coucher. Elle avait pris volontairement son temps avant de se plonger dans le cahier de sa mère, comme pour mieux s'apprêter à affronter un devoir de mémoire.

Entrée dans sa chambre, elle entendit les fêtards marcher dans les couloirs. Certains parlaient à haute voix sans se soucier des autres pensionnaires. D'autres claquèrent leur porte sans précaution.

— Quelle impolitesse ! maugréa Sarah.

Elle s'installa dans son lit et, à la lueur de sa lampe de chevet, parcourut les premières lignes rédigées par sa mère.

L'écriture était soignée, comme celle d'une bonne écolière. Le texte dépourvu de fautes d'orthographe. La ponctuation respectée. Le vocabulaire simple mais précis. Les phrases ni trop longues ni trop courtes. Ana racontait avec une aisance surprenante pour une jeune fille de quinze ans. Ses souvenirs étaient jalonnés de pensées personnelles, de sentiments éprouvés au moment des faits, des réflexions des autres, et même, parfois, de références à des événements qui avaient marqué la vie de sa famille et dont elle connaissait de menus détails.

Sarah ne pouvait retenir ses larmes. Ce qu'elle découvrait de sa mère et de ses grands-parents, elle ne l'avait jamais imaginé. Leur histoire la confondait, la replaçait au cœur de SON histoire. Elle qui n'avait jamais tenu à remuer le passé afin de mieux vivre sans regret l'instant présent, elle ne pourrait plus agir maintenant comme si elle ne savait pas, comme si elle n'était pas, elle, Sarah Goldberg, à l'image de tous ces rescapés de la Shoah et de leurs descendants.

Lorsqu'elle eut terminé sa lecture, au beau milieu de la nuit, elle demeura songeuse et profondément affectée. Son cœur n'était plus qu'une plaie ouverte, une blessure qui s'était soudain réveillée à son insu, qui la brûlait de l'intérieur comme un brasier.

Pourquoi Ana lui avait-elle caché les événements qui avaient marqué ses jeunes années ? Pourquoi ne lui avait-elle pas expliqué les raisons de sa survie ? Pourquoi lui avoir dissimulé la vérité en se réfugiant dans le silence ?

Elle relut entièrement le récit d'Ana. S'imprégna des moindres détails de sa vie, de celle de Simon et Martha Goldberg, ses grands-parents, qu'elle découvrait maintenant réellement, de ce petit David enfin dont elle ignorait l'existence, le frère cadet de sa mère, disparu lui aussi dans des conditions tragiques. Elle les imagina tous autour d'elle, comme si l'Histoire n'avait pas marqué de son sceau cruel le destin de tous les siens.

De ses yeux coulaient des larmes de sang, de désespoir, d'incompréhension.

Pour la première fois, elle éprouvait le goût amer de la revanche, de la vengeance même. Elle ressentait dans ses veines, dans tout son être, son appartenance à ce peuple sans cesse traqué, vilipendé, moqué, réduit au silence, immolé.

— Qu'avons-nous fait, mon Dieu ? ne put-elle se retenir de s'écrier sans se soucier qu'on puisse l'entendre à travers la cloison. Qu'avons-nous fait pour subir un tel châtiment ?

Elle qui ne mettait jamais Dieu au centre de ses préoccupations, qui ne respectait ni le sabbat ni aucune autre fête religieuse du calendrier juif, elle se surprit tout à coup à s'adresser à l'Eternel, mais en termes de révolte, de colère.

Le lendemain à l'aube, elle reprit la route, l'esprit retourné et le cœur chagrin.

Tout au long du parcours, elle se remémora les détails lus dans le journal d'Ana. Elle avait hâte de retrouver Gilles, de se réfugier dans ses bras, de se laisser aller, de s'épancher au creux de son épaule.

Elle avait la ferme intention de lui demander de se plonger à son tour dans le cahier de sa mère. Elle avait besoin d'en parler avec la seule personne qui pouvait l'apaiser, la réconforter. Elle pouvait compter sur Gilles dans ses moments de découragement, de faiblesse passagère, quand elle ressentait la nécessité de s'en remettre à autrui pour y voir plus clair au fond d'elle-même.

Gilles l'écoutait, la rassurait, lui tenait tête également quand elle s'égarait.

Elle l'aimait sans trop se poser de questions.

Et cet amour était sa plus grande richesse, son meilleur rempart contre l'adversité.

Quand elle fut de retour chez elle le soir même, elle ne lui laissa pas le temps de s'exprimer. Elle sortit de sa valise le journal d'Ana et le lui tendit comme on offre un bien précieux.

— Voilà ce que j'ai découvert en fouillant dans la maison de Lucie Fontanes, lui dit-elle après l'avoir longuement embrassé.

— Tu m'as l'air bien secouée, ma chérie. Le voyage t'a épuisée ?

— Je voudrais que tu lises attentivement le contenu de ce cahier.

— Qu'est-ce donc ?

— Le journal intime de ma mère. Toute son histoire jusqu'à ses quinze ans, et celle de sa famille disparue pendant la guerre.

Gilles ne cacha pas son étonnement.

— Tu as trouvé ce cahier dans la maison de Saint-Germain-de-Calberte ?

— Oui, bien dissimulé dans une cave. Je t'expliquerai. Sa lecture m'a bouleversée.

— Puis-je remettre à demain ce que tu me demandes ? Ce soir, j'aimerais profiter de toi et dîner en amoureux. J'ai préparé un bon petit plat pour fêter ton retour. Tu m'as beaucoup manqué.

Sarah se blottit dans les bras de Gilles et tâcha de penser à autre chose qu'au destin d'Ana.

Le lendemain, Gilles entreprit à son tour la lecture du cahier.

— Eh bien, quel récit ! s'étonna-t-il une fois qu'il eut terminé. Mais il manque la fin de l'histoire. Ana ne dit pas ce qui lui est arrivé après, comment elle s'en est sortie…

— Elle n'a pas eu le temps, sans doute. Elle a abandonné son journal dans sa cachette et un autre événement a dû l'empêcher d'y retourner. Lequel ? Je ne pourrai le savoir qu'en retournant sur place procéder à une petite enquête.

Sarah était bouleversée. Elle se posait beaucoup de questions qui restaient sans réponses.

Qu'avait-elle appris dans le journal d'Ana ?

Deuxième partie

UNE FAMILLE
DANS LA TOURMENTE

7

Exilés[1]

1927-1933

Simon et Martha Goldberg étaient tous deux issus de la petite bourgeoisie juive polonaise. Ils s'étaient rencontrés à Varsovie dans les années 1920. Simon, originaire de Lublin, poursuivait un cursus de droit et se destinait à la carrière diplomatique. Martha venait de Cracovie et terminait sa troisième année de médecine.

Ne désirant pas spécialement demeurer dans leur pays natal, où ils n'entrevoyaient pas un grand avenir, ils décidèrent d'aller s'installer en Allemagne pour parachever leurs études. Auparavant, ils se marièrent au printemps 1927, afin de contenter leurs parents

---

1. Les grandes étapes de la vie de la famille Goldberg à partir de ce chapitre et jusqu'en 1943 sont librement inspirées du témoignage de Mme Sylvie Landau retranscrit par Patrick Cabanel dans *Cévennes. Terre de refuge, 1940-1944*, Presses du Languedoc, 1988.

très pratiquants. Pour l'occasion, leurs familles se réunirent à Cracovie, où les noces furent célébrées en toute conformité avec la loi hébraïque. La sœur de Martha, qui vivait à Moscou, ayant épousé un Juif russe communiste, fit spécialement le voyage avec toute la famille de son mari.

Ce fut pour eux un moment merveilleux au cours duquel ils se rendirent compte combien la communauté ashkénaze était soudée et fraternelle. De tous les coins de la Pologne, en effet, affluèrent des oncles, des tantes, des cousins, des cousines, des amis, des relations qu'ils ne connaissaient pas toutes, mais qui voulaient témoigner leur solidarité au jeune couple au commencement de leur vie commune.

« Vous venez de vous engager sur un long chemin qui sera parfois parsemé d'embûches, mais aussi d'intenses instants de bonheur, leur déclara le rabbin à la fin de la cérémonie. N'oubliez jamais que l'Eternel sera toujours votre ultime recours dans vos moments de tourment. Tournez-vous vers Lui pour obtenir la lumière qui éclairera vos nuits. Adressez-Lui vos prières quand vous penserez que tout est à jamais perdu. Ne désespérez jamais de Lui. Car, je vous le dis, en vérité, seul de Lui peut venir le salut. »

Si Martha était particulièrement attachée aux pratiques et aux rites de sa religion, Simon, lui, prenait volontiers ses distances et n'avait jamais cessé de prêcher pour une authentique laïcité au niveau de l'Etat. Certes, il respectait le sabbat et les fêtes juives, mais cela ne l'avait pas empêché de militer dans les rangs des socialistes polonais, et il s'était inscrit dès la première année de ses études dans un syndicat de gauche de l'université de Varsovie. Cela lui avait souvent valu les critiques de certains coreligionnaires qui, par amalgame, le taxaient de communiste.

« J'assume mes idées, leur affirmait-il. Il n'y a aucune contradiction entre militer à gauche et appartenir à la communauté juive ! Mais je ne suis pas communiste. »

Martha, quant à elle, ne faisait pas de politique à l'université. Elle sentait que les Juifs n'y étaient pas très bien considérés, qu'on se méfiait d'eux, qu'on les prenait pour des êtres à part. Elle n'affichait jamais ses convictions au grand jour, mais refusait de se cacher et de nier son appartenance.

Lorsque Simon lui avait proposé de partir en Allemagne, elle avait d'abord hésité, étant très liée à sa famille. Mais elle s'était vite rangée à ses arguments.

« Tu verras, l'avait-il convaincue, à Berlin, nous pourrons terminer nos études et nous faire rapidement une place dans la société. La République de Weimar a consolidé le socle de la démocratie et, en adhérant à la SDN[1], elle a montré au monde entier qu'elle souhaitait vivre en paix avec ses voisins. En Pologne, il n'y a pas d'avenir pour nous. »

Ils décidèrent de s'installer à Berlin courant décembre, afin de commencer leur nouvelle année universitaire en janvier. Auparavant, Simon devait passer son diplôme de droit constitutionnel, Martha son examen de troisième année de médecine. Ils pensaient qu'il leur serait ensuite facile d'obtenir des

---

1. Société des Nations.

équivalences leur permettant de poursuivre leurs études, chacun dans son domaine.

Mais Martha tomba enceinte trois mois après leur mariage.

Leur projet semblait remis en question.

— Je ne pourrai jamais tout mener de front, se plaignait-elle. De plus, nous devions trouver un petit travail, le soir, après nos cours, pour pouvoir vivre décemment. Comment ferons-nous maintenant ? Personne ne m'embauchera, car je ne pourrai pas dissimuler ma grossesse. Plus tard, avec un enfant sur les bras, on ne s'en sortira pas. Il vaudrait mieux rester auprès de nos parents. Ils nous aideraient et nous pourrions terminer nos études sans souci.

Simon n'était pas de cet avis. Devenir père ne lui faisait pas peur.

— On y parviendra. Ne sois pas défaitiste. Quelques semaines après ton accouchement, nous placerons notre bébé chez une nourrice pendant la journée, le temps que l'un de nous deux rentre de la faculté. Nous ne serons pas les premiers étudiants à vivre cette situation !

Martha n'entrevoyait plus l'avenir aussi simplement. Quelque chose en elle éveillait ses craintes, la retenait, lui recommandant de ne pas se précipiter.

— Si je veux réussir une belle carrière diplomatique, tentait de la persuader Simon, je ne peux pas rester en Pologne. C'est à Berlin qu'il faut se trouver aujourd'hui, au cœur de l'Europe de demain.

Martha se laissa convaincre. Elle chassa ses appréhensions et se prépara au départ tout en songeant au bébé qui allait naître au printemps de l'année suivante.

Lorsqu'ils arrivèrent à Berlin fin décembre, la ville était paralysée sous une épaisse couche de neige. Une vague de froid s'était abattue sur l'Europe. On grelottait de Moscou à Londres et à Paris. Les Berlinois vivaient au ralenti, mais préparaient néanmoins Noël avec fébrilité. Après les sombres années de crise au début de la décennie, la prospérité semblait renaître timidement. Les puissances alliées avaient accepté de diminuer le montant des réparations de guerre, et les banques américaines avaient investi de grosses sommes en Allemagne. Les Allemands recommençaient à avoir confiance en eux et en l'avenir.

Simon, bien informé de la situation, se réjouissait de découvrir un pays à nouveau sur les rails de la croissance et ne faisait qu'encourager sa jeune épouse pour lui prouver leur choix judicieux d'être venus s'installer dans la capitale germanique. Le président Hindenburg, élu depuis 1925, bénéficiait de l'appui des principaux partis politiques et de la bourgeoisie. Héros de la Grande Guerre, il avait acquis l'adhésion de la majorité de la population qui voyait en lui un rempart contre le communisme menaçant à l'Est.

— Le pays est entre de bonnes mains, affirmait Simon. Certes, les socialistes sont plutôt hostiles au pouvoir en place, et je les soutiens ici comme chez nous, en Pologne. Mais le jeu démocratique leur laisse toutes les chances de parvenir un jour au gouvernement.

Simon minimisait, comme beaucoup d'Allemands, la montée en puissance d'un certain Adolf Hitler.

Le parti nazi, en effet, attirait de plus en plus les classes moyennes, la petite bourgeoisie qui avait été très touchée par la crise au début des années 1920, et qui se montrait très sensible au discours sur la puissance de l'Allemagne et aussi aux diatribes antijuives. Il connaissait peu la personnalité de son chef, cet Autrichien qui rêvait de constituer une grande Allemagne avec son pays d'origine. Il ignorait qu'Hitler obtenait partout des appuis dans la grande bourgeoisie industrielle, dans les milieux conservateurs, dans le haut commandement de l'armée, et consolidait ses soutiens. Il croyait en l'avenir d'une Allemagne enfin libérée de ses démons d'expansion et de domination.

Une fois sur place, ils cherchèrent chacun du travail en dehors de leurs heures de cours. Simon trouva un poste de veilleur de nuit à temps partiel dans une banque privée, Martha un emploi de garde d'enfants chez Helena et Kurt von Riepper, une riche famille de la bourgeoisie berlinoise. Dans un premier temps, ils louèrent une chambre de bonne sous les toits d'un immeuble ancien de la Bismarck Strasse et se contentèrent de peu.

— Après la naissance du bébé, nous prendrons un logement plus spacieux, proposa Simon. D'ici là, je dois faire valider mes diplômes, puis je demanderai à intégrer l'Ecole des sciences politiques pour compléter mon cursus universitaire. Si l'on m'accepte, je peux espérer faire une brillante carrière diplomatique. Ce sera long, mais le jeu en vaut la chandelle. Plus tard, nous vivrons aisément, nous ne manquerons de rien.

La grossesse de Martha se passait plutôt bien. Elle ne l'empêchait pas d'honorer sa tâche. Elle gardait une fillette de huit ans et un petit garçon de cinq ans, à dix minutes de son domicile, ce qui lui permettait de s'y rendre à pied tous les matins, après le départ de leurs parents au travail. La mère des enfants tenait une célèbre boutique de mode dans un quartier huppé, le père, lui, était avocat au barreau de Berlin. Ils possédaient un bel appartement situé non loin de l'hippodrome et menaient grand train.

Le premier jour, Martha n'avait caché ni son état ni ses origines. Helena von Riepper s'en était souciée immédiatement en l'écoutant décliner son identité.

« Vous êtes enceinte, et vous portez un nom juif ! avait-elle feint de s'étonner.

— Je suis juive et polonaise, madame. »

Helena von Riepper n'avait rien dit sur le moment, mais Martha s'était rendu compte que ce détail l'avait chagrinée.

« J'aurais dû sans doute le mentionner sur la demande que je vous ai adressée, avait-elle ajouté comme pour s'excuser d'un manquement de sa part.

— Hum… personnellement je n'ai pas d'objections à vous faire. Mais mon mari, lui, ne sera peut-être pas aussi large d'esprit que moi. Je lui en parlerai ce soir. Revenez quand même demain, je vous donnerai ma réponse définitive. »

Martha s'était attendue à un refus à cause de sa judéité.

Le lendemain, elle s'était présentée chez les von Riepper sans beaucoup d'espoir. Mais, à sa grande surprise, elle avait obtenu la place, tandis que Simon avait entrepris à la faculté de droit la validation de ses diplômes.

A deux mois de son terme, elle commença à perdre un peu de sang. Le médecin lui recommanda le repos complet.

Mais Martha n'avait pas l'intention de renoncer à son emploi.

— On ne s'en sortira pas sans mon salaire, s'entêta-t-elle face à Simon qui tentait de lui faire entendre raison. On ne gagne pas beaucoup à deux. Si j'arrête de travailler, on ne tiendra pas.

— Je peux trouver un emploi mieux payé. J'étudierai le soir et je travaillerai le jour, à plein temps.

— Et tes cours ?

— Je m'arrangerai. L'essentiel est d'y arriver.

Martha n'eut pas besoin de cesser d'elle-même son travail. Lorsque Kurt von Riepper se rendit compte qu'elle n'était plus tout à fait capable d'effectuer sa tâche auprès de ses enfants, il la convoqua dans son bureau et ne cacha pas son opinion.

— Si je vous ai gardée chez moi, lui déclara-t-il sur un ton cassant, c'était pour faire plaisir à ma femme qui vous avait prise en sympathie. Je ne sais pourquoi, d'ailleurs. A cause de votre état, sans doute. Personnellement, je ne voulais pas d'une Juive sous mon toit. Je ne vous ai rien dit sur le moment, mais je peux bien vous l'avouer maintenant, vous ne m'avez pas convaincu.

— Qu'avez-vous à me reprocher, monsieur ? Ai-je commis une faute ou une négligence ?

— Vous n'avez pas une bonne influence sur les enfants. Une Juive ne peut être à la hauteur d'une éducation telle que je la souhaite pour les miens. Je vous donne donc votre congé sans préavis. De toute façon, votre situation ne vous permet plus de satisfaire à vos obligations.

Martha n'insista pas. Elle avait bien compris que la vraie raison de son renvoi n'était pas son état de grossesse avancée.

— Il m'a congédiée parce que je suis juive, expliqua-t-elle le soir même à Simon. L'antisémitisme est aussi virulent ici que chez nous. Nous serons bientôt considérés comme des parias.

Simon cachait ce qu'il ressentait de son côté. Quand il se rendait à la faculté de droit, il était souvent l'objet de vexations de la part de ses camarades allemands. Seuls ceux qui militaient dans les rangs communistes ou socialistes lui tenaient des discours fraternels. Pour les uns comme pour les autres, le pire danger était la montée du national-socialisme. Il était conscient que dans l'éventualité du triomphe du parti nazi aux élections législatives, la situation des Juifs deviendrait très précaire. Mais il ne souhaitait pas effrayer Martha, surtout dans son état, et s'efforçait de se montrer optimiste.

— Les Allemands sont un peuple raisonnable. Ils n'accepteront jamais de se livrer aux mains d'un démagogue pour assurer leur avenir.

Fin avril 1928, Martha mit au monde une petite fille. La joie qu'elle éprouva chassa aussitôt la crainte qui l'habitait depuis son renvoi de chez les von Riepper. Ana était un bébé chétif mais en bonne santé. Dès que sa maman se penchait au-dessus de son berceau, elle lui souriait comme pour la remercier de lui avoir donné la vie. Simon aussi était aux anges et n'avait de cesse de terminer au plus vite son travail pour se retrouver auprès de sa femme et de sa fille, et de les entourer de son amour.

Il avait brigué et obtenu un poste de bibliothécaire à l'Ecole des sciences politiques où il avait été finalement admis en première année de droit international. Se trouvant sur place, il avait plus de latitude pour suivre ses cours. Certes, il en manquait certains, mais il les récupérait auprès de ses camarades de promotion avec qui il s'était lié d'amitié, des Juifs comme lui. Ses semaines étaient bien remplies et, après être rentré chez lui et avoir donné un peu de son temps à Martha et à son enfant, il se plongeait dans ses livres jusque tard dans la nuit.

Quelques mois après la naissance d'Ana, ils eurent l'occasion de déménager dans un deux-pièces, un étage en dessous, dans le même immeuble. Le loyer était un peu plus élevé mais, grâce à ce que gagnait désormais Simon, ils parvenaient à pourvoir à leurs besoins. Ana ne manquait de rien.

Les mois passèrent. Ils menaient une existence tranquille de jeunes parents travailleurs. Mais dans un pays où la xénophobie allait grandissant, l'horizon s'assombrissait. Simon sentait autour de lui de plus en plus de méfiance et d'hostilité pour la seule raison qu'il était juif.

L'année suivante en effet, la crise économique, venue d'Amérique, s'abattit sur l'Europe. L'Allemagne ne fut pas épargnée. De nouveau, la récession mit brutalement fin au beau rêve de croissance. La pauvreté dans les milieux populaires s'accrut plus rapidement que l'aisance n'avait touché les classes moyennes.

Berlin, haut lieu de la modernité sociale et morale – fait reconnu bien au-delà des frontières –, se repliait sur elle-même. Le ciel s'obscurcit encore avec l'irruption de la crise politique. Le chômage sévissait partout dans le pays, tandis qu'une vague de scandales secouait les institutions de la ville. Le 1er mai, des affrontements sanglants opposèrent communistes et forces de l'ordre, mettant en péril le régime républicain.

A chaque consultation électorale, le parti nazi d'Adolf Hitler gagnait des voix, y compris dans la classe ouvrière qui espérait qu'un sauveur sorte le pays du chaos.

Quand Ana fêta ses deux ans, Martha décida de reprendre le travail. Avec ses diplômes et une formation rapide, elle obtint en juin 1930 une place d'infirmière dans un établissement hospitalier.

— Je souhaite également poursuivre mes études, annonça-t-elle à Simon. Moi aussi, je peux mener les deux de front.

Son ambition de devenir médecin demeurait intacte.

Simon ne semblait pas enthousiaste, mais il devait reconnaître que, jusqu'à présent, c'était Martha qui s'était sacrifiée.

— As-tu pensé à Ana ? lui demanda-t-il cependant. Comment ferons-nous ? Toi, étudiante en médecine et infirmière à l'hôpital, moi, à l'Ecole des sciences politiques et, à mes heures, bibliothécaire, je ne vois pas comment nous pourrons nous occuper de notre enfant !

— On s'organisera. Comme nous en étions convenus, nous mettrons Ana en nourrice. Avec nos deux salaires, à présent nous pouvons nous le permettre. Le soir, nous nous relaierons auprès d'elle. Ça ne devrait pas poser de gros problèmes.

Simon proposa de cesser son travail, mais Martha s'y opposa.

— Je ne veux pas qu'Ana souffre de quoi que ce soit. Les temps sont durs pour tout le monde. Nous avons la chance de travailler tous les deux. Ce n'est pas le moment de prendre des risques. Si l'un de nous vient à perdre son emploi, il faut que l'autre puisse subvenir à nos besoins.

Simon se rangea à l'avis de Martha.

— Tu es la plus sensée de nous deux, reconnut-il. Ce sera difficile, mais nous y parviendrons.

Deux années s'écoulèrent encore. Simon et Martha auraient bientôt terminé leurs études. L'année suivante, ils verraient enfin leurs efforts récompensés.

La petite Ana s'était épanouie et, à quatre ans, faisait la joie et la fierté de ses parents. Elle parlait comme un livre, au dire de sa nourrice, Nora, une jeune Juive que Martha avait rencontrée à l'hôpital. Elle connaissait déjà ses prières. Nora, en effet, était très pratiquante et les lui avait enseignées. Elle ne manquait jamais une occasion d'aller à la synagogue et observait scrupuleusement les rites. Elle mangeait casher et respectait le sabbat chaque semaine. Martha la laissait entièrement libre d'agir auprès d'Ana comme elle le désirait, tant que ses principes d'éducation ne dérogeaient pas aux bonnes règles. Mais Simon, dont la foi n'était pourtant pas moins solide, n'appréciait pas la rigueur de la dévotion de Nora. Il était attaché à la liberté de pensée et n'aimait pas les contraintes, fussent-elles celles de sa propre religion.

— Nora dépasse certaines limites avec Ana. Je ne veux pas que notre fille se sente prisonnière d'une communauté. Les Juifs doivent s'intégrer dans la société. Sinon, ils seront toujours méprisés et rejetés.

Simon avait conscience que l'époque n'était pas favorable aux siens. En Allemagne plus qu'ailleurs, les Juifs n'étaient plus en sécurité. L'antisémitisme grandissait sous l'action des nazis dont l'influence ne cessait de croître. Les milices paramilitaires distillaient une ambiance de guerre civile sur fond de chasse aux sorcières. Les Casques d'acier d'extrême droite s'étaient déjà violemment opposés à l'Union des combattants du Front rouge, communistes. Hitler, libéré de prison après l'échec de sa tentative de putsch à Munich, avait ensuite créé les Sections d'assaut, les SA, puis les Sections de sécurité, les SS. Toutes ces formations attisaient la haine et profitaient de la morosité provoquée par la dépression économique pour transformer les Juifs en boucs émissaires des malheurs du peuple.

Malgré ce climat délétère, Simon s'efforçait de demeurer optimiste et de croire en son avenir. Il espérait que les Allemands n'allaient pas se jeter dans la gueule du loup en votant massivement pour le parti nazi aux élections présidentielles de 1932. Mais, quand il en connut les résultats, il ne put dissimuler ses craintes à Martha.

— Hitler a obtenu trente-deux pour cent des voix, lui annonça-t-il, dépité.

— Il est élu ? s'enquit aussitôt Martha sans relever le chiffre.

— Non, heureusement ! Ce n'est pas assez pour prendre la place d'Hindenburg, qui demeure président. Mais, au Parlement, il peut s'appuyer sur deux cent trente députés. Ils pèseront lourd désormais, très lourd.

Quelques mois plus tard, Simon, ses études terminées, demanda à faire un stage à l'ambassade de son pays. C'était un passage obligé pour clore son cursus universitaire et pouvoir briguer ensuite un poste dans le monde diplomatique.

— Cette fois, je tiens le bon bout, ma chérie, se réjouit-il devant Martha, à qui il restait un an avant de décrocher son diplôme de médecin.

Il remplit toutes les formalités d'usage et s'étonna de devoir préciser s'il était juif ou non. Il ne dissimula pas la vérité, mais s'aperçut que l'employé affecté à l'examen des dossiers le regardait d'un air soupçonneux.

— Ah ! vous êtes juif ? lui dit-il en visant sa lettre de motivation et son curriculum vitæ.

— Je l'ai mentionné, c'est exact. Pourquoi ?

— Pour rien. On vous enverra une réponse dans les huit jours.

Simon ne prêta pas davantage attention à cette remarque. Il avait l'habitude des commentaires désobligeants. Il s'était toujours tenu à l'écart de toute polémique et n'avait jamais heurté de front ceux qui lui reprochaient ses origines. Il espérait être accepté, son professeur de droit international ayant appuyé sa demande.

Une semaine plus tard, il reçut un courrier de l'ambassade de Pologne à Berlin.

— Alors ? s'enquit aussitôt Martha, impatiente.

Simon lut le pli officiel, serra les mâchoires, blêmit.

— Je suis refusé, marmonna-t-il entre ses dents, le cœur explosant de colère. Refusé parce qu'ils ne prennent pas de Juifs ! C'est absurde et injuste !

La réalité venait d'éclater sous ses propres yeux. Simon en était victime. Il ne pouvait plus se voiler la face. Sa vie et celle des siens étaient vouées à l'échec s'il persistait à demeurer en Allemagne.

— Je crains que notre avenir ne soit très compromis, finit-il par reconnaître, la mort dans l'âme.

— Que comptes-tu faire à présent ? J'ai peur à mon tour de ne jamais pouvoir devenir médecin dans ce pays.

Simon demanda à réfléchir. Il n'était pas de ceux qui prenaient des décisions à la légère.

L'année se terminait mal pour les Goldberg. Noël eut un goût d'amertume et d'incertitude. Simon et Martha pourtant tâchèrent de ne pas montrer leurs sentiments devant leur petite fille. Ana ne devait pas s'apercevoir de la grisaille qui les enveloppait de plus en plus chaque jour et s'appesantissait sur toute la nation allemande.

L'année nouvelle ne s'annonçait pas meilleure. En janvier 1933, Hitler rencontra les grands patrons de l'industrie pour leur exposer son programme et s'assurer de leur soutien. Le 30, le président Hindenburg le nomma chancelier du Reich. Les nazis avaient triomphé. En mars, les élections législatives leur donnèrent la majorité au Parlement. Hitler s'attribua alors les pleins pouvoirs.

— C'est fini, déplora Simon. Tout est perdu. Les Allemands ont choisi la pire solution. Hitler est le chef incontesté de l'Allemagne. Dire qu'il a été choisi tout à fait légalement ! Je n'en reviens pas.

— Qu'allons-nous faire ? s'inquiéta Martha. Dans quelques mois, je dois passer mon diplôme de médecin.

Simon la regarda d'un air contrit.

— Je redoute fort que dans ce pays cela ne serve pas à grand-chose !

— Nous pourrions rentrer chez nous, en Pologne. Nous retrouverions notre famille.

— Les Juifs n'y sont pas mieux considérés. Et, pour te dévoiler le fond de ma pensée, si un jour Hitler, dans son souci d'expansion, s'attaque à un voisin, c'est par la Pologne qu'il commencera. Les nazis revendiquent le couloir de Dantzig. Ce sera le prétexte.

— Alors, que faire ?

Simon sourit, prit Martha dans ses bras, appela Ana qui jouait dans sa chambre.

— Mes chéries, leur annonça-t-il. Nous allons partir pour un beau pays de liberté où nous serons heureux et où l'on ne nous fera plus de misères.

— C'est où ? demanda naïvement Ana.

— La France.

8

Réfugiés

1933-1936

Les Goldberg arrivèrent à Paris sans rencontrer de problèmes. Leurs papiers étaient en règle et la législation allemande n'était pas encore défavorable aux Juifs, comme ce serait le cas quelques mois après leur départ.

En débarquant en gare de l'Est, Simon ne put se retenir d'expliquer à sa fille les raisons qui les avaient amenés à fuir l'Allemagne et à choisir la France comme refuge.

— Vois-tu, ma chérie, là d'où l'on vient, les Juifs sont considérés comme des parias. C'est pourquoi nous ne pouvions plus rester en Allemagne.

— C'est quoi les Juifs ? demanda Ana.

— C'est… c'est nous par exemple, hésita Simon.

— On n'est pas comme les autres ?

— Si, bien sûr ! Ceux qui te diront le contraire se trompent. Ne les crois surtout pas.

Autour d'eux le va-et-vient des taxis amusait la fillette. La foule lui paraissait nerveuse, agitée, indifférente. Quelqu'un la bouscula sans s'excuser. Elle laissa tomber le petit sac que sa mère lui avait confié. Outrée, Martha le ramassa et remit de l'ordre dans la tenue de sa fille.

— Ce n'est rien, ma chérie. Les gens sont pressés ici. Paris est une très grande ville, ça grouille de monde.

— Où allons-nous habiter ?

— Dans l'immédiat, nous irons à l'hôtel, précisa Simon. Et dès demain, je chercherai un appartement, pas trop loin d'une école.

Il héla un taxi.

— A Montmartre, s'il vous plaît, ordonna-t-il au chauffeur, place Pigalle.

En réalité, Simon ne connaissait pas Paris, mais il avait entendu parler du Sacré-Cœur et du Moulin-Rouge.

Quand le taxi passa devant l'hôtel de ville du 9e arrondissement, il attira l'attention d'Ana.

— Peux-tu lire ce qui est inscrit sur le fronton de cette mairie ?

Ana ne comprenait pas le français mais, à cinq ans, elle avait déjà appris à le déchiffrer phonétiquement et à en saisir les rudiments avec ses parents qui, eux, le maîtrisaient parfaitement. Elle bredouilla :

— Li… ber… té… E… ga… li… té… Fra… ter… ni… té.

— Tu sais ce que cela signifie ?

— Non, ça veut dire quoi ?

Simon sourit, lui caressa les cheveux, la serra contre lui.

— Cela signifie qu'ici, en France, on sera heureux. Heureux et libres.

À ses côtés, Martha se taisait. Elle regarda son mari, l'air dubitatif.

— Puisses-tu ne pas te tromper ! La France est un si beau pays !

Une fois descendus du taxi, ils déambulèrent sur les trottoirs du boulevard de Clichy. La fillette s'extasiait. Les vitrines des magasins, les belles dames élégamment vêtues, les somptueuses voitures la transportaient dans un monde de rêve.

Simon les emmena dans une rue à l'écart et s'arrêta devant l'entrée d'un petit hôtel à l'enseigne à peine visible.

— Ça devrait faire l'affaire, dit-il.

Ils trouvèrent une chambre modeste dont ils acquittèrent d'avance le prix pour la semaine. Au moment de remplir la fiche de police, Simon fixa du regard le gérant de l'établissement, s'attendant à une réflexion de sa part.

— Je vous propose la 12 au premier étage, elle est un peu plus grande que les autres. Ça vous ira ? Elle donne sur la cour intérieure. Comme ça, avec la petite, vous y serez plus au calme.

Martha se confondit en remerciements, prit la clé et entraîna Ana par la main, tandis que Simon finissait de payer.

— Tu vois, releva-t-il une fois dans la chambre, ici les gens sont très gentils.

— Ils aiment bien les Juifs ? demanda Ana.

— Mais oui, bien sûr, la rassura Martha. En France, les Juifs vivent tranquilles.

Le lendemain, Simon se mit à la recherche d'un appartement autour de la butte Montmartre. Il dut se rabattre sur le 9e arrondissement tout proche et en trouva un au troisième étage d'un vieil immeuble de la rue Fromentin.

— Ce n'est pas très spacieux, prévint-il en introduisant la clé dans la serrure, mais on y sera bien une fois que ce sera meublé.

Le logement comportait quatre petites pièces, une salle à manger, une cuisinette, deux chambres où il était possible de caser seulement un lit et une armoire, et une entrée ouvrant sur un palier sur lequel donnait un autre appartement.

— J'ai entrevu nos voisins en prenant possession des lieux, ils m'ont semblé très corrects. Quand j'ai inscrit notre nom sur la porte, la dame s'est approchée et, en lisant par-dessus mon épaule, a remarqué que nous portions un nom allemand. Je n'ai pas démenti. Nous avons immédiatement sympathisé. Son mari est agent de police municipale et elle attend un bébé pour le début de l'année prochaine.

Martha parut rassurée.

— Les voisins, c'est important, dit-elle en se blottissant dans les bras de son mari.

Ils mirent le restant de la semaine à profit pour finir d'emménager. Simon dénicha de vieux meubles chez un brocanteur, dans le quartier de Saint-Ouen. Ce dernier les lui livra le lendemain. L'installation terminée, Martha rejoignit Simon avec Ana, et invita sa voisine de palier à faire plus ample connaissance.

— Ainsi, vous arrivez d'Allemagne ? lui demanda Thérèse Marchand. Qu'est-ce qui vous a poussés à venir en France ?

De toute évidence, Thérèse n'était pas au courant des événements d'outre-Rhin.

— On ne s'y sentait plus très à l'aise. Mon mari n'est pas parvenu à obtenir la place qu'il convoitait à la fin de ses études.

— Vous êtes allemands, pourtant !

Martha hésita.

— Non, mon mari et moi sommes polonais. Nous vivions seulement en Allemagne.

— Mais… votre nom ?

— Nous sommes juifs, avoua Martha sans détour.

— Ah ! je me disais, se rattrapa Thérèse. Il est vrai que les Juifs ne sont pas très bien considérés en Allemagne. Je vous comprends mieux à présent… Mais, en France, vous n'avez rien à craindre. On aime tout le monde. On ne fait aucune différence. D'ailleurs, voyez, moi, je suis catholique pratiquante et mon mari, lui, ne croit en rien. On s'entend bien quand même !

Thérèse fit plutôt bonne impression à Martha. Le fait qu'elle attende un enfant la rapprochait d'elle.

— Et vous, que faites-vous dans la vie ? s'enquit Thérèse.

— J'ai fait des études de médecine qu'il me faudrait terminer. J'ai aussi exercé comme infirmière.

— Oh, alors, je suis tout à fait rassurée. Dans mon état, on ne sait jamais. J'aurai peut-être besoin de vous au cas où les choses se précipitent.

Dans les jours qui suivirent, Simon se renseigna sur les formalités à accomplir pour faire reconnaître ses diplômes et ceux de Martha. Il rentra chez lui attristé.

125

— Pour moi, je peux espérer la prise en compte de mon cursus universitaire. Une fois la validation obtenue, je demanderai à effectuer un stage à l'ambassade de Pologne. La démarche est la même qu'à Berlin.

— Où est le problème ? s'inquiéta Martha.

— Pour toi, c'est plus compliqué. La seule profession libérale que tu pourras exercer en tant qu'étrangère est sage-femme. Tu dois renoncer à devenir médecin en France.

Martha s'effondra.

— Sage-femme ! Mais je n'ai aucune formation.

— Tu pourrais en suivre une.

— Reprendre une nouvelle fois des études ! Ça n'en finira jamais !

— Je me suis renseigné. Toi aussi, tu bénéficierais d'équivalences. Ce ne serait pas très long. Deux ans maximum.

Martha se rendit à la raison. Elle avait conscience qu'elle devait se battre pour réussir. Elle n'avait pas parcouru tout ce chemin pour abdiquer si près du but. Elle pensa à Ana.

— Je veux que notre enfant soit heureuse. Nous sommes dans un pays de liberté, nous devons tout mettre en œuvre pour son épanouissement.

Martha postula donc pour une formation de sage-femme à la rentrée universitaire d'octobre, tandis que Simon obtenait la reconnaissance de ses diplômes. Aussitôt il posa sa candidature pour un stage à l'ambassade de Pologne.

— Cela ne devrait pas soulever de problèmes particuliers, lui affirma le professeur de droit qu'il était allé consulter à l'Ecole des sciences politiques. J'appuierai votre demande.

Plus d'un mois s'écoula. Martha se partageait entre ses cours et l'éducation d'Ana qu'elle avait inscrite à l'école de son quartier. Les premiers jours, la fillette eut de la difficulté à se faire comprendre, ne parlant pas français. Mais elle s'adapta facilement. Son institutrice, une ancienne hussarde de la République, mit un point d'honneur à lui inculquer les rudiments de la langue française et les savoirs fondamentaux. En découvrant son nom lors de son inscription, elle avait deviné qu'Ana était juive. Mais elle ne fit aucune remarque à Martha. Elle se contenta de lui affirmer :

— L'école est le premier lieu où l'on respecte l'égalité. Votre fille sera considérée comme tous les autres élèves, sans discrimination, dans la plus grande équité. Nous ne nous soucions pas de quel pays elle vient ni de quelle origine elle est. Du moment qu'elle ne montre pas son appartenance religieuse, pour nous, il n'y a aucune objection à ce qu'elle soit juive, musulmane ou chrétienne.

— Mon mari est très attaché à la laïcité, lui répondit Martha. C'est la raison pour laquelle il a tenu à inscrire notre fille dans votre école. Ne craignez rien de la part d'Ana. Elle vous donnera entière satisfaction.

Très vite effectivement, Ana apprit à s'exprimer. En quelques mois, elle conversait avec ses petits camarades de classe presque convenablement et sans accent. Chez eux, Simon et Martha ne s'adressaient à elle qu'en français, bannissant le polonais. Quand

Martha s'oubliait et la câlinait dans sa langue maternelle, Simon la rappelait à l'ordre :

— Quand on vit dans un pays qui nous accueille avec générosité, il faut d'abord parler sa langue, lui répétait-il. C'est plus qu'un devoir, c'est une obligation. Je veux que mes enfants deviennent français, puisque c'est en France que nous avons décidé de vivre libres et de les éduquer.

Martha approuvait son mari, même si, au fond d'elle-même, songeant à sa famille, là-bas, en Pologne où la situation des Juifs, pas plus qu'en Allemagne, n'était assurée, elle priait Dieu en yiddish, la langue de ses ancêtres.

Peu avant Noël, Simon rentra découragé de l'Ecole des sciences politiques où il assistait un professeur de droit international moyennant une petite rétribution.

— L'ambassade de Pologne m'a envoyé sa réponse, annonça-t-il à Martha.

— Et alors ?

— Ils refusent ma demande. Pour la même raison qu'à Berlin. Ils ne prennent pas de Juifs.

— Qu'en dit ton professeur ?

— Il est désolé, bien sûr. Ça vient de l'attitude de la Pologne, pas de celle de la France. Il ne peut rien faire de plus pour moi.

Malgré les incertitudes qui se dressaient devant eux, Martha et Simon Goldberg entamèrent alors l'une des parties de leur existence les plus heureuses. Martha s'était bien intégrée à l'école de sages-femmes. Simon, lui, avait abandonné l'espoir de devenir un jour le diplomate qu'il rêvait d'être. Mais la vie à Paris leur paraissait tellement éloignée des heures sombres qu'ils avaient connues jusqu'à présent que leur nouvelle situation les rendait plus optimistes que jamais.

Simon trouva un travail qui lui plaisait dans une librairie renommée du Quartier latin, à deux pas de la Sorbonne. L'ambiance estudiantine et intellectuelle lui convenait. Il se sentait dans son milieu, d'autant plus que ses nouveaux amis, hostiles à la xénophobie et à l'antisémitisme, ne cachaient pas leurs penchants pour les forces de gauche. Certes, il s'effraya de constater combien en France, comme ailleurs, les ligues d'extrême droite pouvaient se montrer virulentes mais, d'après ce qu'il entendait dire autour de lui, rien n'était comparable à ce qu'il avait vécu en Allemagne au début de la décennie.

En février, alors que les manifestants défilaient dans les rues de la capitale à l'appel des Croix-de-Feu et des anciens combattants, il évita de se mêler à la foule déchaînée. La violence et la haine, attisées par le journal *L'Action française*, fragilisaient le régime. Les scandales politiques, comme en Allemagne avant l'accession d'Hitler au pouvoir, salissaient la République et la mettaient gravement en danger. Mais les forces de gauche et la droite républicaine avaient aussitôt réagi et prouvé aux Français que la démocratie n'était pas prête à abdiquer devant le péril fasciste.

— La France n'est pas l'Allemagne, se réjouissait Simon quand il évoquait la situation avec Martha. Ici, les dictateurs en herbe seraient immédiatement neutralisés. Les Français sont trop attachés à la liberté pour se laisser leurrer par des démagogues de la trempe d'Hitler et de Mussolini.

Martha voulait bien croire son mari mais, au fond d'elle-même, elle n'était pas aussi convaincue que lui.

— Tout peut arriver, lui répliquait-elle parfois, sans se montrer pessimiste. Les Juifs, je le crains, ne connaîtront jamais la paix nulle part, même si on leur offre un territoire, un Etat avec des frontières, le droit de constituer une nation.

— Serais-tu prête à l'exode pour gagner une nouvelle patrie que nous accorderaient les grandes puissances ? Moi, j'y suis hostile. Nous devons nous intégrer là où nous vivons. Je ne désespère pas, d'ailleurs, d'obtenir un jour la nationalité française. Ce serait la fin de nos difficultés.

Martha ne répondit pas à la question de Simon. Partir de nouveau ne l'enchanterait pas, elle en convenait. Aussi s'efforçait-elle de se ranger à son avis.

Elle avait entrepris sa formation depuis plusieurs mois quand, à l'occasion de l'accouchement de sa voisine, elle fut amenée à mettre en pratique le peu qu'elle avait appris. Thérèse Marchand en effet perdit les eaux trop rapidement. Il fallut agir dans l'urgence. Son mari, apeuré, eut le réflexe d'appeler Martha.

— Venez vite, implora-t-il. Ma femme a besoin de vous.

— Mais… hésita Martha. Je ne suis pas encore sage-femme, je ne fais que commencer mes études.

— Vous avez fait médecine ! Alors vous devez pouvoir vous débrouiller.

Il était dix heures du soir. L'immeuble était plongé dans le silence. La rue était calme, alors que toute la journée les défilés n'avaient cessé de perturber l'ordre public. Martha, prise au dépourvu, mit Charles Marchand à contribution, lui demandant de préparer des bassines d'eau chaude et des serviettes propres. Elle avait en sa possession une trousse de premiers soins qu'elle avait conservée depuis ses années de médecine. Mais il lui manquait le nécessaire au cas où le bébé se présenterait mal. Elle appela Charles auprès d'elle afin de l'assister.

— Je ne peux pas ! refusa ce dernier. Je suis un homme ! Ce n'est pas ma place.

— Si vous voulez que tout se passe sans incident, ne vous faites pas prier et venez m'aider.

Charles obtempéra, mal à l'aise.

Le bébé naquit sans difficulté. La maman était épuisée, mais le plus exténué était le père qui ne supportait pas la vue du sang. Lorsque Martha lui tendit son enfant dès sa sortie du ventre de sa mère, il eut un geste de dégoût et fit un pas en arrière.

— Je ne peux pas ! s'exclama-t-il.

— C'est votre fils ! Désormais, il vous appartient de le protéger. Alors, prenez soin de lui.

Martha commençait précocement sa carrière de sage-femme.

Cette première naissance la remplit de joie. Une fois rentrée, alors qu'Ana dormait dans sa chambre, elle se blottit dans les bras de Simon qui l'attendait au lit, et s'abandonna tendrement.

— Tu sais ce qui me ferait plaisir ? lui susurra-t-elle dans le creux de l'oreille.

Sur le moment, Simon crut qu'elle lui demandait de faire l'amour. Il chercha délicatement à la déshabiller, la couvrit de baisers.

— C'est ça que tu désires, ma chérie ? lui répondit-il enfin.

Martha ne put réprimer un éclat de rire.

— Chut ! lui dit Simon en masquant sa bouche de sa main libre. Tu vas réveiller Ana. J'ai eu beaucoup de peine à l'endormir. Elle voulait savoir si le bébé était une fille ou un garçon.

— Un magnifique petit garçon. Comme celui que j'aimerais que nous fassions ce soir.

Simon s'arrêta net de caresser sa femme.

— Tu souhaites un autre enfant ? Maintenant ?

— Tu es contre ?

— Mais… pas du tout. Au contraire.

Cette nuit-là ne fut pas assez longue pour étancher leur amour et l'espoir qui était né dans leur cœur.

Au petit matin, quand Simon se leva le premier pour aller à la librairie, Martha le rappela et lui affirma :

— Je suis sûre que nous aurons un garçon.

Martha dut patienter quelques mois pour tomber enceinte. Lorsqu'elle en fut certaine, elle en fit part aussitôt à Thérèse, qui l'assura à son tour de son aide et de son soutien.

David naquit au début de l'année suivante et combla ses parents de bonheur. C'était un beau bébé de trois kilos, aux yeux vert émeraude comme ceux de sa sœur. Après quelque temps, la ressemblance entre les deux enfants était frappante. Les traits de leur visage, leur sourire, la petite fossette au menton, tout indiquait qu'ils étaient frère et sœur.

« On ne peut pas dire qu'ils ne sont pas de vous ! ne cessait de répéter Thérèse. Vous ne pouvez pas les renier ! Ils ont les yeux de leur mère, surtout Ana, et le menton volontaire de leur père. Vous formez une bien belle famille. »

Martha se sentait fière quand elle entendait de tels compliments. Au reste, partout où elle se rendait avec Ana et David, chez l'épicier, le boucher, le boulanger, ce n'étaient qu'éloges et flatteries.

« Oh, qu'ils sont adorables vos enfants ! Qu'ils sont mignons ! Vous en avez de la chance. »

Martha nageait dans le bonheur. Le simple bonheur d'être mère et de pouvoir choyer ses enfants sans craindre pour leur avenir.

Cette joie fut néanmoins ternie par le refus qu'essuya Simon à sa demande de naturalisation.

Peu après la naissance de David en effet, il avait entrepris les démarches pour que Martha et lui acquièrent la nationalité française. Ils habitaient en France depuis plus de deux ans, un de leurs enfants était né sur le territoire national, ils avaient tous deux un travail déclaré – Martha venait d'obtenir son diplôme qui lui permettait d'exercer, une adresse en bonne et due forme, ils parlaient parfaitement le français et leur casier judiciaire était vierge. Toutes les conditions lui paraissaient remplies. A la préfecture, on lui avait remis un dossier à renseigner et on l'avait averti qu'il devait patienter au moins trois mois.

En juillet, il reçut une réponse négative pour lui, Martha et Ana. Il se précipita aussitôt à la préfecture pour obtenir de plus amples précisions. La décision était irrévocable.

— Il n'y a que David qui pourra devenir français à sa majorité, expliqua-t-il à Martha, dépité. Car il est né sur le sol français.

— Quelles raisons t'ont-ils données pour nous ?

Simon se rembrunit. Martha lut son désarroi sur son visage. D'un coup, elle comprit que l'espérance dont il se nourrissait depuis leur arrivée en France n'était qu'illusoire. Un rien pouvait tout faire basculer, elle le ressentait maintenant plus fort encore qu'auparavant.

— Ils ont dû faire une enquête sur nous et nos parents.

— Nous n'avons rien à nous reprocher !

— Ils ont découvert que tu as une sœur en Russie soviétique, mariée à un communiste. Ils nous soupçonnent d'être nous-mêmes communistes.

— Mais c'est absurde ! Tu ne leur as pas dit que c'était faux ?

— Il était inutile de discuter.

— C'est parce que nous sommes juifs qu'ils ne veulent pas de nous comme citoyens français !

— Non. Ce n'est pas la raison qu'ils ont invoquée. Je t'assure. Je crois que la crainte du bolchevisme est plus forte que le sentiment antisémite. Il faudra faire avec.

— Alors, nous serons toujours des réfugiés ! Même dans ce pays.

— Je pourrai réessayer plus tard, m'ont-ils affirmé. Parfois la législation change sans que les gens le sachent.

Simon ne souhaitait pas faire de cet échec la pierre angulaire de ses ressentiments. Il se plongea à corps perdu dans son travail et dans l'éducation de ses enfants dont il voulait pouvoir dire un jour avec fierté :

« Voilà des petits Français issus de l'immigration qui sont parvenus à s'intégrer et à faire honneur au pays qui les a accueillis. »

Au printemps 1936, lorsque la victoire du Front populaire se concrétisa aux élections législatives, Simon ne put contenir sa joie. Il retrouva le moral. La liesse à laquelle il participait pleinement l'amenait à croire que tout était permis dans un pays où le peuple triomphait contre ses propres démons.

« Léon Blum est juif ! ne cessait-il de s'exclamer. Tu te rends compte, Martha ! Les Français ont osé porter un Juif au gouvernement ! Comme je voudrais voir la tête d'Hitler en ce moment ! »

Simon avait appris que, depuis leur départ d'Allemagne trois ans plus tôt, les Juifs y subissaient les pires mesures de discrimination. Le bruit courait même qu'on les déportait dans des camps de travaux forcés gardés par des unités spéciales de SS arborant la croix gammée à la tête de mort sur leurs uniformes. Hitler avait été proclamé partout à une écrasante majorité. Il avait endoctriné toute la nation allemande et menaçait de plus en plus la paix en Europe. Ses alliés italiens, moins virulents, demeuraient néanmoins un problème pour les démocraties, lesquelles cherchaient à tout prix à maintenir l'équilibre européen.

Aussi, lorsque la guerre civile éclata en Espagne, peu après la victoire du Front populaire en France, la consternation se répandit comme un feu de paille dans la plupart des esprits.

9

En sursis

1936-1940

Simon et Martha s'efforçaient de chasser de leur esprit la hantise d'être rattrapés par leurs origines. Comme tous les Français, ils vécurent les premiers congés payés dans l'insouciance du lendemain. Ils partagèrent leur joie avec leurs enfants qu'ils emmenèrent en vacances au bord de la mer en Normandie, près d'Etretat. Pour l'occasion, ils prirent le train et se mêlèrent aux autres bénéficiaires de cette généreuse initiative du nouveau gouvernement. Avec la hausse des salaires, Simon entrevoyait l'avenir d'un œil serein. Ses inquiétudes s'effaçaient devant les promesses qu'il entendait à la radio ou lisait dans les journaux.

« Léon Blum consolide les acquis sociaux comme jamais cela n'a été fait auparavant, exultait-il. J'espère maintenant qu'il assouplira la procédure de naturalisation pour les étrangers. »

C'était pour lui le dernier écueil à surmonter. Tant qu'il n'obtiendrait pas, pour lui et toute sa famille, la nationalité française, il ne se sentirait pas à l'abri d'éventuelles mesures d'expulsion.

« Les étrangers ne sont jamais considérés comme des êtres égaux en droit vis-à-vis des nationaux, déplorait-il à son travail, devant ses collègues, lorsqu'ils discutaient ensemble de l'Egalité, grand principe de la République française. Il suffit qu'un gouvernement xénophobe triomphe pour qu'ils soient décrétés indésirables et jugés comme la principale cause du malheur des autres. J'ai vécu cela en Allemagne. Je sais ce qu'il en est en réalité. Et ce n'était que le début. »

On avait beau lui affirmer que cela ne risquait pas d'arriver en France, surtout maintenant, avec les socialistes au pouvoir, Simon restait sur sa réserve et ne jurait de rien.

Lorsque, l'année suivante, Léon Blum rencontra de grosses difficultés, critiqué sur tous les plans, y compris sur ses origines juives, par les journaux d'extrême droite, Simon, loin de mettre en avant sa clairvoyance, déclara à ses amis que les Français devaient se méfier des rumeurs et de leurs penchants à trop écouter les sirènes de la haine et du désenchantement.

— Il fallait s'attendre à ce que les forces de la droite réactionnaire repassent à l'attaque à la première occasion, leur dit-il. Ceux qui veulent l'échec du Front populaire ne désarmeront pas tant qu'ils n'auront pas obtenu la démission de Léon Blum. Et ils ne se priveront pas de le traîner dans la boue pour le déstabiliser. Ils ont déjà eu la peau de Roger Salengro. D'autres suivront, j'en ai peur.

Le ministre de l'Intérieur, maire de Lille, s'était en effet donné la mort par asphyxie au gaz dans son appartement, après une campagne calomnieuse de la presse d'extrême droite qu'il n'avait pas supportée. *L'Action française*, relayée par certains écrivains célèbres, ne lâchait pas prise et vilipendait toutes les décisions du gouvernement. Simon redoutait que l'antisémitisme dont elle se réclamait ne gangrène l'esprit d'une bonne partie des Français.

La démission du cabinet Blum en juin 1937 confirma ses craintes. A ses yeux, la droite antirépublicaine gagnait insidieusement du terrain.

Lorsqu'en septembre il apprit la nouvelle de la visite officielle de Mussolini à Berlin, il rentra du travail désespéré.

Martha, qui ne se tenait pas informée de l'actualité comme son mari, s'inquiéta de le voir aussi sombre.

— On t'a renvoyé ? s'enquit-elle aussitôt.

— Il ne s'agit pas de cela. Mais je préfère parler d'autre chose.

Ce soir-là, Simon ne révéla pas l'objet de ses appréhensions. Mais au fond de lui, un voile de cendres s'était répandu sur son bonheur si durement acquis.

Progressivement, Martha se fit une réputation dans son métier qui lui assurait des revenus appréciables en temps de crise. La situation ne s'était pas améliorée après la démission de Léon Blum. La valse des ministères avait repris comme au bon vieux temps, et les difficultés économiques avaient fini par engloutir les générosités accordées par le Front populaire.

Simon, de son côté, obtint une promotion et fut nommé responsable du rayon Littérature étrangère à la librairie

Boulinier. Il s'efforçait de mettre en avant les auteurs interdits en Allemagne, pas seulement des écrivains juifs, mais aussi ceux qui étaient jugés subversifs par leurs idées ne correspondant pas aux critères de la philosophie arienne en vigueur. Il s'était renseigné sur tous ceux qui avaient fait l'objet d'autodafés en Allemagne et les plaçait bien en vue sur ses présentoirs ou dans la vitrine lorsqu'on lui confiait le thème de la semaine. Il se heurtait parfois à des remontrances désobligeantes de la part de clients acquis aux thèses de la droite antisémite, notamment quand il exposait les œuvres d'un Kant ou d'un Einstein, ou simplement quand il honorait les auteurs allemands opposés au régime nazi et émigrés à l'étranger, tels Thomas Mann ou Bertolt Brecht.

Son métier le passionnait. Il lui permettait de lire beaucoup, de parfaire sa culture. Il empruntait souvent des livres à la librairie avec le consentement de son patron qui l'avait pris en sympathie. Il les apportait chez lui et faisait partager à Martha ses goûts pour les auteurs qu'il découvrait : Jean-Paul Sartre et Julien Gracq, nouveaux venus sur la scène littéraire ; le communiste Louis Aragon ou encore André Malraux et le poète André Breton, dont les pages traduisaient toute une conception de la beauté et de l'existence qui emportait son enthousiasme.

Ana et David s'épanouissaient au sein d'une famille unie qui n'avait de souci que leur éducation et leur bonheur. Ils ne manquaient de rien et passaient dans le quartier pour des enfants bien élevés. Personne ne relevait jamais leur origine étrangère. En outre, comme leurs parents, ils parlaient français sans aucun accent et s'étaient parfaitement intégrés à leurs camarades, à l'école ou dans les parcs où Martha les emmenait le jeudi pour les divertir. Ana aimait particulièrement se promener dans les jardins, flâner près des étangs où évoluaient cygnes et canards. Le jardin des Buttes-Chaumont avait sa préférence. Martha invitait parfois Thérèse Marchand à l'accompagner dans ses sorties.

Sa voisine avait eu un second enfant peu après la victoire du Front populaire. Martha l'avait à nouveau aidée à accoucher, ce qui avait resserré leurs liens d'amitié. Désormais les deux femmes s'épaulaient chaque fois qu'elles en éprouvaient le besoin. Leurs portes restaient souvent ouvertes aux heures creuses de la matinée ou de l'après-midi, quand Martha ne travaillait pas. Le palier qui les séparait devenait le trait d'union entre les deux appartements, un passage intégré entre leurs univers familiaux. Les enfants allaient de l'un à l'autre sans avoir l'impression de changer de logement. Ils jouaient ensemble pendant de longues heures. Ana était la plus âgée des quatre. A dix ans, elle se montrait très maternelle envers son frère mais aussi avec les deux fils de Thérèse, Paul et Raymond, nés à un an d'intervalle.

Un jour, le petit Raymond ne prit pas garde à l'escalier et tomba de plusieurs marches alors qu'il jouait avec Paul et David sous la surveillance d'Ana. Il en fut quitte pour quelques ecchymoses et une bonne frayeur, mais Ana en demeura choquée, se sentant responsable de l'accident. Thérèse la rassura, lui affirma qu'elle n'y était pour rien, mais la fillette se referma sur elle-même et refusa dès lors de reprendre son rôle de grande sœur auprès des trois garçons.

Simon et Charles confectionnèrent aussitôt une barrière afin de sécuriser la cage d'escalier et de permettre aux enfants de poursuivre leurs jeux d'un appartement à l'autre sans danger. Mais l'un des voisins du dessus s'opposa à leur initiative, estimant qu'ils entravaient la descente des locataires du quatrième étage. Il les obligea à démonter leur ouvrage. Simon eut beau lui expliquer que la barrière était facile à ouvrir pour un adulte, il ne parvint pas à le convaincre.

— Inutile d'insister, s'énerva-t-il. Vous m'enlèverez cette barrière. Les paliers et les escaliers doivent rester libres. D'ailleurs, il y a longtemps que je voulais vous dire de calmer votre marmaille. Vous, les Juifs, vous vous croyez tout permis. Mais ça ne durera pas, soyez-en sûr. Un bon coup de balai... oui, c'est un bon coup de balai qu'il faudrait !

L'homme maugréa entre ses dents jusqu'en bas de l'immeuble.

Simon demeura abasourdi. C'était la première fois qu'un de ses voisins lui tenait un tel discours. Charles était absent, parti à son travail au commissariat de police du quartier. Il aurait aimé qu'il entende les propos discriminatoires de l'individu du quatrième, tellement il était outré.

Il démonta la barrière, cause de l'incident, et décida d'oublier l'affaire en la passant sous silence, ne souhaitant pas alimenter la polémique. Le soir, quand Charles et Martha furent rentrés, il leur expliqua succinctement qu'une plainte avait été formulée contre eux, qu'ils avaient en effet agi sans demander le consentement des autres locataires et qu'il était donc préférable dorénavant que les enfants évitent de jouer sur le palier.

Les deux épouses s'étonnèrent mais n'insistèrent pas. Les enfants furent les plus malheureux de ne plus pouvoir s'adonner à leurs jeux favoris, mais trouvèrent vite une compensation en allant les uns chez les autres à tour de rôle. Ana, plus consciente de ce qui venait de se produire, avoua sur un ton sérieux qui dénotait sa maturité :

— C'est à cause de moi, ce qui est arrivé. Et c'est parce que nous sommes juifs qu'on nous interdit de jouer sur le palier.

Simon la reprit aussitôt :

— Tu te trompes, ma chérie. D'abord on t'a déjà dit que tu n'étais pas responsable. Ensuite le fait d'être juifs n'a rien à voir dans la décision que j'ai dû prendre.

La tension montait. En mars 1938, Léon Blum, qui avait repris les rênes du gouvernement, entérina définitivement le Front populaire en formant son second cabinet ministériel. En même temps, on apprit qu'Hitler était entré sans résistance dans Vienne après l'Anschluss. Le régime nazi s'étendait en Europe en commençant par l'Autriche. De l'autre côté des Pyrénées, les franquistes gagnaient du terrain sur les républicains en proie à de violentes dissensions internes.

— On va à la guerre ! déplorait Simon. Je croyais que nous serions en sécurité en France. Mais si cela continue, nous serons bientôt dans la même situation qu'à Berlin il y a quelques années.

— Les Français ne sont pas comme les Allemands ! s'efforçait de minimiser Martha. Ici, le nazisme n'existe pas.

142

— Certes, mais il y a des hommes politiques qui aspirent à un régime autoritaire et qui louchent vers l'Italie de Mussolini. Quand on sait que le Duce et le Führer sont alliés, on peut craindre qu'en cas de victoire des partis réactionnaires aux prochaines élections, la France passe du mauvais côté de la barrière. Et dans ce cas, les étrangers, surtout les Juifs, ne seront plus tolérés comme ils le sont aujourd'hui encore. La presse d'extrême droite ne cesse de rendre Léon Blum responsable de tous les maux du pays, et ne se prive pas d'affirmer qu'il est inféodé aux forces obscures du sionisme international. Si cela n'est pas de l'antisémitisme, je ne m'appelle pas Goldberg !

L'actualité donnait raison à Simon. Elle s'emballait de mois en mois au point qu'il hésitait à ouvrir son journal, le matin, avant de se rendre à la librairie.

Dans son entourage, il ressentait de plus en plus de méfiance et de crispation. Certes, ses amis lui gardaient leur sympathie et ne lui reprochaient pas ses origines, mais certains lui faisaient de plus en plus souvent la remarque qu'il était juif.

Simon reconnaissait que son opinion était en train de vaciller.

— Je ne suis plus sûr de rien ! regrettait-il. Autour de moi, j'entends trop souvent des remarques désobligeantes qui m'amènent à penser que les Français ne sont pas des exceptions. Une partie d'entre eux est xénophobe et antisémite. Il suffirait d'un rien pour qu'ils basculent à leur tour dans l'intolérance et voient dans l'exclusion des minorités la solution à tous leurs problèmes.

143

Martha cachait à Simon ce qu'elle percevait de son côté, ne voulant pas ajouter à ses craintes ses propres appréhensions. Elle tenait avant tout à ce que ses enfants ne connaissent pas la peur et le mépris. Aussi devant Ana et David évitait-elle de signaler à Simon ce qui la chagrinait.

Mais celui-ci s'aperçut petit à petit que son épouse avait changé. Martha avait moins de travail qu'auparavant. Elle pouvait demeurer des journées entières sans sortir. Elle ne parlait plus des actes qu'elle pratiquait, comme si elle n'appréciait plus le métier qu'elle exerçait.

— Que se passe-t-il ? finit-il par s'inquiéter. Tu souhaites arrêter de travailler ? Je ne t'y oblige pas, tu le sais très bien. Si tu préfères rester à la maison pour t'occuper des enfants, je n'y verrai pas d'objections. On peut vivre avec mon seul salaire.

— Tu te trompes. Je n'ai pas d'états d'âme. J'éprouve seulement un peu de fatigue.

— Alors, repose-toi.

— En réalité, j'ai perdu beaucoup de mes patientes alors qu'elles n'ont pas encore accouché. Et j'enregistre de moins en moins de nouvelles demandes de suivi de grossesse. Tu ne devines pas pourquoi ?

Simon n'avait pas pensé que sa femme puisse être victime d'ostracisme dans son travail. Elle était une sage-femme appréciée. Les médecins de tout l'arrondissement et au-delà la connaissaient et lui envoyaient leurs patientes. Elle avait même été appelée à la maternité de l'hôpital où un poste s'était libéré. Préférant exercer en libéral, elle avait décliné la proposition.

— Tu peux m'expliquer ?

— Je suis juive, voilà la raison ! On ne me le reproche pas ouvertement, mais dans certains foyers, j'ai remarqué que cela commençait à gêner.

Simon ne voulait pas croire que sa femme subissait de telles brimades.

— T'a-t-on manqué de respect par des injures ou des remarques calomnieuses ?

— Non, jamais. Mes patientes, pour la plupart, se sont contentées d'annuler leurs demandes de suivi, sans me fournir de motif.

— Elles doivent avoir d'autres raisons.

— Je ne pense pas. J'ai ressenti, à leur manière de me demander de ne plus revenir, que la vraie raison était mon origine. Il y a des petites phrases et des regards significatifs.

— Le regard des autres est souvent indifférent. C'est nous qui imaginons qu'on nous dévisage.

Martha ne voulut pas s'étendre sur le sujet. En France pas plus qu'ailleurs ils ne vivraient en sécurité tant que, outre-Rhin, dominerait le règne de l'horreur nazie.

Lorsque, après toutes ses fausses promesses, ses attaques successives contre les territoires à minorité germanique, ses tractations avec des démocraties défaitistes plus soucieuses de le neutraliser que de l'affronter, Hitler envahit la Pologne, Simon fut anéanti.

— J'ignore ce qui nous attend, déclara-t-il à sa femme et ses enfants. Mais l'heure est grave, mes chéris. La France et l'Angleterre ont déclaré la guerre à l'Allemagne qui a agressé le pays d'où nous venons.

— Tu vas devoir partir à la guerre ? demanda Ana, visiblement affectée par ce qu'elle entendait de la bouche de son père. Tu vas aller te battre pour défendre ton pays ?

Simon s'était déjà dit qu'il lui serait difficile de rester inactif au cas où sa patrie serait en danger. S'il voulait à tout prix devenir français, c'était avant tout pour assurer l'avenir des siens. Mais, maintenant que sa propre famille en Pologne se trouvait menacée par les nazis, il ressentait comme des remords de l'avoir abandonnée.

— Ma place est auprès d'elle, avoua-t-il à Martha, une fois les enfants au lit. J'ai l'impression de me cacher ici, en France, pendant qu'ils reçoivent les bombes d'Hitler sur leurs toits. L'armée polonaise ne résistera pas longtemps devant les panzers allemands.

— Quelles sont tes intentions ? Tu n'es pas français… au moins, ça t'aura servi à ne pas être mobilisé !

Pendant des semaines, Simon vécut l'amertume chevillée à l'âme. Chez lui, il évitait d'évoquer l'actualité du front de l'Est qu'il découvrait chaque matin dans le journal. A la librairie, ses collègues – ceux qui n'avaient pas été appelés sous les drapeaux – ne faisaient que lui parler des terribles combats qui se déroulaient en Pologne. Tous s'interrogeaient sur la raison pour laquelle Hitler n'avait pas encore lancé une offensive contre la France.

— Il s'occupe d'abord de la Pologne. Ensuite il se retournera contre nous, prédisait l'un d'eux. S'il s'empare de notre territoire aussi facilement que de celui des Polonais, je ne donne pas cher des Juifs étrangers planqués chez nous !

Simon décelait de plus en plus d'animosité dans la bouche de ceux qui travaillaient à ses côtés. Il percevait une certaine rancœur de leur part, comme si, soudain, il était devenu responsable de leur malheur.

Après l'écrasement de la Pologne et l'invasion des Pays-Bas et de la Belgique, la France fut à son tour envahie. En mai 1940, Simon décida alors de s'engager dans l'armée polonaise qui s'était constituée à Coëtquidan dans le but d'aider l'armée française.

Dès le 9 septembre précédent, l'ambassadeur de Pologne et le ministre français des Affaires étrangères avaient signé une entente sur la formation d'une division polonaise en France. Prévu à cet effet, le camp de Coëtquidan vit très vite affluer de nombreuses recrues. Quand Hitler se retourna contre la France, plusieurs milliers de soldats polonais avaient déjà rejoint ses rangs et se battaient contre les troupes nazies.

— Je ne peux plus faire comme si je n'étais pas concerné, déclara Simon à Martha. Je dois m'engager.

Martha ne put le retenir. Elle connaissait Simon. Dans le cas contraire, il ne pourrait plus se regarder en face.

— As-tu songé aux enfants ? lui dit-elle en dernier recours.

— Je ne veux pas qu'ils puissent penser un jour que leur père a manqué de courage. Il ne m'arrivera rien, je reviendrai vivant.

Simon partit dans les jours qui suivirent.

Mais à peine incorporé, il fut démobilisé à Coëtquidan même, la France venant de capituler devant l'armée allemande.

10

Fugitifs

1940-1941

Dès l'arrivée des Allemands à Paris, la vie des Goldberg, comme celle de tous les Juifs étrangers de France, tourna au drame. Dans la zone occupée, leur sort devint identique à celui des Juifs d'Allemagne. Ils furent vite considérés comme des parias dont les nazis voulaient se débarrasser.

Peu après son retour à Paris, comme l'exigeait le nouveau statut des Juifs en vigueur, Simon se vit contraint d'aller se faire recenser à la préfecture avec Martha. Sur leurs papiers d'identité, la mention « Juif » fut tamponnée. Leurs conditions d'existence devinrent plus difficiles que celle des Juifs nationaux. En outre, Simon apprit que des camps avaient été ouverts et que, déjà, certains de ses coreligionnaires y étaient enfermés.

Sur le moment, il préféra temporiser plutôt que de prendre une décision dans la précipitation. Il évita d'apeurer Martha et ses enfants. Ceux-ci continuèrent de vivre comme si de rien n'était, Simon ne leur parlant pas de ce qu'il entendait au travail et lisait dans la presse. Celle-ci s'était rapidement mise au diapason de l'autorité d'occupation.

En octobre, quand le gouvernement de Vichy décréta le premier statut des Juifs pour la zone libre, en toute conformité avec celui qu'appliquaient les Allemands dans la zone occupée, il comprit que l'étau se resserrait et qu'il était inutile d'espérer une accalmie.

Dans son immeuble, l'atmosphère était devenue délétère. Si les Marchand leur conservaient leur amitié, la plupart des autres locataires semblaient maintenant se méfier d'eux. Le voisin du quatrième étage passait devant eux sans les gratifier d'aucun signe ni d'aucune parole de politesse. Les enfants avaient relevé son comportement, surtout Ana qui, à l'école, se heurtait parfois à des remarques désobligeantes de la part de certaines de ses camarades de classe.

— Pourquoi le monsieur du dessus ne me répond-il jamais quand je lui dis bonjour ? s'étonna-t-elle devant sa mère. Je n'ai rien fait de mal !

— Il ne faut pas y prêter attention, la rassura Martha. C'est un vieux monsieur, un peu bougon. Il n'aime peut-être pas les enfants. Ça arrive.

Martha avait perdu toute sa clientèle. Au reste, la loi de l'occupant lui interdisait dorénavant d'exercer sa profession. Seules deux mamans juives, devant accoucher vers la fin de l'année, avaient encore recours à ses services. Mais Martha prenait garde de ne pas l'ébruiter. Quand elle confiait Ana et David à Thérèse pour se rendre chez elles, elle prenait prétexte de devoir faire des courses et ne lui révélait pas la vérité, non qu'elle se méfiât, mais par mesure de précaution, ne tenant pas à placer son amie dans l'embarras au cas où quelqu'un la dénoncerait.

Charles Marchand, de son côté, semblait gêné quand il discutait avec Simon. Les deux hommes étaient très proches depuis le jour où les Goldberg avaient emménagé dans l'immeuble. Mais le métier qu'il exerçait le mettait en porte-à-faux.

— A tes yeux, je travaille pour le pouvoir établi par les Allemands, avoua-t-il un soir. Je dois obéir aux directives qu'on me donne, et je n'ai pas le droit de dire ce que j'en pense.

— Je ne te reproche rien, le rassura Simon. Tu ne fais que ton boulot.

— J'espère seulement ne jamais devoir agir contre ma conscience. Je serais bien ennuyé si on m'ordonnait d'arrêter des Juifs. Je ne peux quand même pas démissionner. Que ferais-je dans ce cas ? J'ai une femme et deux enfants à nourrir.

Simon devinait ce que son ami tentait de lui faire comprendre : la situation n'allait pas s'améliorer.

— A ma place, lui demanda-t-il, que déciderais-tu ? Le statut des Juifs en zone occupée comme en zone libre nous prive de tous nos droits. L'esprit des Français risque, à force de propagande antisémite, d'être contaminé par les idées nazies.

Charles ne cacha pas ses craintes.

— Un jour, on exigera de nous de tous vous arrêter, avec femmes et enfants. Les Allemands ne vous laisseront jamais tranquilles. Le bruit court qu'ils cherchent par tous les moyens à vous éliminer physiquement de tous les territoires qu'ils ont envahis. Moi, à ta place, je m'en irais d'ici tant qu'il est encore temps.

— Pour aller où ?

— En zone libre.

— Les Juifs étrangers n'y sont pas mieux lotis. Ils n'y ont plus aucun droit.

— Alors, je me réfugierais dans la région de Nice. Elle est occupée par les Italiens qui se montrent beaucoup plus tolérants envers les Juifs que les Allemands. Tu y vivrais plus en sécurité avec ta famille.

— Il nous faudra traverser la ligne de démarcation. C'est dangereux ! Et rien ne m'assure que, une fois là-bas, je trouverai du travail. Avec la mention *Juif* sur mes papiers, ce ne sera pas facile.

Simon n'eut pas besoin d'envisager cette solution.

Le 13 mai 1941, il reçut une assignation de la préfecture – un billet vert – lui ordonnant formellement de passer le lendemain à la mairie de son arrondissement.

— Que te veulent-ils ? s'effraya Martha. Quelqu'un m'a peut-être dénoncée.

Il lui restait une patiente. Elle devait procéder à son accouchement dans les jours à venir.

— Impossible. Si c'était le cas, c'est toi qu'ils auraient convoquée. De plus, on me demande de me munir d'une couverture, de vêtements de rechange et de nourriture pour vingt-quatre heures.

Martha ne pouvait dissimuler son angoisse. Elle devinait ce que cela signifiait.

— Des vêtements, de la nourriture ! Il ne s'agit pas d'une simple convocation ! Que vas-tu faire ?

Simon ne pouvait se décider. Ne pas répondre ? Ne pas tenir compte de l'ordre de la préfecture ? Fuir ?

— Tu devrais demander conseil à Charles, poursuivit Martha. Il doit être au courant.

Simon prit le temps de la réflexion. Il reconnaissait qu'il n'avait pas prévu de quitter la capitale sans préparation. Il hésitait à exposer ses enfants au danger en les entraînant sur les routes dans la clandestinité. A quatre, ils ne passeraient pas inaperçus. Ils seraient dénoncés avant même d'arriver aux abords de la ligne de démarcation.

Toutes ces pensées se bousculaient dans son esprit.

Ne tenant pas à embarrasser son ami, il renonça à s'en remettre à lui.

— Il m'a déjà dit ce qu'il ferait à ma place, avoua-t-il à Martha.

— Quoi donc ?

— S'en aller au plus vite. Fuir Paris et gagner la zone libre ou la zone d'occupation italienne.

— Avec les enfants ! Comme ça, dans la précipitation ?

— C'est ce que je lui ai objecté. J'ai besoin d'un peu de temps pour tout organiser… J'ai bien réfléchi, je vais me rendre à la convocation. Il n'y a probablement pas de quoi paniquer. Il doit s'agir d'un simple recensement. Regarde, il est seulement indiqué sur le billet « examen de situation ». Je serai de retour au bout de vingt-quatre heures, puisque je dois prendre de la nourriture pour une seule journée. Ensuite, une fois revenu, je préparerai notre départ. Je tâcherai de nous procurer de faux papiers, sinon nous n'irons pas loin ; au premier contrôle, nous nous ferons arrêter. Puis je me renseignerai sur le meilleur endroit par où franchir la ligne de démarcation. Enfin, il faudra choisir un point de chute pour nous installer. Tout cela nécessitera au moins deux semaines. En attendant, n'effraie pas les enfants. Ils ne doivent se douter de rien... Un conseil : trouve-toi une remplaçante pour ta parturiente. On ne sait jamais. Il est inutile de prendre des risques.

Simon se faisait des illusions.

Le lendemain, plus de six mille Juifs étrangers, polonais pour la plupart, des hommes de dix-huit à soixante ans résidant dans la Région parisienne et ayant tous reçu une convocation sous la forme d'un billet vert, furent sommés de rejoindre divers centres de rassemblement. Plus de la moitié d'entre eux obéirent, persuadés qu'il s'agissait d'une simple formalité administrative.

Comme on le lui demandait expressément, Simon se rendit à la mairie de son arrondissement. Avec de nombreux Juifs de son quartier, il fut embarqué dans un autocar qui les conduisit à la gare d'Austerlitz. Puis ils furent déportés le jour même, par quatre trains spéciaux, vers les camps d'internement de Pithiviers et de Beaune-la-Rolande. Ce tragique événement du 14 mai 1941, connu sous le nom de « rafle du billet vert », devait être la première vague d'arrestations massives de Juifs sous le régime de Vichy.

Simon fut emmené à Beaune-la-Rolande. Situé à proximité du centre-ville, le camp était placé sous la double responsabilité de la préfecture du Loiret et de l'autorité allemande. Des gendarmes français en assuraient le contrôle et l'administration. Avec ceux de

Pithiviers et de Jargeau, c'était l'un des trois camps implantés dans le département.

Dès l'instant où il descendit du train, Simon sut ce qui l'attendait. Devant lui s'alignaient quatorze baraquements isolés de l'extérieur par des écheveaux de fils de fer barbelés et étroitement surveillés par des miradors. Une fois débarqué, son groupe fut conduit sous bonne escorte, par une brigade de gendarmes, dans l'allée principale afin d'être réparti entre les différentes unités d'hébergement. Contre les murs, du linge séchait sur des étendoirs improvisés. Des hommes divaguaient entre les baraques, l'air oisif, les regardant comme si de rien n'était.

— Pour un peu, on se croirait en 36 dans un centre de vacances, plaisanta un de ses compagnons d'infortune. Il ne manque que le bureau d'accueil. Et un bistrot !

Simon n'avait pas le cœur à rire. Il pensait à Martha qui devait se faire un sang d'encre de ne pas l'avoir vu rentrer au bout de vingt-quatre heures.

Il demanda au gendarme qui marchait à côté de lui s'il pourrait envoyer une lettre à sa famille.

— Vous n'êtes pas arrivé que vous voulez déjà des faveurs ! lui répondit le garde-chiourme, un adjudant bien campé dans ses bottes et apparemment insensible au spectacle qu'il orchestrait.

Simon n'insista pas. Il savait ce qu'il en coûtait de heurter de front l'autorité quand on se trouvait en situation d'infériorité.

Dans le baraquement où il fut assigné, il se rapprocha d'un jeune garçon d'une vingtaine d'années dont le visage lui semblait familier.

— On s'est vus quelque part, n'est-ce pas ? A la librairie Boulinier peut-être ?

— J'y achète effectivement tous mes livres. Je suis étudiant à la Sorbonne. Nathan Attal, et vous ?

— Simon Goldberg. J'étais chef du rayon Littérature étrangère à la librairie Boulinier. C'est donc bien là que nous nous sommes croisés.

Simon se sentit soulagé d'avoir rencontré quelqu'un de connaissance.

— Tu crois qu'ils vont nous garder longtemps ? lui demanda-t-il.

— Je ne sais pas. Mais j'ai entendu dire que les Allemands veulent nous déporter plus loin, en Pologne.

— Dans ce cas, nous ne reverrons plus nos familles. Il faudrait trouver un moyen d'avertir les nôtres.

Le lendemain, un gendarme rassembla les hommes de leur baraquement et prévint :

— Messieurs, j'ai une bonne nouvelle à vous annoncer. Vos proches sont autorisés à vous écrire. Vous pourrez donc communiquer avec eux. Vous me transmettrez vos lettres en main propre et je vous distribuerai moi-même courrier et colis. De même, vous pourrez recevoir des visites. Je vous donnerai plus de précisions à ce sujet un peu plus tard.

Simon fut rassuré. Les conditions de détention semblaient relativement plus clémentes qu'il ne l'avait imaginé à son arrivée.

Les jours passèrent dans la monotonie de l'incarcération. Les hommes, n'ayant rien à faire, tuaient le temps en se rassemblant pour discuter, partager les rares informations dont ils disposaient. On jouait beaucoup aux cartes, on s'échangeait des cigarettes contre de la nourriture. Un véritable trafic s'était organisé. Certains gendarmes, de connivence, fermaient les yeux.

Au bout d'une semaine, Simon eut une chance inouïe. On demanda dans son baraquement si quelqu'un pouvait s'occuper des malades. Le camp manquait de personnel soignant. Il s'agissait surtout de faire des pansements et des piqûres. Ayant souvent vu Martha à l'œuvre, il sauta sur l'occasion.

— Moi, dit-il d'un ton assuré. Je sais faire.

Il pensa sur le moment que cette charge lui serait peut-être utile. Ne voyant pas de changement dans sa situation, il s'était mis en tête de profiter de la première opportunité pour tenter de s'évader. Il avait remarqué que les infirmiers bénéficiaient d'une certaine liberté.

Il fut aussitôt affecté au service médical.

Ainsi obtint-il un permis de circulation non seulement dans le camp mais aussi à l'extérieur. Plusieurs fois par semaine, on l'envoyait dans le village pour faire des piqûres à domicile. Après sa tournée, il devait rentrer au centre sans traîner et rendre compte de ses actes.

Il recevait des nouvelles de Martha de façon très irrégulière. Le courrier passé au crible souffrait d'un sérieux retard. Mais chaque lettre était pour lui une source de réconfort qui renforçait sa détermination à s'évader. Il ne pouvait le lui écrire. Mais, à demi-mot, il lui faisait comprendre qu'il serait bientôt de retour et qu'ils pourraient enfin réaliser leurs projets. Martha devinait ce qu'il essayait de lui signifier, mais se souciait néanmoins de sa libération.

A Paris, la tension montait. La police, aux ordres des Allemands, créait une atmosphère angoissante.

Les arrestations de Juifs, mais aussi d'opposants politiques, se multipliaient. La Gestapo et les SS semaient la terreur, de sorte que Martha n'osait plus sortir de chez elle. Elle y gardait Ana et David le plus possible, évitant de les exposer au regard des autres. Elle ne les laissait plus se rendre seuls à l'école. Elle les accompagnait matin et soir, et ne traînait pas en route pour ne pas rencontrer des gens douteux de sa connaissance. Heureusement, Thérèse lui tenait compagnie. En sa présence, elle oubliait son malheur. Les enfants jouaient entre eux dans l'insouciance. Du haut de ses treize ans, Ana comprenait pourtant la situation. Quand elle voyait sa mère dans l'inquiétude, elle s'approchait d'elle et lui prodiguait des paroles de réconfort.

— Papa reviendra bientôt, lui glissait-elle à l'oreille. Il nous l'a promis. Ne sois pas triste.

Mais Martha avait entendu dire que la police française livrait les Juifs étrangers aux Allemands pour les envoyer dans des camps de concentration loin vers l'est. Elle ne parvenait pas à le croire et continuait à espérer que Simon échapperait à cette horreur.

Les centres d'internement, en effet, se vidaient peu à peu de leurs occupants. Plusieurs centaines de prisonniers avaient déjà quitté Beaune-la-Rolande à la fin de juin, en direction du camp de transit de Drancy au nord-est de Paris et, pour certains, directement pour Auschwitz.

La déportation des Juifs commençait à grande échelle.

Simon était aux premières loges pour comprendre ce qui se passait. Profitant de la liberté qu'on lui accordait, il aida certains de ses camarades à s'enfuir, et prépara méticuleusement sa propre évasion.

Lorsque les événements s'aggravèrent, il décida d'agir. Les 5 et 7 août 1941, d'autres convois avaient été envoyés en Pologne.

— Ça sera bientôt notre tour ! craignait Nathan, qui s'attendait au pire d'un jour à l'autre.

— Si tu veux tenter le coup avec moi, on se fait la malle demain, lui proposa alors Simon. J'ai tout calculé depuis longtemps. Tout étudié. Le risque de se faire prendre est grand, mais si l'on ne fait rien, effectivement, je ne donne pas cher de notre peau.

Plus jeune que Simon, Nathan n'hésita pas une seconde.

— Je pars avec toi, lui dit-il. Je suis prêt.

Fin août, alors que près de trois mille prisonniers avaient été déportés du seul camp de Beaune-la-Rolande, Simon et Nathan, après avoir soudoyé un jeune garde qu'ils avaient amadoué, s'évadèrent par une nuit sans lune. Les gendarmes ne s'aperçurent de leur disparition qu'à l'aube, au moment de l'appel.

Simon ne pouvait plus rentrer à Paris de peur d'être arrêté. Il envoya une lettre à Martha dans laquelle il lui fit comprendre son intention, sans jamais en révéler les détails. Il lui demanda d'être courageuse, de bien s'occuper d'Ana et de David, et lui affirma qu'elle aurait bientôt de ses nouvelles d'une manière ou d'une autre.

Avec Nathan, il partit vers le sud où il pensait franchir plus facilement la ligne de démarcation. Il avait appris que du côté de Mont-de-Marsan des secteurs moins surveillés permettaient de gagner la zone libre. La priorité était de trouver de la nourriture. Simon gardait sur lui une petite somme d'argent emportée au moment de sa convocation et qu'il avait épargnée en vue de son évasion. Nathan, lui, avait conservé quelques denrées non périssables. Ils pouvaient tenir ainsi quelques jours. Ensuite, il leur faudrait se débrouiller autrement. Le plus important était d'échapper aux contrôles de police et de gendarmerie. Aussi évitèrent-ils les grands axes de circulation empruntés par les convois allemands.

Ils marchaient essentiellement le soir, à la tombée du jour. Ils traversaient souvent champs et forêts, dormant à la belle étoile. La saison ne leur occasionnait aucun souci. Les journées étaient chaudes, les nuits encore tièdes. Quand ils rencontraient un paysan en cours de route, ils osaient lui demander leur chemin. Ils cachaient les véritables raisons de leur déplacement. Ils mentaient en expliquant qu'ils allaient à Bordeaux dans de la famille et que, sans argent, ils devaient s'y rendre à pied. Des âmes charitables les embarquaient parfois dans leurs véhicules, des fourgonnettes le plus souvent, leur faisant gagner un temps précieux.

Parvenus aux environs de Mont-de-Marsan, ils cherchèrent un moyen de contacter un passeur. Ne connaissant pas la région, Simon se fia à son instinct.

— On va boire un verre dans un café et écouter, proposa-t-il à Nathan. Ensuite on avisera.

A l'approche d'un village, ils rencontrèrent une patrouille de gendarmes. Sans se départir de leur calme, ils entrèrent dans l'auberge qui bordait la route et s'installèrent bien en vue, près de la porte.

— Au cas où il faudrait déguerpir, prévint Simon.

Les trois gendarmes leur emboîtèrent le pas et, sans leur prêter attention, commandèrent leurs consommations directement au comptoir.

— On est de service, reconnut l'un d'eux, mais après la journée qu'on vient de passer, on l'a bien mérité. Allez, patron, sers-nous trois blancs secs.

Simon et Nathan feignirent de les ignorer, mais très vite la conversation des militaires leur fit prêter l'oreille.

— Alors, qu'est-ce qui se passe dans votre secteur ? demanda l'aubergiste.

— Oh, la routine, répondit celui des trois qui semblait le chef. Toujours ces clandestins. Les Chleuhs sont de plus en plus nerveux. Ils exigent qu'on leur amène nos prises sur un plateau, comme s'il suffisait de siffler pour dénicher tous les Juifs de la région. Avec tous les passeurs du coin, on ne sait plus où donner de la tête.

Simon avait observé que l'aubergiste paraissait embarrassé quand les gendarmes lui parlaient de ceux qui aidaient les réfugiés à franchir la ligne.

— Tu n'as rien remarqué de particulier ? poursuivit le gradé.

— Non, pourquoi ? J'aurais dû ?

— Les Juifs sont de plus en plus nombreux dans le secteur. Depuis que les Boches ont commencé à les déporter en Pologne, beaucoup se planquent et cherchent à traverser la ligne par tous les moyens. Il faut reconnaître que la population est parfois complice.

Lorsque les gendarmes furent partis, Simon s'approcha de l'aubergiste, demanda sa note, sortit de sa poche un billet de cent francs[1].

L'aubergiste, surpris, lui objecta :

— Vous n'avez pas l'appoint ? C'est une grosse coupure pour deux bières.

Simon prit un air de comploteur, ajouta :

— J'ai besoin d'un renseignement et... vous gardez la monnaie.

L'aubergiste regarda en direction de l'entrée, se gratta le cuir chevelu, dit :

— Une seconde.

Il alla fermer la porte, revint vers ses clients.

— Que voulez-vous ? reprit-il en saisissant le billet de cent francs.

— Vous ne devinez pas ?

L'homme jeta à nouveau un regard circulaire autour de lui, comme s'il redoutait d'être écouté.

— Vous désirez franchir la ligne et vous cherchez un passeur, c'est ça ?

— Vous m'avez compris.

— Hum... Je vois... vous êtes juifs, n'est-ce pas ? Combien êtes-vous ?

— Nous deux.

— Pas de femmes ni d'enfants ?

— Non, nous sommes seuls.

— Je vous préviens, ça vous coûtera deux mille francs chacun.

Simon réfléchit et demanda à parler à son ami. L'aubergiste s'éloigna et les laissa discuter.

_____

1. 1 franc de 1941 est l'équivalent de 0,32 euro.

— Il ne nous restera plus que cinq cents francs, dit Simon. On n'ira pas loin avec ça. Surtout s'il nous faut acheter de faux papiers.

— Une fois de l'autre côté, nous pourrons louer nos bras chez des paysans. C'est encore la pleine saison des récoltes et bientôt les vendanges. Avec tous les prisonniers de guerre qui ne sont pas rentrés, ils doivent manquer de main-d'œuvre.

— Je vais marchander.

Il rappela l'aubergiste qui s'était éclipsé dans son arrière-salle.

— Je peux vous donner trois mille francs pour nous deux. Pas plus.

L'homme hésita. Réfléchit. Finit par accepter.

— C'est bon. Je vous mets en relation. Je prends la moitié tout de suite et vous paierez le reste au passeur une fois en zone libre.

Simon s'exécuta.

— Soyez au lieu-dit de Cazevieille à dix heures, demain soir. Il y a une bâtisse en ruine et une source qui coule en permanence. Attendez là qu'on vienne vous chercher. Surtout, de la discrétion ! Qu'on ne vous voie pas déambuler dans le village pendant la journée ! Ne vous faites pas repérer.

Simon et Nathan obéirent aux consignes de l'aubergiste.

Le lendemain, ils se rendirent à l'endroit indiqué. Ils demeurèrent cachés dans la nuit pendant une heure. Personne n'arrivait.

— On s'est fait rouler, déplorait déjà Nathan. L'aubergiste nous a escroqués de mille cinq cents balles ! On aurait dû se méfier.

Simon le calma.

— Patientons un peu plus. Il a peut-être rencontré un problème.

Quelques minutes plus tard, ils entendirent siffler derrière eux. Ils se retournèrent, observèrent les lieux, aperçurent un jeune garçon de dix-huit ans environ qui s'avançait vers eux.

— Je m'appelle François. Je suis le fils de l'aubergiste. C'est moi qui vais vous emmener de l'autre côté. J'ai croisé une patrouille de Boches en route. C'est pourquoi je suis un peu en retard.

Il leur tendit la main puis les avertit :

— Vous me suivrez pas à pas dans le plus grand silence. Quand je vous dirai de vous baisser, obéissez. Il n'y a pas de gros risques de se faire repérer, mais on ne sait jamais. Une fois passés, vous filerez droit devant vous, jusqu'à la première ferme que vous rencontrerez. On vous y accueillera. Puis vous partirez à l'aube sans traîner.

Tout se déroula comme François l'avait expliqué.

Au bout d'une demi-heure, il s'arrêta.

— Maintenant, vous me donnez le reste de l'argent, leur ordonna-t-il. Mille cinq cents francs, comme convenu avec mon père.

— Où se trouve la zone libre ? demanda Nathan.

— Vous y êtes. On a franchi la ligne depuis un quart d'heure. Regardez là-bas, vous voyez les lumières, c'est la ferme. Allez-y discrètement.

Simon s'acquitta de son dû, remercia son bienfaiteur et le regarda s'éloigner dans l'ombre épaisse de la forêt.

— Nous sommes libres, exulta-t-il en reprenant sa route.

11

Clandestins

1941-1942

Depuis qu'ils avaient franchi la ligne de démarcation, Simon et Nathan demeuraient discrets. Certes,
dans la zone libre, ils craignaient moins de se faire
arrêter. Le port de l'étoile jaune avait été refusé par le
maréchal Pétain malgré l'insistance des autorités allemandes de Paris. Les Juifs français, s'ils faisaient l'objet de nombreuses mesures d'exclusion et d'ostracisme,
n'y étaient pas traqués – pas encore – comme dans la
zone occupée. Néanmoins, ils se méfiaient, redoutant,
face à un contrôle de police ou de gendarmerie, de ne
pouvoir justifier leur présence.

Les premiers jours, ils vécurent sur le pécule de
Simon. Puis, après l'avoir épuisé, ils se louèrent dans
des fermes, en Dordogne, dans le Lot, en Ariège.
Ils acceptèrent toutes les tâches qu'on leur proposa,
la cueillette des fruits, les vendanges, le nettoyage des

fossés, la construction de clôtures. On les payait à la journée. On les logeait dans des granges, des appentis, des remises. Les paysans qui les employaient ne leur demandaient jamais d'où ils venaient ni qui ils étaient. Certains devaient se douter qu'ils tentaient d'échapper aux contrôles des gendarmes. Mais il y avait tant de miséreux sur les routes, avec leurs familles, en provenance des régions du nord de la France, fuyant les terribles conditions d'existence imposées par les Allemands, qu'ils n'exigeaient d'eux aucune justification. Aux yeux de la plupart, ils n'étaient que des hommes à la recherche d'un travail, à une époque où, partout, on manquait dramatiquement de main-d'œuvre.

Deux mois après leur évasion, ils décidèrent de se séparer.

— Cela vaut mieux ainsi, expliqua Simon. Toi, tu peux plus facilement passer inaperçu que moi. Dans la zone libre, les Juifs français ne sont pas pourchassés.

Simon, en effet, risquait la déportation dans un camp d'internement en tant que Juif étranger. Le sort de tous les siens avait été réglé par Vichy dès l'entrevue de Pétain avec Hitler en octobre 1940.

— Où as-tu l'intention d'aller ? demanda Nathan. Tu as de la famille en zone libre ?

— J'ai un lointain cousin à Roquebrune, près de Menton. Son grand-père et le mien étaient frères. Sa famille a fui les pogroms d'Ukraine au début du siècle. Elle s'est réfugiée en France après de nombreuses péripéties. Je vais tenter de m'y rendre. Il m'hébergera le temps d'aviser. Entre cousins, on se doit d'être solidaires. Surtout entre Juifs ! Et le secteur est occupé par les Italiens. Je courrai moins de risques. Une fois arrivé, j'y ferai venir ma femme et mes enfants.

— Moi, je vais passer en Espagne. De là, j'essaierai de rejoindre l'Angleterre et la France libre de De Gaulle. Je ne veux pas me terrer comme un rat en attendant que l'orage cesse. Je ne dis pas cela pour toi, Simon. Dans ton cas, j'agirais comme toi. Tu dois d'abord penser à retrouver ta famille.

— C'est mon intention. Ensuite, nous verrons comment tournera le vent. J'avoue que je n'aurai peut-être pas d'autres solutions que de vivre dans la clandestinité jusqu'à la fin de la guerre. Je veux avant tout protéger les miens.

Ils se quittèrent à la mi-décembre aux environs de Limoux, dans l'Aude.

Le froid commençait à paralyser la campagne. Il ne faisait plus bon dormir à la belle étoile. Simon marchait à travers champs et prairies pendant la journée, délaissant une fois de plus les axes de circulation. Il avait décidé de n'emprunter aucun moyen de transport, afin d'éviter les contrôles. La nuit, il se réfugiait dans des grottes, au mieux dans des bâtisses abandonnées au milieu des vignes. A raison d'une vingtaine de kilomètres par jour, en contournant les grandes agglomérations, il pensait atteindre le terme de son périple au bout d'un mois, s'il ne lui arrivait aucun imprévu.

Pour sa nourriture, il s'adressait directement aux paysans qu'il croisait. Parfois, il s'attardait sur un marché, se fondait dans la foule quand il y avait de l'animation. Il achetait des produits de base : du lard, du fromage, du pain, des fruits, du lait, des œufs. Mais la pénurie sévissait partout. Les prix s'étaient emballés. Sans tickets de rationnement, il lui était difficile de trouver le nécessaire.

Un samedi, dans la petite commune de Lézignan, il tenta de se procurer du jambon au marché noir. Il n'avait pas mangé de viande depuis longtemps. Un badaud l'observa tourner autour des étals des marchands et l'accosta. Il lui proposa de le suivre, lui affirmant qu'il avait de quoi le satisfaire. Sur ses gardes, Simon lui emboîta le pas. Mal lui en prit. L'homme l'amena dans la cour d'une vieille ferme, le fit patienter, disparut dans une remise. Une ou deux minutes plus tard, deux gendarmes pénétrèrent à leur tour dans la cour de la ferme et exigèrent que Simon leur présente ses papiers.

Il feignit de les chercher dans la poche de sa veste, fouilla dans son sac.

— Je regrette, leur mentit-il, je les ai perdus. Ou quelqu'un me les a volés.

Il ne voulait surtout pas reconnaître qu'il était étranger.

— Vous êtes juif, n'est-ce pas ? lui dit l'un d'eux. Vous allez nous accompagner. Le marché noir est puni par la loi. Vous avez aggravé votre cas.

Simon ne discuta pas. Il ne pouvait nier le fait qu'on lui reprochait. Il obéit aux deux brigadiers et, la mort dans l'âme, pensa à Martha et à ses enfants.

Le lendemain, il fut transféré à Agde, dans un camp de travailleurs étrangers, ouvert quelques années plus tôt pour les républicains espagnols réfugiés en France.

Dans son malheur, la chance semblait néanmoins lui sourire. Dans la section où il fut affecté, il était l'un des seuls à savoir lire et écrire le français, ses compagnons de détention étant tous des Tchèques, des Flamands, des Hongrois et même des Allemands anti-nazis. L'adjudant responsable de son groupe le repéra aussitôt et le fit détacher comme surveillant dans une compagnie d'ouvriers agricoles vietnamiens. Soldats de l'armée française, ceux-ci attendaient d'être rapatriés en Indochine. Pour cette tâche, Simon fut assigné à résidence à Carnon, près de Montpellier.

Se sentant relativement libre, il écrivit à Martha pour la prévenir de ce qui lui était arrivé depuis sa dernière lettre postée de Beaune-la-Rolande. Il lui expliqua les événements à demi-mot, ne donnant jamais de lieux précis ni de noms. Il lui fournit sa nouvelle adresse. Enfin, il prit soin d'envoyer sa lettre chez Charles Marchand, pensant qu'il la lui transmettrait et garde-rait le secret.

Depuis, Simon espérait revoir bientôt Martha et ses enfants, à condition qu'à leur tour ils puissent quitter Paris et franchir la ligne de démarcation. Il ne leur avait pas raconté comment il s'y était pris avec le jeune Nathan, craignant que son courrier ne fût intercepté. Mais il avait dit un jour à Martha que s'il devait se réfugier en zone libre, il passerait par Mont-de-Marsan. Il lui avait même montré sur une carte l'endroit précis où il franchirait la ligne. Il espérait qu'elle se souvien-drait de ce détail.

Les mois s'écoulèrent dans l'attente d'un miracle. Simon évitait de se distinguer et effectuait son travail avec sérieux. Certes, il était surveillé et devait rendre des comptes, mais, comme à Beaune-la-Rolande, il bénéficiait d'une certaine liberté de mouvements.

A Paris, la situation s'aggravait pour Martha. Les Juifs étaient de plus en plus traqués par les Allemands. Leurs biens étaient placés sous la tutelle d'administrateurs délégués par le Commissariat général aux questions juives. Les commerçants et artisans se voyaient dépossédés de leurs affaires familiales ; les patrons, de leurs entreprises. Les salariés étaient bannis de leurs emplois.

L'internement des Juifs étrangers dans des camps pesait sur elle comme une épée de Damoclès. Jusqu'à présent, elle avait évité le pire, mais elle craignait qu'un voisin ne la dénonce. Or l'administration et la police françaises s'étaient rangées aux ordres des autorités d'occupation et appliquaient avec le même acharnement, et parfois plus, les mesures coercitives des nazis.

Depuis que Simon lui avait écrit de Carnon, elle n'avait plus reçu de ses nouvelles. Elle ne tenait que par l'espoir qu'il fût encore vivant. Elle se doutait qu'il ne pouvait lui écrire autant qu'il le souhaitait de crainte de se dévoiler et de la mettre elle-même en danger.

Le plus pénible pour Martha était d'expliquer à ses enfants pourquoi leur papa ne rentrait pas.

— Où est-il ? questionnait fréquemment David. Pourquoi ne vit-il plus avec nous ? Il ne nous aime plus ?

— Que racontes-tu là, mon chéri ? lui répondait-elle. Papa reviendra bientôt. Il est parti en voyage pour son travail. Il ne vous oublie pas. Et il vous aime, de plus en plus fort chaque jour.

A bientôt sept ans, David ne comprenait pas ce qui se passait autour de lui. Si, à l'école, le directeur avait assuré Martha de sa discrétion et lui avait demandé de ne jamais laisser voir qu'elle était juive, il était de plus en plus difficile pour l'enfant de se taire. Quand un de ses petits camarades l'interrogeait sur ce que faisait son père, il lui arrivait de ne pas pouvoir dissimuler toute la vérité. Il avouait parfois qu'il était absent depuis longtemps.

— Il se cache ! lui répliquaient les plus avertis.

David avait inventé une histoire bien à lui pour tenir tête aux plus coriaces.

— Mon père est un grand voyageur. Il est parti au pôle Nord en expédition scientifique.

Et il leur racontait des aventures extravagantes dont son père était le héros.

Quant à Ana, elle évitait de parler de ses parents avec ses copines de classe. Martha lui avait fait la leçon :

— Surtout, ne dis jamais que tu es juive. Personne ne doit le deviner. Et si un jour quelqu'un te le demande, affirme-lui le contraire.

— Mais je mentirai !

— Parfois il faut mentir, ma chérie, pour son bien et celui des siens. Je t'ai expliqué que les Allemands nous veulent du mal. La police risque de venir nous arrêter si tu avoues la vérité.

— Monsieur Marchand ne l'a pas fait ! Pourtant il sait que nous sommes juifs.

— Charles est un ami. Il n'agira pas contre nous. Tu n'as rien à craindre de lui. Mais fais attention aux personnes que tu côtoies, surtout à l'école.

— Et le monsieur du quatrième, il le sait aussi ! Il a dû le remarquer rien qu'à notre nom. Il nous a déjà adressé des paroles désobligeantes.

— Nous ne le lui avons jamais dit. Quant à notre nom, il a une consonance germanique. Ça ne prouve rien. De plus, ma chérie, il ne faut jamais juger les autres sur de simples apparences. Tu peux te tromper à leur sujet.

Malgré tout ce qu'elle entendait elle-même lorsqu'elle allait faire des courses, Martha tâchait de ne pas corrompre l'esprit de ses enfants avec le ressentiment que pouvait susciter la discrimination dont ils étaient victimes.

Inquiète, elle se demandait de plus en plus pourquoi elle n'avait pas encore été arrêtée. Charles Marchand l'avait pourtant prévenue :

« Jusqu'à présent vous êtes passés à travers. Mais cela tient du miracle. A votre place, je quitterais Paris, je disparaîtrais. N'oubliez pas qu'à la préfecture ils vous connaissent. Jamais Simon n'aurait dû se faire recenser ni répondre à sa convocation.

— Je ne peux pas m'en aller. Simon n'est pas libre. Il est assigné à résidence. »

Charles lui dissimulait ce qu'il pensait. Simon était parti depuis plus de neuf mois. Or Martha n'avait plus de ses nouvelles depuis longtemps. Il avait entendu dire que la plupart des prisonniers avaient été déportés dans des camps de concentration en Pologne et en Allemagne, que les Juifs étrangers étaient systématiquement éliminés quand ils étaient arrêtés, enfin que des trains spécialement affrétés par la SNCF prenaient régulièrement la direction des frontières de l'est.

Lorsque, fin mai 1942, la huitième ordonnance allemande en zone occupée institua le port de l'étoile jaune pour tous les Juifs âgés de plus de six ans, Martha sut qu'elle devait entrer à son tour dans la clandestinité. Il n'était pas question pour elle de coudre sur les vêtements de ses enfants et sur les siens cette marque de ségrégation. Elle décida de ne pas leur en parler, afin de ne pas les obliger à mentir.

Mais, à l'école, David, avec la naïveté de ses sept ans, s'étonna que certains de ses camarades exhibent sur le revers gauche de leur blouson un magnifique écusson étoilé, jaune comme un soleil. Il s'extasia devant le petit Elie Cohen, un élève de sa classe.

— Ouah, qu'est-ce que c'est ?

— Tu sais pas ? C'est l'étoile de David.

— David ! Comme mon nom ?

— C'est ma mère qui me l'a cousue. C'est beau, hein ! Chez nous, tout le monde en porte une.

— Ça veut dire quoi ?

— Ben… c'est parce qu'on est juifs ! Tous les Juifs doivent en porter une. C'est comme ça. C'est pour qu'on puisse mieux se repérer entre nous, m'a expliqué mon père.

— J'aimerais bien en avoir une, puisque je m'appelle David. Tu me la donnes ? Je te l'échange contre mes osselets.

— C'est pas possible. Elle est cousue. Et puis, t'es pas juif.

David faillit avouer la vérité. Mais il se souvint de la leçon de sa mère.

— C'est pas une raison !

— Si. C'est réservé aux Juifs. T'as qu'à devenir juif et t'en auras une comme moi.

172

Le soir, une fois rentré, David ne put se retenir et demanda à sa mère :

— Je pourrais porter une étoile jaune comme mon copain Elie ? Puisqu'on est juifs, on peut en avoir une !

Martha eut toutes les peines du monde à expliquer à son fils qu'il ne s'agissait pas d'une décoration ou d'une marque d'élégance vestimentaire. L'enfant finit par admettre qu'il ne devait plus réclamer un tel objet de discrimination et s'endormit sans vraiment comprendre.

Quelques mois plus tard, l'étau se resserra. Dans la capitale, une certaine agitation était perceptible. Les agents de police semblaient sur leurs gardes, comme s'ils avaient reçu des ordres à ne pas ébruiter.

Martha ne s'était aperçue de rien. Elle restait le plus souvent chez elle, espérant recevoir bientôt des nouvelles de Simon. Thérèse lui tenait compagnie et, ensemble, leurs fenêtres grandes ouvertes, elles se figuraient quelque part en villégiature à profiter de la chaleur estivale. Dans la rue, le va-et-vient des passants était leur seule distraction. Les enfants réclamaient d'aller se promener dans les parcs et les jardins de la ville.

Le lendemain du 14 juillet, Martha osa les emmener sur les bords de la Seine, évitant comme à chacune de ses sorties de croiser des soldats allemands qui, par groupes de trois ou quatre, déambulaient en touristes. Elle s'imaginait qu'ils étaient capables de lire sur son visage le mot « Juive ». Sur une initiative de la Mairie de Paris, n'avait-on pas placardé un peu partout de

173

grandes affiches sur lesquelles l'on pouvait apprendre à reconnaître un Juif rien qu'à son visage ?

Ce jour-là, David découvrit pour la première fois l'une de ces caricatures placardée sur un panneau publicitaire. N'ayant pas conscience de ce qu'elle représentait, il s'en amusa comme un enfant.

— Regarde, maman, comme il est rigolo ce bonhomme avec son nez crochu et ses gros yeux ! On dirait un clown ! se moqua-t-il.

Ana fut la première à s'offusquer.

— Arrête de rire, bêta ! C'est de nous qu'il s'agit.

— Tu rigoles ! On ressemble pas à ça ! Hein, maman, elle dit des bêtises, Ana !

Une fois de plus, Martha dut expliquer à son jeune fils la triste réalité de la vie quotidienne qui était devenue la leur depuis que les Allemands occupaient la France.

— Ecoute-moi bien, David, lui dit-elle en le prenant par la main et en l'obligeant à s'asseoir sur un banc. Tu es assez grand maintenant pour comprendre. Nous sommes juifs dans notre famille. Tu le sais.

— Oui, je sais. Même que je dois le dire à personne.

— Bien, ça tu l'as retenu. Mais tu dois savoir aussi que les Juifs sont chassés de partout et que nous devons donc nous cacher pour vivre. Les Allemands n'aiment pas les Juifs. Ils les enferment dans des camps.

— Alors papa est prisonnier ?

— Non ! Papa se cache. Mais il va bientôt nous avertir de le rejoindre… Tout cela, il ne faut le raconter à personne. C'est un secret. Tu comprends ?

L'enfant devint sérieux.

— Promis, affirma-t-il fièrement. Je sais garder un secret. Même sous la torture, je ne parlerai pas.

Martha s'étonna.

— Qui t'a parlé de torture ?

— Ben, à l'école. Y en a qui disent que les Allemands torturent ceux qu'ils arrêtent pour les faire parler.

— Oublie cela, veux-tu. Et surtout, pense à ta promesse !

Le soir même, Charles vint prévenir Martha d'un fait imminent :

— Martha, vous devez vous en aller le plus vite possible. Demain matin, la police de Paris et les gendarmes vont faire une descente sur injonction de la Kommandantur. Je dois moi-même exécuter les ordres. On doit rassembler tous les Juifs étrangers de la capitale. Des autobus sont réquisitionnés pour le transport. Vous faites partie du lot. Quelqu'un a dû vous dénoncer. Vous ne pouvez plus rester dans votre appartement. C'est devenu une souricière. Vous êtes deux familles concernées dans l'immeuble. Personne n'a jamais rien dit, mais je suis persuadé que l'homme du quatrième a fini par tous vous balancer. Emmenez vos enfants et cachez-vous quelque part en lieu sûr. Ne revenez plus ici.

Stupéfaite, Martha paniqua.

Alors, Charles et Thérèse l'aidèrent à remplir quelques valises et lui donnèrent des victuailles dans un sac pour tenir plusieurs jours.

Mais devant son désarroi, Charles décida de ne pas l'abandonner à son triste sort. Il lui proposa de l'accompagner.

— Je vais vous mettre au vert en banlieue, chez ma mère. Elle réside à Neuilly. Vous y resterez quelques jours. Puis vous partirez, pour sa sécurité.

Dans la plus grande précipitation, Martha s'exécuta. Elle laissa sur place tout ce qu'elle possédait, prit Ana et David par la main et, après avoir fait ses adieux à Thérèse, s'en remit à son mari.

Avant le couvre-feu, en habit civil, Charles emmena Martha et ses enfants vers la première bouche de métro et disparut avec eux dans les profondeurs de la ville.

Le lendemain, à l'aube, débuta la terrible rafle du Vélodrome d'Hiver qui, les 16 et 17 juillet 1942, devait faire plus de treize mille victimes, dont près d'un tiers d'enfants.

Pour Martha comme pour Simon commençait le temps de la clandestinité.

Avant son arrestation, Simon avait indiqué à Martha que, s'il lui fallait passer la ligne de démarcation, il choisirait la région de Mont-de-Marsan. Au moment de quitter la mère de Charles Marchand, elle se souvint de ce détail.

— Savez-vous où aller, ma petite ? s'inquiéta Maryvonne Marchand. Je ne vous chasse pas. Si vous le souhaitez, vous pouvez rester chez moi tout le temps nécessaire. Avec vos enfants, ne prenez aucun risque.

— Je vais rejoindre mon mari en zone libre. Je dois absolument le retrouver.

Martha ne voulait pas abuser de l'hospitalité de Maryvonne. Elle avait conscience du danger qu'elle lui faisait courir.

Une semaine après son arrivée, elle s'apprêtait à lui faire ses adieux, quand Charles débarqua en catastrophe.

— Ah, vous êtes là ! exulta-t-il en voyant Martha. Je craignais que vous ne soyez déjà partie. Je vous ai apporté de faux papiers. Ne me demandez pas comment je me les suis procurés. Dorénavant, vous vous appelez Montagne. J'ai pensé que ce serait plus facile de vous en souvenir. Goldberg… Montagne… En allemand, il y a comme un lien, non ?

Martha ne réagissait pas.

— Euh… oui, bien sûr. *Berg* signifie « montagne ».

— Pour simplifier j'ai choisi les prénoms les plus ressemblants : Marthe pour vous, Anne pour Ana, et Daniel pour David. Il y a même des papiers pour Simon. Vous les lui remettrez quand vous l'aurez retrouvé. A présent, il s'appelle Pierre Montagne.

Martha se confondit en remerciements.

— Adoptez vite votre nouvelle identité, poursuivit Charles. Oubliez Goldberg. Maintenant, votre nom de famille est Montagne. Faites la leçon aux enfants. N'avouez jamais que vous êtes juifs. Trouvez un curé qui vous fera de faux certificats de baptême pour Ana et David. Apprenez par cœur plein de détails d'une vie imaginaire que vous serez tous, peut-être, amenés à raconter. Vous ne devez pas vous contredire les uns les autres. Compris ?

Charles remit une petite somme d'argent à Martha, s'excusant de ne pas pouvoir lui donner davantage.

— Je me doute que vous n'avez pas beaucoup d'économies. Cela vous permettra d'acheter un billet de train et de payer un passeur pas trop exigeant. Je ne peux malheureusement pas faire mieux.

Maryvonne s'éclipsa dans sa chambre et revint quelques minutes plus tard.

— Tenez, dit-elle en tendant la main à Martha. Prenez ces quelques billets. A mon âge, je n'en ai guère besoin. Un rien me suffit.

Martha refusa.

— Je ne peux pas, c'est trop.

— Pour les enfants, insista Maryvonne. Pensez à eux. Prenez-les.

Martha tomba dans les bras de ses bienfaiteurs. Les larmes coulaient sur ses joues.

Derrière leur mère, Ana et David ne bougeaient pas, ne comprenant pas très bien la raison de tant d'effusions.

— Nous allons rejoindre papa ! fit alors David.

— Oui, mon chéri. Nous le retrouverons bientôt.

Le jour même, Martha et ses enfants se rendirent à la gare Montparnasse, conduits par Charles. Il les laissa sur le quai, la gorge serrée. Son sang pulsait dans ses veines. Jamais il n'avait été confronté à une telle déchirure.

Quand le train s'ébranla dans un bruit assourdissant de métal chauffé à blanc, il s'essuya les yeux d'un revers de manche, persuadé qu'il ne reverrait plus jamais la famille Goldberg.

12

Réunis

Eté 1942

Comme Simon avant elle, Martha prit la direction de Mont-de-Marsan dans le but de franchir la ligne de démarcation. Elle connaissait l'endroit où elle devait se rendre. Elle l'avait appris par cœur, n'ayant conservé sur elle aucune note pour ne pas éveiller le doute en cas de contrôle et de fouille.

Elle avait fait la leçon à ses enfants et, sur le quai de la gare, en attendant le départ, elle leur répétait inlassablement les détails de leur nouvelle vie, jusqu'à ce qu'ils ne se trompent plus.

— Comment t'appelles-tu ? leur demandait-elle.

— Daniel, affirmait fièrement David. Daniel Montagne. Le jeu l'amusait.

— Et ton papa et ta maman ?

— Mon papa s'appelle Pierre Montagne et ma maman Marthe Montagne.

— Où es-tu né ?

— A Paris.

— Où vas-tu à l'école ?

— Dans le 9e arrondissement.

— Tu es juif ?

— Non. Je suis catholique. Ma sœur Anne aussi.

Quand elle fut certaine de leurs réponses, Martha se concentra sur ce qu'elle-même allait dire en cas de contrôle. Elle redoutait de ne pouvoir mentir longtemps.

Dans le train, lorsque les Feldgendarmes entrèrent dans son wagon pour vérifier l'identité des voyageurs, elle se retint de trembler. Elle recommanda à ses enfants de sourire et de continuer à s'amuser entre eux. Ana, consciente du danger, prit l'initiative de jouer aux devinettes avec son frère et fit comme si rien d'alarmant ne se passait. Quand le Feldgendarme arriva près d'elle, elle lui dit poliment bonjour et poursuivit son jeu avec David. Martha, le cœur battant à se rompre, avait déjà sorti de son sac ses papiers d'identité et ses billets pour l'employé des chemins de fer qui accompagnait le militaire allemand.

Quand vint son tour, elle les présenta sans prononcer un mot. Sa gorge était si nouée qu'elle se sentait incapable de parler.

— Ce sont vos enfants ? s'enquit le gendarme avec un fort accent germanique.

— Oui. Daniel et Anne.

L'homme les fixa tous les trois avec insistance. Se tut pendant quelques secondes, l'air soupçonneux. Il examina scrupuleusement les papiers et demanda :

— Quel est le motif de votre déplacement ?

Charles Marchand lui avait conseillé de se préparer à cette question.

— Je vais rendre visite à un vieil oncle malade à Mont-de-Marsan.

— Votre mari ne vous accompagne pas ?

— Il travaille et n'a pas pu se libérer.

Martha était morte de peur. Elle craignait qu'un détail ne trahisse sa véritable identité.

Le Feldgendarme finit par lui rendre ses papiers et se retourna vers le passager d'en face, un jeune homme au visage blanc comme un linceul. Il semblait pétrifié. Lorsque le contrôleur lui demanda son billet de transport, il paniqua, se leva précipitamment et, le bousculant, s'échappa dans le couloir. Le gendarme allemand lui ordonna de s'arrêter et se lança à sa poursuite. Tout à coup, le train s'immobilisa dans un bruit strident de métal. Quelqu'un avait actionné le frein de secours. Martha comprit que son malheureux voisin avait essayé de descendre en catastrophe. Elle le vit bientôt courir sur le ballast, très vite rattrapé par deux soldats allemands tenant un gros chien berger en laisse.

— Halte ! s'écrièrent les militaires. Halte !

Une rafale de mitraillette crépita, puis une seconde. Puis ce fut le silence.

L'incident était terminé.

Quelques minutes plus tard, le convoi s'ébranla à nouveau.

Une fois arrivée, Martha dut encore subir le contrôle des gendarmes allemands à la sortie du train. Au bout du quai, un comité d'accueil attendait les passagers à grand renfort d'armes automatiques et de chiens féroces. Derrière, des policiers français semblaient jouer un rôle de figurants. Martha avançait lentement, ses enfants serrés contre elle.

Ana fut la première à lui demander de se décrisper.

— Laisse-nous un peu libres, lui conseilla-t-elle. Tu vas attirer l'attention sur nous. Parle-nous comme si de rien n'était.

Martha s'étonnait du sang-froid de sa fille. Du haut de ses quatorze ans, Ana faisait montre d'un extraordinaire sens des réalités. Elle contenait parfaitement sa peur, ne trahissant aucun signe d'émotion. Elle tenait son petit frère par la main et marchait devant sa mère comme s'ils n'étaient pas accompagnés.

— S'ils m'arrêtent après vous, lui avait recommandé Martha, ne vous retournez pas. Eloignez-vous sans vous préoccuper de moi. Vous devrez vous débrouiller seuls. As-tu bien enregistré l'endroit où il faut franchir la ligne de démarcation ?

— Oui. Ne t'en fais pas, maman. Nous ne serons pas séparés.

Ana et David passèrent sans problème devant les Feldgendarmes. Mais Martha, qui dissimulait mal sa frayeur, fut contrôlée.

— *Papiere, bitte !* lui ordonna l'un des soldats.

A nouveau, Martha s'exécuta, retenant les tremblements de sa main.

Ana et David continuèrent leur chemin dans une apparente indifférence. Quand ils furent à bonne distance, ils se retournèrent, le cœur en émoi. Ils virent leur mère décontenancée face aux questions des policiers, inclinant la tête en signe d'approbation, la dodelinant de gauche à droite pour répondre négativement.

A côté d'elle, les chiens menaçaient de leurs aboiements rauques.

La scène s'éternisait. Martha dut ouvrir sa valise et son sac, tout déballer sur le quai, au milieu des autres passagers astreints aux mêmes sommations.

— Ils cherchent quelque chose, supposa David. Maman n'a rien à craindre, elle n'a que des vêtements dans ses bagages et de la nourriture dans son sac.

— Ils sont à l'affût des fraudeurs du marché noir, se douta Ana.

— Ou des Juifs !

— Tais-toi donc ! Ne prononce jamais ce mot. Tu finirais par nous faire repérer.

Quand elle eut rangé ses affaires et refermé sa valise, Martha fut relâchée. Elle rejoignit ses enfants avec un grand soulagement.

— Vite, leur dit-elle, éloignons-nous d'ici. J'ai bien cru qu'ils allaient me demander de les suivre.

Deux jours plus tard, tous les trois s'apprêtèrent à passer la ligne de démarcation. Ils se rendirent dans le village que Simon avait indiqué à Martha. Il lui avait révélé à mots couverts le lieu où se trouvait l'auberge. Elle se présenta discrètement. L'aubergiste se rappela avoir aidé Simon et Nathan. Il confia Martha et ses enfants à son fils, essayant de profiter de la situation pour leur extorquer une somme bien plus importante. Mais, une fois de plus, il accepta de transiger.

Parvenue en zone libre sans incident, Martha fut enfin soulagée. Mais, pas plus que Simon avant elle, elle ne savait où aller dans l'immédiat. Avec ses enfants, elle ne pouvait déambuler le long des routes sans se faire remarquer. Elle décida donc d'emprunter un autocar pour rejoindre Toulouse. De là, elle prendrait un train pour Montpellier afin de se rapprocher de son mari. Elle pensait le retrouver facilement. Elle ignorait de quelle manière, mais elle se sentait maintenant plus sereine.

Peu avant Toulouse, l'autocar s'arrêta sur la place d'un village. Deux représentants de l'ordre montèrent dans le véhicule pour contrôle d'identité.

Martha sortit ses papiers. A la vue des gendarmes français, elle fut plus rassurée que dans le train.

David était assis sur le siège mitoyen, à côté de sa sœur, près de la vitre. Il n'avait pas vu monter les deux hommes en uniforme et continuait de chahuter gentiment avec deux petits garçons qui lui faisaient des grimaces à l'extérieur.

Tout en présentant ses papiers, Martha crut bon de le rappeler à l'ordre.

— David, tiens-toi tranquille ! lui dit-elle.

Le brigadier la dévisagea d'un air soupçonneux. Il examina attentivement les renseignements qu'il avait sous les yeux. S'étonna :

— Comment s'appelle donc votre fils, madame ?

Martha comprit aussitôt son erreur.

— Euh… Daniel.

— Alors, pourquoi l'avez-vous appelé David ?

— Je… je me suis trompée. Je vous assure, il s'appelle Daniel. Pas vrai, Daniel ? Dis au monsieur comment tu t'appelles.

— Je m'appelle Daniel Montagne. Je suis né à Paris. Mon papa s'appelle Pierre et ma maman Marthe. Ma sœur, c'est Anne. Et nous sommes catholiques.

Le gendarme regarda Martha et les enfants en plissant le front. Il consulta son collègue qui s'occupait des passagers suivants.

— Qu'est-ce que t'en penses ? C'est louche, non ? L'autre gendarme n'hésita pas :

— Le petit récite sa leçon. C'est certain !

— Je vous assure, monsieur, insista Martha, je ne vous mens pas.

— Descendez de l'autocar et accompagnez-nous à la gendarmerie. Nous allons mettre tout cela au clair.

Désemparée, Martha ne put qu'obtempérer.

Au poste de gendarmerie, elle ne parvint pas à convaincre les agents de l'autorité.

On l'accusa de détenir de faux papiers d'identité et d'être une femme juive entrée clandestinement en zone libre.

Le lendemain, avec ses enfants, elle fut envoyée et internée au camp du Vernet, en Ariège, où séjournaient déjà des milliers de prisonniers.

Le centre de détention se trouvait non loin du village du Vernet, près de Pamiers. Véritable prison à ciel ouvert, il s'étendait sur plus de cinquante hectares, bordé par la route nationale d'un côté et l'Ariège de l'autre. D'abord camp de concentration pour réfugiés espagnols dès 1939, il était devenu sous l'autorité de Vichy un camp d'internement répressif pour les « étrangers indésirables », jugés dangereux pour la France, puis à partir de 1940 un camp de déportation pour les Juifs.

Martha fut affectée avec ses enfants à la section des éléments suspects. Tout autour, le périmètre était jalonné d'une barrière de fils de fer barbelés et de tranchées séparant les différents secteurs du camp. Dans son baraquement, elle retrouva de nombreux coreligionnaires, mais, par prudence, elle continuait à nier son appartenance à la communauté israélite. Ana et David avaient compris qu'ils devaient également se montrer discrets. Ils affirmaient toujours s'appeler Montagne et, entre eux, utilisaient leurs nouveaux prénoms. Ce n'était plus un jeu pour David. Le petit garçon avait saisi désormais toute l'importance de sa fausse identité, celle de la clandestinité. Devant le spectacle qui se déroulait sous ses yeux, il n'avait pas tout à fait conscience de la gravité de la situation. Mais, au fond de lui, quelque chose lui disait à présent que la vie des siens était en danger.

Martha était complètement abattue et ne savait plus que tenter pour sortir de cet enfer. Elle n'avait jamais envisagé une si grande déchéance et ne pensait pas que de tels camps puissent avoir été ouverts en France, même si des bruits couraient depuis longtemps.

Les conditions de survie étaient pires que tout ce qu'elle avait imaginé. La nourriture était infecte, la soupe sans consistance, le pain rassis, parfois moisi, la viande extrêmement rare. Les toilettes étaient immondes, source de maladies et d'épidémies. Il fallait se laver à l'eau froide, en abandonnant toute pudeur devant les autres. L'intimité dans les baraques n'existait pas. Heureusement, entre prisonnières, les femmes se montraient solidaires.

Au bout de dix jours, Martha finit par réagir. Elle décida d'observer ce qui se passait autour d'elle afin de profiter de la moindre opportunité, au lieu de se laisser aller au défaitisme. Ana, la première, l'exhortait à reprendre courage.

— Pense à papa, lui disait-elle. Nous devons résister pour pouvoir le rejoindre un jour.

En se promenant autour des baraquements, Ana avait remarqué la présence d'un jeune gendarme. Il montait souvent la garde en fin d'après-midi, le fusil sur l'épaule. Il pouvait avoir vingt ans et ne semblait pas aussi fermé que ses collègues qui, eux, appliquaient les ordres sans états d'âme. Elle s'aperçut qu'il ne la quittait pas des yeux. Un soir, elle osa l'aborder.

— Vous vous appelez comment ? lui demanda-t-elle la première.

Le jeune militaire s'approcha, prudent.

— Jean Lissac. Mais je ne devrais pas vous parler pendant mon service… Et vous ?

— Anne Montagne. Je suis ici par erreur avec ma mère et mon petit frère. On nous accuse d'être juifs.

— Beaucoup le nient. Vous n'êtes pas les premiers.

— Je vous jure que nous ne le sommes pas.

Ana se rendit vite compte que Jean Lissac s'intéressait à elle. Son regard sans animosité, ses paroles douces et bienveillantes la rassurèrent.

Ils prirent l'habitude de se revoir tous les soirs au même endroit. Ana cacha à sa mère ce qu'elle faisait quand elle s'éclipsait, tandis que David, de son côté, jouait entre les baraques avec des garçons de son âge.

Petit à petit naquit une certaine connivence entre Ana et Jean. Elle lui raconta sa vie – inventée de toutes pièces afin de ne pas devoir avouer la vérité –, lui révéla ses goûts pour la lecture et la musique, s'étonna du rôle qu'il acceptait de tenir dans ce camp où était rassemblée toute la misère du monde. Elle parvint à l'attendrir et à lui faire admettre que ses actes n'étaient pas très honorables.

— Tu peux te racheter quand tu le veux, lui dit-elle un jour.

— Je suis militaire, lui opposa-t-il. J'ai des ordres et des devoirs. Même si parfois ceux-ci ne me plaisent pas, je dois obéir.

— Je suis sûre que ton cœur parle autrement. Tu es quelqu'un de bien, Jean. Je le sais. Je le sens.

Le jeune gendarme tomba amoureux d'Ana. Il finit par le lui confesser.

— Si tu n'étais pas enfermée dans ce camp, je te demanderais si…

— … si ?

— … si je peux t'embrasser.

Ana rougit. C'était la première fois qu'un garçon lui faisait de telles propositions. Elle s'en émut, se rapprocha de lui et, se hissant sur la pointe des pieds, après avoir jeté un regard alentour, l'embrassa timidement à la commissure des lèvres. Puis elle se recula lentement, lui sourit.

— Tu es beau dans ton uniforme, ajouta-t-elle. Mais, si je me trouvais avec toi à l'extérieur, je te préférerais en habit civil.

Jean ne parvenait pas à dissimuler ce qu'il ressentait. Ana lui paraissait très jeune, et pourtant très mûre. Il l'invita à le suivre à l'écart, derrière le baraquement.

Il déposa son fusil contre le mur, la prit dans ses bras, l'embrassa tendrement.

Ana était consciente de ce qu'elle faisait. Elle ne se moquait pas de son amoureux. Mais elle attendait de l'avoir entièrement conquis pour lui demander une faveur.

Quand le moment fut venu, après l'avoir fait patienter quelques jours, elle lui parla sans détour :

— Ferais-tu quelque chose pour moi ? Quelque chose d'un peu spécial.

— Quoi donc ? Te faire évader ? Ça, je crains que ce ne soit pas dans mes cordes. Le camp est très surveillé. Tu as vu les barbelés et les fossés ? C'est infranchissable.

— Il ne s'agit pas d'évasion. Mais de prévenir mon père.

— Ton père ! Où est-il ?

— Je vais te remettre une lettre pour lui. Peux-tu la poster en toute discrétion, afin qu'il sache ce que nous devenons, ma mère, mon frère et moi ?

Jean hésita.

— Tu me demandes beaucoup, lui dit-il. Si jamais on l'apprend, je suis bon pour la cour martiale.

— Tu ne risques rien si tu n'en parles à personne.

— Je ne peux pas.

— Tu ne m'aimes donc pas !

— Si, mais...

Ana se blottit dans ses bras.

— D'accord, finit-il par accepter. Donne-la-moi ta lettre. Où habite-t-il ton père ?

— A Carnon, dans l'Hérault.

— Je suppose qu'il a des relations et qu'il essaiera de vous faire libérer, ta mère et toi !

— Je crains que non. Mais c'est pour le rassurer.

Jean réfléchit, devint subitement énigmatique.

— Ecoute-moi bien, Anne, j'ai peut-être un moyen de vous sortir d'ici. Mais cela prendra du temps.

— Tu as changé d'avis ?

Jean n'en dit pas davantage. Il tint sa promesse en postant le soir même la lettre que Martha avait rédigée sur l'insistance d'Ana. Elle se méfiait du jeune gendarme, mais, au point où elle en était, elle s'en remit à sa fille sans lui reprocher d'avoir agi sans son consentement.

Ce jour-là, Martha comprit qu'Ana avait grandi.

Dès lors, les événements se précipitèrent.

Simon reçut la lettre de Martha quelques jours plus tard à l'adresse où il était assigné à résidence. Il pleura de joie et de tristesse à la fois. Il fut immédiatement soulagé d'apprendre que sa femme et ses enfants étaient vivants et qu'ils étaient parvenus à franchir la ligne de démarcation. Il avait entendu ce qui s'était passé à Paris et craignait que les siens n'aient été raflés avec ces milliers de malheureux déportés au camp de Drancy dans l'attente de leur transfert à Auschwitz. Mais il s'assombrit aussitôt à la pensée qu'ils étaient internés au camp du Vernet. Sans perdre un instant, il se renseigna sur ce dernier. Les informations qu'il recueillit n'étaient pas encourageantes. On lui affirma que les prisonniers y vivaient dans des conditions épouvantables et que la plupart d'entre eux étaient évacués vers les camps de concentration allemands.

Il devait agir rapidement s'il voulait revoir les siens.

On lui avait signalé que le préfet du département, Jean Benedetti, était un homme très à l'écoute de ses administrés. Son engagement en faveur de tous les pourchassés était discret, mais connu. Il délivrait des certificats d'hébergement permettant d'exfiltrer avec le concours de l'OSE, l'Œuvre de secours aux enfants, de nombreux enfants juifs des camps d'internement.

Alors, tentant l'impossible, Simon se précipita à Montpellier et obtint une entrevue avec le préfet. Il lui décrivit sa situation sans mentir, passa en revue tous les détails de son existence qui avaient fait de lui un fugitif, puis un paria. Il expliqua comment sa femme et ses enfants avaient été arrêtés par les gendarmes.

— Si je vous suis bien, vous souhaitez que j'intervienne pour les faire libérer ! l'interrompit le représentant de l'Etat.

— Vous êtes mon dernier recours, monsieur le Préfet. Si ce n'est vous, qui pourrait le faire ?

Jean Benedetti ne promit rien sur le moment, mais Simon repartit avec un espoir chevillé au cœur.

Une semaine plus tard, alors qu'il avait achevé une journée de travail harassante, affalé sur son lit, Simon entendit frapper à sa porte. Il se demanda qui pouvait le déranger à cette heure avancée de la soirée. Il se leva, alla ouvrir.

Martha, Ana et David, les yeux noyés de larmes, se jetèrent dans ses bras.

Jean Lissac n'avait pas eu besoin de prendre le risque de mettre en place leur évasion. Le préfet de l'Hérault avait répondu aux espoirs de Simon. Il avait obtenu la relaxe et un permis de séjour à Carnon pour Martha et ses enfants au nom de Montagne.

— Est-ce bien ici qu'habite monsieur Pierre Montagne ? questionna Ana d'un air complice.

— Pierre Montagne ? répondit Simon. C'est moi. Entrez donc.

13

Une famille ordinaire

Automne 1942

L'automne resplendissait. Dans les rues de la petite cité balnéaire régnait encore une atmosphère de vacances. Les établissements de bains de mer, les cafés, les restaurants, les chalets construits en bordure du littoral faisaient oublier la terrible réalité du moment. Les terrasses ombragées, le calme raffiné et la sérénité du lieu attiraient depuis la fin du siècle précédent de nombreux vacanciers de la France entière qui aimaient se prélasser sous les frondaisons du parc Bosquet ou siroter une limonade fraîche sur les planches d'une cabane de plage. Depuis l'ouverture, dans les années 1930, de la ligne d'autobus la reliant à Montpellier, Carnon était la station préférée de la bourgeoisie montpelliéraine. Certes, les restrictions rendaient le quotidien plus austère qu'avant la guerre, mais on y vivait encore dans une certaine décontraction, loin des tourments que connaissaient les habitants de la zone occupée.

Ana et David profitaient des derniers jours de vacances scolaires pour se promener sur le bord de mer. Ils se baignaient sous la surveillance de Martha, pendant que Simon travaillait. Pour un peu, ils se seraient crus en villégiature. Autour d'eux, des Montpelliérains se prélassaient au soleil, s'attardant sur les plages dans la plus parfaite indifférence. L'air du large bénéficiait à Martha. Elle en oubliait presque les terribles menaces qui avaient pesé sur elle et les siens avant d'arriver sous les cieux du Languedoc.

Simon devait se montrer obéissant et assidu à sa tâche s'il ne voulait pas attirer sur lui l'attention de son autorité de tutelle. Les faveurs que Jean Benedetti lui avait accordées ne lui permettaient pas de se comporter comme s'il avait acquis une totale liberté. Il pouvait à tout moment être rappelé à l'ordre et transféré au camp d'Agde d'où il sortait. Il avait convaincu Martha et ses enfants d'être extrêmement discrets sur leur présence et, depuis leurs retrouvailles, il songeait à mettre fin à cette situation pour le moins précaire. Si Martha, Ana et David ne risquaient rien avec leur permis de séjour, tout pouvait être remis en question s'ils se faisaient prendre sous le même toit que Simon qui, lui, était toujours considéré comme un détenu.

Un mois après leur arrivée, il décida donc de quitter Carnon et de les emmener s'installer clandestinement à Nîmes. Avec leurs faux papiers, ils passeraient pour une famille de Français ordinaires et se fondraient dans la population. Martha commença par s'y opposer, craignant le pire, mais Simon finit par la persuader.

En vivant comme tout le monde au cœur d'une grande ville, ils seraient moins en danger qu'en demeurant à Carnon, sous haute surveillance.

— La rentrée des classes approche, ajouta-t-il. Il faut aussi penser à Ana et à David. Ils doivent mener une vie normale.

Début octobre, les Goldberg arrivèrent à Nîmes. Dans la gare Feuchères, la foule se pressait sur les quais. Des pelotons de gendarmes contrôlaient la sortie des trains, mais n'arrêtaient pas systématiquement les voyageurs. Ils passèrent sans problème et prirent immédiatement la direction du centre-ville. Parvenus aux arènes, ils s'engagèrent dans la rue de l'Aspic et louèrent une chambre dans un petit hôtel. La situation rappela à Martha l'époque où ils avaient débarqué à Paris. Elle se retint de remuer ses souvenirs, mais Simon eut la même réminiscence qu'elle.

— Dire que nous pensions avoir gagné le droit de vivre libres ! releva-t-il avec une pointe d'amertume dans la voix. On s'est bien trompés ! Aujourd'hui nous sommes contraints à la clandestinité. Mais cela ne durera pas éternellement. Les Allemands ne pourront pas toujours asservir les peuples de l'Europe en toute impunité. Les Soviétiques leur opposent déjà une forte résistance à Stalingrad. Espérons qu'ils leur tiendront tête !

Pour l'heure, la situation n'était pas à l'avantage des Alliées, tant à l'Est qu'en Afrique du Nord. Seuls les Américains, entrés en guerre au mois de décembre de l'année précédente, parvenaient à contenir l'avancée des Japonais et leur faisaient front à Guadalcanal dans le Pacifique.

Quelques jours après leur arrivée à Nîmes, Simon et sa famille s'installèrent dans un meublé en face de l'église Saint-Baudile, non loin de la porte d'Auguste. Ils s'étaient fait connaître sous leur fausse identité et avaient affirmé venir de Lyon pour se rapprocher de leurs vieux parents. Dès le lendemain, David fut inscrit à l'école primaire du quartier et Ana au cours complémentaire sous les noms de Daniel et Anne Montagne. Lorsque le directeur de l'établissement demanda à Simon où ses enfants avaient été scolarisés auparavant, il se trouva dans l'embarras. Il n'avait pas songé à cette question.

— Ils étaient dans une école primaire de Lyon, lui expliqua-t-il évasivement. Dans le quartier de la Croix-Rousse où nous habitions. Est-ce important ?

L'enseignant fixa Simon d'un regard dubitatif, se racla la gorge, ajouta :

— Je ne veux pas rentrer dans les détails, mais, à votre place, je prendrais certaines dispositions pour ne pas éveiller des soupçons qui pourraient m'être fatals. Vous me saisissez ?

Simon remercia le directeur, devinant qu'il avait compris sa situation.

— J'y veillerai, ne vous en faites pas. J'aurai les attestations dans quelques jours, le temps d'écrire à Lyon et qu'on me réponde.

— Hum... je ne vous demande pas de faire du zèle, monsieur Montagne. Je vous crois sur parole. Mais à l'avenir, soyez plus prévoyant.

Ana et David étant scolarisés, le plus urgent, pour Simon, était de trouver du travail. Le pécule de Martha avait fondu comme neige au soleil. Il leur avait fallu acquitter un mois de loyer d'avance, acheter des blouses aux enfants, ainsi qu'un cartable et un minimum de fournitures. Les passeurs avaient à eux seuls englouti la plus grande partie de leurs économies. Il ne leur restait plus que mille francs[1] pour subvenir à leurs dépenses les plus courantes.

Simon fit le tour de la ville, entra dans toutes les librairies, dans les cafés et les restaurants afin de proposer ses services, en vain. Il finit par trouver un petit imprimeur qui cherchait un ouvrier à temps partiel. Le salaire n'était pas très élevé, mais les horaires permettaient à Simon d'occuper un second emploi.

— J'ai besoin d'aide trois jours par semaine, lui expliqua Hubert Dunoyel, un homme du Nord installé dans la cité augustéenne depuis vingt ans. Si cela vous convient, je vous embauche du mercredi au vendredi, de sept heures à dix-huit heures. Je vous paierai en conséquence sur la base des quarante heures hebdomadaires et des huit heures par jour. Vous aurez donc deux heures supplémentaires quotidiennes.

Simon reconnut qu'Hubert Dunoyel ne profitait pas de la situation. Il respectait à la lettre la législation héritée du Front populaire alors qu'il aurait pu s'en détacher.

Il accepta sans discuter et, le jour même, trouva un complément à son nouvel emploi comme manutentionnaire aux halles du centre-ville.

_____

1. Soit trois cent douze euros d'aujourd'hui environ.

A son retour chez lui, il embrassa Martha de joie, heureux de s'être sorti de ses difficultés financières.

— Crois-tu que je pourrais tenter de m'installer comme sage-femme ? demanda Martha. Personne ne nous connaît dans cette ville. Je travaillerais discrètement en libérale.

— Ce ne serait pas très prudent, lui opposa Simon. Tes diplômes sont au nom de Goldberg. Si on les contrôle un jour, tu seras coincée. Tu ne pourras pas justifier tes qualifications.

Martha se résolut à rester à la maison. Les temps étaient durs, mais ce qu'allait gagner Simon devrait suffire.

Les premières semaines s'écoulèrent sans incident. Ana et David s'habituèrent vite à leur nouveau cadre scolaire et se lièrent avec de nombreux camarades de classe. Dans la cour de récréation, ceux-ci ne leur parlaient pas des Juifs. Certains élèves étaient protestants, beaucoup catholiques. Mais le port de l'étoile jaune ayant été interdit par le maréchal Pétain, ils ne relevaient pas les appartenances religieuses. Pourtant la communauté israélite de Nîmes était assez importante.

Lorsque, malgré tout, une conversation abordait le sujet, Ana se gardait bien d'y participer. Elle s'éloignait et feignait de ne pas entendre. Quant à David, il ne cessait d'affirmer qu'il ferait bientôt sa première communion et qu'à cette occasion il s'attendait à recevoir de beaux cadeaux, ce qui soulevait la convoitise de ses amis.

Les Montagne passèrent rapidement pour une famille ordinaire. Personne ne faisait attention à eux. Ils étaient respectés car sans histoire.

Mais l'actualité, une fois de plus, vint troubler leur horizon. Le 8 novembre, le haut commandement allié décida d'ouvrir un second front en Afrique du Nord pour stopper l'avancée des Allemands à l'est. Le Maroc et l'Algérie, peu défendus par l'Etat français, furent choisis pour y débarquer plus de soixante-quinze mille hommes. Quelques jours plus tard, en réplique à cette offensive, Hitler donna l'ordre à ses troupes d'envahir la zone libre, imposant les mêmes contraintes au sud de la ligne de démarcation qu'au nord. Le 11 novembre, les soldats de la Wehrmacht investissaient la ville de Nîmes et défilaient dans les jardins de la Fontaine et devant l'ancien théâtre.

Lorsque Simon apprit la terrifiante nouvelle, il se trouvait à l'imprimerie Dunoyel. Son patron lui signifia aussitôt que ses conditions de travail allaient devenir plus compliquées. Il n'avait jamais avoué à son nouvel ouvrier qu'il aidait la Résistance en imprimant des tracts destinés aux hommes de l'ombre disséminés dans le sud du pays. Il confectionnait également de faux papiers pour ceux qui tentaient d'échapper aux autorités de Vichy. Simon avait découvert des tampons qui lui avaient mis la puce à l'oreille, mais s'était bien abstenu d'en parler.

— Je dois vous avertir, annonça Hubert Dunoyel. Mon imprimerie risque de tomber dans le collimateur du préfet. Depuis sa nomination par Vichy en septembre 1940, Angelo Chiappe n'a pas cessé d'appliquer avec beaucoup de zèle les instructions du gouvernement. Il a sévèrement réprimé les communistes et les résistants, il a dissous de nombreux conseils municipaux dans les communes les plus importantes du département. Je n'ai pas l'intention de demeurer inactif devant cette situation qui ne fera qu'empirer avec l'arrivée des Allemands dans notre ville.

Simon trouvait étrange cette confession à demi-mot. Il se demanda où son patron voulait en venir et s'il n'avait pas deviné qu'il était juif.

— Je ne vous pousse pas à me suivre, ajouta-t-il. Mais je ne peux vous dissimuler que je vais me placer dans la plus grande illégalité. Si vous restez auprès de moi – ce que je souhaite –, vous allez aussi vous mettre en danger. Il faut que vous le sachiez.

— Vous vous apprêtez à imprimer un journal clandestin ? supposa Simon. Et vous sollicitez mon aide.

Hubert Dunoyel regarda son ouvrier droit dans les yeux.

— Y êtes-vous prêt ?

Simon réfléchit, stoppa la presse d'où sortaient les derniers arrêtés municipaux commandés par la mairie. Le silence se répandit aussitôt dans l'atelier comme une vague déferlante.

— Je ne vous ai rien caché, précisa Hubert. Si vous craignez pour vous et votre famille, je ne vous en voudrai pas de me quitter. Je tâcherai dans ce cas de vous trouver une place chez un confrère qui, lui, se tient tranquille.

— Je reste avec vous, finit par répondre Simon. Mais, moi aussi, je dois vous révéler quelque chose. Quelque chose qui peut vous mettre encore plus dans l'embarras.

Hubert sourit.

— Il n'y a rien de pire que de se faire arrêter pour collusion avec la Résistance !

— Je suis juif, reconnut Simon.

Hubert lui tendit la main.

— Et alors ! lui dit-il. Qu'est-ce que ça change ?

Avec l'arrivée des Allemands, tout fut remis en question. Les rafles se multiplièrent dans le Sud comme dans le Nord, s'ajoutant à celles pratiquées par la police de Vichy et qui avaient assombri le Gard au mois d'août précédent. Pendant l'été, en effet, la répression s'était intensifiée et de nombreuses familles juives considérées comme apatrides avaient été arrêtées. La plupart des hommes avaient été déportés au camp des Milles à Aix-en-Provence, les femmes et les enfants enfermés à la prison des Baumettes à Marseille, dans l'attente de leur transfert à Drancy.

Les Goldberg se sentirent à nouveau menacés. Mais Simon tint sa promesse, il demeura auprès d'Hubert Dunoyel, conscient qu'il mettait sa vie en danger.

La petite imprimerie, tout en œuvrant pour la mairie de Nîmes à la publication de papiers officiels, sortait clandestinement des tracts et un bulletin pour l'organisation Combat. A cette fin, Simon restait plus tard le soir. Hubert tirait alors le rideau de fer, éteignait la lampe dans la pièce principale et entraînait son ouvrier dans une arrière-salle aveugle où il avait installé une antique Linotype dissimulée derrière des étagères. A côté, dans un réduit aménagé dans le mur, un poste de TSF était branché. Avant de se mettre à l'ouvrage,

Hubert captait Radio Londres et écoutait les messages diffusés sur les ondes pour la Résistance.

Simon n'avait pas avoué son activité cachée à Martha. Il lui avait seulement expliqué qu'Hubert avait parfois un surcroît de travail qui nécessitait sa présence. Ensemble, ils imprimaient des informations tenues secrètes et les confiaient à des contacts qui passaient le lendemain ou le surlendemain, officiellement pour prendre des commandes, mais qui, en réalité, ressortaient de l'atelier avec de dangereux colis sous le manteau. Simon finit par se piquer au jeu. Il se sentait utile dans un monde hostile où, chaque jour, les siens couraient tous les périls.

Toutefois, la répression s'accentuant, Hubert le prévint :

— Vous devriez mettre vos enfants en sécurité. Ici, à Nîmes, ils risquent de se faire embarquer comme ceux du mois d'août[1].

— Je n'ai pas envie de fuir à nouveau, répondit Simon. Pour aller où encore une fois ? Partout ce sera le même problème. Tant que les Allemands occuperont le pays, nous ne pourrons vivre nulle part en paix.

— Je connais une filière par laquelle vous pourriez envoyer Ana et David au vert, dans un coin tranquille. Ils ne seront pas seuls. De nombreux enfants y ont déjà trouvé refuge.

— C'est où ? demanda Simon, intrigué.

— En Haute-Loire. Une petite commune qui s'appelle Le Chambon-sur-Lignon.

— En Haute-Loire ! Mais c'est loin ! En pleine montagne.

_____

1. Rafles des 25 et 26 août 1942.

— Un réseau peut assurer le transfert de vos enfants. Il vous suffira de les emmener à Lyon. Là-bas, un contact les prendra en charge jusqu'à leur destination finale.

— Et s'il leur arrive quelque chose en cours de route ? Comment ferons-nous pour les revoir ? Ils seront perdus sans nous !

Simon n'avait jamais envisagé de se séparer volontairement de son fils et de sa fille. La seule pensée qu'ils tombent dans les mains de la Gestapo sans qu'il puisse tenter de les sauver lui était insoutenable.

— David est trop petit pour partir sans ses parents, objecta-t-il.

— Il sera accompagné de sa sœur. Ana est grande maintenant. Elle veillera sur son frère. Et une fois parvenus à bon port, ils ne craindront plus rien, je vous l'assure. Des âmes charitables s'occuperont d'eux. Ils iront même à l'école.

— Je demande à réfléchir.

De retour chez lui, Simon en parla à Martha. Il ne lui cacha pas la situation :

— Si les Allemands nous prennent, ils nous déporteront avec les enfants. Hubert m'a prévenu : ceux qui ont été raflés au mois d'août ont été envoyés à Auschwitz. Sais-tu le bruit qui court à propos de ce camp ?

— Je m'en doute. Ils font travailler les déportés comme des esclaves. Mais pas les enfants, quand même !

Comme la plupart des Français, juifs ou non, Martha n'imaginait pas ce qui se passait en Allemagne et en Pologne. A la conférence de Wannsee du 20 janvier 1942, Hitler avait décrété la Solution finale,

203

programmant l'extermination physique et totale des Juifs d'Europe.

— Beaucoup ne survivent pas au voyage. Les enfants sont plus vulnérables encore que les adultes.

— Qu'essaies-tu de me dire ? finit par demander Martha.

— Hubert Dunoyel m'a parlé d'un refuge. On pourrait les envoyer hors de danger en Haute-Loire, au Chambon-sur-Lignon.

— Tu veux me séparer de mes enfants ? Jamais, Simon ! Jamais !

Simon s'attendait à cette réponse. Il n'osa insister.

Les jours qui suivirent, il n'aborda plus le sujet. Il expliqua à Hubert Dunoyel que Martha n'était pas prête à un tel sacrifice.

Depuis qu'elle s'était sentie menacée à Paris, Martha ne laissait jamais ses enfants partir seuls à l'école. En chemin, ils rencontraient des élèves qui, maintenant, portaient l'étoile jaune sur le revers de leurs vêtements. Martha était toujours outrée à la vue de cette marque d'ostracisme qui, depuis l'occupation de la zone sud, était devenue obligatoire partout en France. Elle avait pitié de ces enfants pointés du doigt pour leur appartenance à la communauté israélite. Et elle éprouvait une certaine culpabilité à dissimuler qu'elle en faisait également partie.

Ana et David ne s'étaient jamais trahis. Ils avaient bien intégré leur nouvelle identité. A la maison, il leur arrivait même de s'appeler involontairement par leurs prénoms d'emprunt. Cela faisait sourire Martha et Simon, et les rassurait.

Un matin, alors que Simon était parti à son travail, comme chaque jour, Martha accompagna Ana et David jusqu'à leur école. Autour de l'église Saint-Baudile régnait une effervescence inhabituelle. Martha s'en inquiéta, mais n'en dit mot à ses enfants qui marchaient devant elle en compagnie de camarades de classe. Deux tractions Citroën noires étaient stationnées le long du trottoir, de chaque côté de la grille de l'établissement scolaire. Elle en vit sortir des hommes, chapeau de feutre sur la tête, imperméable sur le dos, le regard sombre. Tout se passa très vite sous ses yeux médusés. Les hommes – des policiers, se douta aussitôt Martha – arrêtèrent deux femmes et leurs enfants. Tous portaient l'étoile jaune. Ils les embarquèrent brutalement en les tenant par le bras. David fut le premier à réagir.

— Maman, ils emmènent mon copain Isaac. Pourquoi ?

Dans une autre voiture, Ana aperçut par la lunette arrière le visage de sa meilleure amie. Celle-ci lui fit un petit signe de la main en guise d'adieu. Sur le trottoir, les cartables des enfants semblaient avoir été déposés comme en souvenir d'un acte odieux. Martha les ramassa. Autour d'elle, des mères de famille qui avaient assisté à la scène l'aidèrent. Les élèves affluèrent bientôt, car l'heure de l'entrée en classe approchait.

— Ils vont les relâcher, hein, maman ? demanda David.

— Bien sûr, mon chéri. Ils n'ont rien fait de mal.

Sa sœur se taisait, interdite. Sur ses joues coulaient des larmes de tristesse. C'était la première fois qu'elle se trouvait au cœur du drame que vivaient les siens.

Dans les yeux d'Ana s'inscrivit ce jour-là l'image de la plus grande tragédie humaine de tous les temps.

Le soir même, quand Simon rentra de l'imprimerie, Martha lui dit :

— Nous devons mettre les enfants en sécurité. J'accepte qu'ils partent au Chambon-sur-Lignon.

Troisième partie

LE CHAMBON-SUR-LIGNON

14

Séparés

Décembre 1942

Comme il le lui avait promis, Hubert mit Simon
en relation avec le pasteur Henri Laporte, membre de
l'OSE, l'Œuvre de secours aux enfants. Celle-ci étant
une organisation officielle, les pouvoirs publics n'ignoraient rien de ses agissements. Depuis les rafles et les
arrestations de l'été, les maisons d'accueil étaient devenues des pièges, la gendarmerie et la police y multipliant
les perquisitions. Les responsables de l'OSE avaient
donc entrepris de mettre sur pied une structure clandestine destinée à cacher les enfants de réfugiés dans
des foyers non juifs pour les soustraire à la déportation.

Aussitôt Henri Laporte avertit Simon.

— Votre fils et votre fille doivent impérativement
changer d'identité, porter un nom bien aryen.

— Nous nous appelons Montagne, répondit Simon,
depuis que nous avons quitté Paris. Nous avons

des papiers qui le certifient. Ils ont déjà fait leurs preuves.

Le pasteur expliqua ensuite comment allait se dérouler le passage d'Ana et de David au Chambon-sur-Lignon.

— Vous les accompagnerez jusqu'à Lyon, puis vous les remettrez dans les mains d'une assistante sociale qui s'occupera d'eux. Vous leur ferez vos adieux et, surtout, vous ne chercherez plus à les contacter. Il y va de leur sécurité. Plus tard, quand ils seront vraiment hors de danger, vous recevrez de leurs nouvelles par les soins de notre organisation. Au Chambon, nous leur trouverons une famille d'accueil. Là-bas, ça ne manque pas. Les habitants ont ouvert leurs portes aux réfugiés espagnols dès 1939. Vos enfants seront scolarisés dans une école laïque ou religieuse, selon la place disponible. Nous nous chargerons de tout.

Simon fut rassuré par toutes ces indications, mais, quand il les expliqua à Martha, il comprit que la séparation, pour elle, serait insupportable.

— Nous ne pourrons pas communiquer avec eux ! s'étonna-t-elle, prête à s'effondrer de douleur.

— Au début, ce sera plus prudent. Après, on verra. Les membres de l'organisation nous mettront en relation avec les enfants, d'une façon ou d'une autre.

Martha se rendit à la raison, mais ne put éteindre le feu dévorant qui s'était installé dans sa poitrine.

La mort dans l'âme, elle prépara les valises d'Ana et de David et, la veille au soir, demeura avec eux, dans leur chambre, les serrant très fort dans ses bras.

— Il faut les laisser dormir maintenant, dit Simon. Demain, nous partons de bonne heure, ils devront se lever tôt.

La séparation fut terrible pour Martha. Elle ressentit dans tout son être une profonde déchirure, une douleur qui lui fit craindre le pire.

Les reverrai-je un jour ? songea-t-elle en les regardant s'éloigner par la fenêtre, tandis qu'Henri Laporte les embarquait dans sa voiture.

Celui-ci les conduisit à la gare Feuchères. Simon acheta trois billets pour Lyon où les attendrait une assistante sociale dépêchée par l'OSE. Une fois entre ses mains, les enfants ne risqueraient plus rien, avait affirmé le pasteur.

Lorsque le train s'arrêta à quai à Lyon-Perrache, Simon fit ses dernières recommandations à Ana et à David :

— N'oubliez pas, ne parlez jamais de vos parents si l'on vous questionne. Vous êtes orphelins, la dame qui vous accompagne est une assistante sociale qui s'occupe de vous. Vous lui obéirez au doigt et à l'œil. Ne prenez aucune initiative par vous-mêmes, et restez toujours ensemble. Je compte sur toi, Ana, pour veiller sur ton petit frère.

— Ne te fais pas de souci, papa. Tout se passera bien.

— N'essayez pas de nous écrire, cela éveillerait les soupçons.

— A l'école, ils vont s'apercevoir que nous sommes partis ! releva David.

— J'avertirai le directeur que nous déménageons.

Au milieu du quai, Simon remarqua une femme d'une trentaine d'années, munie d'un parapluie vert, alors que, dehors, un soleil éclatant illuminait le ciel.

On lui avait expliqué comment reconnaître son contact. Il s'approcha d'elle discrètement et se présenta :

— Je suis Pierre Montagne.

— Je vous attendais, je suis Maryse Lesueur.

Les salutations terminées, l'assistante sociale entraîna Simon et ses enfants à l'écart.

— Depuis que les Allemands ont débarqué à Lyon, nous devons redoubler de prudence. Vous me laisserez les enfants et vous passerez seul le contrôle, conseilla-t-elle à Simon... Il faut vous dire adieu maintenant. Ensuite, il sera trop tard. Une fois le barrage policier franchi, nous ne devons plus nous revoir. Il y a des espions dissimulés dans la foule. Des Français à la solde de la Gestapo. Ils traquent tous ceux qu'ils trouvent suspects.

Simon n'avait pas imaginé que tout irait si vite. Il prit ses enfants par la main et s'apprêta à les enlacer une dernière fois quand Maryse l'arrêta.

— Pas trop d'effusions ! Il ne faut pas se faire remarquer.

Simon, les larmes aux yeux, embrassa rapidement ses enfants.

— Soyez courageux, mes chéris. Maman et moi penserons toujours à vous, à tout instant.

David ne put s'empêcher de pleurer.

— Papa, tu viendras nous rechercher, n'est-ce pas ? Tu ne nous laisseras pas longtemps seuls ?

— Ne t'inquiète pas, mon chéri. Ana est avec toi. Promis, dès que ce sera possible, nous serons à nouveau réunis.

— Il est temps, monsieur Montagne. Il faut y aller, il n'y a presque plus de voyageurs sur le quai. Il vaut mieux nous laisser passer en premier, suivez-nous à bonne distance.

Simon s'écarta de ses enfants, lut dans les yeux d'Ana une grande détermination.

— On s'en sortira, papa. Ne t'en fais pas.

L'assistante sociale prit David par la main, Ana fit de même.

Simon les regarda s'éloigner, la gorge serrée. A l'intérieur, il étouffait. Il s'essuya le visage d'un revers de manche et, quand ils eurent passé le contrôle, à son tour il s'approcha des policiers allemands qui lui demandèrent où il se rendait. Après examen de ses papiers d'identité, ils le laissèrent partir sans l'inquiéter.

Dans l'après-midi, il monta dans un train pour Nîmes et, le soir même, retrouva Martha effondrée.

Tout avait été prévu pour le transfert. Maryse Lesueur devait se charger de conduire au Chambon-sur-Lignon quatre enfants de familles réfugiées. A Ana et David se joignirent les petits Elie et Jacob Rosenzweig qui se faisaient appeler Edouard et Jacques Dujardin.

Après leur avoir donné les dernières consignes, Maryse les emmena prendre le train pour Saint-Etienne. Ils s'installèrent dans un compartiment en tête de wagon. Personne ne vint s'asseoir à côté d'eux. Le voyage ne présentait pas d'insécurité majeure. Mais la distance entre les deux gares étant courte, Maryse leur recommanda de rester ensemble et de se parler entre eux comme s'ils se connaissaient de longue date. Elle avait pris soin de ne pas leur communiquer leurs vrais prénoms pour éviter une confusion pouvant leur être fatale.

— Au moment du contrôle des billets, les prévint-elle, surtout laissez-moi m'expliquer et n'intervenez pas. Officiellement vous êtes de jeunes orphelins que je dois placer en foyer d'accueil. Vos parents sont morts et vous n'avez plus de famille.

— Mais c'est faux ! protesta David. Mon papa et ma maman sont vivants. Même qu'ils viendront nous rechercher dès qu'ils le pourront.

— Tais-toi, Daniel ! lui ordonna Ana. Ecoute et fais ce qu'on te dit.

Maryse conseilla à Ana de surveiller son petit frère ainsi que les deux autres garçons qui étaient à peine plus âgés que David.

— Ne vous en faites pas, madame. Tout ira bien.

Le train était bondé. Beaucoup de voyageurs se rendaient à Clermont-Ferrand. Peu après le départ, un contrôleur accompagné d'un Feldgendarme se pointa à l'entrée de leur compartiment.

Maryse, sans se départir de son calme, présenta les billets et les papiers d'identité des enfants. Le militaire allemand les examina attentivement et lui demanda le motif de leur déplacement. Tout étant en règle, il ne s'attarda pas. Ana n'avait pas quitté David des yeux, prête à l'interrompre au cas où il aurait tenté de s'exprimer.

— Vous voyez, ce n'est pas difficile, releva Maryse une fois le danger écarté. Si vous écoutez ce que je vous dis, tout se passera bien.

Elie et Jacob semblaient habitués à une telle situation. Ils n'avaient pas bronché devant le soldat allemand et le contrôleur.

— Nous avons déjà franchi de nombreux barrages avec nos parents, avant d'habiter à Lyon, avoua Elie, le plus âgé des deux. Nous venons de Belgique et nous avons traversé des zones très surveillées. C'était très risqué.

Moins d'une heure après leur départ, le train s'approchait de Saint-Etienne.

David se tortillait sur son siège, le visage crispé.

— Ça ne va pas ? s'inquiéta Maryse.

— Je dois faire pipi, ça presse.

— Tu ne pouvais pas y penser avant ! Nous n'avons plus le temps. Nous arrivons bientôt en gare.

— Je ne peux plus me retenir. Anne, s'il te plaît ! fit l'enfant en suppliant sa sœur en dernier recours.

Ana rassura Maryse.

— Il aura vite fait. Les toilettes sont à l'autre extrémité du wagon.

— C'est bon, accompagne-le.

Ana se faufila dans le couloir parmi les nombreux voyageurs, tirant son frère par la main.

— Dépêche-toi. Je reste à proximité.

Les passagers se pressaient déjà vers les sorties, devançant l'arrêt du train. Ana se vit submergée par la cohue.

David demeurait toujours dans les toilettes.

Un haut-parleur annonça l'arrivée du train en provenance de Lyon sur la voie numéro 2 ainsi que son départ après trois minutes d'arrêt en direction de Clermont-Ferrand.

Maryse et ses deux petits protégés avaient emporté les valises et étaient entraînés par le flot qui se bousculait pour descendre au plus vite.

— Anne, s'écria-t-elle. Dépêchez-vous, il faut y aller.

Ana elle-même fut poussée malgré elle vers l'extérieur.

Dans les toilettes, David ne parvenait pas à rouvrir la porte. Affolé, il actionnait désespérément la poignée qui s'était coincée.

Maryse n'eut que le temps de saisir le bras d'Ana et de l'attirer sur le quai.

— Daniel n'est pas encore sorti des toilettes ! s'époumona Ana. Je vais le chercher.

— Non, il est trop tard. Le train va repartir.

— Mais... mon frère...

Déjà le chef de quai donnait le signal de départ et refermait les dernières portières.

A l'intérieur, David hurlait de désespoir, les yeux noyés de larmes.

— Ana, Ana ! Ne me laisse pas ! S'il te plaît, Ana !

Le convoi s'ébranla.

Ana, impuissante, courut le long de la voie, cognant sur la paroi du wagon à s'en briser les os de la main.

De son côté, Maryse, voulant éviter de se faire remarquer, contenait Elie et Jacob pour qu'ils ne se trahissent pas.

Quand Ana vint les rejoindre, elle tenta de la rassurer :

— Quelqu'un prendra soin de Daniel dans le train. Nous le retrouverons, ne t'en fais pas.

— Les gendarmes allemands vont se douter qu'il est seul. Mon frère ne parviendra pas à mentir longtemps. Il est trop petit...

Ana était effondrée. Elle regarda le dernier wagon s'éloigner, la mort dans l'âme.

— Vite, nous avons une correspondance dans un quart d'heure, ajouta Maryse pour ne pas perdre pied. Nous devons d'abord nous occuper de Jacques et d'Edouard, dit-elle à Ana pour la responsabiliser. Ensuite, nous verrons ce que nous pouvons entreprendre pour récupérer Daniel. Prends une valise et un garçon par la main et suis-moi.

Ana s'exécuta. Au fond d'elle-même, elle pensait à son frère. « Ne pleure pas David, sois courageux. Nous reviendrons te chercher. »

Pour se rendre au Chambon-sur-Lignon, ils empruntèrent un petit train que les habitants de la région appelaient le « tortillard » ou la « galoche », tant sa vitesse était lente et son parcours tortueux à travers les monts du Forez. En cette période de pénurie et de marché noir, les temps étaient durs et les Stéphanois se déplaçaient nombreux jusqu'en Haute-Loire à la recherche de nourriture. Sur le retour, on les voyait chargés de denrées alimentaires, leurs paniers remplis de lard, de pain, de lentilles… que leur vendaient les paysans des communes du plateau du Lignon.

Au milieu de tous ces gens, Ana s'inquiétait de ce que devenait son frère. Aurait-il la chance de tomber sur une âme charitable qui lui permettrait de revenir à Lyon ? Mais après, se demandait-elle, qu'adviendrait-il de lui ? Lyon était une ville immense où il ne connaissait personne. S'il avouait qu'il y avait été amené par son père et confié aux mains d'une assistante sociale, ne jetterait-il pas le doute sur lui ?

Maryse ne parvenait plus à lui faire prononcer le moindre mot. Elle-même se sentait coupable d'avoir abandonné l'un de ses protégés, mais elle ne voulait pas affoler inutilement Ana, gardant l'espoir que l'enfant finirait par s'en sortir.

— Dès que nous serons arrivés, expliqua-t-elle à la jeune fille, je contacterai mes responsables par téléphone, afin qu'ils mettent tous les moyens en œuvre pour retrouver Daniel. Ils seront au courant de l'incident avant même que le train de Lyon n'entre en gare de Clermont-Ferrand. Ils pourront ainsi envoyer quelqu'un sur place pour intercepter ton frère sur le quai.

Ana ne demandait qu'à croire Maryse, mais était persuadée que tout ne se passerait pas aussi facilement.

Ils débarquèrent au Chambon-sur-Lignon en début d'après-midi, par le train de treize heures, leurs valises à la main. Personne ne les attendait sur le parvis de la gare. Le froid était intense et s'immisçait sous les manteaux des enfants. Au bout de quelques mètres, Ana releva sur des pancartes des noms de lieux qui attirèrent son attention : Les Grillons, La Maison des Roches, Le Coteau fleuri... Elle pensa immédiatement à des villas ou des colonies de vacances.

— Ce sont des pensions qui accueillent des jeunes gens comme vous, précisa Maryse. Ils y trouvent le gîte et le couvert et peuvent y vivre à l'écart de tout danger… enfin, c'était vrai avant que les Allemands n'envahissent la zone sud. Maintenant, il faut redoubler de prudence.

— Nous allons y être hébergés ? demanda Ana.

— Cela dépend des places disponibles. Si ce n'est pas possible, vous serez pris en charge par des familles bénévoles. Mais pour vous, cela ne change rien. L'organisation veillera sur vous.

Malgré ces propos rassurants, Ana découvrit le village avec l'appréhension de ne pas y être attendue. Elle craignait d'être considérée comme une étrangère. De plus, tout le monde devait savoir qui était juif ou non parmi les fugitifs cachés dans la commune.

— Vous ne serez pas les seuls dans votre situation, la tranquillisa Maryse, comme si elle devinait son angoisse. Ici, sur le plateau, les gens ont accueilli toutes sortes de réfugiés. Ils ont le sens de l'hospitalité et la foi chevillée au corps... à l'âme devrais-je dire.

— Quelle est leur religion ?

— Beaucoup sont protestants. Les pasteurs, que tu rencontreras sans aucun doute, sont très actifs.

Tout en marchant, encombrée par sa valise et celle de David, Ana observait les alentours avec curiosité. Le village s'offrait à ses yeux dans presque toute son étendue. Le clocher de l'église jouxtait le temple. La plupart des maisons étaient entourées d'arbres. Une certaine tranquillité conférait au lieu beaucoup de charme par ces temps si troublés.

Maryse précisa :

— Les gens du coin appellent le plateau « la Montagne ». Nous sommes à plus de mille mètres d'altitude, ce qui explique le froid en hiver. Mais ne vous y fiez pas, en été, il peut faire très chaud. Le plateau est traversé par le Lignon qui se jette dans la Loire.

— On pourra s'y baigner ? demanda Elie. Mon frère et moi, on sait nager.

— Si vous ne craignez pas l'eau froide, même en été !

Quelques centaines de mètres plus loin, ils arrivèrent enfin devant une grande maison aux volets verts et aux murs gris, couleur de lave. Sur la façade, un écriteau indiquait : « Pension les Libellules ». Une jeune femme en sortit aussitôt, avant même que Maryse ait eu le temps de sonner.

— Je vous attendais, lui dit la propriétaire des lieux.

— Je vous présente Germaine Dubois, fit Maryse à l'intention de ses protégés. Germaine s'occupe de cette pension.

Sans perdre un instant, Maryse lui demanda l'autorisation de téléphoner.

— J'ai eu un gros problème en cours de route, expliqua-t-elle. J'ai égaré un enfant à la descente du train à Saint-Etienne. Le frère d'Anne est resté coincé dans les toilettes. Il est parti en direction de Clermont-Ferrand. Il faut absolument que je prévienne nos responsables à Lyon.

— Pendant ce temps, je vais montrer les chambres aux enfants.

— Vous avez de la place pour eux aux Libellules ?

— Je n'ai plus que trois lits. L'OSE m'avait donc proposé d'héberger Anne et son frère dans une famille qui exploite une ferme à l'extérieur de la commune. Mais puisqu'ils ne sont plus que trois maintenant, je peux garder Anne.

Maryse téléphona à Lyon pendant que Germaine Dubois faisait visiter les lieux à Ana et aux deux garçons.

— Vous êtes trois par chambrée, précisa Germaine. Anne, tu partageras ta chambre avec Hélène et Martine. Elles sont en classe au Collège cévenol. Elles rentreront vers cinq heures, après leurs cours. Quant à vous deux, Jacques et Edouard, vous cohabiterez avec Pierre, un petit gars de votre âge qui a malheureusement perdu ses parents dans une rafle. Vous serez très gentils avec lui.

Il ne parle pas beaucoup car il est encore sous le choc. Je vous laisse le temps de vous installer. Redescendez vers quatre heures pour le goûter.

Maryse paraissait soulagée.

— Du nouveau ? s'enquit Germaine. Vous avez pu joindre vos responsables ?

— Oui. Ils ont dépêché quelqu'un sur place pour cueillir David à la gare de Clermont-Ferrand. J'espère que l'enfant n'aura pas eu de problèmes en cours de route. On me tient au courant.

Dans sa chambre, Ana demeurait assise sur le bord de son lit, incapable de déballer ses affaires. Elle ne pouvait s'empêcher de penser à son frère. En son for intérieur, un mauvais pressentiment lui faisait craindre le pire.

Quand elle descendit pour prendre le goûter, elle comprit, à la mine défaite qu'arborait Maryse, qu'elle ne se trompait pas.

— Ils n'ont pas retrouvé David !

— Non, balbutia Maryse. Il n'était pas à la descente du train.

15

En pension

1942-1943

Au Chambon-sur-Lignon, Ana amorçait un tournant de sa vie. Son destin se gravait à tout jamais dans le marbre. Elle n'était plus une enfant, elle l'avait déjà prouvé en s'occupant de son frère, en prenant d'elle-même des responsabilités d'adulte pour communiquer avec son père, alors qu'elle était enfermée au camp du Vernet. Elle avait conscience que rien ne serait plus jamais comme avant, et qu'il lui faudrait résister à l'adversité.

Maryse l'avait laissée aux bons soins de Germaine, dans l'ignorance de ce qui était arrivé à David. Dès le lendemain, celle-ci la conduisit au Collège cévenol pour l'inscrire en classe de troisième. Le directeur, Edouard Theis, secondé par mademoiselle Pont, responsable des emplois du temps, acceptait fréquemment en cours d'année des jeunes gens absents au moment de la rentrée d'octobre. Il ne tenait pas compte de leur origine, ne cherchait pas à connaître leurs parents ni leur vrai nom. Parmi les élèves de son établissement, beaucoup étaient étrangers, venus de tous les pays d'Europe occupés par les nazis ou subissant la dictature. Il y avait des Russes, des Tchèques, des Allemands, des Espagnols. Les Français provenaient de familles dont les membres étaient recherchés par les Allemands ou le gouvernement de Vichy, adhérents au Parti communiste, résistants de la première heure. D'autres, enfants de milieux protestants, issus des villes de la région, y étaient placés pour être à l'abri et bien nourris, mais aussi pour recevoir une bonne éducation chrétienne. Les plus âgés préparaient le baccalauréat et faisaient figure, aux yeux des petits, d'adultes endurcis. Certains étaient juifs. Aucun ne s'attardait à deviner les appartenances religieuses.

Depuis sa création, le Collège cévenol n'avait pas cessé de voir ses effectifs augmenter. D'une quarantaine d'inscrits à l'origine, ils étaient passés à plus de trois cent cinquante, ce qui engendrait de gros problèmes d'intendance et d'organisation. La structure de l'établissement, en effet, était tout à fait inadaptée. Les annexes du temple ne suffisant plus, d'autres lieux dispersés en plusieurs endroits dans la commune étaient utilisés. L'ancien hôtel Sagne, en face de la gare, avait été aménagé pour recevoir les élèves, mais n'offrait aucun confort. Le secrétariat y était installé. Les professeurs devaient se déplacer de salle en salle entre deux cours. L'hiver, ils arrivaient frigorifiés et perdaient de sérieuses minutes à se réchauffer près du poêle avant de commencer leurs leçons. Mais leur dévouement était à toute épreuve et les méthodes nouvelles qu'ils appliquaient ravissaient leur jeune public.

Ana se demandait comment allait se passer sa scolarité dans cette école hors du commun et d'obédience calviniste. Germaine la rassura.

— Tu ne seras pas obligée de suivre le culte au temple, le dimanche. Mais, si tu en as envie, personne ne s'y opposera. Après tout, protestants et juifs sont les peuples de la Bible. Les catholiques aussi, d'ailleurs. Sur le Plateau, nous sommes tous très solidaires. Il y a longtemps que nous avons effacé nos vaines querelles. Mais si tu ne crois pas en Dieu, malgré tes origines, sache que personne ne t'en fera le reproche. Nous respectons toutes les religions, même celle de ne pas croire.

Ana se sentit en confiance devant une telle déclaration. Petit à petit, ses craintes s'estompaient. Germaine lui fit oublier sur le moment la terrifiante inquiétude qui l'habitait depuis qu'elle avait été séparée de son frère.

— Mademoiselle Pont t'enseignera le français, poursuivit Germaine. Tu apprendras le latin avec monsieur Theis. Et tu suivras les cours d'anglais avec son épouse Mildred, qui est américaine.

— Qui sont-ils ?

— Mademoiselle Pont et monsieur Theis assurent la direction du collège. Lui est aussi l'un des pasteurs du Chambon. Il a fondé le Collège cévenol avec le pasteur André Trocmé. Ce sont les pivots de la mission d'accueil des réfugiés sur le Plateau. Des hommes très déterminés que rien ne rebute. Ça leur a valu quelques ennuis au cours de l'été dernier. Mais c'est oublié maintenant. Tout est rentré dans l'ordre.

— Que s'est-il passé ?

— La direction du Collège a toujours refusé de communiquer à la préfecture la liste des enseignants et des élèves israélites, comme l'exigeaient les instructions données par le maréchal Pétain. Le pasteur Theis a prétexté par écrit qu'il était hostile à toute forme de discrimination raciale.

— Il a été arrêté ?

— Non. Mais cet incident a révélé la dissidence du Chambon. Du coup, le préfet, monsieur Bach, a répliqué en annonçant la visite officielle du ministre de la Jeunesse, Georges Lamirand. Au mois d'août, celui-ci s'est rendu dans notre commune et a reçu un accueil glacial. Une manifestation sportive avait été organisée au stade Joubert car le ministre souhaitait inspecter les œuvres de jeunesse du Chambon-sur-Lignon. Sa visite a tourné au fiasco. Les grands élèves de notre école lui ont remis une lettre dans laquelle ils s'insurgeaient contre le sort réservé aux Juifs lors de la rafle du Vél d'Hiv à Paris. Ils lui ont déclaré aussi qu'ils étaient prêts à protéger des Juifs si leur vie était en danger. Nos pasteurs, quant à eux, se sont interdit de parler dans le temple en présence du représentant du gouvernement. Ils ont jeté un froid mais ils ne sont pas revenus sur leur position.

— Le ministre a pris des sanctions ?

— Le préfet a reproché aux pasteurs d'avoir incité au désordre. Quinze jours après la visite du ministre, une rafle a eu lieu au Chambon. Plusieurs autocars de la gendarmerie ont été envoyés pour arrêter les israélites étrangers de la commune. Le pasteur Trocmé, convoqué, a refusé de donner leurs noms et leurs lieux de résidence. Les recherches ont duré trois semaines. Finalement les gendarmes sont repartis bredouilles. Tous les Juifs, que nous cachons, avaient été dispersés dans des endroits secrets… Comme tu peux t'en rendre compte, les protestants du Plateau n'approuvent pas du tout les directives du gouvernement, surtout depuis que les Allemands occupent notre zone.

Ana découvrait pour la première fois l'action de résistance de certains Français au profit de ceux qui, comme les siens, fuyaient la terreur nazie. Jusqu'alors, elle n'avait vu que sa propre famille aux prises avec le danger. A présent, elle réalisait pleinement qu'elle devrait aussi compter sur les autres.

Sa première journée de classe se passa sans incident. Ses camarades lui firent bon accueil. Deux d'entre elles résidaient dans la même pension qu'elle, Simone et Patricia. Toutes deux étaient juives et portaient des prénoms d'emprunt.

Après leurs cours, elles se retrouvèrent aux Libellules pour le goûter. Autour de la table de la salle à manger, des garçons avaient déjà pris place. Germaine pensa qu'Ana ne les connaissait pas et les lui présenta.

— Voici Emilio et Antonio, commença-t-elle. Ils sont espagnols. Leurs parents ont quitté l'Espagne franquiste à la fin de la guerre civile. A côté, c'est Amédée, un titi parisien, puis René, un p'tit gars du Nord, enfin Karl, un jeune Tchèque dont la famille a fui son pays à la suite de son invasion par les Allemands. Mes quatre derniers pensionnaires arriveront plus tard dans l'après-midi, ils sont plus âgés et terminent leurs cours vers dix-huit heures. Tu connais Martine et Hélène, tes camarades de chambrée. Avec Jacques et Edouard, vous êtes donc une petite quinzaine sous mon toit. J'espère que tu y passeras un agréable séjour.

Germaine en profita pour rappeler à tous le règlement intérieur de son établissement.

— Un conseil que je vous réitère : ne parlez pas trop, ni de vous ni des autres. Attendez qu'on vous questionne pour répondre. Ne cherchez pas à savoir qui vous êtes vraiment les uns les autres. Entre vous, n'utilisez que vos prénoms et noms d'emprunt, ceux qui sont mentionnés sur vos papiers. Vous les avez appris par cœur ainsi que votre vie antérieure. Vous ne devez pas avoir l'impression de mentir quand vous dissimulez la réalité. Soyez persuadés que c'est pour votre propre bien. Il y va de votre salut et de celui de vos camarades. Car si l'un d'entre vous venait à se trahir, il jetterait aussitôt la suspicion sur notre pension et nous serions la proie de la Gestapo et des miliciens qui auraient vite fait de nous demander des comptes. Or, pour l'administration, nous sommes parfaitement en règle et ne cachons rien. Donc, soyez discrets et tout se passera bien.

Ana ne se sentait pas très à l'aise dans cette atmosphère de secret où il fallait se méfier, taire ce que l'on savait, déguiser la vérité. Si nous sommes tous logés à la même enseigne, pensait-elle, pourquoi tant de mystères ? Certes, il régnait entre tous une grande solidarité, ses camarades ne lui avaient adressé que des paroles aimables et l'avaient acceptée parmi eux sans aucune réticence. Mais il planait aussi une sorte d'angoisse qui retenait la spontanéité et opacifiait les relations, une crainte d'être à tout moment dénoncé.

Ana n'avait pas encore rencontré les âmes charitables qui, depuis plusieurs années, à l'écoute de la douzaine de pasteurs officiant sur le Plateau, ouvraient leurs portes à tous les « errants » en quête d'un peu d'hospitalité. Tous les religieux, sans exception, prêchaient pour l'accueil et recevaient eux-mêmes des Juifs dans leurs presbytères. Dans leurs sermons, ils ne cachaient pas leurs directives à leurs paroissiens, les exhortant à sauver des enfants et à faire preuve de charité chrétienne.

Vers sept heures, une fois les grands de la pension rentrés du Collège cévenol, ils passèrent à table. Ana fit la connaissance des quatre garçons, élèves de terminale, qui lui firent aussitôt bonne impression. L'un suivait la classe de philosophie, deux autres celle de théologie, le quatrième celle de mathématiques élémentaires. Trois d'entre eux portaient un collier de barbe qui leur donnait un air mûr et surtout très sérieux. Le scientifique, lui, paraissait beaucoup plus jeune que les autres et avait des yeux d'un bleu éclatant. Ana ne put se retenir de le regarder avec insistance. Il la remarqua, s'approcha d'elle.

— Tu es nouvelle, lui dit-il. Tu viens d'arriver ?

— Oui, hier après-midi.

— Je m'appelle Christophe, Christophe Muller, et toi ?

— Anne Montagne. Je suis entrée en troisième au Collège cévenol.

— Alors on se rencontrera souvent. Je suis dans le même établissement.

Quand Christophe eut regagné sa place, Martine, la voisine de chambre d'Ana, précisa :

— C'est un surdoué, ce gars-là. Il a tout juste seize ans et il est déjà en terminale. C'est un Alsacien. Ses parents ont fui quand les Allemands ont envahi sa région. Depuis, il se planque ici.

— Je croyais qu'on ne devait pas parler de soi. Comment sais-tu tout cela ?

— Il me l'a avoué. Je l'ai un peu dragué et il s'est confié. Tu vois, c'est pas difficile !

— Tu sors avec lui ?

— Non. J'espérais qu'il mordrait à l'hameçon mais, quand j'ai voulu aller un peu plus loin, il m'a fait comprendre que je n'étais pas son genre. Toi, par contre, j'ai remarqué qu'il t'avait drôlement regardée. Tu lui as tapé dans l'œil.

Ana rougit de confusion.

— Je n'ai rien fait pour ça ! Mais je reconnais qu'il est plutôt beau garçon.

Sur ces entrefaites, la cuisinière apporta un plat de purée de pommes de terre gratinée, accompagnée de chair à saucisse grillée, puis un plateau de fromages frais venant, précisa-t-elle, d'une ferme d'Yssingeaux. Enfin des corbeilles de pommes du pays.

Ana n'avait pas mangé aussi bien depuis longtemps. Elle demanda à Martine :

— Est-ce comme ça tous les jours ?

— Oui, et le menu change chaque semaine. On ne souffre pas de pénurie alimentaire à la pension. Beaucoup de paysans de la région nous fournissent le nécessaire. Il paraît même que des employés municipaux donnent des tickets de rationnement supplémentaires aux familles qui cachent des Juifs. Et des commerçants ferment les yeux quand certaines personnes n'en possèdent pas. Le maire ferait mine de ne pas s'en soucier. Tu vois, la solidarité ne se mesure pas ici.

Le lendemain, au petit déjeuner, Ana eut droit à un grand bol de chicorée au lait avec de larges tartines beurrées. Elle dévora comme une affamée.

— On dirait que tu n'as rien mangé depuis huit jours ! plaisanta Martine.

Ana ne pouvait s'empêcher de repenser à la nourriture infecte distribuée au camp du Vernet. Elle agissait inconsciemment, comme si elle se trouvait à nouveau en détention, privée de liberté. Tous ces mets lui semblaient une manne tombée du ciel. Son instinct de survie lui dictait de ne rien perdre et d'emmagasiner le plus possible pour les jours à venir. Elle se rendit compte de son attitude et éprouva un sentiment de honte.

— Excuse-moi, répondit-elle à son amie. C'est que…

— T'inquiète… Je sais ce que c'est que la faim. Mes parents et moi étions enfermés à Rivesaltes. Là-bas, on ne nous servait pas dans de la porcelaine. La soupe était dégueulasse et le pain moisi. Je suppose que toi aussi tu as connu ça !

— On ne doit pas parler de sa vie, releva Ana.

— Tu te méfies de moi ?

— Non, pas du tout… Moi, j'étais internée au camp du Vernet avec ma mère et mon frère, pendant que mon père était assigné à résidence à Carnon. On s'est fait prendre en passant la ligne de démarcation. Mais maintenant on est en sécurité. Sauf mon frère. Je ne sais pas où il est. On a été séparés à Saint-Etienne. Il est resté coincé dans le train au moment de sortir.

Ana ignorait toujours ce qu'était devenu David. Elle ne cessait de s'inquiéter à son sujet, mais n'osait aller aux renseignements auprès de Germaine Dubois.

Après le repas, celle-ci l'appela dans son bureau.

— J'ai une bonne nouvelle pour toi, lui annonça-t-elle, l'air ravie.

— Mon frère ! devina Ana.

— Oui. Il a été retrouvé, Dieu soit loué !

— Où est-il ? Il va bientôt arriver ?

— Non. Il a été reconduit à Lyon, puis tes parents ont été contactés. Ton père est allé le rechercher. Il ne risque plus rien.

— Comment est-ce possible ? Racontez-moi.

— Daniel a eu beaucoup de chance. Peu après le départ du train, un passager – un prêtre, d'après ce qu'on m'a expliqué –, entendant un enfant crier au secours dans les toilettes, est parvenu à débloquer la porte avant que le contrôleur et les soldats allemands ne soient alarmés. Il a pris ton frère sous sa protection. Daniel a dû lui dire la vérité. Le brave curé est descendu avec lui à la gare de Boën. Puis il l'a reconduit à Lyon. J'ignore comment il a pu se mettre en contact avec tes parents, probablement par l'intermédiaire de Maryse. Daniel connaissait son nom et a dû raconter comment il avait été amené à voyager avec elle. Averti, ton père s'est chargé du reste. C'est une bonne nouvelle, non ?

Ana ne put contenir sa joie. Elle sauta au cou de Germaine et l'embrassa longuement, les yeux noyés de larmes.

— Je me suis tellement inquiétée, avoua-t-elle. Je n'aurais pas pu rester ici sans rien tenter.

— Qu'aurais-tu fait, seule et sans savoir où se trouvait ton frère ?

Ana réfléchit, se reprit.

— J'avais confiance, reconnut-elle. Dieu n'abandonne jamais les siens, n'est-ce pas ?

Les premières semaines s'écoulèrent paisiblement. Ana passa les fêtes de Noël et du nouvel an loin des siens. C'était le lot de la plupart de ses camarades de classe. Seuls ceux qui habitaient dans les villes voisines et qui n'avaient rien à cacher rentrèrent dans leurs foyers. Néanmoins, elle ne se sentit pas abandonnée, car, à la pension des Libellules, tous se trouvaient dans son cas. De plus, Germaine Dubois avait prévu des activités pour divertir ses locataires et leur maintenir le moral au beau fixe. Elle devait parfois consoler les plus jeunes qui souffraient de l'isolement et de l'absence de leur mère. Elle les conduisait aux spectacles que donnaient des élèves du Collège cévenol. Un petit groupe avait fabriqué un théâtre de marionnettes et écrit des textes avec son professeur de français. Ana avait accepté de jouer dans la troupe constituée par un autre enseignant dans le but de présenter en fin d'année la pièce d'Alfred de Musset *On ne badine pas avec l'amour*.

— Dès que les beaux jours reviendront, l'avertit Germaine, tes professeurs emmèneront ta classe en sortie pédagogique, à pied et même à vélo. Tu verras, tu te régaleras. Vous irez herboriser dans la forêt ou étudier la géologie.

Ana se réjouissait d'avance de participer à des activités extrascolaires qui la changeraient de ses habitudes et illumineraient son horizon morose.

L'hiver s'était installé. La neige était tombée en abondance et isolait Le Chambon du reste du monde. Le froid paralysait toute vie à l'extérieur. Les routes étaient impraticables, transformées en étroits couloirs emmurés entre d'énormes congères de plus d'un mètre, sculptées par la burle. Le Plateau devenait une forteresse inexpugnable.

Ana n'avait jamais connu de telles conditions climatiques. Elle n'en souffrait pas, car la neige avait à ses yeux quelque chose de magique. Quand elle sortait se promener malgré le froid et le vent, elle ne cessait d'admirer le paysage qui, autour d'elle, prenait des airs de carte postale. Le soir, à la tombée de la nuit, elle demeurait de longues minutes dans le jardin de la pension à contempler le ciel où scintillaient des myriades d'étoiles. La voûte céleste lui paraissait si vaste et si pure qu'elle avait peine à croire à sa propre existence dans un monde que Dieu semblait avoir abandonné. De plus en plus, le doute s'emparait de son esprit troublé et la plongeait dans une sorte de mauvais rêve.

Pendant les vacances de Noël, Ana se lia d'amitié avec Christophe. Le jeune Alsacien n'était pas rentré dans sa famille qui s'était établie clandestinement à Perpignan, le plus loin possible de sa région d'origine.

— Mon père désirait mettre la plus grande distance entre les Allemands et nous, lui expliqua-t-il un soir à la veillée. Il n'avait pas prévu qu'ils violeraient si vite la ligne de démarcation. Il se tient prêt à passer en Espagne si les événements s'aggravent.

— Et toi, dans ce cas, que décideras-tu ? Tu quitteras la pension et le collège pour rejoindre ta mère ?

— Je ne crois pas. Je suis bien ici. J'ai envie d'y finir mes études. Après mon bachot, je voudrais entrer dans une école d'ingénieurs. Mais cela dépendra de l'évolution de la situation. Tant que les Juifs seront traqués comme des bêtes sauvages, ça ne sera pas possible !

— La guerre ne durera pas éternellement. Quand les Allemands seront vaincus, nous reprendrons notre place dans la société et nous prouverons à la face du monde que nous ne sommes pas des parias.

Chaque soir, jour après jour, Ana retrouvait Christophe. Entre eux, l'amitié se transforma vite en des sentiments plus profonds. Mais Ana hésitait à s'épancher. Ne pas savoir ce que devenaient ses parents l'empêchait de se libérer dans les bras de Christophe.

16

Une vie paisible

1943

Malgré la tourmente, Le Chambon-sur-Lignon semblait vivre en paix sur son Plateau, telle une oasis de tranquillité dans un monde de souffrance. Cette idée avait incité le pasteur Trocmé à partager cette manne avec les opprimés, fugitifs espagnols du franquisme, Juifs du nazisme, rejetés de tous les fascismes. Alors, il avait aidé à la création de la première pension, celle des Grillons, dont les effectifs avaient grossi les rangs du Collège cévenol. Depuis, une douzaine de pensions avaient vu le jour. Celles de la Maison des Roches et Le Coteau fleuri avaient très vite accueilli les enfants sortis des camps d'internement du Midi ou menacés d'y être envoyés. Aussi son école n'avait-elle pas cessé d'attirer de plus en plus d'élèves. Tous ces jeunes réfugiés étaient pris en charge par des institutions souvent internationales, telles que la Cimade – le Comité intermouvements auprès des évacués –, les quakers américains ou le Secours suisse. Tous étaient logés soit dans des pensions, soit dans des appartements loués chez l'habitant, soit dans des fermes situées à l'écart pour les familles entières.

Certes, Ana souffrait de la séparation d'avec les siens et de ne pouvoir entrevoir combien celle-ci durerait. Mais la présence de Christophe l'empêchait de sombrer dans la tristesse. A l'image de la plupart de ses camarades, elle se voulait combative, ouverte, toujours prête à aller de l'avant. Si la région lui paraissait un lieu quelque peu austère et isolé, où la vie demandait des efforts permanents, surtout au cours des rudes hivers, la solidarité qu'elle ressentait auprès de tous ceux qu'elle côtoyait lui réchauffait le cœur et la remplissait d'humilité.

Ses professeurs étaient les premiers à lui montrer le chemin à suivre. La plupart étaient venus rejoindre l'équipe du pasteur Trocmé et Lucie Pont dès les premières heures du Collège cévenol. Peu avaient abandonné le navire, y compris aux heures les plus sombres. Pourtant, ils étaient logés à la même enseigne que leurs élèves, souffrant du froid, de l'isolement et du manque de confort. Ils leur vouaient une attention particulière, plus soucieux de fournir à chacun une pédagogie adaptée que d'appliquer de fumeuses théories éducatives.

Ana appréciait leur liberté d'expression, l'atmosphère libérale et fraternelle du collège, l'ambiance chaleureuse de la pension.

« Nous sommes une grande famille, se complaisait à lui répéter Lucie Pont. Nous ne faisons aucune différence. Pour nous, enseignants, il n'y a pas de bons et de mauvais élèves. D'ailleurs, tu remarqueras bientôt, en fin de trimestre, qu'on n'établit pas de classement. »

Ana apprécia rapidement ces changements. La pédagogie au Chambon lui paraissait moderne et novatrice. Dans le dernier établissement qu'elle avait fréquenté à Nîmes, elle avait été habituée à une discipline stricte, au silence dans les rangs et dans la classe. Les élèves devaient rester muets devant leur professeur, le seul autorisé à parler, sauf quand on les interrogeait. Au Collège cévenol, les enfants pouvaient s'exprimer librement, se déplacer, questionner leurs enseignants. Ceux-ci les mettaient en confiance, acceptaient les groupes mixtes de travail, leur donnaient des exposés à préparer, reconnaissaient enfin ne pas tout savoir, admettant avec humilité qu'ils ne détenaient pas *la* vérité. Les salles de cours étaient dépourvues d'estrade, symbole de la supériorité de l'enseignant sur l'enseigné. Le maître évoluait parmi ses élèves, discutait avec eux et ne refusait pas le bruit dans sa classe, car c'était le signe que sa ruche était à l'ouvrage.

Ce qui, dès les premiers jours, surprit le plus Ana fut de côtoyer des garçons. La mixité était la règle dans sa nouvelle école, comme dans les pensions. Et si, à l'extérieur, les villageois s'étonnaient encore de voir les filles et les garçons sortir ensemble après les cours et même chanter dans les rues, ils se gardaient bien de porter sur le Collège cévenol une opinion négative tant sa réputation était louée par tous.

Christophe et Ana se retrouvaient toujours très discrètement à la sortie du collège ou, le soir et le dimanche, à la pension. Ils s'évadaient pour quelques quarts d'heure volés au temps, sur les chemins de la commune, à travers champs et prairies tapissés de neige. La burle ne les arrêtait pas. Ils se réfugiaient dans l'inconfort d'une remise, près d'une ferme, regardaient comme des enfants les poules picorer les vermisseaux sur les tas de fumier, riaient de leurs vaines tentatives d'envol. Ils s'enlaçaient tendrement, se couvraient de baisers, se réchauffaient l'âme aux paroles d'amour et d'espérance qu'ils s'offraient. Ils évitaient de s'exposer au grand jour, non par sentiment de culpabilité, mais pour ne pas montrer à leurs camarades qu'ils s'aimaient. Ils ne tenaient pas à susciter la jalousie ou la moquerie. Ils se doutaient en effet que, dans une période où chacun cachait sa véritable identité et ne dévoilait qu'une certaine apparence de soi, il valait mieux ne pas prêter le flanc à la critique. Pourtant, Ana avait conscience qu'autour d'elle personne n'avait mauvais esprit. Mais ce qu'elle avait déjà vécu à quatorze ans la poussait à toujours plus de méfiance.

Au reste, elle gardait beaucoup de pudeur dans les bras de Christophe. Elle retenait ses émotions, par crainte surtout de souffrir un jour. Elle réalisait bien que sa situation n'était que temporaire et ne souhaitait pas vivre une nouvelle déchirure au moment de la séparation. Car, en son for intérieur, elle aspirait à retrouver les siens le plus rapidement possible, et ce jour-là, elle devrait faire à Christophe des adieux douloureux.

— Je t'aime, Ana, lui murmurait-il dans le creux de l'oreille chaque fois qu'ils s'embrassaient.

Il attendait toujours une déclaration analogue de sa part, prolongeant son étreinte, la fixant dans les yeux comme pour y lire les sentiments qu'elle éprouvait pour lui.

— Moi aussi, se contentait-elle d'ajouter la plupart du temps.

— Moi aussi quoi ? insistait-il maladroitement.

— Tu le sais bien.

Ana n'avait jamais prononcé ces mots magiques qui faisaient perdre la raison, qui étaient l'alpha et l'oméga de l'amour, de la vie de deux êtres qui n'existent que l'un par l'autre, l'un pour l'autre. Elle n'avait jamais pesé le poids de ces paroles et craignait de ne pas encore en être digne.

Christophe se satisfaisait de sa réponse sibylline. Mais, au fond de lui, il sentait qu'Ana ne se livrerait jamais totalement.

Deux ans seulement les séparaient, mais Ana démontrait déjà beaucoup plus de clairvoyance que Christophe. Celui-ci lui paraissait rêveur, parfois distrait, souvent utopique. Il l'embarquait dans ses chimères, lui parlait de projets déraisonnables, tentait de les partager avec elle. Elle lui répliquait avec humour, en se moquant gentiment de lui. Ils en riaient ensemble. S'embrassaient de plus belle. Oubliaient le drame qui se déroulait autour d'eux.

— Que feras-tu après la guerre ? lui demanda-t-elle un jour.

— Je partirai en Palestine et aiderai à la création d'une grande nation entre Juifs et Palestiniens, où nous vivrons tous en paix sur la terre de nos ancêtres communs.

— Tu vois, lui répondit Ana, tu rêves encore ! Jamais les Juifs et les Arabes ne s'entendront pour coexister sur le même territoire.

— Catholiques et protestants ont bien cessé de se battre ! Pourquoi ne parviendrions-nous pas à en faire autant ? Il ne faut jamais perdre l'espoir.

— C'est compter sans les extrémistes des deux bords qui voudront toujours mettre le feu au monde entier et refuseront de déposer les armes.

— Tu me parais bien pessimiste !

— Non. Je suis réaliste. L'histoire de ma famille m'incite à la plus grande prudence. Je ne souhaite pas me bercer d'illusions, car je ne tiens pas à souffrir inutilement. Cela ne m'empêche pas de croire en des jours meilleurs pour les enfants que j'aurai plus tard.

Ana aimait parler ainsi avec Christophe. Elle se blottissait dans ses bras, se sentait rassurée qu'il puisse exister des êtres tels que lui, pleins de bons sentiments et de bonne volonté. Néanmoins, elle ne voulait pas lui donner l'impression que leur avenir commun était tout tracé devant eux dans la clarté de jours heureux.

— Tant que je n'aurai pas retrouvé les miens, finissait-elle par lui confier, je ne pourrai pas trouver le bonheur. J'aurais conscience de les trahir.

Au Collège cévenol, Ana entretenait de bons rapports avec ses professeurs. Elle appréciait qu'aucun d'eux ne fasse de différence entre ceux qui participaient au culte le dimanche matin et ceux qui, comme elle, s'en abstenaient. La religion était rarement évoquée en classe. En outre, la plupart des enseignants ignoraient qui était juif, protestant ou catholique.

Seul Edouard Theis intimidait Ana. Le cofondateur de l'établissement avec le pasteur Trocmé était un homme silencieux, énigmatique, très cultivé. Il en imposait par son intelligence hors du commun et sa faculté à résoudre rapidement tous les problèmes. Passionné de langues mortes, il savait communiquer à ses disciples le goût pour le latin et le grec ancien. Ana suivait sa classe avec assiduité mais reconnaissait éprouver des difficultés en version latine. Si ses capacités en grammaire lui permettaient de surpasser facilement les pièges du thème, elle ne parvenait pas à percer tous les arcanes idiomatiques de la langue de Cicéron.

— Ne relâche surtout pas tes efforts, lui conseillait régulièrement son maître. Sois tenace. Le travail finit toujours par porter ses fruits.

Le pasteur du Chambon, en même temps que le latin, lui inculquait la persévérance et l'abnégation. Il formait ses élèves à son image, dans la noble intention de leur forger une volonté à toute épreuve. Lui-même n'avait-il pas accepté de s'installer au Chambon-sur-Lignon à l'appel de son ami le pasteur Trocmé, pour entreprendre une folle expérience qui s'avérait déjà une belle réussite en dépit de la guerre ? Il ne cessait de leur communiquer le sens du devoir mais aussi celui du refus de la soumission.

— Ne baisse jamais les yeux devant celui qui veut te dominer, lui conseilla-t-il un jour qu'elle le questionnait sur cette grande liberté qui régnait dans l'école. Tu y perdrais aussitôt ta dignité.

— C'est pour cette raison qu'ici, à l'école, vous ne faites pas la cérémonie du lever du drapeau tous les matins ?

Ana avait remarqué en effet que, contrairement à ce qui était en vigueur dans son école à Nîmes, le salut aux couleurs, imposé par le maréchal Pétain dès le début de l'Etat français, n'était pas respecté au Collège cévenol.

— C'est un signe de soumission que nous avons déploré et condamné dès le premier jour, lui expliqua le pasteur. De même, nous avons refusé de faire sonner les cloches du temple le jour du premier anniversaire de la création de la Légion, en dépit des directives de Vichy. Nous pensons que l'école, en général, ne doit pas être assujettie à un ordre politique. Elle doit rester neutre.

— Pourtant le Collège cévenol est un établissement privé, d'obédience protestante ! s'étonna Ana. Elle n'est donc pas si neutre que cela !

— Tu as aussi remarqué que nous n'exigeons pas de nos élèves qu'ils aillent au culte le dimanche ni qu'ils suivent les cours de théologie. Seuls ceux qui le désirent le font. Dans notre esprit, les problèmes que posent les transformations de notre société constituent la base de notre éducation. Nous agissons selon une certaine idée de l'homme que nous dicte notre morale chrétienne. En cela notre enseignement se veut universel et non partisan. Nous nous efforçons de faire triompher la laïcité, alors que nous pourrions en profiter pour faire du prosélytisme.

Devant le pasteur Theis, Ana se sentait humble, son courage décuplait. Elle avait foi en son destin et était plus sereine quant à son retour parmi les siens. Après son passage au Chambon, elle ne serait jamais plus la même, pensait-elle. Elle saurait qu'il n'y a pas de fatalité et que la vie est un éternel combat en faveur du bon droit et de la justice.

— Vois-tu, lui disait souvent le pasteur pour conclure ses fructueuses discussions, le but principal de notre école est de faire de tous nos élèves, quels que soient leur religion et leur milieu social, des citoyens armés face à leur avenir. C'est une philosophie de l'existence que nous enseignons, pas seulement des connaissances livresques pour vous transformer en forts en thème ou en maths !

Ana était heureuse d'entendre de telles paroles.

Sans y avoir été incitée, elle décida de se rendre au temple le dimanche matin afin d'écouter les sermons des pasteurs. Certes, leurs prêches n'y étaient pas neutres, mais elle avait hâte de découvrir ses professeurs dans leur rôle de prédicant. Elle voulait savoir si, du haut de leur chaire, ils tenaient d'autres discours que ceux qu'ils dispensaient dans leurs classes.

Dans sa famille, la pratique religieuse n'était pas une priorité. Ses parents allaient rarement à la synagogue et ne se soumettaient pas aux contraintes quotidiennes imposées par le culte judaïque. Ils célébraient le sabbat et la pâque juive, et participaient à la cérémonie de Yom Kippour. Mais ils ne mettaient jamais leur appartenance communautaire en avant et respectaient la liberté de chacun. Ils avaient éduqué leurs enfants dans cette voie et leur avaient toujours laissé le choix de leurs convictions.

Ana fut très étonnée de constater à quel point le temple était bondé. Il y régnait une atmosphère de recueillement et d'attention qui participait à l'élévation des âmes. Elle comprit vite combien l'homélie des pasteurs prolongeait les conseils qu'ils prodiguaient au collège, mais dans une dimension cette fois très religieuse. Les fidèles venaient au culte non seulement pour se retrouver au sein d'une même communauté, pour se sentir plus forts face aux dangers qui les menaçaient à l'extérieur, mais aussi pour écouter les paroles réconfortantes de leurs bons bergers. Ceux-ci étaient leurs guides dans la tourmente, leurs phares dans la tempête, leur soleil dans les ténèbres.

Aux côtés des pasteurs Trocmé et Theis, Ana reconnut les pasteurs Vienney et Braemer, également professeurs au Collège cévenol. Tous prêchaient l'obéissance à Dieu, le refus de l'injustice, la recherche de la paix universelle. Ana releva dans ces deux derniers enseignements ce qu'ils essayaient d'inculquer à leurs élèves.

Contrairement à ce qu'elle avait imaginé, elle n'éprouva aucune gêne au sein de cette famille confessionnelle. Aussi décida-t-elle de retourner au temple chaque dimanche et même de suivre le culte du mercredi matin réunissant professeurs et élèves du Collège cévenol, ainsi que la formation religieuse dispensée dans sa classe.

Beaucoup de non-protestants participaient à cette discipline facultative. Toutefois le pasteur Theis tenta de dissuader Ana.

— Je ne veux pas que tu te sentes obligée, lui dit-il.

— Vous êtes chrétien. Moi, je suis juive. Nous sommes les enfants de la Bible, lui répondit-elle. Nous avons les mêmes valeurs.

Ana estimait le pasteur Theis, comme tous ses fidèles. C'est vraiment un grand homme ! se disait-elle, quand elle repensait à leurs discussions le soir, avant de s'endormir.

Ana se montrait de plus en plus enthousiaste, au point que le pasteur Theis crut qu'à force elle finirait par désirer adopter la religion réformée. Or il ne tenait pas à ce que ses parents puissent un jour lui reprocher d'avoir converti leur fille. Ana s'était mis en tête, en effet, de participer aux réunions de quartier créées dans la paroisse pour aller au contact des habitants les plus isolés de la commune. Surtout l'hiver, quand les routes étaient impraticables, et en général pour ceux qui ne possédaient aucun moyen de locomotion, le pasteur avait organisé, avec certains enseignants du Collège cévenol, des lectures bibliques autour de thèmes bien précis destinés aux fidèles résidant dans les fermes et hameaux éloignés du temple.

— Je vous assure, insista-t-elle, j'aimerais accompagner les profs qui s'occupent de l'animation biblique. Je me ferai discrète. J'écouterai sans les interrompre et je prierai avec eux. J'en ai parlé avec mon professeur d'histoire. Il est d'accord pour le mercredi soir, si vous me donnez l'autorisation.

Le pasteur Theis finit par accepter, mais uniquement au retour du printemps.

— Pour l'instant, il fait encore trop froid pour t'envoyer sur les routes. Et puis je crois que tu as des devoirs le mercredi après tes cours.

— Mais le lendemain, c'est jeudi, monsieur le pasteur ! Je n'ai pas classe.

— Il faut savoir renoncer, Anne. Ne pas s'entêter. En l'occurrence, il ne s'agit pas d'un refus de ma part, mais d'une injonction à l'attente. Par contre, quand reviendront les beaux jours, je te propose de t'inscrire aux Eclaireurs unionistes.

— C'est quoi ? demanda Ana, déçue de ne pas avoir obtenu immédiatement satisfaction.

— Tu connais le scoutisme ? Tu en as déjà entendu parler ?

— Oui, vaguement. Les scouts partent en camps de plein air pendant l'été. C'est une façon de passer ses vacances.

— Ce n'est pas que cela… Il y a quelques années, un de nos professeurs de gymnastique a mis sur pied des troupes d'Eclaireurs avec les enfants du village et les élèves de notre école, dans le but de leur inculquer le sens de l'entraide et de la fraternité. Il en a formé quelques-uns à la responsabilité de chefs éclaireurs pour encadrer les plus jeunes. Si ça te dit, tu pourrais à ton tour devenir cheftaine d'une meute de louveteaux. C'est comme ça qu'on appelle les petits qui entrent chez les Eclaireurs. Qu'en penses-tu ? Toi qui désires te consacrer aux autres, voilà une excellente occasion.

— La vie au grand air et sous la tente me plairait beaucoup, effectivement.

— Alors, j'en parlerai au pasteur de Tence. C'est lui qui est à la base de cette belle initiative.

Rendez-vous fut pris pour le printemps.

Ana éprouvait une joie profonde devant tout ce qui l'attendait. Le soir, avec Christophe, elle ne pouvait s'empêcher de lui communiquer son enthousiasme et le soûlait de paroles. Pour la faire taire, il l'attirait dans ses bras, l'embrassait, l'entraînait dehors, dans le froid, espérant qu'elle se blottirait contre lui et lui demanderait de la réchauffer, oubliant ainsi ce qui occupait son esprit.

Les deux adolescents se perdaient alors dans une douce insouciance, loin des dangers qui planaient autour d'eux et du Collège cévenol.

17

Alertes

1943

Ana n'avait pas vraiment conscience des risques que prenaient les pasteurs Trocmé et Theis, ainsi que leurs collègues du Plateau et les habitants qui abritaient des réfugiés sous leur toit. Elle ne voyait pas ce qui se passait à l'extérieur, tant Le Chambon-sur-Lignon lui paraissait un havre de paix éloigné de la réalité.

Certes, elle n'oubliait pas ce qu'elle avait vécu avec ses parents, les périodes où il leur avait fallu se cacher, mentir, puis disparaître au péril de leur vie. Son cœur se serrait quand elle pensait à son père, contraint de fuir pour éviter la déportation, à sa mère enfermée avec elle et son frère dans un centre de détention, antichambre des camps de concentration. Mais elle avait trouvé à présent un refuge où elle se sentait en sécurité. La tolérance régnait au Chambon qui paraissait bénéficier d'une certaine bienveillance de la part du gouvernement de Vichy. D'aucuns sous-entendaient qu'un personnage influent appartenant à l'Eglise réformée intervenait en faveur des rebelles du Chambon et parvenait à atténuer les foudres du Maréchal à leur égard. Le pasteur Marc Boegner, en effet, président du Conseil national de l'Eglise réformée de France, était en contact étroit avec les dirigeants de l'Etat siégeant à Vichy.

Néanmoins, à partir du mois de février, les dangers commencèrent à se préciser.

Le 14, alors que tout semblait calme, les gendarmes firent irruption au Collège cévenol et arrêtèrent les pasteurs Trocmé et Theis. Avec eux, ils embarquèrent également Roger Darcissac, le directeur de l'école publique primaire, avec lequel ils collaboraient très étroitement.

La nouvelle se répandit aussitôt dans toute la commune et jeta l'effroi. Tous comprirent alors qu'il s'agissait là d'une mesure de rétorsion en réponse à leur acte de désobéissance civile perpétré lors de la visite officielle du ministre de la Jeunesse, l'année précédente.

— Que va-t-il leur arriver ? s'inquiéta Ana quand, le soir, Germaine Dubois s'entretint de ce drame avec ses pensionnaires.

— Nul ne peut le savoir. Mais je crains le pire. Aux dernières nouvelles, les gendarmes les ont conduits en Haute-Vienne, tout près de Limoges, pour qu'ils soient internés au camp de Saint-Paul-d'Eyjeaux.

— Internés dans un camp ! Les malheureux ne pourront jamais s'en échapper s'ils ne connaissent pas quelqu'un pour leur venir en aide.

— Il nous faut garder l'espoir, ajouta Germaine. Attendons de savoir ce qu'on leur reproche.

— Mais s'ils sont internés, c'est que leur sort est déjà réglé ! Avec mes parents, je suis passée par là.

Ana voyait tout à coup s'écrouler toutes ses certitudes. Elle s'était ancré dans l'esprit l'idée que les êtres de bonne volonté, qui agissaient pour leur prochain sans penser à eux-mêmes, étaient protégés. C'est ainsi qu'elle s'expliquait comment les pasteurs Theis et Trocmé avaient pu jusqu'à présent échapper aux Allemands et aux miliciens.

— Ce n'est pas un homme bien placé auprès de Vichy qui leur a permis de poursuivre leur œuvre de sauvetage dans la commune, affirmait-elle devant ses camarades. C'est Dieu qui les soutient et les guide. Ils sont investis d'une mission divine.

La consternation s'empara de tous, élèves, professeurs, habitants du Plateau, les protestants comme les catholiques. Jamais le sentiment antimaréchaliste ne fut aussi virulent. Certes, les partisans de Vichy et de la Révolution nationale ne demeuraient pas inactifs dans la montagne du Velay. Tous les connaissaient. Mais on n'avait pas déploré d'actes de dénonciation de la part des plus zélés ou parmi les détracteurs du Collège cévenol. Seules quelques envolées verbales avaient parfois lieu dans les cafés, jamais sur la voie publique ni à la sortie des églises et des temples, comme si chacun respectait l'opinion des autres.

Ana ne réalisait pas que les mesures prises par le gouvernement se durcissaient au fur et à mesure que les Allemands augmentaient leurs exigences. Elle n'avait pas accès aux journaux dans sa pension et personne ne la tenait informée de ce qui se décidait dans les sphères du pouvoir collaborationniste. Si elle avait subi avec ses parents les conséquences des lois antijuives de Pierre Laval, elle demeurait à l'écart des viles tractations de ce dernier avec Hitler. L'étau se resserrait autour du Chambon.

Lorsque les trois internés furent relâchés quelques semaines plus tard, elle crut encore plus en ses prédictions.

— Je vous l'avais bien dit, affirma-t-elle, rien ne peut arriver quand on est investi par Dieu.

— Les pasteurs ont fini par te convertir, lui fit remarquer Christophe. Tu parles comme eux.

— Tu ne te réjouis pas de leur libération ?

— Bien sûr que si ! Mais je n'y vois pas forcément l'empreinte de Dieu. Je ne te pensais pas si mystique. Si nous étions en milieu catholique, tu crierais au miracle !

Christophe s'inquiétait de ses envolées. Ana, en effet, ne s'interdisait plus de prêcher elle-même auprès de ses camarades de pension et de classe les fondements humanistes inculqués par ses maîtres. Si tous y adhéraient sans problème, certains estimaient, comme Christophe, qu'elle avait un peu trop tendance à faire du prosélytisme en faveur des valeurs chrétiennes.

— N'oublie pas que tu es juive, comme bon nombre d'entre nous, lui rappelait de temps en temps Christophe, afin de la tempérer.

— Je ne le sais que trop. Ma place en ce lieu en est la meilleure preuve.

En réalité, les pasteurs Trocmé et Theis avaient été libérés grâce à l'intervention du pasteur Boegner à Vichy. Leur incarcération s'était déroulée sans incident, en compagnie d'autres suspects déclarés indésirables. Ils furent même autorisés à organiser des cultes et des lectures bibliques pour les prisonniers. A la mi-mars, leur chef de camp convoqua les trois Chambonnais pour leur signifier qu'ils étaient libres, à condition de signer un texte d'obéissance au maréchal Pétain et d'adhésion à la Révolution nationale.

— Pas question de prêter allégeance à la Révolution nationale, refusèrent les deux pasteurs. Ce serait contraire à nos convictions et à notre éthique.

Sur le moment, ils furent maintenus en détention. Le chef de camp fit son rapport à ses supérieurs. Le lendemain, ils furent néanmoins relaxés sans autres exigences ni formalités.

Ces arrestations, en réalité, marquèrent le début d'une longue période d'insécurité pour les enfants du Chambon. Les autorités de Vichy se montraient de moins en moins enclines à fermer les yeux. Le pasteur Trocmé en était conscient et avait constitué un réseau de sauvetage avec son épouse Magda, le pasteur Theis et sa femme Mildred, le pasteur Guillon, et son cousin Daniel Trocmé. Il avait mis aussi sur pied des moyens de fuite pour ses protégés en cas de danger. Il avait fallu trouver des caches dans la forêt, dans les fermes reculées qui échapperaient aux visites de la Milice, et convaincre le plus de personnes possible qu'elles devaient sauver les enfants du Plateau. Car il n'y avait pas qu'au Chambon-sur-Lignon qu'ils étaient recueillis. Les communes voisines de Tence, Mazet-Saint-Voy, Le Mas-de-Tence, Saint-Jeures, Chenereilles, Yssingeaux dissimulaient également des Juifs et des réfugiés politiques.

Une première alerte avait été donnée à la fin février, peu de temps après l'arrestation des pasteurs. Ana terminait ses devoirs aux Libellules, bien que le lendemain, jeudi, elle n'eût pas classe. Christophe travaillait à ses côtés dans la salle d'étude, avec trois autres pensionnaires.

Tout à coup, la cuisinière, Yvette Jouve, les avertit qu'il se passait des choses bizarres dans la rue. Intrigué, Christophe sortit dans le jardin et observa à travers la grille un étrange spectacle. Des gendarmes accompagnés par des miliciens frappaient violemment aux volets des maisons et ordonnaient à leurs occupants d'ouvrir leur porte. Certains, peu vêtus malgré le froid, leur avaient déjà obéi et attendaient, tête baissée, la suite des événements.

— Où sont les Juifs que vous cachez ? s'écria un milicien en brutalisant un pauvre homme au visage décharné.

— Je n'héberge pas de Juif chez moi, vous faites erreur.

Le soldat à la francisque abattit la crosse de son fusil sur la tête du malheureux qui s'écroula par terre.

Ulcéré, Christophe vint prévenir ses camarades.

— Il n'y a pas une seconde à perdre ! C'est une rafle. Ils vont bientôt arriver aux Libellules. Il faut déguerpir.

— On m'avait avertie, reconnut Germaine. Mais je ne pensais pas qu'il y avait urgence !

Germaine et son mari, Henri, rassemblèrent tous leurs pensionnaires dans l'arrière-cuisine, soucieux de n'oublier personne. Ana veilla à ce que les plus petits ne traînent pas. Tous prirent dans la hâte un vêtement chaud et suivirent Germaine et Henri au-dehors. Ils empruntèrent un chemin sinueux à travers champs et s'éloignèrent rapidement, laissant le village derrière eux. Au loin, ils entendaient encore les vociférations des miliciens qui s'acharnaient contre les habitants des maisons qu'ils visitaient.

Ils traversèrent tout un pan de la forêt voisine et se sentirent en sécurité au milieu des grands arbres et des buissons. Henri chassait assidûment et connaissait toutes les sentes à travers taillis et futaies. Se passant de lampe, afin de rester inaperçu, il menait son groupe de fugitifs sans hésiter, aidé par les plus âgés des pensionnaires. Germaine fermait la marche, tenant par la main les deux plus petits qui n'avaient pas dix ans. Ana se serrait discrètement contre Christophe qui avait accepté la responsabilité de garder dans son sac à dos tous les documents compromettants de la pension que lui avait confiés Germaine.

La nuit était tombée depuis un moment. L'obscurité leur était favorable, mais les congères gênaient leur progression. Ils avancèrent ainsi pendant plus d'une heure, jusqu'à atteindre une ferme isolée dans la montagne.

Arrivé à bon port, Henri demanda au groupe de l'attendre un instant. Tout autour régnait un silence d'église, amplifié par la couverture neigeuse qui atténuait le moindre bruit. Les plus petits se plaignaient qu'ils étaient fatigués, une fillette avait mal aux pieds. Ana les stimula, leur faisant comprendre qu'ils étaient parvenus au bout de leur peine.

— Pensez à vos parents, leur conseilla-t-elle. Ils seraient fiers de vous s'ils vous voyaient aussi courageux.

Au bout d'un moment, Henri vint les rechercher.

— C'est bon, on peut y aller. Il n'y a pas de danger.

Ils trouvèrent refuge dans la grange que leur proposa le propriétaire de la ferme. Celui-ci avait été contacté par le pasteur Trocmé afin de se mettre au service de ses protégés en cas de besoin. En outre, il faisait partie de ceux qui participaient aux lectures bibliques dans les quartiers isolés.

Ce soir-là, un grand nombre de bénévoles furent sollicités pour héberger les enfants juifs d'ordinaire cachés au sein des pensions et des familles du Chambon. La rafle surprise organisée par le préfet Bach ne porta guère ses fruits. Beaucoup avaient été prévenus qu'il se passerait quelque chose et s'étaient tenus prêts à s'enfuir. Une dizaine de Juifs furent néanmoins arrêtés, dont la moitié internés au camp de Gurs, près d'Oloron-Sainte-Marie dans les Basses-Pyrénées[1].

Avec le retour des beaux jours, le Plateau semblait se réveiller au sortir d'un long engourdissement. Le danger persistait mais la vie reprenait. Les habitants du Chambon ne baissaient pas les bras malgré ce qui était arrivé à leurs pasteurs.

_____

1. Actuellement Pyrénées-Atlantiques.

Avec l'instauration du STO, le Service du travail obligatoire, par la loi du 16 février, de nombreux jeunes réfractaires affluèrent dans le pays du Velay. Ils y trouvèrent un lieu de refuge tout approprié. Le particularisme protestant était pour eux un gage d'exemplarité. Les familles cachèrent leurs fils, leurs neveux, leurs cousins. Puis elles agirent avec tous les demandeurs d'asile comme elles le faisaient avec les Juifs. Il en vint bientôt de plusieurs communes de Haute-Loire et d'Ardèche, attirés par ce qui se disait à mots couverts à propos du sens de l'hospitalité et de la solidarité des gens du Plateau.

Ana entreprit ses visites de quartier en compagnie de son professeur d'histoire. Le mercredi, en fin d'après-midi, ils se rendaient à vélo dans une ferme isolée où le propriétaire avait réuni pour l'occasion ses voisins les plus proches. Les chemins étaient praticables même si, parfois, il leur fallait mettre pied à terre pour franchir une ornière creusée par la fonte des neiges ou un tronc d'arbre déraciné après le dégel. La nature renaissait. Les prairies détrempées commençaient à fleurir. L'air se gorgeait de parfums et se remplissait de pépiements d'oiseaux. Ils rentraient toujours avant la tombée de la nuit, et évitaient les endroits susceptibles d'être contrôlés par des miliciens zélés. Ils avaient prévu le cas où ils se feraient arrêter. Munis de leurs papiers d'identité, ils transportaient dans des sacoches accrochées au porte-bagages de leur bicyclette des victuailles et un bon de commande de la pension. Ainsi pouvaient-ils justifier leurs déplacements.

« Surtout, tu me laisses parler, lui avait conseillé le jeune enseignant lors de sa première visite de quartier.

Officiellement, nous allons acheter des pommes de terre et du fromage à la ferme du Crouzet, chez monsieur et madame Coblentz. Tu connais sans doute leur fille Françoise, elle va au Collège cévenol. Si l'on te questionne, tu diras qu'elle est ta camarade de classe et que nous nous rendons chez ses parents. »

Les réunions bibliques se multiplièrent. Jamais Ana ne dut mentir pour se disculper, car jamais ils ne tombèrent sur la Milice ou la gendarmerie.

Ces balades à bicyclette s'ajoutèrent bientôt aux sorties pédagogiques que son professeur de biologie organisait le jeudi après-midi avec ses élèves. Il les emmenait herboriser dans tous les lieux où la floraison printanière lui paraissait exceptionnelle. Ana découvrait avec lui une nature généreuse, à l'image des habitants du Plateau. Elle rentrait aux Libellules les bras encombrés d'orchidées sauvages, de jonquilles, de bleuets et de reines-des-prés. Elle confectionnait de merveilleux bouquets qu'elle disposait sur chaque table dans la salle à manger. Germaine était ravie, car sa modeste pension prenait des allures de centre de villégiature. Elle rêvait en secret de transformer sa propriété en hôtel familial, après la guerre. Les touristes ne manqueraient pas d'y revenir, pensait-elle, Le Chambon-sur-Lignon étant déjà réputé pour le bon air et, à proximité, pour les eaux thermales de quelques petites stations de cure.

Ana aimait s'évader le samedi après-midi, une fois son travail de classe terminé. Christophe étant très occupé à préparer son baccalauréat, elle en profitait pour se promener dans les alentours. Sans être inconsciente du danger, elle osait quitter seule la pension. Elle prévenait Germaine de l'endroit où elle se rendait, prenait sa bicyclette et s'en allait par monts et par vaux en direction des hameaux voisins. Elle évitait d'emprunter les routes macadamisées sur lesquelles elle pouvait rencontrer gendarmes ou miliciens. Elle leur préférait les chemins de terre à travers les bois ou les prairies fleuries. Prudente, elle ne s'éloignait jamais beaucoup du Chambon. Lorsqu'elle avait parcouru une certaine distance, elle mettait pied à terre, posait son vélo contre un arbre ou un muret, admirait le paysage. Elle respirait à pleins poumons, puis fermait les yeux comme pour imprimer dans sa mémoire les images de paix et de sérénité qu'elle découvrait. Elle cherchait à percevoir le moindre bruissement d'ailes dans le ciel, le moindre bourdonnement dans les frondaisons, le moindre murmure de l'eau entre les pierres. Elle ressentait alors la plénitude de son être en concordance avec l'univers.

Par un beau jour du mois de mai, alors que son escapade l'avait amenée dans la commune voisine du Mazet-Saint-Voy, à quelques kilomètres du Chambon, elle rencontra un personnage dont elle devait se souvenir toute sa vie.

Elle s'était retrouvée par hasard dans le hameau du Panelier. Ne sachant plus comment rentrer au Chambon-sur-Lignon, elle s'arrêta devant une pension qui la fit penser à celle des Libellules, une sorte de ferme fortifiée entre prés et bois. Un homme y prenait le soleil, installé dans une chaise longue au milieu du jardin, un livre à la main.

— S'il vous plaît, monsieur, dit Ana pour entamer la conversation. Je crois bien m'être perdue. Pourriez-vous m'indiquer la direction du Chambon-sur-Lignon ?

Surpris, l'homme la regarda, se leva, ôta ses lunettes de soleil et lui sourit chaleureusement.

Ana remarqua aussitôt ses yeux clairs, remplis d'une grande tendresse. Intimidée, elle s'excusa de l'avoir dérangé.

— Mais vous ne me dérangez absolument pas, mademoiselle. J'avais terminé ma lecture.

Il s'approcha d'elle pour la renseigner.

— Vous lui tournez le dos. A la croisée des chemins à l'entrée du hameau, prenez la première à gauche et allez tout droit. Vous retrouverez aisément votre route.

Ana se confondit en remerciements et s'apprêtait à s'éloigner quand elle s'aperçut que son pneu arrière était crevé.

Elle s'affola, car elle n'avait rien pour le réparer.

— Même si j'avais emporté des rustines, cela ne m'aurait servi à rien, soupira-t-elle, désemparée. Je ne sais pas comment m'y prendre, reconnut-elle.

— Je vais vous aider, ne vous inquiétez pas… Comment vous appelez-vous, si ce n'est pas indiscret ?

— Ana, répondit-elle sans plus de méfiance. Euh… Anne, je veux dire.

C'était la première fois qu'Ana se trahissait. L'homme, devant elle, la troublait. Il lui en imposait par son charisme et sa prestance.

— Vous vous appelez Anne ou Ana ? insista-t-il en souriant.

— C'est-à-dire… je…

— C'est Ana, n'est-ce pas ? Je me trompe ?

Ana se taisait, ne sachant que penser. Elle ne connaissait pas cet homme. Et si c'était un pétainiste ? se demanda-t-elle, prise au piège.

Il avait déjà retourné sa bicyclette sur le guidon et la selle, et examinait la roue arrière avec attention.

— Regardez, il y a un beau clou dans votre pneu. Vous ne l'avez pas manqué ! Je vais chercher le matériel nécessaire à l'intérieur. Mais ne restez pas dehors. Entrez, je vous prie. Madame Oetly vous offrira quelque chose à boire. Cela vous réconfortera.

Ana hésita mais finit par accepter.

— Je n'en ai pas pour longtemps, ajouta l'homme dont Ana ignorait toujours l'identité.

Il la précéda dans la maison et l'invita à s'asseoir dans une sorte de salon où des feuilles manuscrites étaient éparpillées sur une longue table en bois de chêne.

— Ne prêtez pas attention au désordre. J'étais en train de terminer un chapitre de mon dernier roman, quand j'ai décidé d'aller prendre le soleil dans le jardin... Au fait, je ne me suis pas présenté, je m'appelle Albert Camus. Et vous Ana ?

Ana surmonta son appréhension et fit face.

— Je m'appelle Ana Goldberg. Et je suis juive, je ne vous le cache pas, ajouta-t-elle en regardant son interlocuteur droit dans les yeux.

Albert Camus était un illustre inconnu pour Ana. Elle n'avait jamais entendu parler de lui ni lu un seul de ses livres. Au reste, l'écrivain n'était pas encore très célèbre et n'avait publié que trois ouvrages depuis ses débuts en 1937.

Sur ces entrefaites, une dame d'un certain âge, au port altier, entra dans la pièce.

— Mamouche, je vous présente Ana Goldberg, dit-il à son hôtesse. Cette jeune fille a eu un petit ennui de bicyclette en se promenant près de chez nous. Pendant que je vais réparer sa crevaison, pourriez-vous avoir la gentillesse de vous occuper d'elle et lui offrir à boire ?

Ana était complètement paralysée. Où ai-je mis les pieds ? se demanda-t-elle. Qui sont ces gens ?

Sarah Oetly, que tout le monde appelait Mamouche, descendait d'une famille alsacienne protestante installée en Algérie depuis la conquête. Elle était la mère de l'acteur Paul Oetly, propriétaire de la pension de famille du Panelier.

Ana remarqua aussitôt son accent particulier, celui des Français d'Afrique du Nord. Elle fut rassurée, car elle comprit qu'elle aussi était étrangère à la région, ce qui devait les rapprocher.

— Avancez-vous, jeune fille, lui dit la vieille dame. Asseyez-vous. Je ne peux vous offrir ni thé ni café. Par ces temps de restriction, tout manque, hélas ! Mais vous prendrez bien un peu de chicorée avec du lait ?

Ana accepta volontiers. Elle prit place près de la table et, involontairement, jeta un œil sur les papiers qui y traînaient. Ils étaient tous griffonnés d'une écriture incisive, souvent raturée. Ils dénotaient un travail attentif et pointilleux.

— Ah, cet Albert ! Il laisse toujours en plan ses manuscrits partout où il s'installe. Il est incorrigible.

— Monsieur Camus est écrivain ! s'étonna Ana.

— C'est exact. Il ne vous l'a pas dit ? Et ce que vous avez sous les yeux n'est autre que son prochain roman, *La Peste*, inspiré par sa dernière pièce de théâtre, *Le Malentendu*. Vous aimez le théâtre, jeune fille ?

— Beaucoup. Au Collège cévenol, nous répétons *On ne badine pas avec l'amour*, d'Alfred de Musset, avec notre professeur de français. J'y joue le rôle de Rosette.

Sarah Oetly mit Ana à l'aise. Elle lui parla longuement de son pensionnaire, Albert Camus, qui était en réalité le mari de la nièce par alliance de son fils Paul.

— Vous logez en pension au Chambon-sur-Lignon, si j'ai bien saisi, n'est-ce pas ?

— Oui, ne put mentir Ana. Aux Libellules.

— Je comprends... N'ayez aucune crainte. Nous savons ce qui se passe sur le Plateau. On est entourés de gens admirables. Albert lui-même se trouve un peu dans votre cas, mais pas pour les mêmes raisons. Il est loin de chez lui et séparé de sa femme. Francine a dû rentrer en Algérie pour son travail. Elle est enseignante.

— Il se cache ?

— Non. Il est venu soigner ses poumons. Il est atteint de tuberculose. Tous les douze jours, il doit descendre à Saint-Étienne pour y subir un pneumothorax. Mais ça ne l'empêche pas d'écrire. Ici, il se sent bien.

— C'est ce que j'éprouve au Chambon. C'est étrange, alors que tout autour de nous, c'est la guerre, les Allemands, les miliciens...

Plus d'une heure s'écoula. Albert Camus n'avait toujours pas réapparu. Ana commençait à s'inquiéter. Elle n'osait demander à son hôtesse d'aller aux nouvelles.

Cinq heures sonnèrent à l'horloge du vestibule.

— Il faudrait que j'y aille, dit Ana, sinon ils se feront du souci à la pension.

Elle n'avait pas achevé sa phrase que l'écrivain entra dans le salon.

— Ça y est. J'ai fini. J'ai eu du mal à replacer la chaîne sur le pignon, avoua-t-il. Mais c'est réparé. Votre vélo est en état de marche.

Ana se leva aussitôt et s'apprêta à prendre congé.

— Vous avez fait connaissance, j'espère, ajouta-t-il à l'adresse de Sarah Oetly.

— On ne vous a pas attendu, Albert... Ana est une jeune fille très agréable et extrêmement bien élevée. Elle aime beaucoup le théâtre et joue dans une pièce de Musset dans son école. Vous devriez vous intéresser à elle.

— Mamouche, je vous trouve vraiment formidable. Si vous me le dites, je n'y manquerai pas... Vous reviendrez donc nous rendre visite au Panelier, Ana ?

— Je... je ne sais pas. Mais si vous le désirez...

— Cela me ferait le plus grand plaisir. Nous pourrions discuter littérature et théâtre. J'aurai beaucoup de choses à vous apprendre si vous voulez.

Ana repartit sans trop s'attarder, car elle craignait les mauvaises rencontres en cours de route.

Chemin faisant, elle se promit de retourner voir Albert Camus à la prochaine occasion.

A son arrivée, lorsque Christophe lui demanda ce qu'elle avait découvert dans l'après-midi, elle lui répondit :

— *La Peste*.

18

Danger

1943

Au printemps, l'hôtel du Lignon, tenu par madame
Bonfils, fut réquisitionné par les Allemands et transformé en maison de convalescence pour les blessés de
la Wehrmacht. Dès lors, le loup était entré dans la bergerie. Tous ceux qui hébergeaient chez eux des réfugiés
devaient redoubler de prudence et surtout ne pas laisser
penser aux autorités que des Juifs se cachaient parmi
eux. Il fallait aussi refroidir l'ardeur des jeunes résistants qui voyaient là une belle occasion d'en découdre
avec l'occupant. Car les pasteurs et les membres de la
municipalité voulaient absolument éviter toute mesure
de représailles sur la population civile et ne pas mettre
en évidence leur esprit de rébellion. Or les maquis de
la région avaient beaucoup grossi depuis la loi insti-
tuant le STO, et les actes de résistance se multipliaient.
De nombreux réfractaires, puis des combattants de

l'ombre, vinrent ainsi s'ajouter aux persécutés de la première heure, se dissimulant à leur tour dans les fermes isolées. Les paysans assuraient secrètement leur ravitaillement et leurs problèmes matériels quotidiens.

Cette activité clandestine ne pouvait qu'attirer l'attention des Allemands. L'apparente tranquillité dont jouissait le Plateau jusqu'à leur arrivée dans la commune fut donc remise en question. Toutefois les pasteurs Trocmé et Theis ne changèrent pas d'attitude et demeurèrent fidèles à leur idéal d'objecteurs de conscience, fondé sur la non-violence et préférant la résistance spirituelle aux actes de bravoure inconsidérés.

La présence des militaires allemands perturbait néanmoins la vie des habitants. Ceux-ci ne pouvaient pas les ignorer. Les soldats en uniforme vert-de-gris s'inscrivaient dorénavant dans le paysage.

L'année scolaire se terminait. Les élèves se donnaient à fond pour préparer leur fête. Ana et ses camarades étaient prêts à monter sur les planches pour faire honneur à leur professeur qui les avait fait répéter de longues heures la pièce d'Alfred de Musset. L'été s'annonçait dans toute sa splendeur. Le ciel déversait ses douceurs. La saison des baignades avait déjà commencé pour les plus courageux qui ne craignaient pas l'eau fraîche.

Un jeudi après-midi, Christophe invita Ana à se baigner au bord du Lignon. Germaine fermait les yeux sur les deux tourtereaux. Elle s'était vite aperçue qu'ils entretenaient des relations plus qu'amicales. Mais les sachant sérieux tous les deux, elle ne leur avait jamais reproché de s'isoler de temps en temps.

— Ne commettez pas d'imprudences ! leur conseilla-t-elle en leur donnant l'autorisation de s'évader quelques heures. Et surtout, faites attention à ne pas faire de mauvaises rencontres. Si vous croisez des Allemands, souriez-leur et montrez-vous polis.

Christophe appréciait de se détendre en compagnie d'Ana. Ses études l'absorbaient tellement qu'il éprouvait le besoin de s'aérer l'esprit et de s'abandonner dans les bras de celle qu'il aimait. De tempérament pacifiste, il approuvait pourtant les actes violents des résistants. Il n'avait pas dissimulé à Ana que, si la situation l'exigeait, il rejoindrait à son tour les rangs des maquisards.

— Tu renoncerais à tes études et à ton bachot ? lui objectait-elle. A l'avenir que tu as choisi ?

— Ce ne serait que partie remise. Une fois la paix revenue, je les reprendrais.

Ana s'attristait à l'idée que son ami la quitterait pour aller se battre. Mais elle avait conscience que leur liaison ne pouvait être qu'éphémère. Elle-même – elle ne le lui avait pas caché – retrouverait sa famille dès que celle-ci l'appellerait. Aussi voulait-elle avant tout profiter du moment présent et appréciait-elle chaque minute de bonheur que Christophe lui procurait.

Ils descendaient vers la rivière main dans la main, heureux de vivre. Ils en oubliaient la guerre et l'occupant. La nature se montrait généreuse. Les glycines ombrageaient les jardins sur les devants de porte. L'herbe levait dans les prairies et s'aquarellait de mille reflets multicolores. Le vert puissant des arbres de la forêt moutonnait comme des vagues à la surface du Plateau. Le soleil nimbait l'horizon d'une lumière magique.

Ils sentaient sur leur visage les caresses de l'air et se moquaient du danger.

Quand ils arrivèrent à proximité de la plage que les habitants appelaient la plage de tata Zoé, leur ardeur fut stoppée net par des rires et des cris gutturaux en provenance de la rivière. Ils s'arrêtèrent, s'interrogèrent du regard en silence. Autour d'eux de grands saules déployaient leur ramure, tels des êtres faméliques sortis d'un rêve. Ils se réfugièrent derrière l'un d'eux, écoutèrent.

— Des Allemands, fit Christophe. Ils sont au bord de l'eau.

— On dirait qu'ils se baignent. Il faut s'en retourner. C'est raté ! regretta Ana.

— Allons regarder de plus près.

— Non. C'est trop dangereux.

— On ne risque rien. Ils doivent être à poil ! S'ils nous aperçoivent, ils ne nous courront pas après. On aura le temps de déguerpir avant qu'ils nous attrapent. J'aimerais bien voir l'allure d'un Boche en tenue d'Adam.

Ana retenait Christophe par la main.

— Ce n'est pas prudent ni intelligent. Rentrons à la pension.

— Attends-moi là. Je vais jeter un coup d'œil.

— Je ne te croyais pas si bête et si entêté !

Christophe sortit à découvert.

— Ne me laisse pas, Chris. J'ai peur.

Il se ravisa, s'approcha d'Ana, l'entoura de ses bras, l'embrassa du bout des lèvres.

Ils s'assirent sur un vieux tronc tombé au sol, se blottirent l'un contre l'autre.

— Tu me quitterais vraiment pour aller te battre ? demanda Ana. Tu m'abandonnerais à la pension ?

— Tu ne serais pas seule. Et puis tu as tes parents. Bientôt tu les retrouveras.

— Et s'ils disparaissaient, je n'aurais plus personne.

Ana avait déjà envisagé une telle éventualité. Elle avait beau chasser les mauvaises idées de son esprit, celles-ci revenaient très vite hanter ses pensées.

Ils s'aperçurent tout à coup que les bruits avaient cessé. Le silence régnait sur les berges.

— On dirait qu'ils sont partis, remarqua Christophe. On peut y aller. On ne risque plus rien.

— Ils doivent se dorer au soleil en somnolant.

— Non, je suis sûr qu'ils sont rentrés.

Ils s'apprêtaient à gagner la rive quand ils entendirent comme une supplique.

— *Hilfe ! Hilfe !* Au secours ! Au secours !

— Qu'est-ce que c'est ? s'inquiéta Ana. Il y a encore quelqu'un !

— Oui, et il appelle à l'aide.

— Tu crois ?

— Aucun doute. Tu oublies que j'étudie l'allemand à l'école.

— Ne restons pas là. Allons-nous-en.

— Ana, s'insurgea Christophe, un homme est sans doute en danger ! Il faut lui porter secours.

Ana ne savait que faire. Ne pas aider son prochain était contraire à ses convictions. Mais, dans le cas présent, elle craignait de tomber dans un piège ou, du moins, de devoir ensuite expliquer sa présence et ainsi de se dévoiler.

— Si les Allemands nous demandent des comptes, nous mettrons la pension en péril, tenta-t-elle de se dédouaner.

— Allons voir discrètement, mais dépêchons-nous. Il y a peut-être urgence.

Au loin, les appels commençaient à faiblir.

— *Hilfe ! Hil*...

Ils coururent vers le bord de l'eau.

Au beau milieu de la rivière, un homme se débattait. Sa tête s'enfonçait puis ressortait à la surface.

— Il se noie ! s'écria Christophe.

Sans réfléchir, il se précipita sur la plage et plongea, tout habillé.

Ana, stupéfaite, ne réagit pas. Elle s'approcha des effets que le malheureux avait déposés sur le sable : un uniforme de la Wehrmacht, une paire de brodequins, un casque et une arme de poing dans son étui.

Saisie par sa découverte, elle recula de quelques pas, comme dans un mouvement instinctif de précaution.

— Mon Dieu ! ne parvint-elle pas à retenir.

Dans le courant, Christophe se démenait pour ramener le soldat allemand vers la rive, le tenant dans ses bras par-derrière. Celui-ci avait perdu connaissance et s'abandonnait.

— Vite, aide-moi à le sortir de là. Il a bu une sacrée tasse. Il faut le réanimer.

Ana s'exécuta, tirant le corps inerte vers la terre ferme.

Christophe pratiqua aussitôt la méthode de sauvetage qu'on lui avait enseignée dans ses séances de secourisme. Le soldat ne réagissait pas.

— Il s'est noyé ! déplorait déjà Ana. Il ne bouge plus.

Christophe s'entêtait. Il finit par appliquer sa bouche sur celle de l'Allemand et souffla plusieurs fois de suite à un rythme régulier, tout en appuyant sur sa poitrine.

D'un seul coup, le malheureux hoqueta, expectora une gerbe d'eau, toussa, reprit haleine.

— Il est sauvé ! se réjouit Christophe.

— Qu'est-ce qu'on fait maintenant ? demanda Ana, incapable de prendre une décision.

— Attendons qu'il revienne à lui. Après on le laissera là. Il ne risque plus rien à présent. Il retrouvera ses camarades dès qu'il ira mieux.

Le militaire regardait autour de lui, l'air hagard.

Il réalisa petit à petit qu'il avait évité la noyade grâce au garçon qui était encore agenouillé à ses côtés.

— Vous m'avez sauvé la vie, jeune homme, lui dit-il dans un français correct. Je ne saurai jamais comment vous remercier.

— Je n'ai fait que mon devoir de bon chrétien, lui répondit Christophe par prudence.

— Je n'aurais pas dû me baigner seul. J'ai eu une crampe au mollet. Je ne pouvais plus faire le moindre mouvement pour nager, et le courant m'emportait.

Christophe et Ana écoutaient ses explications, hésitant à s'attarder davantage.

— Je vais me rhabiller et vous allez me suivre afin que je puisse vous récompenser pour votre vaillance et votre générosité. Plus d'un Français, à votre place, m'aurait abandonné à mon triste sort.

— Ce n'est pas utile. Je n'attends rien. Vous êtes sauf, c'est l'essentiel. Je ne pouvais pas laisser quelqu'un se noyer sous mes yeux. Tout le monde aurait réagi comme moi.

— Je veux aussi remercier la petite demoiselle. Elle vous a sans doute aidé à me sortir de l'eau, n'est-ce pas ?

— Je n'ai rien fait, objecta Ana. Je ne sais pas nager.

Le soldat enfila son uniforme, se rechaussa, boucla son ceinturon avec son arme autour de sa taille, mit son casque sur sa tête.

Ana ne put réprimer son sentiment de méfiance.

— Je vous choque, habillé comme ça, non ? Mais ne craignez rien. Je ne pourrais pas agir contre quelqu'un qui m'a sauvé la vie. Ah, la guerre est une bien mauvaise chose ! Elle nous fait passer les uns et les autres pour ce que nous ne sommes pas forcément. Mais je ne veux pas vous ennuyer. Si tel est votre souhait, repartez comme vous êtes arrivés. Mais sachez que si vous avez besoin de quoi que ce soit, vous pouvez compter sur mon aide. Je suis le sergent Riebwiller. N'hésitez pas à faire appel à moi. Je suis en convalescence encore pendant quelque temps à l'hôtel du Lignon.

Christophe et Ana n'insistèrent pas et s'éloignèrent rapidement avant que le soldat allemand ne soit tenté de leur demander qui ils étaient et d'où ils venaient.

Le danger dû à la présence des Allemands au Chambon-sur-Lignon perturbait tous les habitants. La crainte d'être dénoncés, la hantise de voir débarquer les hommes de la Milice ou de la Gestapo empoisonnaient l'atmosphère. L'appréhension d'un acte de violence de la part des maquisards à l'encontre d'un gradé de la Wehrmacht suivi d'une mesure de représailles

271

rendait la population de plus en plus méfiante. Certes, on allait plus que jamais au culte le dimanche afin de renforcer les liens de solidarité autour des pasteurs. Mais l'espoir était en berne car l'horizon tardait à se dégager. Les bruits couraient que les troupes SS avaient écrasé le ghetto de Varsovie sous un déluge de feu. On venait aussi d'apprendre l'arrestation de Jean Moulin à Lyon. L'étau semblait se resserrer dangereusement autour des réfugiés, des Juifs et des résistants, et de tous ceux qui leur portaient secours.

La saison de la fenaison avait commencé dans la morosité. Dans les champs, les paysans n'avaient plus le cœur à l'ouvrage. La fête joyeuse, qui marquait le début de l'été, se transformait en une tâche ordinaire, une corvée pour celles dont les maris ou les fils avaient pris le maquis. Dans certaines familles, la main-d'œuvre manquait. Comme en 14, les femmes devaient remplacer les hommes absents. Les vieux, rescapés de la Grande Guerre, participaient aux besognes les moins ardues, relayés par les enfants qui, après la classe, se joignaient à eux pour soulager leurs mères débordées de travail.

Ana et quelques-unes de ses amies avaient proposé leurs services dans les fermes en difficulté. L'école touchant à sa fin, elles allaient spontanément au-devant de ceux et celles qui, sans rien demander, peinaient à l'ouvrage. Le jeudi et le soir après les cours, n'ayant plus beaucoup de devoirs pour le lendemain, elles aidaient à la traite des vaches, au ramassage du foin, au nettoyage des étables, les bêtes ayant retrouvé leurs pâturages d'été.

Elles rentraient pour le souper qui, pour l'occasion, avait été repoussé d'une heure afin de leur donner le temps de se rendre utiles. Germaine était fière de ses pensionnaires et mettait un point d'honneur à améliorer leur quotidien, pour qu'elles reprennent des forces, prétextait-elle.

Christophe, quant à lui, était plongé dans ses dernières révisions, la date de son examen étant imminente. Il avait demandé à Ana d'espacer leurs escapades dans la nature, non par crainte de l'occupant, mais pour se consacrer pleinement à son travail sans se laisser distraire.

La fin du mois approchait. L'ambiance des vacances tardait à s'imposer. Les esprits étaient ailleurs. Les élèves du Collège cévenol préparaient activement leur fête. Chacun s'évertuait à se persuader que le pire était passé. Les pasteurs tenaient toujours bon la barre et ne transigeaient jamais sur rien, montrant s'il le fallait que la compromission n'avait pas cours dans leurs paroisses. A chaque descente des gendarmes ou des miliciens dans la commune, ils étaient prévenus suffisamment à temps pour que les réfugiés puissent disparaître et se mettre à l'abri. Tous leurs stratagèmes établis pour déjouer les autorités fonctionnaient sans faille.

Un jour, pourtant, le 29 juin, la Gestapo procéda à une grande rafle sans que personne ait été informé de l'imminence du danger.

Ana rentrait d'une ferme où elle avait prêté la main en compagnie de Martine et d'Hélène, ses compagnes de chambrée. Elles ne remarquèrent rien d'anormal en traversant le village. Tout leur parut calme. En chemin, elles passèrent devant la Maison des Roches, une pension tenue par Daniel Trocmé, le cousin du pasteur André Trocmé. Elle hébergeait essentiellement des étudiants étrangers provenant d'Espagne et d'Europe centrale, mais aussi quelques Français boursiers du Collège cévenol.

Elles n'avaient pas dépassé la Maison des Roches de plus d'une centaine de mètres qu'elles virent débouler dans la rue des voitures noires, remplies d'hommes aux mines patibulaires, suivies de camions de l'armée allemande. Les véhicules s'arrêtèrent avec fracas devant l'entrée de la Maison des Roches. Leurs occupants en sortirent l'arme au poing et tambourinèrent sauvagement à la porte de la pension.

— La Gestapo ! s'écria Hélène. C'est une rafle. Vite, ne restons pas là !

Les trois filles coururent avertir Germaine Dubois.

— La police allemande a débarqué à la Maison des Roches, déclara aussitôt Ana.

D'habitude, l'éventualité d'une rafle était annoncée discrètement par des gendarmes, voire par des employés de la préfecture. Cette fois, Germaine dut constater, comme tous les autres membres du réseau d'entraide aux réfugiés, que le système d'alerte n'avait pas fonctionné.

Une fois de plus, sans paniquer, elle ordonna à ses pensionnaires de se préparer à s'enfuir.

— Si c'est la Gestapo qui a investi la Maison des Roches, il y a de fortes chances qu'elle ne se contente pas de cette seule pension. On peut craindre sa visite d'un moment à l'autre.

Henri conseilla de bien se chausser et de se vêtir pour plusieurs jours.

— Il faut prévoir plus que d'habitude. Prenez les sacs à dos, vos bottines de marche, vos pèlerines et du linge de rechange. Je m'occupe de l'intendance. C'est peut-être le début d'une opération générale qui risque de s'étendre au-delà du Chambon et durer plusieurs jours.

Ana se rappela brusquement ce qu'elle avait vécu à Paris au mois de juillet précédent. Cette tragédie lui paraissait déjà bien loin. Pourtant, elle s'était déroulée un peu moins d'un an auparavant. Que d'événements s'étaient succédé depuis ! songea-t-elle avec tristesse en pensant à ses parents et à son jeune frère. Sur le coup, elle demeura sans réaction, s'assit sur son lit, les yeux noyés de larmes.

— Mais qu'est-ce que tu attends pour te préparer ? la secoua Hélène. Tu as envie de voir arriver la Gestapo !

La nuit venait de tomber. Le petit groupe, une fois de plus, se mit en marche en file indienne, sans sourciller. Mais la peur avait envahi les esprits. Personne n'osait parler. Tous se demandaient ce qui se passait à la Maison des Roches. Les policiers allemands avaient-ils embarqué tous les étudiants ou recherchaient-ils quelqu'un en particulier ? Le cousin du pasteur Trocmé s'était lui aussi beaucoup investi dans l'aide aux réfugiés et avait pris de gros risques en acceptant de diriger la Maison des Roches ainsi que l'Ecole des Grillons. Il participait lui-même à l'enseignement et veillait toujours à optimiser les conditions de vie de ses pensionnaires clandestins.

Henri connaissait un contact sur le Plateau situé à plus de quinze kilomètres. Il proposa de s'y rendre.

— Plus loin nous serons une fois terminée la rafle, plus grandes seront nos chances, s'évertuait-il à expliquer aux plus jeunes qui traînaient un peu les pieds et peinaient dans les montées.

Ana avait retrouvé ses esprits et encourageait les petits qui montraient des signes de fatigue.

Au bout de plusieurs heures, ils atteignirent une ferme perdue dans la montagne. Comme chaque fois qu'ils prenaient la fuite, par prudence Henri alla aux renseignements et appela sa troupe quand tout danger fut écarté.

Gérard Lévêque, leur hôte, avait l'habitude d'héberger des réfugiés. Il chassait fréquemment avec Henri et connaissait parfaitement toutes les caches de la région. Il était toujours prévenu du moindre déplacement des gendarmes et des miliciens, mais reconnut que, pour la Gestapo, il devait s'en remettre aux informations souvent plus tardives de ses amis résistants.

— Ici, vous ne risquez rien, affirma-t-il. Pour cette nuit, les mômes dormiront dans la grange et, demain matin, je leur fournirai des tentes qu'ils planteront dans le pré voisin. J'ai tout le nécessaire pour les faire passer pour des scouts. Il y a un groupe d'éclaireurs qui s'y est déjà installé. Ils n'ont qu'à se mêler à eux. Si jamais il y a un contrôle, vous pourrez justifier votre présence sur ma propriété.

Ainsi en fut-il décidé. Les pensionnaires des Libellules se mirent au vert et adoptèrent la tenue des Eclaireurs de France. Les petits se joignirent à la meute des louveteaux, constituée par de jeunes protestants venus de la région du Puy. Les plus grands s'approchè-rent des chefs et cheftaines responsables de l'équipe.

Ana découvrait un autre monde. Le pasteur Theis lui avait promis qu'en été elle pourrait participer à cette belle expérience de vie en plein air en compagnie d'une troupe de louveteaux. Elle se réjouit d'y avoir été invi-tée par la force des choses, ce qui lui fit oublier sur le moment le drame que tous vivaient.

Quelques jours plus tard, le soir, Henri les réunit, l'air sombre.

— J'ai une mauvaise nouvelle à vous annoncer, leur déclara-t-il.

Tous s'étaient rassemblés autour d'un feu de camp allumé pour la veillée.

— La Gestapo a arrêté Daniel Trocmé ainsi que les jeunes de sa pension. Ils ont raflé dix-huit d'entre eux et les ont embarqués dans des camions en direction de la prison de Moulins. Trois seulement ont réussi à leur échapper.

— Que va-t-il leur arriver ? demanda un petit garçon, visiblement traumatisé par ce qu'il venait d'entendre.

— Dieu seul le sait ! répondit Henri, laconique.

Quelques jours plus tard, ce dernier apprit qu'en réa-lité Daniel Trocmé avait été prévenu et aurait pu partir à temps, mais qu'il avait refusé d'abandonner ses étu-diants. Capturé en même temps que ses protégés, il fut accusé d'aider et de cacher des Juifs. Les malheureux avaient été injuriés et sauvagement battus avant d'être incarcérés puis déportés. Daniel Trocmé, quant à lui, fut envoyé au camp de concentration de Maïdanek, en Pologne, où il fut gazé et incinéré.

Une semaine s'écoula. Le danger semblait s'éloigner.

Les pensionnaires des Libellules s'apprêtaient à rentrer au bercail. Le soleil resplendissait au-dessus de la montagne. L'été était bien installé et donnait des airs de vacances au pays du Velay.

Ana songeait à Albert Camus. Elle n'avait pas pris le temps de retourner au Panelier. Maintenant qu'elle était libérée de l'école, elle espérait lui rendre visite. Il lui parlerait de son métier d'écrivain, des œuvres qu'il avait publiées, des pièces de théâtre qu'il avait créées. Elle s'imaginait jouant dans l'une d'elles sous sa direction et se voyait déjà en haut d'une affiche, « Ana Goldberg » écrit en gros caractères, comme une revanche à l'injustice dont souffraient les Juifs, à qui l'Etat français refusait tout avenir.

— Il est permis de rêver ! affirmait-elle à son amie Hélène, le soir, sous la tente.

— Fais attention, tu vas attiser la jalousie de Christophe !

— Entre nous, ce n'est plus tout à fait comme avant, lui avoua-t-elle. Je le sens de plus en plus distant. Je crois qu'il culpabilise de rester pour moi. Il aimerait prendre le maquis pour se rendre utile. J'ai bien tenté de l'en dissuader, mais il ne m'écoute pas et me reproche parfois de ne pas penser aux malheurs des autres. Il se trompe… Je ne veux pas le retenir contre son gré, s'il estime qu'il serait plus heureux loin de moi à se battre pour son idéal.

Ana regrettait vivement les états d'âme de Christophe. Si, au fond d'elle-même, elle admirait son courage et son abnégation, elle refusait d'entendre ses discours de plus en plus fondés sur les actes héroïques perpétrés contre l'adversaire, sur la violence en réponse à la persécution.

« Ce n'est pas en pratiquant la loi du talion que nous ferons avancer la paix dans le monde », se justifiait-elle quand elle se trouvait contestée par ses propres amies.

Celles-ci soutenaient la décision de Christophe et d'autres garçons de la pension, prêts comme lui à s'engager dans le combat, malgré les réticences du pasteur Trocmé, très réservé quant à la participation de ses élèves à la résistance armée.

La discussion à ce sujet anima leur dernière soirée avant leur retour aux Libellules. Christophe défendait ses arguments avec véhémence et tentait d'obtenir l'adhésion de l'ensemble de ses camarades à défaut de celle d'Ana. Attristée à l'idée de le perdre si rapidement, celle-ci s'était réfugiée à l'écart du groupe.

Germaine vint la consoler.

— Ça ne va plus entre Christophe et toi. Je me trompe ?

— Il souhaite rejoindre le maquis pour se battre.

— Il ne faut pas lui en vouloir. Beaucoup de garçons de son âge en ont déjà fait autant. Ils désirent terminer cette guerre le plus vite possible. Ils sont jeunes et vaillants. Ils ont hâte de faire triompher la paix.

— Et s'il meurt, qu'aura-t-il gagné ?

Ana se blottit dans les bras de Germaine et ne put retenir ses larmes.

— Pleure, ma chérie. Ça te soulagera.

Germaine se comportait comme une vraie mère pour ses pensionnaires. Elle savait atténuer leurs chagrins, les écouter, les encourager, se mettre à leur place. Les plus petits se réfugiaient dans ses jupes lorsqu'ils étaient en manque d'affection. Les aînés lui confiaient leurs secrets, leurs états d'âme, leurs espoirs. Avec son mari Henri, ils formaient un couple dévoué, tourné vers autrui, toujours prêt à se sacrifier. Ils ne faisaient jamais aucune différence entre leurs protégés, les considérant tous avec autant d'amour, qu'ils fussent protestants, catholiques ou juifs, enfants issus de familles aisées ou pauvres.

— Il est l'heure d'aller se coucher, conseilla-t-elle à Ana quand celle-ci eut terminé de s'épancher. Il se fait tard et demain une longue route nous attend pour rentrer au Chambon.

Le retour à la pension se déroula sans incident.

La petite commune vivait encore sous le traumatisme provoqué par la déportation des occupants de la Maison des Roches. Tout le monde avait à l'esprit la rafle sauvage de la Gestapo.

Le lendemain, André Trocmé en personne arriva aux Libellules de bon matin. Germaine le reçut dans la crainte d'une mauvaise nouvelle.

— Que venez-vous nous apprendre, monsieur le pasteur ? S'est-il passé quelque chose de grave en notre absence ?

— Appelez Anne Montagne, s'il vous plaît. J'ai quelque chose d'important à lui dire.

Germaine s'exécuta sans en demander davantage, craignant le pire.

Ana s'inquiéta. Sur le moment, elle crut que le pasteur allait lui annoncer l'arrestation de ses parents.

280

— Tu peux faire ta valise, Anne, lui dit-il. Ta famille te réclame.

— Mes parents… ils sont là ?

— Non, ils t'attendent à Saint-Germain-de-Calberte où ils se sont réfugiés. On t'expliquera cela en cours de route.

— Saint-Germain-de… C'est où ?

— Au cœur des Cévennes. Pas très loin d'ici.

Quatrième partie

SAINT-GERMAIN-DE-CALBERTE

19

Une rencontre

1975

Depuis qu'elle avait découvert le journal d'Ana, Sarah n'avait pas cessé de le lire et le relire. Elle en connaissait tous les détails par cœur. Elle s'était imprégnée de l'histoire de sa mère, en faisait une véritable obsession, désireuse de s'y sentir totalement impliquée. N'était-ce pas aussi sa propre histoire ? Celle qui pouvait lui révéler qui elle était vraiment et d'où elle venait ?

Gilles lui avait conseillé de prendre du recul pour mieux comprendre ce qui lui échappait et éviter de porter un jugement hâtif sur ceux qui détenaient la vérité et qui s'étaient tus.

— Les gens qui ont subi la guerre n'aiment guère en parler, en général. Surtout quand ils ont été témoins de faits douloureux. Or le passé de ta famille est une tragédie. Cela explique les silences d'Ana à ce sujet.

Si elle ne t'a jamais mise au courant de son existence de réfugiée, c'est qu'elle ne tenait pas à raviver ses souvenirs.

— Je ne pourrai jamais plus vivre sereinement tant que je ne saurai pas pourquoi Lucie Fontanes m'a légué tous ses biens. Il doit y avoir une sérieuse raison. Ma mère n'a pas eu le temps de terminer son journal. Celui-ci s'arrête alors qu'elle se cachait chez elle. J'ai l'impression qu'un événement inattendu est venu perturber sa vie de recluse. Il faut absolument que je connaisse la fin de l'histoire, que je découvre la cause de cette interruption. Pourquoi Ana a-t-elle cessé d'écrire dans son cahier après le mois d'avril 1944 ?

Gilles avait beau essayer de dissuader Sarah de s'entêter, il ne faisait qu'aviver son envie de poursuivre ses investigations. Maintenant qu'elle détenait les premiers éléments d'un secret à peine dévoilé, elle n'était pas prête à abandonner.

— A ta place, je laisserais tomber, insista Gilles. Je terminerais au plus vite les travaux dans cette maison et je la mettrais en vente pour m'en débarrasser…

— Il n'en est plus question.

— Ta mère a tellement tardé pour parler qu'elle est morte avant de pouvoir se libérer de son fardeau. Et elle a emporté dans la tombe son passé… et le tien.

— C'est un reproche ?

— Non. Une constatation.

Sarah ne supportait plus les remarques de Gilles lorsque celui-ci portait un jugement de valeur négatif sur le comportement de sa mère.

— Je sens bien que tu ne m'approuves pas, lui opposa-t-elle.

— Tu es libre d'agir à ta guise. Mais, je te le répète, tu as tort de t'obstiner.

— Dans deux semaines, je repars dans les Cévennes, lui annonça-t-elle sans lui demander s'il l'accompagnerait ou non. J'ai posé quinze jours de congé.

— Fais comme tu voudras. De toute façon, moi, je ne peux pas m'absenter.

A la mi-septembre, Sarah reprit la route pour le sud de la France. Elle acquit en passant un lit de camp, déterminée à s'installer dans sa maison, alors que celle-ci était dépourvue de tout mobilier. Le soir, elle s'arrêta à la pension de Louis Lacoste pour dîner dans son restaurant.

— Vous êtes donc revenue, releva ce dernier. Je vous donne la même chambre que la fois précédente ?

— Non, ce ne sera pas nécessaire. Cette nuit, je dormirai chez moi. J'ai tout prévu.

— Vous avez l'intention de continuer les travaux ?

— Bien sûr ! Mais progressivement. J'habiterai dans mes murs pendant leur réalisation. Ainsi, je pourrai mieux surveiller leur avancement.

Le jour suivant, sans perdre de temps, Sarah descendit à Alès pour acheter quelques meubles de première utilité. Elle alla dans une grande enseigne, sur la route de Nîmes, commanda une chambre à coucher, une gazinière, un réfrigérateur et le mobilier de cuisine ainsi qu'un minimum de vaisselle. Le tout lui serait livré le lendemain.

Après avoir consulté son ami architecte suisse, elle se rendit chez un maître d'œuvre à Salindres, que Louis lui avait conseillé, et lui demanda de s'occuper de la restauration de sa maison.

Le soir venu, satisfaite de ses démarches, elle prit à nouveau son repas chez Louis Lacoste et s'offrit un verre de cartagène en apéritif.

— Je vous trouve bien ragaillardie, remarqua ce dernier. Le bon air de la montagne semble déjà vous profiter ! Vous allez regretter de vendre la maison, je vous le dis ! Vous devriez y réfléchir à deux fois. Quand on prend goût aux Cévennes, on ne peut plus les quitter sans pleurer. A votre place, je garderais cette maison comme résidence secondaire et j'y passerais toutes mes vacances. (Louis baissa le ton :) Comme ce monsieur à l'autre bout de la salle qui vous observe comme si vous l'intéressiez !

Surprise, Sarah se tourna discrètement dans sa direction.

— Qui est-ce ? Vous le connaissez ?

— Oui, c'est Rodolphe Lauriol, le riche propriétaire d'un domaine viticole dans les Costières du Gard[1]. Il possède une maison familiale à Saint-Germain. Il y vient régulièrement en week-end. Vous aurez sans doute l'occasion de le rencontrer dans le village.

Tout en mangeant, Sarah ne put s'empêcher de jeter des regards furtifs en direction du client de Louis. Force lui était de constater qu'il ne lui était pas indifférent. Grand, plutôt bel homme, les yeux bleus de Robert Redford, il émanait de sa personne un charme irrésistible. Quand il se leva pour régler son addition au comptoir, il passa à côté de sa table sans paraître

---

1. Aujourd'hui Costières de Nîmes.

la remarquer. Il paya son dû à Louis qui lui demanda si le repas lui avait plu.

— Comme d'habitude, Louis. C'était parfait. Vous complimenterez votre cuisinière. C'est un sacré cordon-bleu. Je reviendrai avant de repartir à Nîmes.

— Vous restez quelques jours à Saint-Germain ?

— Trois ou quatre, le temps de remettre de l'ordre chez moi. Après l'été, c'est toujours le bazar. Avec toutes les visites qui s'y succèdent, il faut faire un peu de ménage.

— Vous devriez embaucher quelqu'un en votre absence.

— Je sais. J'y songerai la prochaine fois.

En prenant congé, Rodolphe Lauriol frôla à nouveau la table de Sarah et l'accosta.

— Si je peux me permettre... vous n'êtes pas d'ici, n'est-ce pas ? J'ai remarqué votre accent quand vous parliez avec Louis.

— Pas encore, répondit Sarah. Je suis suisse. Et je m'installe à peine dans ma nouvelle maison de Saint-Germain.

— Résidence secondaire ?

— Si l'on veut... Je vais peut-être la revendre quand j'aurai terminé les travaux.

— Alors, je vous souhaite bon courage. On se reverra sans doute. J'habite à l'entrée du village, sur la route de Saint-Etienne-Vallée-Française, un gros mas ancien tout en pierre, entouré de prés avec de vieux mûriers.

Rodolphe Lauriol sortit du restaurant sans se retourner.

Sarah se sentait emportée vers d'autres horizons. Cet inconnu l'avait troublée et elle ne parvenait pas à le cacher. Louis s'en aperçut.

— Il vous a fait de l'effet, on dirait ! Vous semblez planer sur un petit nuage.

— Oh, Louis, vous dites des bêtises !

— Hum… j'ai bien vu que vous lui avez aussi tapé dans l'œil.

— J'avoue que c'est un homme charmant. Il a beaucoup de prestance. Mais n'allez pas vous imaginer des choses, Louis. Restons sérieux.

Pendant la soirée, une fois chez elle, Sarah ne put s'empêcher de penser à sa nouvelle rencontre. Elle en avait oublié de téléphoner à Gilles avant de quitter la pension de Louis. Sans faute, se promit-elle, il faut que je contacte les PTT pour faire installer une ligne téléphonique.

Le lendemain, elle établit son plan de bataille pour les jours à venir. Elle savait ce qu'elle désirait modifier. Elle peaufinerait ses intentions avec le maître d'œuvre en tenant compte des contraintes qu'il lui mentionnerait, mais, a priori, elle ne décelait aucun obstacle aux réalisations qu'elle désirait.

Dans un premier temps, elle souhaitait percer le mur séparant la maison de l'épicerie, afin d'intégrer celle-ci à l'habitation et de l'agrandir. Puis aménager au même niveau une chambre avec une salle de bains. La surface suffisait largement. Pendant ce temps, elle occuperait l'étage. Quand cette première tranche de travaux serait terminée, elle prendrait possession du rez-de-chaussée et ferait transformer l'espace du premier. Les meubles qu'on devait lui apporter suivraient d'une pièce à l'autre pour qu'elle puisse vivre sous son toit sans gêner les ouvriers. Elle envisageait de descendre à Saint-Germain une fois par mois, trois jours d'affilée, pour surveiller l'avancement du chantier et pouvoir intervenir en cas de besoin.

Le plus difficile serait de convaincre Gilles de ses fréquentes absences et d'éviter toute discussion inutile.

Comme prévu, le mobilier fut livré dans les délais et le lendemain, André Bernard, le maître d'œuvre, lui rendit visite. Ils convinrent des transformations à réaliser. Puis il établit un devis provisoire que Sarah approuva.

— Je me charge de contacter le maçon, puis l'électricien et le plombier. Ne vous en faites pas, je m'occuperai de la coordination des différents corps de métier. C'est mon rôle. Et, de temps en temps, je viendrai sur place pour vérifier que tout se passe correctement. Je vois que vous avez déjà rafraîchi les murs…

— Oui, j'ai entrepris quelques travaux de peinture moi-même pour assainir les pièces. J'aurais dû attendre…

— Ils feront en sorte de ne rien salir.

Rassurée, Sarah s'en remit au maître d'œuvre.

Les premiers travaux commencèrent sans tarder. Sarah fit monter tous ses meubles au premier étage et s'y installa provisoirement. Mais, contrairement à ce qu'elle avait imaginé, le bruit et le dérangement qu'occasionnaient les ouvriers la chassèrent très vite de la maison. Elle se réfugia alors chez Louis Lacoste où elle accepta de prendre tous ses repas.

— Je vous avais prévenue, lui dit celui-ci. Les maçons ne font pas dans la dentelle. Quand ils percent des murs, mieux vaut s'éloigner.

Sarah refusa toutefois la chambre que Louis lui proposa, s'entêtant à dormir chez elle afin de s'imprégner totalement du lieu où sa mère avait vécu enfermée pendant de longs mois.

Elle poursuivit ses investigations auprès des habitants de la commune, pensant que ceux-ci lui ouvriraient facilement leur porte et leur mémoire. Mais elle se heurta à beaucoup de méfiance. Elle demeurait une *estrangère* au pays, d'autant plus que son accent la trahissait.

En outre, on l'assimila rapidement à ces touristes qui, depuis quelques années, rachetaient les vieux mas délaissés et revendus par les enfants des anciennes familles du village. Les Belges commençaient à priser les Cévennes et s'y installaient en nombre. Certains, les plus âgés, y retrouvaient une région qu'ils avaient connue, précisément pendant la guerre, à l'époque de l'exode. Ils y avaient rencontré beaucoup de solidarité et d'hospitalité de la part des habitants. D'autres, plus jeunes, suivaient les traces de leurs parents, curieux de découvrir les lieux où ils s'étaient réfugiés. Mais c'était aussi l'attrait du Midi, avec son soleil, son ciel d'azur, sa chaleur, que la plupart venaient y chercher, dédaignant la côte méditerranéenne, trop bourgeoise et trop chère pour eux. Les Cévennes avaient conservé leur authenticité, leur simplicité, et se refusaient au tourisme de masse ou élitiste d'autres régions de France.

Sarah reconnaissait ces valeurs, ainsi que les qualités qu'on prêtait aux Cévenols, dont la méfiance et l'apparente froideur ne la vexaient pas.

Rodolphe Lauriol quitta Saint-Germain trois jours après leur première rencontre. Son devoir l'attendait dans le chai qu'il possédait dans la commune de Générac. Mais il revint le week-end suivant. Sarah le revit avec plaisir au restaurant de Louis.

— Vous n'êtes pas encore rentrée chez vous ? lui demanda-t-il aussitôt.

— Je repars en fin de semaine. J'avais pris quinze jours de congé pour m'occuper du démarrage des travaux de ma maison.

Il l'invita à sa table.

Elle accepta sans hésiter.

Auprès de lui, Sarah se sentait redevenir une petite fille, tant son charme opérait sur elle. Elle aimait le velours de sa voix, son regard flou de myope, le sourire naturel qui illuminait son visage en permanence. Elle l'écoutait comme s'ils se connaissaient de longue date. Il avait le tact de s'intéresser à elle, de ne jamais se mettre en avant, d'attendre qu'elle lui pose des questions à son sujet pour parler de lui-même. Elle était attirée par ce type d'homme qui n'en imposait pas à la première rencontre, qui ne cachait aucune arrière-pensée devant une femme, capable de savourer son élégance sans jamais raccourcir trop vite les distances.

A la fin du repas, il ne l'invita pas chez lui mais lui laissa l'envie de se découvrir un peu plus la prochaine fois qu'ils se reverraient.

— Je possède un domaine viticole près de Nîmes. Si vous appréciez le vin, avant votre départ je pourrais vous montrer mon chai. Je vous ferais déguster mes meilleurs crus.

— Avec plaisir, accepta volontiers Sarah. J'aime beaucoup le vin. Surtout le rouge.

— Alors, vous ne serez pas déçue. J'ai un millésime de 1970 exceptionnel, un assemblage de syrah et de mourvèdre dont vous me direz des nouvelles.

Rendez-vous fut fixé pour le milieu de la semaine.

— Quand vous arriverez à Générac, demandez le Domaine des Sognes. Tout le monde le connaît dans la commune. Vous ne pouvez pas vous tromper.

Sarah commençait à se prendre au jeu de la séduction. Il y avait bien longtemps qu'un homme ne l'avait pas courtisée avec autant de délicatesse. Certes, Gilles aussi, au début, s'était montré extrêmement prévenant, réservé, toujours très amoureux. Ils avaient traversé des moments d'intense bonheur. Ils avaient su préserver leur liberté, leur indépendance, et c'est d'un commun accord qu'ils avaient décidé d'attendre pour avoir un enfant. Très occupés tous les deux, ils ne s'adressaient jamais de reproches et acceptaient leurs absences sans nourrir le moindre sentiment de jalousie. Ils témoignaient d'une confiance mutuelle qui était le meilleur ciment de leur union.

Mais, depuis peu, Sarah ressentait dans son couple une certaine monotonie. Malgré la vie trépidante qu'elle menait, sans qu'elle s'en fût aperçue, la routine s'était installée alors qu'ils ne vivaient ensemble que depuis cinq ans à peine. Gilles ne semblait pas en souffrir. Il affectionnait avant tout sa tranquillité et ne mesurait pas l'amour qu'il vouait à Sarah. Il le lui prouvait chaque fois qu'ils se séparaient pour leur travail, par des gestes tendres, des petits cadeaux, des attentions délicates, voire de simples paroles qu'il lui susurrait dans le creux de l'oreille, le soir quand ils se retrouvaient au lit. Il se comportait avec elle comme au premier jour et lui offrait tout le plaisir qu'une femme attend de l'homme qu'elle aime.

Sans se l'avouer, Sarah souffrait de plus en plus de l'habitude, de l'inlassable recommencement des choses. Elle s'apercevait depuis quelque temps que la répétition nuisait à la profondeur des sentiments. Elle les cristallisait dans une gangue qui, loin d'être protectrice, les affaiblissait. Ses allers-retours dans les Cévennes lui avaient redonné le goût de la liberté. D'une liberté retrouvée. Sans Gilles. Ils lui avaient fait comprendre que leur relation n'était pas, en réalité, fondée sur un amour aussi solide et sincère qu'elle se l'imaginait.

Sa rencontre avec Rodolphe Lauriol mettait en évidence ce qui sommeillait en elle et qu'elle refusait d'admettre. Il lui apportait un appel d'air salutaire. Grâce à lui, elle ouvrait les yeux sur une réalité qu'elle maintenait inconsciemment dans le déni.

Sarah tombait amoureuse, mais n'osait le reconnaître.

Vers le milieu de la semaine, elle se rendit à Générac, comme elle l'avait promis à Rodolphe. Quand elle parvint devant la grille de sa propriété, elle s'étonna, admirative. Un porche délimitait l'entrée du domaine, derrière lequel une longue allée bordée de cyprès s'étendait à travers une mer de vignes. Elle remarqua au sol un épandage de galets rose tous aussi ronds les uns que les autres. Elle parcourut au pas la centaine de mètres qui menaient à l'habitation. Le moteur de sa Passat, bien qu'au ralenti, vrombissait suffisamment pour qu'elle ne passe pas inaperçue.

Rodolphe apparut sur le perron de sa demeure, un modeste manoir en pierre de taille érigé à la fin du siècle précédent, après la crise du phylloxéra et la reconstitution du vignoble languedocien.

Il vint au-devant de Sarah, lui ouvrit sa portière, plein de prévenance.

— Je vous attendais, lui dit-il sans lui laisser le temps de sortir.

Radieuse, Sarah le suivit, ne sachant où poser les yeux.

— Votre maison est un véritable château ! releva-t-elle.

— C'est un faux château, plutôt une maison bourgeoise ! Elle a été construite par un riche viticulteur aux environs de 1880. A l'époque, les gros propriétaires ont mieux survécu que les petits au fléau qui a ravagé la région. Certains, par orgueil, ont édifié ce type d'habitation qu'on appelle pompeusement « château ». Mais il ne faut pas se fier aux apparences. L'intérieur n'est pas aussi confortable qu'il y paraît. Heureusement que mon père, après l'avoir rachetée, a procédé à quelques améliorations.

Rodolphe invita Sarah à s'installer au salon et lui offrit le thé.

— A moins que vous ne préfériez déjà goûter mon vin ! suggéra-t-il.

— C'est un peu tôt !

— J'en conviens. Nous attendrons donc qu'il soit l'heure de passer à table. J'ai demandé à ma cuisinière de nous préparer une daube de sanglier. Les chasseurs m'en apportent parfois quelques bons morceaux car je les laisse traverser mes terres lors de leurs battues... Vous aimez le sanglier, j'espère !

— Je n'en ai jamais mangé, reconnut Sarah.

Rodolphe Lauriol se montrait aussi affable qu'à Saint-Germain-de-Calberte.

— Je tiens cette propriété de mon père, commença-t-il à lui expliquer. A l'époque, il l'a acquise pour une bouchée de pain. La maison tombait en ruine, les vignes ne valaient pas grand-chose et ne produisaient que du mauvais vin. Il a fait une excellente affaire car, lorsque la Compagnie du Bas-Rhône a commencé à procéder à l'irrigation de la région, le prix de l'hectare a flambé. Et avec les nouveaux cépages qu'il a plantés, il a réussi à se démarquer du lot des viticulteurs qui ne voulaient rien entendre et qui s'entêtaient à « faire pisser la vigne ». Excusez-moi pour l'expression mais c'est ce que l'on disait ici pour le vignoble de masse. Aujourd'hui, j'ai pris la relève et mon chai a bonne réputation.

— Votre père est mort ?

— Non, il vit encore. Dans une maison de retraite à Nîmes. C'était son choix. Il a refusé de m'imposer sa présence en vieillissant. Il est atteint d'une maladie qui le handicape beaucoup et qui l'a empêché de travailler avant de prétendre à la retraite. Mais il a toute sa tête.

— Et votre mère ?

— Elle est décédée.

Sarah n'insista pas.

Rodolphe, à son tour, lui demanda :

— Et vous, vos parents ?

— Ma mère est morte il y a six ans, dans un accident de voiture. Quant à mon père, je ne l'ai jamais connu.

— La maison de Saint-Germain-de-Calberte, vous l'avez donc héritée de votre mère ?

Sarah hésita une fraction de seconde.

— Euh… non, pas du tout.

— Excusez-moi, je ne voulais pas me montrer indiscret.

— Oh, il n'y a pas de secret ! Cette maison, en réalité, est un legs bien étrange dont j'ai bénéficié récemment…

Et Sarah raconta comment elle avait été désignée légataire universelle de Lucie Fontanes, et ce qu'elle avait mis au jour dans son épicerie.

— J'ai appris ainsi très tardivement que ma mère, dans sa jeunesse, avait vécu quelques mois à Saint-Germain-de-Calberte.

L'heure avançant, Rodolphe invita Sarah à découvrir son chai.

— Je vous ai promis de vous faire déguster un de mes meilleurs crus. Venez, nous allons faire le tour du propriétaire, comme on dit.

Ravie, Sarah suivit Rodolphe, tout entière sous le charme de son hôte.

La visite terminée, il la convia à passer à table, s'intéressant sans jamais trop insister à son activité professionnelle, son compagnon, ses projets.

— Dans l'immédiat, expliqua Sarah, je souhaite achever les travaux dans cette maison… Je ne suis plus tout à fait sûre maintenant de vouloir la revendre. Je commence à m'habituer à l'idée d'en faire ma résidence secondaire. Le plus difficile sera de convaincre Gilles. Il est très casanier. Je crains qu'il ne refuse de venir dans ce coin reculé des Cévennes. Pourtant, on s'y sent bien, je l'avoue.

Sarah prit congé au milieu de l'après-midi. Rodolphe lui donna un autre rendez-vous sans en préciser la date.

— Quand vous reviendrez à Saint-Germain, vous m'y retrouverez, car j'y passe de nombreux week-ends. J'ai besoin de me mettre au vert régulièrement pour me dégager de mes obligations professionnelles, même si celles-ci me passionnent.

— Alors, je vous reverrai volontiers.

Sarah reprit la route de Lausanne le samedi suivant, laissant la poursuite des travaux à la surveillance d'André Bernard. En chemin, elle ne put s'empêcher de penser à Rodolphe. « Il est vraiment charmant, ne cessait-elle de se dire en son for intérieur, vraiment charmant ! »

A son arrivée, elle trouva un mot écrit de la main de Gilles, sur la table de la cuisine :

J'ai cherché à te contacter. Impossible. Où te caches-tu ? Les Cévennes sont-elles à ce point perdues qu'il soit impossible d'y retrouver quelqu'un ? Tu as oublié de me téléphoner. Je t'aurais appris que je dois m'absenter pour mon boulot. Je pars à l'instant pour New York où l'on m'attend à un congrès au cours duquel je dois présenter au nom de mon équipe les résultats de nos recherches. Cela n'était pas prévu. J'espère que tout s'est passé à Saint-Germain comme tu le souhaitais et que tu as bien avancé dans ta prospection pour revendre la maison. Je reviens dans huit jours. Je te téléphonerai à mon arrivée (si je parviens à te joindre !). Je t'embrasse. Gilles.

Sarah ne fut pas décontenancée par cette absence inattendue de son compagnon. Au contraire, elle se sentit soulagée de ne pas devoir lui rendre compte immédiatement de sa quinzaine à Saint-Germain-de-Calberte. Elle avait envie de conserver ses souvenirs encore tout chauds au plus profond d'elle-même, sans devoir les partager. Elle se surprit à sourire en songeant à Rodolphe au moment où elle rangeait dans le tiroir de son secrétaire la lettre de Gilles.

Fatiguée par la longue route en voiture qu'elle venait d'effectuer, elle alla se coucher sans même se doucher et se laissa emporter par ses rêves.

Le lendemain, dimanche, elle paressa au lit, reprit le journal d'Ana et plongea une fois de plus dans le récit de sa mère à l'endroit où elle l'avait abandonné à sa dernière lecture...

20

Premier accueil

1943

Les parents d'Ana vécurent à Nîmes au pire moment pour les réfugiés qui s'y cachaient. Depuis novembre, pas moins de cent mille militaires avaient investi le Gard sous le commandement du général Böttcher. Ce dernier put compter immédiatement sur l'appui de Vichy et l'aide précieuse du préfet Angelo Chiappe. Ainsi, à leur arrivée, les Allemands possédaient déjà les noms de tous les Juifs qui s'étaient déclarés, et les dénonciations furent efficaces dès la première heure. Les soldats de la Wehrmacht furent logés dans le lycée de filles de l'avenue Feuchères, près de la gare. En janvier, les différents services d'occupation furent mis en place. Trois mois après les troupes du Reich, le 11 février 1943, la Gestapo s'installa dans une grande maison bourgeoise dont elle avait expulsé les propriétaires. Dès lors, plus aucune famille juive ne connut un

instant de tranquillité. Les patrouilles devinrent inces-
santes, les brimades se multiplièrent, les arrestations
arbitraires étendirent la peur sur la ville.

Simon travaillait toujours dans l'imprimerie d'Hubert Dunoyel. Malgré le danger grandissant, ils diffu-
saient tracts et journaux clandestins pour la Résistance.
Mais leurs conditions d'existence étaient de plus en
plus aléatoires. Certes, Hubert possédait ses entrées à
la mairie, où il passait pour un citoyen ordinaire. Mais
la pression autour de lui augmentait.

Protégés par leurs faux papiers, Simon et Martha se
croyaient à l'abri d'une éventuelle dénonciation. Seul
Hubert connaissait leur véritable identité. A plusieurs
reprises, Simon s'était fait interpeller dans la rue par
la police française. Jamais il ne fut soupçonné d'être
un ressortissant juif étranger. Ce qui l'encouragea à
poursuivre son activité auprès d'Hubert.

Ils avaient récupéré David après que ce dernier avait
été repéré dans le train de Clermont-Ferrand par un
prêtre de l'Eglise catholique. L'enfant en avait été
quitte pour une grosse frayeur. Depuis, il avait repris sa
place au sein de sa famille et avait effacé de son esprit
le danger qu'il avait couru. A l'école qu'il fréquentait, personne ne s'étonna de son retour. Simon avait
expliqué que, finalement, il avait renoncé à déménager. David avait bien retenu sa leçon, il ne se trompait
jamais de nom ni de prénom. Et, lors d'interrogatoires
de la part de policiers zélés qui cherchaient partout
où se cachaient les petits Juifs, il racontait avec une
aisance et un naturel impressionnants pour un garçon de
son âge la fausse histoire des siens, comme s'il décla-
mait un rôle de théâtre appris par cœur. Pour justifier

l'absence d'Ana, qui n'avait pas échappé au directeur de l'établissement scolaire, Simon avait affirmé l'avoir envoyée à Nice, chez une proche parente, pour soigner son asthme. « L'air y est plus sain, avait-il prétexté. La mer lui fera le plus grand bien. »

Mais avec l'installation de la Gestapo dans la ville et les rafles qui suivirent, la sécurité des Goldberg ne fut bientôt plus assurée. Simon devait redoubler de prudence en allant au travail. Il craignait d'être arrêté par erreur, en se trouvant par malchance au mauvais endroit.

Hubert l'avait averti :

— Si, un jour, en venant à l'atelier, tu vois un chiffon rouge accroché à la grille de la fenêtre principale, surtout n'entre pas. Passe ton chemin et fais comme si de rien n'était. Rentre au plus vite chez toi. Boucle tes valises et pars n'importe où avec ta femme et ton gosse. Planque-toi loin d'ici et ne reviens jamais. Ne cherche pas à savoir ce qui m'est arrivé.

Simon s'étonna du conseil de son patron. Sur le moment, il crut que cette mise en garde n'était destinée qu'à éveiller son attention sur les risques de plus en plus grands qu'ils couraient tous les deux.

Au fur et à mesure que les arrestations se multipliaient, il comprit que l'étau se resserrait. Au reste, leurs contacts changeaient fréquemment, preuve que certains avaient dû disparaître, pour se protéger ou parce qu'ils avaient été emmenés par la Gestapo. Simon n'était pas au courant de ce qui se passait dans le réseau auquel Hubert appartenait. Celui-ci lui avait demandé de ne pas chercher, et affirmé que moins il en saurait, moins il serait lui-même exposé.

Martha quant à elle demeurait cloîtrée dans son appartement. Elle avait renoncé à exercer sa profession, même si, sous son nom d'emprunt, elle ne risquait pas de se faire démasquer. Simon lui avait conseillé en effet de prendre toutes les précautions. La méfiance et la suspicion régnaient sur toute la cité. Personne n'était plus sûr de personne. Et, si l'on faisait bonne figure à son voisin de palier, rien ne pouvait assurer qu'il n'irait pas à la police ou à la Gestapo étaler ses soupçons.

Début juin, alors que l'approche de l'été répandait sur la ville un air de vacances, Simon partit plus tôt que d'habitude à son travail. Il contourna le centre-ville afin de s'aérer dans les jardins de la Fontaine avant de se rendre à l'imprimerie. En novembre, il y avait assisté de loin au défilé des troupes allemandes lorsque celles-ci avaient investi Nîmes. Il avait encore en tête l'effarant spectacle qu'elles y avaient donné sous le regard inquiet des habitants.

Les jardins avaient retrouvé leur allure de parc où l'eau claire des anciens thermes coulait en onde fraîche dans les bassins. Simon aimait déambuler dans le dédale des chemins qui montaient vers le rocher surmonté de la tour Magne. Celle-ci dominait la cité antique, garante du passé, donjon imprenable qui avait traversé les siècles sans jamais s'effondrer. Il s'asseyait parfois de longues minutes dans l'anfractuosité d'une caverne creusée dans la paroi minérale encerclant les vestiges romains. Il laissait alors son esprit vagabonder au bruit de la source de Nemausus et se perdait dans ses souvenirs. Il se rappelait avec nostalgie l'époque où, jeune étudiant, il courtisait Martha sous le ciel bas de Pologne, un ciel si gris qu'il prêtait à la mélancolie. Que de chemin parcouru ! se disait-il. Que d'obstacles franchis ! Quelle épopée avons-nous vécue depuis quinze ans !

Ce jour-là, il n'éprouvait pas l'envie de se rendre au travail. Flâner dans les allées ombragées, paresser le long des quais de la Fontaine sans se préoccuper des hommes en uniforme vert-de-gris le tentaient davantage que s'enfermer dans l'obscurité de l'atelier d'Hubert Dunoyel, dans le bruit des machines et l'odeur âcre de l'encre.

Il s'attarda plus que d'ordinaire puis, vers neuf heures, il se décida à regagner l'imprimerie. Hubert ne lui tiendrait pas rigueur de son retard. Il lui expliquerait qu'il avait eu une panne d'oreiller et s'excuserait poliment. Hubert n'était pas un patron à cheval sur les horaires. Il évita de passer devant le 13, boulevard Gambetta, siège de la Gestapo, coupa par l'intérieur pour rejoindre l'ancien théâtre et se dirigea vers son lieu de travail.

Quand il parvint à une vingtaine de mètres de celui-ci, il eut un mauvais pressentiment. Le rideau de fer n'était pas levé. Dans la rue régnait une inquiétante tranquillité. Il s'arrêta net, le souffle court. Observa autour de lui. Rien d'anormal. Personne sur les trottoirs.

Il chercha à vérifier si un chiffon rouge était accroché aux barreaux de la fenêtre grillagée, mais de l'endroit où il se trouvait, il ne pouvait rien voir.

Il s'approcha lentement, prêt à s'enfuir au premier signe de danger.

Tout à coup, une porte s'ouvrit sur sa gauche. Quelqu'un le héla discrètement :

— Eloignez-vous, ils sont à l'intérieur. Hubert s'est fait embarquer ce matin à son arrivée à l'imprimerie. Ils tendent un piège pour prendre ses complices. Ne restez pas là. Partez vite.

Simon ne connaissait pas l'individu qui l'avait accosté et prévenu à temps. Il le remercia sans lui demander qui il était, rebroussa aussitôt chemin et disparut dans les venelles de la ville.

A son retour chez lui, il déclara à Martha :

— Préparons nos valises. Il faut fuir loin d'ici.

Au cas où il devrait rapidement se mettre en sécurité, Hubert avait indiqué à Simon un lieu sûr où il pourrait se réfugier avec sa famille.

« C'est un petit village au cœur des Cévennes, lui avait-il expliqué un jour. Un endroit calme, éloigné des grands axes de circulation, assez difficile d'accès. Les Allemands n'y ont encore jamais mis les pieds. Il y a bien une brigade de gendarmerie dans la commune, mais elle ne présente aucun danger. Les responsables de la Cimade y planquent les Juifs depuis l'année dernière.

— C'est où ?

— Saint-Germain-de-Calberte, dans le sud de la Lozère.

— Dans les Cévennes ?

— Oui, mais ce n'est pas très haut en altitude. Le climat y est très doux, même en hiver. Et puis, cela vous rapprocherait de votre fille. »

Simon avait réfléchi à la proposition d'Hubert, mais avait toujours retardé l'échéance de son départ, ne se sentant pas encore acculé malgré la pression exercée par la Gestapo et la Milice sur la population nîmoise.

Cette fois, il ne pouvait plus reculer.

Martha, prise au dépourvu, mit un certain temps à comprendre réellement la situation. Simon ne lui avait toujours pas avoué son activité clandestine.

— Encore partir ! se plaignit-elle. Que s'est-il passé ? Pourquoi rentres-tu si tôt du travail ?

— Hubert a été arrêté par la Gestapo. L'imprimerie est surveillée.

— La Gestapo ! Qu'a-t-elle à lui reprocher ?

— Je t'expliquerai plus tard. Moi aussi, je risque de me faire prendre si j'y retourne. Et ils peuvent débarquer ici d'un instant à l'autre s'ils découvrent des papiers compromettants à l'atelier.

— Dans quel bourbier t'es-tu fourré, Simon ? As-tu pensé aux enfants ?

Martha était complètement décontenancée.

— Tu veux fuir ! Pour aller où ?

— Dans les Cévennes. Nous y serons à l'abri. J'ai une adresse… enfin un lieu où nous serons tranquilles.

— Pour combien de temps ?

— Le temps qu'il faudra. Ne pose pas tant de questions. Prépare plutôt les valises.

— Et Ana, tu y songes ?

— Là où elle se trouve, elle est en sécurité. Elle ne court aucun danger. Nous verrons plus tard si nous la faisons venir auprès de nous.

Hubert avait fourni à Simon tous les détails pour se réfugier à Saint-Germain-de-Calberte.

Sitôt leurs valises prêtes, ils réveillèrent David qui traînait encore au lit, comme tous les jeudis matin, puis ils se rendirent sans tarder à la gare Feuchères et prirent le premier train pour Alès.

Martha était morte de peur. Elle avait toujours en mémoire sa fuite de Paris, le train pour Mont-de-Marsan, les contrôles, la suspicion des Feldgendarmes, son arrestation si près du but.

— Ça n'en finira donc jamais ! geignait-elle dans le compartiment où ils avaient pris place.

— On va où ? demanda David que les voyages en train traumatisaient depuis sa mésaventure. Je veux descendre. Je veux rentrer à la maison.

Simon parvint difficilement à calmer son inquiétude. Lorsque l'enfant aperçut le contrôleur dans le fond du wagon, il paniqua. Martha lui tint la main, aussi affolée que lui.

L'homme des chemins de fer remarqua sa nervosité. Il se baissa et lui souffla à l'oreille :

— Ne craignez rien. Les Boches ne sont pas dans le train. Il n'y a que moi.

Martha le regarda d'un air soulagé, mais ne put prononcer un mot.

— Merci, répondit Simon. Mais nous n'avons rien à cacher.

— Je disais ça pour rassurer la petite dame. Elle ne me paraît pas dans son assiette.

— Tout va bien, monsieur. Vous êtes très aimable.

Le contrôleur passa au voyageur suivant.

A Alès, ils prirent un autocar en direction de Saint-Jean-du-Gard, puis un autre pour Saint-Germain-de-Calberte. En chemin, Martha ne put s'empêcher d'observer avec inquiétude le paysage qui défilait sous ses yeux. La route sinueuse s'enfonçait dans la montagne, virage après virage. Elle en eut mal au cœur, aspira à arriver au plus vite.

— C'est comme me l'avait décrit Hubert, remarqua Simon. Cette région ressemble vraiment à un bout du monde. Je comprends que les Allemands ne s'y risquent pas. Et ces vallées sont de vrais coupe-gorges propices aux guets-apens.

Simon ne savait pas qu'en réalité les soldats de la Wehrmacht et des bataillons SS, dont le gros des troupes venait d'Alès et de Nîmes, menaient une sévère répression contre les maquis locaux. Ceux-ci s'étaient organisés dans de nombreux secteurs des Cévennes, notamment dans la région de Saint-Jean-du-Gard où des résistants s'étaient retranchés dans la ferme de la Picharlerie.

En approchant de leur destination, Simon et Martha découvrirent un paysage à première vue austère. Le territoire était tapissé de forêts et de châtaigneraies, les pentes de la montagne découpées en terrasses retenues par des murs en pierres sèches et plantées de mûriers. Le travail de l'homme était partout visible, un travail acharné, éreintant, rien ne semblait facile. Les paysans cévenols tiraient leur subsistance de la terre à la force de leurs muscles et à la sueur de leur front.

— On est dans un pays de la soie, remarqua Simon à l'adresse de David. Tu vois ces arbres chenus au beau feuillage vert sombre ? Ils donnent la nourriture aux vers à soie.

L'enfant regardait avec curiosité. Sa méfiance et sa crainte avaient disparu.

Dans le fond de la vallée coulait une rivière rapide comme un torrent, glissant en cascades sur un lit de pierres argentées et dorées.

— C'est le Gardon de Saint-Germain, expliqua le chauffeur du car, qui avait entendu les questions de David. Et le pont qui apparaît devant nous s'appelle le pont de Négase. Il y a une légende qui dit qu'un âne s'y est noyé alors que sa maîtresse tentait de traverser le torrent avec son enfant dans les bras. L'âne, lui, transportait une grosse pierre sur le dos. Au village, les anciens te raconteront cette légende dite de « la Vieille morte »… On arrive bientôt.

Le spectacle changeait à chaque virage. David s'extasiait. Martha semblait rassurée. Des maisons accrochées aux rochers annonçaient l'approche du village. Puis, dans le lointain, une ruine attira l'attention de l'enfant.

— C'est le château Saint-Pierre, poursuivit le conducteur. Il date du XIIᵉ siècle. A l'origine, il appartenait aux seigneurs d'Anduze, puis il est passé aux barons de Randon un siècle plus tard. Au pied du donjon, il y a les vestiges d'habitations paysannes de cette époque. Malheureusement, l'abandon du château au XVᵉ siècle leur a été fatal.

Le bourg apparut bientôt dans le lointain, s'étendant sur un replat à flanc de coteau. Les premiers écarts montraient de grosses fermes aux toits de lauze et aux épais murs de schiste, toutes d'aspect robuste et dotées de petites ouvertures, comme pour se prémunir des importuns.

— Ça m'a l'air rude, ici ! nota Simon.

— Vous vous y ferez, répondit le chauffeur du car. Il est vrai que vous entrez en terre protestante. Moi, je suis catholique mais marié à une parpaillote, alors, je sais de quoi je parle !

— Une quoi ?

— Une parpaillote, une huguenote si vous préférez ! Au début, c'est pas évident. Mais à force on s'habitue. Les protestants sont des gens très tolérants. Vous aurez vite l'occasion de vous en apercevoir.

L'autocar amorça un dernier virage.

Devant, le clocher de l'église se dressait comme un mât de navire en pleine mer.

— Ça y est, on est arrivés. Tout le monde descend, dit le conducteur.

— Il est temps ! soupira Martha. J'ai envie de vomir. Un peu d'air me fera le plus grand bien.

L'autocar les déposa sur la place de Saint-Germain aux environs de vingt heures. Le soleil n'était pas encore couché. La douceur de l'air était propice aux flâneries du soir. D'ordinaire, les habitants du village aimaient s'attarder dehors jusqu'à la tombée de la nuit et tenir de longues conversations entre voisins. Ces causeries remplaçaient les veillées de l'hiver au coin du feu. Les vieux s'asseyaient sur les bancs de pierre accolés au seuil des maisons, tandis que les plus jeunes s'amusaient entre eux, parfois bruyamment, profitant de ce que leurs parents étaient occupés à bavarder. Toutefois, en cette période troublée, on se gardait de s'exposer, non pas qu'on se méfiât des autres – à Saint-Germain la confiance régnait et l'on ne craignait pas la présence des gendarmes établis au centre même du bourg –, mais les cœurs n'étaient plus à la fête. Comme partout, on attendait les jours meilleurs en courbant le dos, priant pour éviter une catastrophe.

Depuis les rafles de l'année précédente, les habitants avaient vu arriver de nombreux Juifs, français et étrangers, autour du presbytère protestant et de la pension Martin, l'unique hôtel de la commune. La plupart s'y étaient installés comme s'ils passaient des vacances prolongées et forcées. Y résidaient des Russes, des Hongrois, des Polonais, des Arméniens rescapés du génocide de 1915, des républicains espagnols, des Anglais. Tous menaient une vie oisive, dans une certaine insouciance, entrecoupée de lectures, de discussions, d'écoute de la radio. Pourtant, ouvert toute l'année, l'hôtel pouvait à tout moment être contrôlé par la gendarmerie désireuse d'y vérifier l'identité de ses clients.

A l'image des Goldberg, beaucoup de réfugiés y avaient débarqué de l'autocar, un soir, en provenance de Saint-Jean-du-Gard, comme de simples touristes, leurs valises à la main. Quelques-uns néanmoins y avaient été exfiltrés par des réseaux de résistance avec lesquels l'hôtelier Roger Martin était en relation. Les Allemands n'ayant jamais fait d'incursion dans cette commune reculée, personne ne se cachait. Et un certain nombre d'habitants participaient, à leur manière, à l'entraide que leur pasteur Gaston Martin et sa femme Simone, sur les recommandations du pasteur Marc Boegner, pratiquaient depuis que ce dernier avait exhorté les Cévenols à sauver les Juifs de la déportation.

Descendus de l'autocar, Simon et Martha se sentirent tout à coup plongés dans un autre monde. Le village était paisible. Les maisons fermées. Les voyageurs une fois dispersés, les Goldberg se retrouvèrent soudain seuls, ne sachant où aller.

— Tu as prévu de dormir où ? s'inquiéta Martha qui ne s'était pas préoccupée de leur hébergement. Il est tard, on ne peut quand même pas passer la nuit dehors !

— Hubert m'a parlé d'une pension de famille à proximité de l'église.

Simon regarda tout autour de lui, tâchant de repérer ce qui ressemblait à un hôtel. Il remarqua une construction en pierre, flanquée d'une sorte d'annexe.

— Ça doit être là, dit-il en pointant du doigt le bâtiment. Je te laisse avec David. Prends soin des valises. Je vais voir s'il y a de la place.

Il n'avait fait que quelques pas en direction de l'hôtel Martin quand un homme, sorti de nulle part, l'accosta.

— Mon frère, vous avez besoin d'aide ?

Interloqué, Simon hésita à répondre à l'inconnu. Derrière lui, Martha lui faisait les gros yeux pour le prévenir de se montrer prudent.

— Euh… c'est-à-dire… Nous venons d'arriver et nous ne savons où dormir cette nuit.

— Ne vous méfiez pas de moi. Je m'appelle Paul Tinel, officier de l'Armée du salut et tailleur, couturier si vous préférez. Je peux vous être utile ?

Se sentant en confiance, Simon déclara sans réfléchir :

— Je vous avertis, je suis juif et j'ai de faux papiers. Je suis accompagné de ma femme et de mon fils. Nous sommes ici parce que nous avons besoin d'aide. Je pensais que le pasteur ou le curé pourrait nous accueillir, au moins provisoirement, mais comme il se fait tard, je m'apprêtais à demander à l'hôtel s'il y a une chambre de libre pour nous dépanner.

— Ça m'étonnerait. Il est plein. Des touristes comme vous ! plaisanta l'inconnu. Enfin... des gens de passage qui semblent apprécier la tranquillité de notre commune.

— Alors, il me reste le presbytère.

— Venez chez moi. Ma sœur Annie sera ravie de vous recevoir. Nous possédons un petit logement séparé inoccupé. Vous y serez bien avec votre femme et votre enfant. Le temps qu'on vous trouve autre chose.

Simon consulta Martha du regard. Elle avait suivi toute la conversation. A ses côtés, David commençait à s'impatienter.

— J'ai faim, maman. Quand est-ce qu'on mange ?

Martha fixa Simon l'air embarrassée. Elle acquiesça d'un battement de paupières.

— Puisque vous nous le proposez si gentiment, nous acceptons, conclut Simon.

21

Un havre de paix

1943

L'accueil des habitants de Saint-Germain-de-Calberte surprit immédiatement les Goldberg. Le lendemain de leur arrivée, encore sous le choc de leur départ précipité, ils découvrirent avec étonnement sur le seuil de leur logement une corbeille remplie de nourriture. Sur le moment, ils crurent que leur hôte en était le généreux donateur. Simon alla le remercier.

— Je n'y suis pour rien, leur précisa Paul Tinel. Mais vous n'avez pas dû passer inaperçus hier soir. Une âme charitable vous souhaite de cette façon la bienvenue chez nous.

— Dans la corbeille, j'ai aussi trouvé un petit mot du boulanger du village.

— Oui, je sais qu'il est au courant de votre présence. Que vous dit-il ?

Simon sortit le billet de sa poche, lut :

— « Déposez-nous vos cartes d'alimentation et vous pourrez acheter autant de pain que vous le souhaitez chaque jour. » C'est très gentil de sa part. Le problème, c'est que nous n'avons pas de cartes d'alimentation. Pas encore.

— Ne vous en faites pas pour cela. A la mairie, quelqu'un vous en fournira sans problème.

— Le maire ?

— Non. Il ne se mouille pas trop. Mais le secrétaire de mairie, Robert Martin, est très dévoué. C'est le fils de l'hôtelier. Si vous avez besoin d'aide, n'hésitez pas à avoir recours à ses services… Vous m'avez bien dit que vous aviez de faux papiers ? Comment vous vous faites appeler ?

— Montagne, Pierre Montagne.

— Hum… Ce n'est pas terrible ! Il faudrait envisager de changer de nom. Vous seriez né en Algérie ou en Corse, ce serait plus difficile à vérifier. Vous seriez tranquilles. Les gendarmes n'iraient pas chercher.

— Un nom corse ! Pourquoi pas ? Mais je ne connais personne qui pourrait me procurer d'autres papiers d'identité.

— Cela aussi, ça peut s'arranger. Ne vous tracassez pas. Si vous pouviez vous rendre à Valleraugue voir monsieur Lévi-Strauss[1], il vous fournirait des photos adéquates pour vos faux papiers. Avec lui, ceux-ci paraîtront plus authentiques que les vrais !

— Valleraugue ?

— Au pied du mont Aigoual. Ce monsieur possède une ancienne magnanerie à La Pieyre, un hameau de

_____

1. Père de l'ethnologue Claude Lévi-Strauss (1908-2009).

Valleraugue. Sa famille s'y est réfugiée au début de la guerre pour les mêmes raisons que vous.

— Ce sont des Juifs ?

— Avec un tel nom, vous pouvez vous en douter.

Simon se confondit en remerciements. Il accepta la proposition de Paul Tinel et s'en remit à lui.

— Pour les papiers d'identité, ajouta Paul, j'en parlerai au secrétaire de mairie. Il fera le nécessaire. Il vous procurera également des cartes d'alimentation sans la mention « Juif ». Ainsi, vous serez parés.

Sans réfléchir, Simon lui précisa :

— Vous lui direz que je m'appelle Pierre Orsini. Ça sonne corse, non ?

— Parfait ; mais vous verrez ça avec lui. Il vous contactera dans la journée. Il ne faut pas attendre.

Simon n'en revenait pas de l'accueil chaleureux qu'il avait reçu depuis la veille au soir.

Martha, elle, se montrait plus méfiante, estimant que tout allait un peu trop vite.

— On ne connaît personne ici, s'étonna-t-elle. Pourquoi tant de diligence de la part de gens qui ne nous ont même pas encore rencontrés pour la plupart ?

— Les protestants cévenols ont le sens de l'hospitalité, je te l'ai déjà expliqué. Ils n'admettent pas le harcèlement des Juifs pratiqué par le gouvernement du maréchal Pétain. Ils sont les descendants des camisards. Ils gardent en mémoire la persécution de leurs aïeux par Louis XIV. Ils ne peuvent tolérer l'injustice. Ils s'y opposeront toujours par tous les moyens. Nous ne risquons rien ici car ils n'agiront jamais contre leur conscience. C'est pourquoi nous sommes en sécurité dans ce village, comme Ana au Chambon-sur-Lignon.

Martha ne demandait qu'à croire son mari.

— Si nous sommes en sécurité à Saint-Germain, nous pourrions alors la faire venir. Son exil a suffisamment duré. Il me tarde de la revoir et de retrouver ensemble une vie normale.

— Il faut encore attendre. C'est un peu tôt. Nous sommes à peine arrivés. Laisse-nous le temps de prendre nos marques. D'abord, je dois trouver un travail. Nous ne pouvons pas compter éternellement sur la générosité des gens. Puis un autre toit. La commune doit bien posséder quelques maisons inhabitées. Nous pourrions en louer une. Cela nous dispenserait de vivre à l'hôtel. Avec deux enfants, ce ne serait pas commode.

Simon envisageait déjà l'avenir avec sérénité.

Quelques jours plus tard, Paul Tinel lui indiqua un logement dans une ferme à l'écart. Une famille de paysans acceptait de l'héberger gratuitement avec sa famille, et lui offrait un emploi dans la scierie qu'elle possédait.

— En contrepartie, votre femme pourrait seconder Adrienne Rastel dans sa tâche. Les Rastel n'ont qu'un fils, mais il est prisonnier en Allemagne. Pour eux, c'est donc très difficile de mener de front l'exploitation agricole et la scierie. Qu'en pensez-vous ?

Simon consulta Martha. Celle-ci, surprise à l'idée de devoir aider aux travaux de la ferme, ne se montrait pas très enthousiaste.

— Je crois qu'on n'a pas le choix, fit Simon. Ce n'est que provisoire. De toute façon, il y a peu de chances que tu puisses pratiquer ton métier de sage-femme !

— Vous êtes sage-femme ! s'étonna Paul. Détrompez-vous alors, dans le village, vous aurez l'occasion de prouver vos talents.

— Je n'ai pas le droit d'exercer en dehors du département où j'ai obtenu mon diplôme. C'est la loi française. De plus, en tant que juive et étrangère de surcroît… je n'ai aucun droit.

— Ici personne ne viendra vous demander vos diplômes ni vérifier si vous êtes juive. Si vous pouvez rendre service, tout le monde sera heureux de vous ouvrir les bras… Alors que dois-je répondre à Roger Rastel ?

Simon et Martha acceptèrent la proposition de Paul Tinel.

Le lendemain, ils se rendirent chez les Rastel. Leur ferme se situait à proximité du hameau de la Liquière, au sud de la commune en direction de Saint-Etienne-Vallée-Française. C'était un gros mas en pierre de schiste et à la lourde toiture de lauze, posé comme un bastion à flanc de montagne. Derrière le corps de bâtiment, la châtaigneraie précédait la forêt sombre et impénétrable. Sur les côtés, des dépendances, tout aussi massives, enfermaient le matériel agricole, l'étable des chèvres et la bergerie.

Sans le dire, Simon songea qu'en cas de danger, il serait facile de s'enfuir rapidement à travers bois et de disparaître à la barbe des gendarmes ou des miliciens.

Roger et Adrienne Rastel les accueillirent à bras ouverts. C'était un couple âgé d'une bonne quarantaine d'années. Roger paraissait robuste malgré un embonpoint qui l'encombrait dans ses mouvements. Adrienne, elle, était un petit bout de femme vif comme l'éclair, au visage buriné par le soleil et aux rides prononcées. Leur regard trahissait une grande chaleur humaine, une profonde compassion pour les autres qui se traduisait par un léger embarras devant ceux à qui ils souhaitaient venir en aide.

— Notre ferme n'est pas très confortable, s'excusa aussitôt Adrienne. Surtout pour des gens comme vous, habitués à l'agrément de la ville. Nous vous avons réservé trois pièces spacieuses au premier étage, desservies par un escalier extérieur. Vous serez indépendants. Et vous ne manquerez pas de place. Mais il n'y a pas de salle de bains ni de toilettes intérieures. Il vous faudra descendre dans la cour, la porte peinte en vert.

Martha sourit.

— Ne vous en faites pas. Nous n'avons jamais vécu dans l'aisance. Depuis notre départ de Pologne, il y a des années, nous avons tout connu. Alors, ici, nous serons très bien.

Tandis qu'Adrienne montrait à Martha son nouveau logement, Roger avait entraîné Simon à l'arrière de la ferme. Un hangar en bois, fermé par un grand portail, abritait toute une série de machines destinées à scier et à raboter. De part et d'autre, des troncs d'arbres attendaient d'être débités. Plus à l'écart, un amoncellement de planches de tous calibres et de toutes dimensions semblait à l'abandon.

— Voici votre lieu de travail, dit Robert. Vous n'avez jamais travaillé dans une scierie, je suppose ?

— Non, jamais. Jusqu'à présent, je travaillais dans une imprimerie, et avant dans une librairie. Mais ma véritable formation, c'est la diplomatie.

— Alors, ça vous changera ! Je vous apprendrai. Et pendant l'hiver, on ira bûcheronner dans la montagne. C'est physique, mais je vois que vous êtes costaud. Ça ne vous fait pas peur, j'espère ?

— Ne craignez rien. Je suis votre homme. Vous pouvez compter sur moi.

Simon, Martha et David mirent peu de temps à s'habituer à leurs nouvelles conditions d'existence. Le travail à la scierie plaisait à Simon. Le bois était à ses yeux un matériau noble qu'il aurait aimé façonner jusqu'à la confection de meubles. Martha, quant à elle, apprenait vite. La traite des chèvres n'eut bientôt plus de secret pour elle, ni la tenue du poulailler et du clapier. Seule la porcherie la révulsait. Elle craignait moins l'odeur des cochons que leur agressivité bruyante au moment où elle allait remplir leur auge.

Le début de l'été appelait toute la main-d'œuvre disponible dans les champs. Aussi se retrouvèrent-ils ensemble pour les foins. Dans les semaines à venir, Roger comptait également sur Simon pour la moisson du seigle et de l'avoine. Ce fut pour David l'occasion de s'amuser, perché à la cime des meules sur la charrette tirée par un vieux cheval rescapé de la réquisition, tel un aurige sous les clameurs de la foule.

Ils en oubliaient presque la guerre et ses dangers, la présence des gendarmes au cœur même du village, de la Gestapo à Alès, les incursions de l'armée allemande et des bataillons SS dans des secteurs proches de Saint-Germain, en réponse aux actions organisées par le maquis autour de Saint-Jean-du-Gard, du Collet-de-Dèze, de Saint-Hippolyte-du-Fort ou dans la forêt du mont Aigoual. Nulle part la guerre ne passait inaperçue.

Mais Saint-Germain-de-Calberte semblait demeurer à l'écart de cette terrible réalité, une île protégée des vents au beau milieu de la tempête.

Au bout de quelques semaines, se sentant enfin en toute sécurité, chacun ayant pris sa place chez les Rastel, Simon et Martha décidèrent de faire venir Ana à Saint-Germain. Ils avaient acquis leurs nouveaux papiers d'identité. Pour tout le monde, ils s'appelaient dorénavant Pierre, Marthe, Daniel et Anne Orsini. Ils étaient originaires de Calvi et s'étaient installés sur le continent en 1936. Tout était parfaitement en règle. Aucun gendarme, même le plus zélé, ne pourrait deviner la supercherie, avait rassuré Robert Martin, le secrétaire de mairie.

David souhaitait fêter l'arrivée de sa sœur. Il avait hâte de la retrouver. Elle lui manquait beaucoup. Ils organisèrent son retour en compagnie d'Adrienne et de Roger Rastel qui pour l'occasion rassemblèrent toutes leurs brebis dans la cour de la ferme, afin de créer un air de départ en transhumance. Ils décorèrent leurs bêtes de pompons multicolores et les affublèrent de sonnailles qui répandirent aussitôt des tintements joyeux jusqu'en bas de la vallée.

— Quand mon fils était là, expliqua Roger, il montait notre troupeau plus haut sur le mont Lozère pour tout l'été. Mais depuis qu'il est parti à la guerre, je n'ai plus personne pour le remplacer. Voilà pourquoi les bêtes restent à la bergerie au lieu de profiter de la bonne herbe des pâturages d'altitude.

— Pourquoi tu mets des pompons dans la laine des moutons et des cloches autour de leurs cous ? demanda David.

— C'est une tradition. Cela marque le début de la transhumance. Pour tous les bergers, c'est une grande fête.

— Anne va être contente. Elle aime les surprises.

On avait averti Simon qu'un membre du personnel du Collège cévenol du Chambon-sur-Lignon accompagnerait Ana jusqu'à Saint-Germain-de-Calberte. Le rendez-vous avait été fixé sur la place de l'église aux environs de onze heures.

Simon s'y rendit seul à l'heure dite, pour ne pas alerter toute la commune. Il entra au café de la Mairie et patienta. Il connaissait déjà plusieurs habitants du village, ayant eu affaire à eux à la scierie de Roger. Martha elle-même faisait ses courses dans l'épicerie de Lucie Fontanes et allait trois fois par semaine acheter son pain à la boulangerie où, comme il le leur avait signalé discrètement, le patron mettait à sa disposition tout ce dont elle avait besoin. Les Orsini avaient pris leurs marques dans le village. Personne ne leur posait de questions sur leurs origines. On devait bien se douter qu'ils ne se trouvaient pas là par hasard, mais chacun feignait de croire que les nouveaux venus avaient été embauchés par les Rastel afin de suppléer à l'absence de leur fils.

Ana était en retard. Simon commençait à s'inquiéter. Le voyant anxieux, le cafetier lui demanda s'il attendait quelqu'un. Par précaution, Simon mentit :

— Non, personne.

— Alors pourquoi regardez-vous sans cesse par la porte ?

Tout à coup, trois gendarmes arrivèrent. Le propriétaire du café les connaissait bien, car ils étaient des habitués de son établissement.

— Voilà la maréchaussée en plein travail ! lança-t-il pour se moquer.

Les trois hommes en uniforme s'approchèrent du comptoir et ne relevèrent pas la remarque du patron.

— Sers-nous plutôt trois canons, lui commanda l'un d'eux.

— Vous n'êtes pas en service ?

— Si, et alors ? Tu vas nous dénoncer à nos supérieurs ? On a bien le droit de se désaltérer, non ?

— Oh, moi, je disais ça pour la forme. Je vous mets donc trois petits blancs comme d'habitude ?

Simon n'osait regarder dans leur direction. Il les avait déjà aperçus au hasard de ses allées et venues dans le bourg, mais il ne s'était jamais attardé auprès d'eux.

L'un des trois le fixait des yeux et le mettait mal à l'aise.

— Vous vous habituez à notre commune ? lui demanda-t-il.

Surpris, Simon bredouilla :

— Euh… oui. C'est un joli village.

— Vous vous appelez Orsini, n'est-ce pas ? Vous êtes les nouveaux locataires des Rastel ?

— … C'est exact. Roger m'a embauché à la scierie. Il cherchait un ouvrier pour remplacer son fils absent.

— On est au courant. Norbert est prisonnier en Allemagne. Les Boches ne l'ont pas encore libéré. Et vous, d'où venez-vous ? Vous êtes corse, avec un nom comme ça !

— De Calvi.

— Et vous avez quitté votre beau pays pour vous installer dans les Cévennes ! Vous n'y perdez pas au change ?

— Le travail manque aussi chez nous.

Simon craignait que le gendarme ne se mette à faire du zèle et ne lui demande ses papiers.

Il vit bientôt arriver sur la place une camionnette. Elle s'arrêta devant l'église. Un homme seul en sortit. Il regarda autour de lui, tout en allumant une cigarette. Puis il parla à quelqu'un à l'intérieur du véhicule et lui ouvrit la portière. Une jeune fille apparut, élégamment vêtue.

Simon reconnut aussitôt Ana. Son cœur bondit dans sa poitrine.

Il se garda de se ruer dehors pour l'accueillir, ne voulant pas alerter les gendarmes. Mais ceux-ci devinèrent ce qui se passait.

— Vous attendez quelqu'un ? demanda l'un d'eux.

— C'est-à-dire…

— Allez-y. Je crois que c'est pour vous.

Simon paya sa consommation, dit au revoir poliment aux gendarmes et marcha au-devant d'Ana sans se précipiter.

Celle-ci, le voyant arriver, ne put se retenir de se jeter dans ses bras.

— Papa ! Comme je suis heureuse d'être là ! Comment vont maman et mon petit frère ?

— Ne t'épanche pas trop, lui conseilla Simon en l'étreignant rapidement. Les gendarmes nous regardent. Nous aurons tout le temps de nous embrasser à la maison.

Le conducteur de la camionnette les invita à prendre place à l'intérieur du véhicule.

— Je suis Hervé Maréchal, se présenta-t-il. Le professeur d'histoire de votre fille. Où allons-nous ?

Simon indiqua la route jusqu'à la ferme.

— J'ai bien cru que les gendarmes me demanderaient des comptes, avoua-t-il une fois la voiture éloignée.

— A Saint-Germain, ils ferment les yeux. Ils sont assez complaisants. C'est ce qu'on m'a dit avant de partir.

— Ils ne m'ont pas paru très inquisiteurs, en effet.

Arrivé chez les Rastel, Hervé Maréchal s'arrêta au bord de la route, à l'écart de la ferme. Simon se relâcha, soulagé. Il n'attendit pas d'être monté chez lui pour serrer Ana dans ses bras. Autour d'eux, le troupeau de brebis était rassemblé et les bêlements se mêlaient aux bruits cristallins des sonnailles. Roger et Adrienne s'étaient absentés pour ne pas imposer leur présence dans une telle circonstance.

— Comme c'est bon de se retrouver, ma chérie ! Tu nous as tant manqué !

— Vous aussi, vous m'avez manqué. J'ai hâte de revoir maman et David. Mais que font toutes ces bêtes autour de nous ?

— Elles te souhaitent la bienvenue. C'est une idée de notre hôte pour t'accueillir parmi nous. Ton frère tenait à ce qu'il y ait un air de fête à ton arrivée.

Hervé Maréchal ne voulut pas s'attarder. Il fit ses adieux à Ana et s'excusa auprès de Simon de ne pas rester plus longtemps pour faire la connaissance de sa femme et de son fils.

— J'ai un autre contact à rencontrer sur Nîmes. Je file vite… Anne, ajouta-t-il, prends soin de toi et surtout… ne baisse jamais les bras.

La camionnette repartie, Simon entraîna sa fille par la main.

— Suis-moi, nous habitons au premier étage de cette ferme. Maman et David t'attendent avec impatience.

Les retrouvailles furent à la mesure des espérances de Martha et de David.

Les Goldberg étaient enfin réunis. Une vie nouvelle s'ouvrait devant eux.

Saint-Germain-de-Calberte s'offrait à eux comme un havre de paix, loin des tourments de la persécution.

22

Révélation

1975

Sarah ne se sentait plus soutenue par Gilles. Lorsque celui-ci revint de New York, il ne lui demanda pas ce qu'elle avait envisagé au sujet de sa maison, se désintéressant de l'avancement des travaux. Il ne lui parla que de son congrès avec les Américains et de ses perspectives de carrière. Ses supérieurs étaient sur le point de conclure un marché avec une grande firme américaine pour la commercialisation d'un nouveau vaccin. Il ne songeait qu'aux conséquences que cette décision entraînerait pour la société pharmaceutique à laquelle son laboratoire appartenait.

— S'ils signent cet accord, nous perdrons toute liberté d'action sur ce vaccin, déplorait-il. J'ai bien essayé de m'y opposer, mais les lobbies financiers sont plus importants que les avis des simples chercheurs…

Sarah l'écoutait discourir sans vraiment prêter attention à ce qu'il expliquait. Son esprit était ailleurs.

Depuis sa rencontre avec Rodolphe Lauriol, elle ne parvenait plus à se concentrer entièrement sur ce qui motivait sa présence à Saint-Germain-de-Calberte. Elle ne cessait de penser à lui. Elle s'efforçait de demeurer responsable, d'éloigner de son esprit les images perturbatrices. Mais son envie de plaire, de séduire, de susciter dans les yeux d'un homme le désir l'emportait. Elle tentait de se convaincre qu'elle aimait toujours Gilles comme au premier jour. Elle essayait de montrer de l'intérêt à ce qu'il disait. Mais force lui était de constater qu'un ressort s'était brisé dans leur couple. Cette quinzaine puis la semaine supplémentaire passées en son absence, avaient eu raison des liens devenus fragiles qui les unissaient depuis cinq ans.

Elle se promit de mettre bon ordre dans ses pensées. Elle se plongea énergiquement dans le travail, retrouva avec plaisir ses collègues à Genève, accepta de participer à une nouvelle conférence sur la paix au Moyen-Orient.

Gilles ne semblait pas s'apercevoir du changement de comportement de Sarah. Il l'aimait et ne se remettait pas en cause. D'un caractère paisible, il exécrait les problèmes et préférait la tranquillité des sentiments aux vents tempétueux de la passion.

Or, Sarah commençait à souffrir de ce confort qu'elle jugeait trop bourgeois.

— Tu as de la chance d'avoir sous ton toit un homme aussi fiable que Gilles, lui dit un jour Pauline Frémont, l'une de ses meilleures amies. Vous avez su conserver chacun votre liberté sans jamais en profiter au détriment de l'autre. J'aurais apprécié d'être aimée par un homme tel que lui. Moi, j'accumule les liaisons sans jamais parvenir à garder un homme dans mon lit plus de trois mois ! Je ne dois pas être une fille à qui l'on s'attache !

Sarah reconnaissait que Gilles ne l'avait jamais trahie. Il n'était pas du genre à mener une double vie. Elle avait une entière confiance en lui. Pourquoi avait-il donc fallu qu'elle rencontre Rodolphe au moment même où son esprit était perturbé par les révélations de sa mère dans son journal ? Celles-ci avaient remis en question sa propre quiétude et fragilisé son équilibre.

Elle avait beau se persuader qu'elle ne devait plus tenter de revoir Rodolphe Lauriol, plus elle essayait de l'oublier, plus vite il revenait hanter ses pensées et plus elle prenait plaisir à imaginer de nouvelles retrouvailles.

Aussi repoussa-t-elle son retour en Cévennes afin de permettre au temps d'effacer son envie de s'y rendre pour une tout autre raison que sa maison. Les travaux pouvaient se poursuivre sans elle. André Bernard en effectuait le suivi sur place. Il était plus qualifié qu'elle pour surveiller les ouvriers et les corriger en cas de problème.

Deux mois s'étaient écoulés quand elle reçut un coup de téléphone du maître d'œuvre.

— Il y a un petit souci, lui expliqua-t-il. Je ne peux pas prendre seul la décision qui s'impose.

— Quel souci ? s'inquiéta Sarah.

— Rien de grave, mais j'ai besoin de votre consentement pour continuer les travaux.

— De quoi s'agit-il ?

— En deux mots, voilà : en perçant le mur de séparation entre l'épicerie et l'habitation, les maçons ont fragilisé le bâti. Il faut consolider le mur de fondation qui le soutient.

— Où est le problème ? Qu'ils le fassent. C'est leur métier !

— Ce mur est dans la cave. Et dessus, il y a une inscription gravée dans la pierre. S'ils y touchent, elle va disparaître.

— Une inscription ! Encore !

— Que voulez-vous dire ?

— C'est la deuxième qu'on trouve dans la maison. Et qu'indique-t-elle, cette inscription ?

— Il n'y a qu'un mot : « dénonciation ».

Sarah blêmit. Retint sa respiration.

— Ne touchez à rien, ordonna-t-elle. J'arrive dans deux jours, le temps de régler quelques petites affaires au bureau. Je veux voir cette inscription.

— J'ai bien fait de stopper les travaux, alors ?

— Parfaitement. Je vous en remercie.

Sarah prévint aussitôt son patron qu'elle s'absentait pour quelques jours. Il ne lui en fit aucun reproche, à charge pour elle de rattraper son retard à son retour.

Gilles n'approuva pas sa démarche précipitée, mais se garda de lui en faire grief. Comme d'habitude, il feignit l'indifférence et la laissa partir en lui faisant promettre de l'informer de ses nouvelles découvertes.

— N'oublie pas de me téléphoner, cette fois !

— Ce sera plus facile. La ligne a été installée en mon absence.

Sitôt arrivée à Saint-Germain, Sarah descendit dans la cave de sa maison et examina attentivement la fameuse inscription. Le mot « dénonciation » avait été gravé dans la pierre avec force, remarqua-t-elle, sans doute au moyen d'un tournevis ou d'une pointe acérée en acier. Elle ne s'était jamais aperçue de son existence auparavant. Pourtant, elle avait passé dans cette cachette de longs moments à se mettre à la place de sa mère, l'imaginant recluse dans une perpétuelle demi-obscurité, dans l'attente des visites de Lucie Fontanes qui devait sans cesse lui conseiller d'être patiente, de rester silencieuse, surtout quand elle s'occupait de ses clients juste au-dessus.

Comment Ana avait-elle pu endurer une si pénible incarcération ? Pourquoi avait-elle séjourné chez les Fontanes après avoir vécu chez les Rastel ? Ce *dénonciation* était-il la raison de ce changement dans sa vie ? La cause de la déportation de ses parents et de son frère ? Ceux-ci avaient-ils donc été dénoncés ? Par qui ?

Sarah réfléchit. Ana n'avait peut-être pas gravé ces lettres. La cave avait pu servir de cachette à d'autres époques, notamment lors de la guerre des Camisards. Tel le mot « résister » marqué dans la pierre, sur un mur de la tour de Constance à Aigues-Mortes, un persécuté du roi avait pu les écrire, plus de deux siècles avant, pour révéler la trahison dont il avait été victime !

Le doute se faufila dans son esprit. Elle remonta chercher le journal de sa mère, sortit de son sac la photo de la phrase trouvée dans la pièce à vivre qu'elle avait prise après avoir détapissé. Elle avait longuement comparé les deux écritures et n'avait jamais pu mettre en évidence leur ressemblance. Sa mère était-elle l'auteur de l'avertissement :

Ne cherchez pas à savoir ?

Etait-elle aussi celle du mot :

dénonciation ?

Avec sa lampe torche, elle éclaira l'inscription sur le mur de la cave, la confronta à son tour à celle de la photo, puis à l'écriture du journal. Les deux graphies murales étaient difficiles à rapprocher, car trop maladroites, irrégulières, hésitantes, l'une avait été sans doute réalisée avec une pointe métallique, la seconde apparemment du bout du doigt ou à l'aide d'un bâton. Quelques lettres étaient communes aux deux. Mais les *e* discordaient trop les uns des autres, ainsi que les *a*. Les *c* n'étaient pas évidents, les *o* ne prouvaient rien. La calligraphie du cahier, quant à elle, soignée, sans aucune rature, était si opposée qu'il était impossible d'affirmer quoi que ce soit. Leurs auteurs semblaient être trois personnes différentes.

Sarah allait abandonner quand un détail retint soudain son attention. Elle remarqua qu'Ana, dans son journal, omettait toujours les points sur les *i*. Or, sur l'inscription du mur de la cave comme sur celle de la pièce à vivre, les trois *i* en étaient dépourvus.

— Voilà la preuve ! exulta-t-elle à haute voix. C'est bien Ana l'auteur du cahier et des deux inscriptions.

Cette fois, elle ne pouvait plus douter de ce qui s'était passé. Elle résuma dans sa tête : « Ana a vécu chez les Rastel avec ses parents et son frère David. Puis un jour, ils ont été dénoncés. Par qui ? Cela reste à découvrir. Simon, Martha et David ont été arrêtés – je l'ai lu dans le cahier – puis déportés – je le sais, car ma mère ne m'a jamais caché qu'ils étaient morts à Auschwitz. En revanche, elle, elle en a réchappé. Comment ? Grâce à qui ou à quoi ? Cela aussi reste à éclaircir. Le fait est qu'elle a été recueillie par Lucie Fontanes et son mari qui l'ont cachée dans leur cave pendant plusieurs mois, jusqu'au fameux moment où elle a interrompu l'écriture de son journal. »

De nombreux points mystérieux demeuraient en suspens dans l'esprit de Sarah. Mais elle commençait à y voir plus clair. A présent, elle ne pouvait plus mettre en doute que ses grands-parents et son oncle David avaient été victimes d'une dénonciation et que sa mère avait eu la vie sauve grâce à la générosité de Lucie Fontanes et de son mari. Pourquoi n'était-elle pas restée chez les Rastel après l'intervention de la Gestapo et de la Milice ? Cela lui paraissait évident : leur ferme ne devait plus être un lieu sûr ; il avait donc été préférable de la changer d'endroit pour la protéger.

Le soir même, comme elle le lui avait promis, Sarah téléphona à Lausanne pour informer Gilles de ses déductions et de ses certitudes. Ce dernier était absent. Elle insista plusieurs fois à dix minutes d'intervalle. Sans succès.

Il était près de vingt heures. La nuit était tombée depuis longtemps. Elle n'avait rien mangé depuis son petit déjeuner, n'ayant pas pris le temps de s'arrêter pour déjeuner en cours de route. Elle bondit chez Louis dont le restaurant était ouvert car c'était un samedi.

Quelques clients étaient attablés dans la salle à manger où l'âtre dispensait une douce chaleur. Dehors, le froid annonçait un hiver précoce. Déjà des chutes de neige avaient tapissé les sommets du mont Lozère.

— Vous voilà revenue ! s'exclama Louis, visiblement heureux de revoir sa petite protégée. Vous auriez dû m'avertir, je serais allé chauffer votre maison. Ça doit être une glacière !

— Je vous remercie Louis. Vous êtes très aimable. Mais pour ce soir, je me blottirai sous un gros édredon. Et demain, j'allumerai la cheminée.

— Regardez qui est au fond de la salle. Je crois que vous ne dînerez pas seule !

Sarah jeta un coup d'œil vers les tables les plus éloignées et aperçut Rodolphe.

— Je vous annonce ?

— Non, ce n'est pas nécessaire.

— Vous désirez une table ou je vous place avec monsieur Lauriol ? Il ne refusera pas votre présence à ses côtés.

Sarah tergiversa. Elle n'avait pas pensé revoir Rodolphe aussi rapidement.

— Il est là depuis longtemps ?

— Non. Je ne lui ai pas encore servi l'entrée.

— Laissez, Louis. Je me débrouille seule.

Elle s'avança lentement vers la table de Rodolphe. Celui-ci était plongé dans un journal, devant un apéritif.

— Les nouvelles sont bonnes ? demanda Sarah pour engager la conversation.

Rodolphe leva les yeux et arbora aussitôt un large sourire.

— Vous ici ! se réjouit-il. Je ne vous attendais pas si tôt. Je croyais qu'avec l'approche de l'hiver, vous ne reviendriez pas avant le retour des beaux jours.

— Je dois surveiller la progression des travaux, si je ne veux pas avoir de mauvaises surprises.

Rodolphe invita Sarah à sa table. Elle accepta volontiers, à nouveau sous son charme.

Elle avait eu beau se méfier d'elle-même, de l'éventualité d'une autre rencontre, devant Rodolphe Lauriol, Sarah perdait encore tous ses moyens. Elle oublia d'un seul coup tous les serments qu'elle s'était faits, toutes les décisions qu'elle avait prises. Elle s'était promis de se tenir le plus loin possible de lui, d'éviter le moindre contact avec lui. Or, en l'espace d'une fraction de seconde, elle avait tout remis en question. En sa présence, elle se sentait telle une petite fille attirée par l'objet de ses rêves.

Pourquoi fallait-il qu'il fût si séduisant ?

— Accepteriez-vous une coupe de champagne ? lui proposa-t-il.

— Pourquoi pas ? répondit-elle. J'en ai bien besoin. Cela me remontera.

— Des soucis avec la maison ?

— Non. Il ne s'agit pas de la maison. Mais d'une découverte que j'y ai faite.

Sarah n'avait encore jamais raconté à Rodolphe ce qui l'amenait en réalité à Saint-Germain-de-Calberte. Elle ne lui avait parlé que de la maison dont elle avait hérité, sans entrer dans les détails.

— Quelle découverte, si je ne suis pas indiscret ?

Sarah hésita à s'épancher. Elle n'avait pas envie d'aborder ce sujet de conversation qui gâcherait leur soirée. Elle préféra atermoyer et se laisser charmer par les paroles qu'un homme et une femme qui se retrouvent peuvent se dire après plusieurs mois de séparation.

— Une inscription sibylline sur un mur, se contenta-t-elle de dire. Rien d'important. Le maître d'œuvre se demandait s'il fallait continuer les travaux au risque de la faire disparaître.

— Et alors ?

— Je suis venue pour constater. Les travaux peuvent reprendre… Et vous ? Comment se sont déroulées vos dernières vendanges, s'empressa-t-elle de poursuivre. L'année sera-t-elle un bon millésime ?

— Je le crois. La récolte a été excellente, le moût saturé de soleil et de sucre. J'ai grand espoir.

Ils trinquèrent à leurs retrouvailles. Il but une gorgée sans la quitter des yeux. Elle reposa sa coupe, intimidée. Il lisait dans ses pensées. Elle le ressentit et en rougit. Elle se troubla, prit une olive pour se donner une contenance. Elle le regarda à son tour, lui sourit.

Tout à coup, son visage se figea. L'image de Gilles venait de lui apparaître, comme pour mieux lui rappeler ses promesses. Elle la chassa en vidant le reste de sa coupe d'un trait.

— Eh bien, vous aviez soif, on dirait ! releva Rodolphe avec une pointe d'ironie. Vous en prendrez bien une seconde avant de passer à table ?

Sarah commençait à sentir les vapeurs de l'alcool lui monter à la tête.

— Je ne sais pas si c'est raisonnable, lui répondit-elle. Je suis à jeun depuis ce matin.

Rodolphe fit signe à Louis de resservir deux coupes.

— Votre maison n'est pas loin. Je vous y raccompagnerai. N'ayez crainte.

Sarah s'abandonna une fois de plus, portée par la voix douce et rassurante de l'homme qui voyait en elle une femme séduisante, une femme qu'il avait sans doute envie d'aimer, se mit-elle à espérer tandis qu'il lui parlait. La conversation dévia sur des banalités. Mais elle n'en avait cure, car ce qui comptait était la seule présence de Rodolphe à ses côtés.

Le repas terminé, il régla l'addition.

— A charge de revanche, lui dit-elle. La prochaine fois, c'est moi qui vous invite.

— Volontiers. Je vous conseillerai un restaurant. J'en connais un sur la route de Nîmes, pas très loin d'Alès, qui mérite le détour.

Il la raccompagna jusqu'à la porte de sa maison. Le froid n'avait pas de prise sur eux. Ils discutèrent encore un bon moment sur le seuil. Sarah hésitait à lui proposer un dernier verre. Mais dans l'état où se trouvaient les lieux, elle estima préférable de s'en abstenir. Pourtant, en d'autres circonstances, elle aurait succombé à la tentation.

— La maison n'est pas chauffée, se dédouana-t-elle. La prochaine fois…

— La prochaine fois, c'est moi qui vous inviterai chez moi. Vous accepterez ?

— Oui.

— Promis ?

— Promis.

Il s'approcha d'elle. Elle ne se recula pas. Il la prit dans ses bras. Elle ferma les yeux. Il l'embrassa tendrement sur la joue.

— A bientôt, lui dit-il. Je reste à Saint-Germain quelques jours. Passez me voir.

Sarah n'avait plus envie de s'amuser. Elle aurait souhaité lui avouer sans détour qu'elle ne pensait qu'à lui. Qu'elle était une femme amoureuse.

Elle le regarda s'éloigner sans pouvoir prononcer un mot. Heureuse et attristée à la fois.

— A bientôt, murmura-t-elle d'une voix sans force.

Il l'entendit à peine. Se retourna. Lui sourit une fois de plus.

Elle vit ses lèvres balbutier quelque chose. Ne perçut pas ce qu'il lui disait. Mais comprit.

Ce soir-là, Sarah ne put trouver le sommeil, tant son cœur était chaviré.

Elle se blottit sous son édredon et reprit la lecture du journal d'Ana au moment de son arrivée à Saint-Germain-de-Calberte, afin de bien s'imprégner de ce qui s'y était déroulé.

23

Nouveau départ

1943

Une vie nouvelle commençait pour les Goldberg. Enfin réunis, ils espéraient ne plus jamais être séparés.

L'été finissant, Simon avait moins de travail sur les terres de Roger. Il lui donnait un coup de main à la scierie où il avait hâte d'apprendre le travail du bois. Certes, il ne s'agissait que de fabriquer des éléments de charpente, poutres, solives, chevrons, liteaux. Mais Roger lui avait promis qu'à l'occasion il lui enseignerait les rudiments de la menuiserie.

— Quand j'étais jeune, lui avoua-t-il, j'ai passé un diplôme d'ébénisterie. J'étais doué à l'école. Mon père m'avait laissé ma chance. Malheureusement la vie en a décidé autrement. On ne fait pas toujours ce qu'on veut. Il s'est fatigué avant l'heure, j'ai dû accepter de le seconder à la ferme. J'ai monté cette scierie pour ne pas oublier le bois. Aujourd'hui, je ne le regrette pas. Elle me procure un complément de revenus appréciable.

Simon se montrait courageux. Le travail physique ne le rebutait pas. Il devint rapidement un véritable paysan, endurci à la tâche, tenace et perspicace. Il mettait son intelligence à profit quand il se heurtait à un problème qu'il ne pouvait résoudre par la seule force des bras. Roger le voyait parfois un carnet et un crayon à la main, se demandant ce qu'il était en train de cogiter.

— Je calcule le volume total de bois nécessaire pour les vingt madriers que nous devons scier, lui expliqua-t-il un jour où Roger devait satisfaire une grosse commande. En fonction, j'utiliserai les troncs les mieux adaptés. Cela nous évitera de gaspiller la marchandise. Ce serait dommage d'entamer les fûts les plus longs si nous pouvons nous contenter des plus courts.

Roger le laissait libre d'agir à sa guise. Entre les deux hommes régna très vite une parfaite entente.

Martha, quant à elle, fut facilement adoptée par les habitants de Saint-Germain. Tout le monde la connaissait, car elle faisait ses courses chez les commerçants du village. Prévenante, serviable, elle passait pour une personne discrète, cultivée, ayant toujours le mot approprié. Son langage, loin de paraître précieux, était perçu comme celui d'une femme qui avait suivi des études et qui venait de la ville.

Malgré elle, le bruit se répandit qu'elle était sage-femme. Aussi, des femmes enceintes firent appel à elle pour surveiller leur état. Martha hésita à accepter. Mais elle ne put refuser longtemps de secourir celles qui avaient besoin d'elle dans l'urgence. Elle finit par agréer à leur demande. Elle mit au monde son premier bébé peu avant l'automne. La grossesse de sa première parturiente avait présenté quelques complications. Il aurait fallu l'évacuer vers l'hôpital d'Alès afin qu'elle soit prise en main par des médecins. Mais, étant donné les routes et le risque encouru par la future maman que la poche des eaux se rompe en chemin, Martha se rendit à son chevet.

Elle n'avait plus procédé à un accouchement depuis Paris. Néanmoins, elle retrouva très vite les gestes qui soulagent et qui délivrent.

— C'est une fille, annonça-t-elle sitôt l'enfant sorti du ventre de sa mère. Comment allez-vous l'appeler ?

La jeune femme hésita. Son mari s'était absenté à Florac pour un travail urgent. Elle était tellement anxieuse qu'elle ne sut que répondre.

— Nous étions persuadés, avec Ruben, qu'il s'agirait d'un garçon ! avoua-t-elle.

— N'ayez pas de regrets. L'essentiel n'est-il pas que votre enfant soit en bonne santé ? Le garçon, vous l'aurez la prochaine fois.

— Mon mari va être tellement déçu !

— Alors, quel sera le prénom de ce beau bébé ? insista Martha.

— Puisqu'il en faut un... ce sera... Marthe, comme vous. C'est à vous qu'elle doit la vie, elle portera donc votre prénom.

Martha ne sut comment réagir à cette marque de gratitude. Emue, elle lava l'enfant, l'emmaillota, la déposa sur le ventre de sa mère.

— Je te présente ta maman, Marthe, dit-elle en s'approchant de la jeune femme.

Ce fut le premier accouchement dont s'occupa Martha. Il lui mit du baume au cœur. Elle se sentit tout à coup redevenue utile. Sa vie n'était plus simplement un dur combat pour surmonter les affres de la guerre ; elle venait de retrouver tout son sens.

Afin de diminuer encore plus le danger de devenir suspect, Simon avait écouté les conseils de Roger.

« Allez voir le pasteur, lui avait-il recommandé quelques semaines après son arrivée. Il vous indiquera ce qu'il convient de faire. »

Simon et Martha se rendirent aussitôt au presbytère, près du temple. Ils y rencontrèrent le pasteur Martin et sa femme Simone qui le secondait dans son ministère. Comme tous les pasteurs cévenols, Gaston Martin avait reçu comme mission de secourir les Juifs qui lui demanderaient de l'aide. Il ouvrit généreusement sa porte aux Goldberg.

— Vous êtes nombreux à vous cacher des miliciens et des Allemands, reconnut-il en les accueillant.

Sur le moment, Simon et Martha crurent que l'homme de foi ne souhaitait pas prendre le risque de les aider.

— Mais depuis l'assemblée du Désert du 6 septembre de l'année dernière, poursuivit-il, partout dans les paroisses cévenoles, les Juifs peuvent se sentir en sécurité.

— L'assemblée du Désert ? s'étonna Simon. Qu'est-ce donc ?

— Le rassemblement annuel de tous les protestants de l'Eglise réformée de France à Mialet, une commune proche. Notre président de la Fédération protestante y a dénoncé ouvertement la politique antisémite de

Pétain et exhorté la soixantaine de pasteurs présents ce jour-là à tout mettre en œuvre dans leurs paroisses pour sauver les Juifs en danger, notamment les enfants internés dans les camps français de déportation.

— C'était très courageux de sa part et très risqué, releva Martha. Vous allez donc nous aider ?

— A votre arrivée, vous avez été accostés par Paul Tinel, n'est-ce pas ?

— Oui. Il nous a été d'un grand secours. Il nous a trouvé un hébergement et un travail.

— C'est un homme très dévoué, en effet. En ce qui me concerne, je vous conseillerais de passer davantage pour une famille ordinaire. Vous avez changé de nom, c'était la première précaution à prendre. Orsini, c'est parfait...

Martha et Simon étaient tout à l'écoute.

— Pour ne pas attirer l'attention sur vous, vous devriez venir au culte le dimanche. Rassurez-vous, je ne dis pas cela pour essayer de vous convertir ! Mais cela vous donnera plus de crédibilité en cas de contrôle. Envoyez aussi vos enfants à l'écolette. C'est ma femme qui s'en occupe.

— Qu'est-ce que c'est ? demanda Martha.

— L'écolette ? C'est la petite école du jeudi, le caté-chisme si vous préférez. On y apprend aux jeunes la vie de Jésus, on y explique les Evangiles.

Martha commençait à se rembrunir. Le pasteur s'en aperçut.

— N'ayez crainte, madame Orsini. Nous n'allons pas les dévoyer. Il faudra considérer cela comme des cours d'histoire. D'autre part, à l'écolette, on ne fait pas que parler de religion. On y inculque aussi aux enfants comment se comporter avec son prochain, leurs parents, leurs amis, les autres en général. C'est une école de la vie fondée sur les principes laïques de notre société.

Simon, moins sur ses gardes, intervint :

— Notre fille, Anne, a déjà séjourné au Chambon-sur-Lignon. Elle a été scolarisée au Collège cévenol.

— Avec les pasteurs Theis et Trocmé ! Je les connais bien. Elle était en de très bonnes mains. Elle sait donc que nous ne faisons pas de prosélytisme. Croyez-moi sur parole, nous n'avons aucune arrière-pensée... Si je peux me permettre un dernier conseil...

— Oui, lequel ? le pressa Simon.

— Il faudrait que vous puissiez présenter leurs certificats de baptême en cas de besoin. Ainsi, ils seraient mis totalement hors de cause.

— Vous voulez qu'on les baptise ! s'insurgea Martha. Comme les catholiques ?

— Le baptême existe aussi chez les protestants. Mais rassurez-vous encore une fois. Je ne vous demande pas de faire baptiser vos enfants, seulement d'accepter de faux certificats de baptême. Ainsi, vous pourrez prouver qu'ils sont protestants. Pour vous, ce n'est pas nécessaire. Les adultes ont souvent égaré ces documents religieux. Mais pour votre fils et votre fille, cela peut être utile.

Simon ne voyait pas d'inconvénient à cette duperie.

— Nous possédons déjà de faux papiers d'identité, nous pouvons aussi détenir de faux certificats de baptême, releva-t-il en regardant Martha qui semblait réticente. Cela ne nous engage à rien... Mais un détail me chiffonne...

— Lequel ?

— C'est que… David… est un petit garçon. Et chez nous, les garçons sont circoncis. Alors, certificat de baptême ou pas… vous comprenez ce que je veux dire.

— Voilà le gros problème que nous posent les enfants juifs de sexe masculin. Hélas nous ne pouvons rien contre cela. Vous ne pourrez qu'affirmer que votre fils a été opéré d'une malformation, d'un phimosis. En espérant qu'on vous croira. Mais soyez sans crainte, ce n'est pas une preuve formelle. D'ailleurs, je m'arrangerai pour vous fournir une attestation médicale qui accréditera cette thèse.

Simon et Martha sortirent du presbytère tranquillisés. Le pasteur Martin s'était montré persuasif et rassurant.

Le soir même, ils mirent Ana et David au courant de ce qu'ils avaient décidé.

— On va devenir protestants, alors ? demanda naïvement David qui paraissait prendre toutes ces nouvelles tracasseries pour un jeu.

— Non, lui répondit aussitôt Ana. Tu feras semblant.

Quand arriva octobre, Simon dut s'occuper de la scolarisation de David. A Saint-Germain, il y avait une école primaire tenue par deux enseignants. Il y inscrivit son fils dans la classe de monsieur Roux.

David y trouva très vite ses repères et se fit des camarades sans avoir besoin d'expliquer les raisons qui avaient amené ses parents à s'installer dans le village. Chez les enfants aussi régnait une certaine complicité tacite. Si la plupart savaient que des familles juives vivaient dans la commune, ils évitaient d'aborder le sujet dans leurs discussions. Dans la cour de récréation, tous, anciens et nouveaux élèves, se retrouvaient sans distinction, s'affrontant avec la même joie dans d'interminables parties de marelle pour les filles ou d'osselets et de billes pour les garçons, sous le regard attentif de leurs maîtres.

Le collègue de Maurice Roux, monsieur Mourgue, était un personnage haut en couleur. Catholique, il se montrait néanmoins très anticlérical, estimant que ses coreligionnaires de Saint-Germain n'avaient pas l'âme assez patriote. Directeur de l'école, il ne déclara jamais à l'administration les quatre ou cinq enfants juifs présents dans les deux classes. Passionné de zoologie, il demandait à ses élèves de lui apporter à l'école toutes sortes d'insectes et de vers, ou des œufs ramassés dans la nature, afin de les envoyer au Museum d'histoire naturelle dont il était correspondant. Il les récompensait en leur supprimant les punitions qu'il leur distribuait généreusement.

David sympathisa avec une fille de la classe de monsieur Mourgue. Jeannette n'était pas très douée en calcul et était souvent sanctionnée à cause de ses lacunes dans les tables de multiplication. Elle rentrait régulièrement à la maison avec une quantité impressionnante d'opérations à résoudre.

— Si tu veux, je peux te donner des coléoptères, lui proposa-t-il un jour. Je sais où en trouver près de la ferme où j'habite.

L'enfant montrait une grande générosité envers ses camarades. Beaucoup recherchaient son amitié, car il aimait se rendre utile et offrait toujours ses services à ceux qui avaient besoin d'aide. A l'école, il n'était pas le seul Juif. Mais aucun ne parlait de ses origines. Tous se fondaient parmi les autres et, pour la plupart, se retrouvaient le jeudi matin à l'écolette de Simone Martin.

La scolarisation d'Ana posa un sérieux problème à ses parents. A quinze ans, elle aurait dû entrer en seconde au lycée de Florac. Ses excellents résultats au Chambon-sur-Lignon lui permettaient d'envisager de brillantes études. Elle avait pensé à l'Ecole normale pour devenir enseignante. Mais Florac était assez éloigné de Saint-Germain. Il fallait songer à l'internat, accepter une nouvelle déchirure. Martha craignait de devoir se séparer à nouveau de sa fille.

— S'il lui arrive quelque chose là-bas, nous ne pourrons pas lui venir en aide, plaidait-elle devant Simon. Florac, ce n'est pas comme Le Chambon. Qui nous dit que la police ne lui causera pas d'ennuis ? Je ne veux pas prendre le risque de perdre ma fille.

Simon estimait qu'il n'y avait pas grand danger.

— Elle ne sera pas la seule dans ce cas. En outre, on peut obtenir l'appui du pasteur. Il connaît suffisamment de monde pour qu'Ana ne soit pas inquiétée.

De son côté, Ana ne souhaitait pas partir. Quitter ses parents et son frère, qu'elle venait à peine de retrouver, ne l'enthousiasmait pas.

Simon finit par se laisser convaincre. Il accepta de surseoir aux études d'Ana le temps que la situation se précise.

— Espérons que la guerre ne dure pas une éternité, admit-il. Le vent semble tourner, mais cela peut encore prendre une année, peut-être deux. Si l'an prochain rien n'a changé, il faudra quand même envisager ton inscription à Florac.

Ana travailla à la ferme aux côtés de sa mère et d'Adrienne. Sa vie changea brutalement. L'élève modèle et appliquée qu'elle était au Chambon devint malgré elle une petite paysanne que les corvées quotidiennes rebutaient. Plus encore que Martha, elle répugnait à soigner les bêtes, à nettoyer leur litière, à se salir les mains. L'odeur du fumier lui soulevait le cœur ainsi que celle des chèvres qui s'infiltrait jusque dans les habitations. Néanmoins, elle mettait un point d'honneur à se rendre utile et ne voulait surtout pas passer pour une fille délicate, à cheval sur des principes qui, à la campagne, auraient suscité moqueries et critiques.

Lorsque David revenait de l'école, elle s'empressait de l'aider à faire ses devoirs, déchargeant ainsi sa mère de cette tâche. Elle le faisait lire à voix haute, dans les rares livres que ses parents avaient sauvegardés de leurs déménagements successifs. Elle contrôlait ses bulletins et lui préparait des exercices supplémentaires quand, dans une matière, David montrait quelques faiblesses, notamment en grammaire.

Un jour, en rendant visite aux Rastel avec Martha, elle découvrit chez eux une belle bibliothèque en bois de châtaignier, assez fournie en ouvrages de toutes sortes. Des dictionnaires côtoyaient des bibles, mais aussi des almanachs et une encyclopédie. Plusieurs rayons étaient remplis de romans dont les couvertures prouvaient qu'ils avaient été lus à maintes reprises. Elle ne put cacher son étonnement et son admiration devant un si riche trésor. Jamais elle n'aurait imaginé un tel niveau de culture dans une famille si modeste. Parmi les œuvres romanesques, celles de Victor Hugo, de Balzac, de George Sand jouxtaient celles d'auteurs régionaux, comme André Chamson et Jean Giono.

Voyant qu'elle s'émerveillait, Adrienne lui proposa de lui prêter plusieurs livres :

— Connais-tu André Chamson, notre célèbre écrivain cévenol ? lui demanda-t-elle. Il est né à Nîmes mais il possède une maison au Vigan où il a été élevé dans la foi protestante.

— Je n'ai jamais entendu parler de lui, avoua humblement Ana. Giono, oui, un peu.

Elle sortit *Regain* et *Le Grand Troupeau* d'un rayon.

— J'ai lu ces deux romans quand j'étais au Chambon-sur-Lignon. En revanche, je n'ai rien lu d'André Chamson.

— Alors, je te conseille *Roux le bandit* et *Les Hommes de la route*. Tu peux les emprunter. Ils te donneront une certaine idée des Cévennes.

— Vous aimez la lecture ?

— Beaucoup. Mais c'est surtout notre fils qui est à l'origine de cette bibliothèque. Il a toujours adoré les livres. Aussi, j'en profite. Mon mari, lui, n'aime pas trop lire. Mis à part la Bible, comme tout bon protestant cévenol ! Par contre, c'est lui qui a fabriqué de ses mains cette jolie bibliothèque. Pour ça, il est doué !

Ana était ravie. Le soir même, elle plongea dans l'un des deux romans d'André Chamson et partit à la découverte des Cévennes profondes.

Peu de temps après, une alerte fut communiquée aux Rastel. Un gendarme vint les avertir discrètement qu'une rafle était imminente.

— Nous avons reçu l'ordre d'arrêter tous les Juifs réfugiés dans la commune. J'ignore qui en est à l'origine, mais il faut vite prévenir vos locataires.

Les gendarmes de Saint-Germain étaient au courant de la présence de familles juives. Ils connaissaient leurs noms d'emprunt et, pour certains, leurs vrais noms. Mais, jusqu'à présent, ils avaient toujours fermé les yeux.

Simon était parti bûcheronner dans la forêt en compagnie de Roger. Ils ne devaient rentrer qu'au bord du soir. Adrienne informa Martha sans attendre.

— Il faut vous éloigner pendant quelques heures, lui conseilla-t-elle. Emmenez Anne et Daniel, et rejoignez votre mari dans les bois. Il travaille avec Roger près de la clairière juste au-dessus de notre propriété, à un bon quart d'heure de marche. Dites-lui de ne pas rester là. Prenez de la distance. Les gendarmes risquent de patrouiller dans le secteur. Mon mari redescendra seul pour donner le change. De toute façon, on les connaît bien, les gendarmes. Ils nous croiront sur parole. Revenez demain matin, quand tout danger sera écarté.

Martha plaça à la hâte quelques affaires dans un sac et entraîna ses enfants dans la forêt. Elle y retrouva Simon et Roger qui s'étonnèrent de la voir arriver en compagnie d'Ana et de David.

Martha expliqua ce qui se passait. Roger proposa à Simon d'aller se réfugier dans une cabane de bûcheron qu'il possédait plus haut, à une demi-heure de marche supplémentaire.

— Vous y trouverez des paillasses pour dormir. J'y ai laissé aussi deux ou trois boîtes de conserve. Vous ne mourrez pas de faim ce soir. Quant à moi, je redescends. Si jamais ça ne s'arrange pas au village, je reviendrai vous avertir.

Ana ne put s'empêcher de penser aux alertes qu'elle avait connues au Chambon-sur-Lignon, à Henri et Germaine Dubois à qui elle devait d'être encore vivante, à tous ses anciens camarades qu'elle avait abandonnés aux Libellules et au Collège cévenol, à Christophe qu'elle avait quitté avec regret. Elle s'attrista soudain. Que leur est-il arrivé depuis mon départ ? se demandat-elle. Ont-ils subi d'autres rafles ? Combien sont-ils, comme à la Maison des Roches, à avoir été arrêtés et déportés ?

La dure réalité s'imposait de nouveau. L'insouciance dans laquelle elle vivait depuis ses retrouvailles avec ses parents lui parut tout à coup inconvenante.

Elle se secoua. Prit l'initiative de divertir son petit frère comme elle le faisait avec les plus jeunes réfugiés des Libellules.

Ana prenait conscience, un peu tôt, qu'elle devenait adulte.

Ils redescendirent le lendemain matin, prudemment.

Les gendarmes n'avaient arrêté qu'un seul Juif. Recherchaient-ils quelqu'un en particulier ou avaient-ils agi de cette manière pour donner le change et ne pas effectuer une tâche qui leur répugnait ?

Simon ne le sut jamais.

Ni Ana…

24

Nouvelles rencontres

1944

L'année nouvelle venait de commencer et, avec elle, l'espoir de voir s'achever le conflit décuplait. L'offensive de l'Armée rouge à l'automne avait permis de repousser les troupes allemandes vers la Crimée. La Corse avait déjà été libérée. Les Alliés ne cessaient de progresser en Italie débarrassée de Mussolini. Le front de l'Est était enfin percé.

A Saint-Germain-de-Calberte, la vie des Goldberg s'écoulait paisiblement, à l'image de celle de l'ensemble des réfugiés. Bien que demeurant sur leurs gardes, ceux-ci osaient croire que leur calvaire touchait à sa fin. Les heures sombres semblaient se dissiper.

Ana avait retrouvé son envie de vivre au grand jour, sans se soucier du danger, comme elle le faisait au Chambon-sur-Lignon quand elle se promenait à vélo dans la campagne. Elle regrettait parfois cette période qui, à ses yeux, avait été extrêmement enrichissante. Elle déplorait même de ne pas avoir eu le temps de rencontrer une seconde fois Albert Camus. Elle aurait eu tant de choses à lui demander au sujet de son métier d'écrivain et de dramaturge. Elle aurait volontiers accepté ses conseils pour jouer dans les pièces de théâtre mises en scène par son professeur de français. Elle se serait peut-être essayée à l'exercice de l'écriture s'il lui avait proposé de rédiger une nouvelle ou quelques poèmes. Il aurait été son maître à penser en dehors de l'école.

— Tu aurais pu devenir un grand auteur, lui dit naïvement David à qui elle avait confié son secret. Et tu aurais été célèbre.

Faisant contre mauvaise fortune bon cœur, Ana se résignait pour le moment à se rendre utile à la ferme.

— Un jour, lui répondit-elle, je prendrai ma revanche. Je monterai à Paris et deviendrai une femme de lettres. Ou une actrice de théâtre.

David ne pouvait imaginer sa sœur adulte. Il voyait toujours en elle la jeune fille qui s'occupait de lui, remplaçant sa mère quand celle-ci était accaparée ailleurs. Il ne concevait pas de devoir un jour s'éloigner d'elle. Comme beaucoup d'enfants, il avait une vision idyllique de la vie et ne s'encombrait pas des conventions sociales.

— Quand je serai grand, tu voudras bien te marier avec moi ? lui demandait-il. Comme ça, on ne sera jamais plus séparés.

Ana souriait et consolait son frère comme une vraie mère.

— Ne t'inquiète pas, ça n'arrivera plus.

Lorsqu'elle avait un peu de liberté, Ana se promenait seule dans les alentours du village. Elle restait le plus souvent sur les chemins communaux et les sentiers, et évitait les axes principaux qui menaient d'un côté vers Saint-Jean-du-Gard, de l'autre vers Alès.

« Si des patrouilles allemandes arrivent inopinément, c'est par là qu'elles débouleront », lui avait expliqué Roger pour la mettre en garde.

Elle aimait déambuler dans les venelles du bourg médiéval, autour de l'église. Les anciennes maisons aux linteaux ouvragés la transportaient à l'époque des seigneurs. Elle imaginait le cordonnier, le forgeron, le taillleur, le tisserand, le rémouleur à leur tâche derrière leur porte semi-ouverte sur la rue, un client devant eux attendant sa commande. Des effluves de salpêtre et de moisissure l'incommodaient parfois, certaines vieilles bâtisses étant désaffectées. Elle rôdait souvent près de l'école où elle entendait s'ébattre les élèves dans la cour. Elle était tentée d'y entrer pour demander à parler aux instituteurs, mais elle n'osait pas les déranger. David lui avait avoué que l'un d'eux n'était pas très souple. L'enfant le craignait, même s'il n'était pas son maître. Elle s'attardait volontiers devant la boulangerie, d'où émanait une odeur agréable de pain chaud. Son père lui avait raconté que le boulanger lui permettait d'acheter tout le pain qu'il désirait sans carte d'alimentation. Aussi, quand elle faisait les courses à la place de sa mère, elle franchissait le seuil du magasin d'un pas rassuré. Elle savait qu'on lui ferait bon accueil. Parfois, elle revenait à la ferme avec un morceau de brioche que la boulangère lui avait offert.

Elle le gardait soigneusement jusqu'au soir afin de le partager avec son frère à son retour de l'école.

Elle s'aventurait de temps en temps à l'écart du village. La commune était étendue et s'étalait de terrasse en terrasse vers le lit de la rivière, dans un écrin de verdure qui lui conférait l'aspect du jardin d'Eden. Ana aimait s'attarder sur les terrasses cultivées, ces *faïsses* du lieu-dit les Calquières, dont elle escaladait les murs par d'étroits escaliers de pierre ou des rampes intérieures. Sur les hauteurs, les châtaigniers rivalisaient avec les vieux mûriers, vestiges de l'âge d'or des Cévennes. Plus bas, les cultures, irriguées par d'ingénieux systèmes de collecteurs d'eau reliés aux ruisseaux, les *valats*, côtoyaient les arbres fruitiers abrités du gel, des vents dominants et des eaux de ruissellement.

A une bonne demi-heure de marche, perché sur un promontoire rocheux, le château Saint-Pierre exhibait son donjon et sa tour carrée, tel un géant déchu. Ana s'y rendit par un bel après-midi de janvier. Le soleil resplendissait malgré le froid qui descendait du mont Lozère voisin. Elle n'avait encore jamais visité le site. Quand elle parvint à proximité, elle entendit un bruit de martèlement non loin des ruines. Intriguée, elle s'arrêta. Elle n'était pas seule. Elle aperçut bientôt de la fumée s'élever dans le ciel. Elle hésita à poursuivre son chemin. Tourna les talons, prête à déguerpir. Son cœur cognait dans sa poitrine. On lui avait raconté que des garçons réfractaires au STO se cachaient dans des endroits tenus secrets, à proximité des habitations, car ils revenaient régulièrement dans leur famille, à la nuit tombée, pour s'approvisionner. Elle craignit les mauvaises rencontres. Une fille seule, sans défense, pouvait attiser la convoitise d'individus malintentionnés, pensa-t-elle un peu tardivement.

Elle s'éloignait à pas de loup quand, tout à coup, elle entendit quelqu'un derrière elle l'appeler.

— Mademoiselle, ne partez pas, je vous prie. N'ayez pas peur. Je ne vous veux aucun mal.

Ana se retourna et découvrit un jeune homme au regard clair, la barbe hirsute, les cheveux ébouriffés. Il s'avança vers elle en boitant, s'appuyant sur un bâton en guise de canne. Ses habits étaient sales et déchirés. Une de ses mains était ensanglantée.

Elle le dévisagea, crut le reconnaître.

— Je vous ai aperçu au village, lui dit-elle, en allant aux courses. Je vous ai vu parfois attablé à la terrasse du café, en face de la poste. Vous ne vous cachiez pas !

— Moi aussi je vous ai déjà vue. Un visage joli comme le vôtre, ça ne s'oublie pas !

— Que me voulez-vous ?

L'inconnu hésitait.

— Je me suis blessé, lui expliqua-t-il, en ouvrant une boîte de conserve avec mon couteau.

— C'est pourquoi vous boitez ! se moqua Ana en lui souriant.

Quelque chose en lui la rassurait. Le jeune garçon lui inspirait de la sympathie. Elle ne se méfia plus.

— Non, ça, c'est une histoire plus ancienne. Une pierre m'a roulé dessus. Ce maudit château tombe en ruine de partout.

— Ce n'est pas nouveau ! Et que faites-vous dans ces ruines ? Vous vous cachez à présent ?

— Vous ne croyez pas si bien dire. Mais j'ai besoin d'aide. Si je n'arrête pas cette hémorragie, je vais perdre tout mon sang. Ma main est ouverte. Il faudrait la désinfecter et me faire un pansement. Je n'ai rien avec moi.

Ana s'approcha. Examina la blessure.

— Hum… ce n'est pas très beau, avoua-t-elle. Je n'y entends rien mais, effectivement, il faut vous soigner. Vous devriez m'accompagner au village. Ma mère pourrait vous aider.

— Non, je ne peux pas. Si les gendarmes me tombent dessus, je suis bon pour le STO. Or je ne veux pas y aller. C'est pourquoi je vis ici, caché dans ces ruines depuis quelques semaines.

— J'habite la ferme des Rastel. Elle est à l'écart du bourg. En passant par les chemins de traverse, personne ne nous verra.

— Les Rastel ? Je les connais. Ce sont de braves gens. J'ai appris qu'ils hébergeaient une famille juive.

Ana resta interdite.

— Ce n'est pas vous, au moins ? poursuivit le jeune réfractaire.

Ana ne répondait pas.

— Vous n'avez pas à vous méfier de moi. Je suis dans une situation analogue. Je me suis réfugié dans ce château parce que je fuis aussi les gendarmes. Je n'ai pas intérêt à ce qu'ils me prennent ! Alors, c'est votre famille que les Rastel abritent sous leur toit ?

— Oui, c'est nous, avoua Ana. Vous venez quand même vous faire soigner ?

— Si on est prudents, on peut passer inaperçus… Au fait, vous vous appelez comment ? Moi, c'est Théo. Théo Ravanel.

— Je m'appelle Anne Orsini.

— Vous êtes corse ?

— Si on vous le demande, vous direz que oui !

Théo mit ses pas dans ceux d'Ana. Une petite heure plus tard, ils parvinrent discrètement à la ferme des Rastel.

Martha était aux fourneaux, affairée à préparer une soupe de légumes pour le repas du soir.

— Je commençais à me faire du souci, dit-elle en entendant entrer sa fille.

Découvrant Théo derrière Ana, elle se tut brusquement. Puis reprit :

— Mais d'où arrives-tu ? Et qui est ce jeune homme qui t'accompagne ?

— Ne vous inquiétez pas, madame. Votre fille m'a proposé de venir me soigner chez vous. Je me suis gravement entaillé la main et je n'ai rien pour me faire un pansement.

Martha regarda Ana d'un air étonné. Il n'était pas dans ses habitudes de s'attarder aussi longtemps ni d'amener des inconnus à la maison. Mais devant l'urgence de la situation, elle se ravisa aussitôt.

— Asseyez-vous, que je vous examine.

Théo saisit difficilement une chaise.

— Vous êtes également blessé à la jambe, on dirait !

— Oui. Mais ce n'est rien. Un coup, à cause d'une pierre qui a roulé.

Martha pansa la main de Théo et lui confectionna une attelle pour sa jambe.

— C'est le genou, lui dit-elle. Il est gonflé. Il faut éviter de le plier pendant quelque temps. Je vais vous donner une vieille canne. J'en ai déniché une dans le grenier.

Théo s'apprêtait à repartir après s'être confondu en remerciements, quand Simon rentra du village accompagné de David qu'il était passé prendre à la sortie de l'école.

Ana ne lui laissa pas le temps de demander qui était leur visiteur :

— Je te présente Théo. Il était blessé, alors je l'ai amené à la maison pour que maman le soigne. J'ai bien fait, non ?

Visiblement, Ana semblait ravie de sa nouvelle rencontre. Théo la troublait. Elle ne pouvait demeurer insensible à son charme et à son charisme. Beau garçon, il n'en imposait pas par son physique. Tout était dans son regard. Ses yeux souriaient à la vie malgré ce qui lui arrivait. Sa voix, douce et chaleureuse, rassurait et inspirait la confiance. Des deux, il paraissait le plus intimidé.

— Il pourrait manger avec nous ce soir, continua Ana. On ne va pas le laisser s'en aller le ventre creux, de nuit et dans le froid !

— Qui êtes-vous ? s'enquit enfin Simon. Ma fille est bien gentille mais elle oublie les présentations d'usage !

— Je te l'ai dit, papa, répondit Ana sans donner à Théo le temps de s'expliquer.

— Je suis le fils Ravanel. Mes parents habitent Saint-André-de-Lancize, un peu plus au nord. Je me suis réfugié dans les ruines du château Saint-Pierre pour échapper au STO. Je venais de m'ouvrir la main avec mon couteau quand votre fille est arrivée.

Un peu méfiant, Simon observa le jeune garçon sous toutes les coutures. Puis il lui tourna le dos, alla chercher une bouteille de vin dans le buffet, saisit une chaise et s'assit à table à côté de lui.

— Prenons d'abord un verre. Ma journée a été rude. J'ai besoin d'un petit remontant.

Il remplit deux verres de vin, en but un d'un trait, se resservit, regarda Théo dans les yeux.

— Vous me paraissez bien fatigué, jeune homme. Vous avez triste mine. Et votre blessure n'arrangera rien. Heureusement que ma fille a la tête sur les épaules ! Sans elle, demain matin, on vous aurait retrouvé pâle comme un linceul.

Derrière son père, Ana ne disait rien. David ne bougeait pas, ne sachant que penser de la situation. Il avait appris à se méfier. Trop parler pouvait lui jouer de mauvais tours, lui avait expliqué Simon. Aussi se taisait-il, attendant la décision de son père.

— Ma femme va vous donner de quoi vous laver. Vous ne sentez pas très bon. Quand on vit comme un homme des bois, il faut parfois faire peau neuve ! Puis vous dînerez avec nous et vous irez vous reposer. Marthe vous préparera un matelas dans la remise. Ce n'est pas l'hôtel ici, mais on ne vous mettra pas à la porte. Il ne sera pas dit qu'un Gold… qu'un Orsini abandonne un fugitif à son triste sort !

Ana sourit. Elle sortit immédiatement une assiette supplémentaire et posa les couverts pour Théo juste à côté des siens.

Passant derrière elle, David lui chuchota :

— Alors, tu as trouvé un amoureux !

Théo retourna dans sa cachette le lendemain matin, mais promit de venir se faire soigner par Martha tant que sa blessure ne serait pas guérie. Ainsi, Ana le revit à maintes reprises dans les semaines qui suivirent.

Chaque fois qu'il revenait – toujours le soir afin d'éviter de se montrer aux gendarmes –, elle s'arrangeait pour être présente auprès de sa mère et proposait ses services. Simon le retenait à table et entamait avec lui de longues discussions qui duraient parfois jusqu'à une heure avancée. Martha devait rappeler son mari à l'ordre, le jugeant extrêmement bavard.

— Laisse donc Théo, lui disait-elle pour abréger leur conversation.

Le froid s'étant intensifié, elle prit pitié du fugitif. Elle finit par l'inviter à passer la nuit sous son toit à chacune de ses visites, pour n'en repartir qu'à l'aube.

Ana se réjouit. Une fois de plus, ses sentiments l'avaient peu à peu emportée vers des horizons enchanteurs. Comme au Chambon-sur-Lignon avec Christophe Muller, elle s'éprit du jeune réfractaire. Le charme et l'empathie qui se dégageaient de sa personne l'avaient immédiatement séduite. Elle avait peine à se raisonner. Elle s'attristait chaque fois qu'il la quittait pour aller se terrer dans les ruines du château Saint-Pierre et n'avait de cesse qu'il revînt se faire soigner par sa mère.

Lorsque sa main fut totalement cicatrisée, Martha lui signifia qu'il n'avait plus besoin de ses services. Théo la remercia vivement et s'apprêtait à lui faire ses adieux quand Ana l'attira au-dehors. Elle s'était réfugiée dans la grange qui donnait dans la cour de la ferme.

— Théo ! l'appela-t-elle.

Il se retourna, l'aperçut, s'avança vers elle.

— Que fais-tu là ? lui demanda-t-il. Ta mère te cherche.

— On ne se verra plus ?

— ... Si, bien sûr. De temps en temps, quand je passerai par là.

Ana ne put dissimuler sa déception.

Théo, qui avait deviné ses sentiments depuis longtemps, tenta de la consoler.

— On se reverra, je te le promets.

— Je pourrai venir te retrouver dans ta cachette ?

Il hésita.

— Je ne peux pas te mettre en danger. Si les gendarmes me prennent avec toi, ils te soupçonneront, et tes parents auront des comptes à leur rendre. Dans leur situation, il vaut mieux l'éviter.

Ana retenait mal ses larmes. Théo s'approcha d'elle.

— Ne pleure pas. Je ne serai jamais loin de toi. Si tu veux, nous pourrions nous donner rendez-vous ailleurs qu'au château, de manière à ne pas éveiller l'attention sur l'endroit où je me cache.

La joie rayonna à nouveau dans les yeux d'Ana. Elle sauta au cou de Théo, se serra contre sa poitrine. Elle avait tellement envie d'être heureuse, d'oublier sa triste condition de réfugiée, de se sentir libre, qu'elle aspirait à aimer et à être aimée. Elle n'était pas une jeune fille volage ni insouciante, elle éprouvait seulement le besoin de vivre.

Théo, depuis qu'elle l'avait rencontré, représentait tout ce à quoi elle rêvait.

Il l'attira plus près de lui. Essuya ses larmes du bout des doigts. Lui caressa le visage. L'embrassa.

— Tu es jeune par rapport à moi, lui confessa-t-il. J'ai peur de commettre une bêtise.

— Quel âge as-tu ?

— Bientôt vingt ans.

— J'en ai seize. Je ne suis plus une enfant. Je sais ce que je fais.

Elle s'abandonna au tourbillon enivrant des promesses et des paroles d'amour qu'on prononce quand on a la vie devant soi, puis se laissa emporter loin de la réalité et en oublia l'heure qui tournait inexorablement au cadran de l'horloge.

— Tu en as mis du temps à dire au revoir à Théo, remarqua Martha quand elle réapparut.

— Elle est amoureuse… elle est amoureuse…, se moqua David qui n'avait rien perdu de ce qui s'était passé ce soir-là.

— Tais-toi donc, imbécile ! répliqua Ana, rouge de confusion. Tu dis des bêtises.

— J'espère que tu sais ce que tu fais, ma chérie, intervint Simon. Ce Théo, on ne le connaît pas beaucoup. Certes, il me paraît sympathique, mais ne commets pas d'imprudence. Je compte sur toi pour demeurer raisonnable.

Ana s'enferma dans sa chambre et se laissa porter par ses rêves de jeune fille romantique.

— Après tout, ajouta Simon à l'adresse de Martha, par ces temps difficiles, il n'est pas interdit de rechercher le bonheur.

Les semaines passèrent sans trouble. Le village semblait dormir au plus profond de l'hiver. Ana revoyait

Théo régulièrement, prenant toujours de nombreuses précautions pour ne pas être aperçue quand elle s'éloignait de la ferme. Seule Martha était au courant de ses escapades mais elle lui faisait confiance. Même les Rastel ignoraient que leur jeune locataire entretenait des relations amoureuses avec un réfractaire du STO.

Ana avait rencontré d'autres garçons dans la commune, certains de son âge, d'autres un peu plus âgés, tous aidaient leurs parents dans les terres agricoles ou à l'atelier paternel. Quand elle faisait des courses, elle était fréquemment abordée par les plus aventureux. Elle ne les repoussait pas et acceptait de leur parler, souvent de la pluie et du beau temps, jamais de la situation du pays qui connaissait un surcroît de fébrilité depuis que les Allemands se heurtaient à de sérieuses difficultés sur le front de l'Est et que les Alliés gagnaient du terrain sur celui de la Méditerranée. Elle avait entendu que la Milice de Darlan recrutait de plus en plus. Simon lui avait expliqué que c'était une manière d'embrigader la jeunesse française et que, face à cela, la réaction de Théo était tout à son honneur.

— C'est un garçon courageux, reconnaissait-il. Il risque gros s'il se fait prendre.

— J'espère qu'il ne va pas se mettre en tête l'idée saugrenue de prendre le maquis, releva Ana.

— Ce n'est pas une idée saugrenue ! Il t'en a parlé ?

— Pas directement. Mais il m'a avoué qu'il en avait assez de se cacher comme un voleur et qu'il ne se sentait plus très utile. J'en connais un, par contre, qui est prêt à s'enrôler dans la Milice, poursuivit-elle.

— Qui donc ? s'étonna Martha. Tu fréquentes de drôles de garçons à présent !

— Il s'appelle Lucien Rivière. C'est un copain de classe de Théo. Ils ont le même âge et ont été à l'école ensemble. C'est lui qui me l'a appris.

— Théo sait-il que tu parles à son ancien camarade et que ce dernier a l'intention de rejoindre la Milice ?

— Je n'ai pas encore eu l'occasion de le lui dire.

Ana avait croisé le chemin de Lucien Rivière un matin, à la poste du village. Le jeune homme l'avait abordée sans manières, l'air enjôleur :

« On ne se connaît pas, mais je sens que cela ne va pas traîner », lui avait-il déclaré.

Sur le moment, Ana n'avait pas répliqué et avait poursuivi sa route. Mais Lucien avait insisté.

« Je suis un camarade de classe de Théo. On a fait tout le primaire côte à côte à l'école de Saint-Germain, avant que ses parents ne s'installent à Saint-André-de-Lancize. »

Ana n'avait pu retenir son étonnement.

« Comment savez-vous que nous nous connaissons ? avait-elle dévoilé par mégarde.

— Oh, dans le village, rien n'échappe à personne ! Blague à part, je vous ai aperçus ensemble, un après-midi, alors que je chassais sur les hauteurs des Calquières. Vous ne vous méfiiez pas. Vous étiez seuls et vous vous embrassiez sans vous soucier qu'on puisse vous voir. Je n'ai pas voulu vous déranger. J'ai passé mon chemin. Mais j'ai bien reconnu Théo. Il y avait longtemps que je ne l'avais pas vu. Il a beaucoup changé… Je comprends que vous lui ayez tapé dans l'œil. Un joli minois comme le vôtre ! »

Ana n'avait su quoi répliquer. Elle n'avait pas osé contredire Lucien. Elle avait engagé la conversation.

Petit à petit Lucien s'était montré plus sympathique. Il l'avait invitée à boire une limonade au café de la Mairie. Elle avait accepté, heureuse en son for intérieur de pouvoir parler de Théo. Ce fut un peu comme s'il avait été présent avec eux deux autour de la table. De fil en aiguille, Lucien avait apprivoisé Ana, lui racontant des choses agréables, la faisant rire de ses plaisanteries. Elle avait fini par apprécier son humour. Quand il lui avait révélé qu'il désirait se rendre utile à sa patrie, elle avait cru qu'il avait l'intention de prendre le maquis, comme nombre de jeunes gens de son âge. Lui aussi était bon pour le STO. Aussi avait-elle été surprise d'entendre qu'il allait sans doute entrer dans la Milice. Ses idées semblaient bien arrêtées. Lucien faisait partie de ces partisans du Maréchal que son père ne cessait de critiquer. Il souhaitait l'ordre, l'autorité, le respect des valeurs chrétiennes, le redressement du pays « tombé trop longtemps aux mains des bolcheviks », d'après ses propres paroles.

Sur le moment, Ana ne s'était pas formalisée de ce qu'il lui expliquait. Curieuse de connaître d'autres opinions, elle l'avait questionné pour en apprendre davantage. Car elle ignorait beaucoup de choses sur le pouvoir collaborationniste de Vichy.

Ils s'étaient revus plusieurs fois dans le village. Ana, tout en demeurant sur ses gardes, avait laissé Lucien croire qu'elle était devenue son amie.

Elle n'avait pas conscience qu'elle avait aussi enflammé le cœur du jeune fasciste.

25

Amoureuse

1976

De retour à Lausanne, Sarah prit une grave décision qui allait profondément changer le cours de son existence. Elle ne savait plus très bien si elle réagissait sous le coup de l'émotion chaque fois qu'elle revenait à Saint-Germain-de-Calberte ou si, inconsciemment, elle répondait à ses sentiments naissants à l'égard de Rodolphe.

Elle demanda à son patron un congé sabbatique d'un an afin de mettre un terme à ses recherches sur sa mère et d'éclaircir les zones d'ombre qui subsistaient encore. Elle n'avait plus l'intention de revendre la maison. Au contraire, elle avait annoncé à Gilles sa ferme décision de la conserver et d'en faire sa résidence secondaire.

« Je constate que je n'ai pas voix au chapitre, lui avait reproché ce dernier. Décidément, tu n'en fais qu'à ta tête ! Je ne compte donc plus à tes yeux ? »

Sarah avait beau rassurer Gilles, elle ne pouvait lui avouer ce qui la motivait réellement.

« Cette maison me vient de ma mère, lui avait-elle objecté. Je ne peux m'en dessaisir comme si de rien n'était. Elle représente pour moi une tranche dramatique de sa vie. Elle y a vécu des heures sombres pendant des mois. Pour moi, c'est une sorte de lieu de mémoire, tu comprends ?

— Non, je ne comprends pas, et je ne t'approuve pas. »

La discorde s'installait de plus en plus entre Gilles et Sarah. Un mur de mésentente les séparait chaque jour un peu plus, au point que Sarah éprouvait une envie démesurée d'aller s'établir à Saint-Germain pour quelque temps afin de réfléchir. Elle était rongée par la colère contre Gilles et son détachement de ce qui lui tenait à cœur, contre son manque de lucidité alors qu'elle s'éloignait de lui. Comment peut-il ne pas s'apercevoir que j'étouffe et que j'ai soif de vivre ? se demandait-elle. Est-il à ce point aveugle ou est-ce de l'indifférence de sa part ?

En réalité, Sarah avait grande envie de retrouver Rodolphe et de se sentir désirée. Certes, la vie d'Ana pendant la guerre demeurait sa première préoccupation, mais à présent elle ne pouvait plus occulter cette merveilleuse connivence qui s'était établie entre elle et Rodolphe.

« Fais comme tu voudras, avait fini par admettre Gilles. Je ne peux m'opposer à ta décision. Tu es maîtresse de ta vie. Entre nous, cela a été clair dès le premier jour. Nous avons toujours respecté la liberté de l'autre. Ce n'est pas aujourd'hui que je vais te reprocher de vivre comme tu le souhaites. »

Sur le moment, Sarah crut que Gilles avait deviné ce qui l'animait et la bouleversait au-delà de ses découvertes sur Ana. Elle sentit dans ses propos une pointe de jalousie. Elle ne releva pas sa remarque.

Ce soir-là, dans leur lit, ils se tournèrent le dos et éteignirent la lumière sans s'embrasser. Sarah ne put s'endormir facilement. Elle entendait Gilles respirer par saccades, preuve qu'il était perturbé et que lui non plus ne trouvait pas le sommeil.

Le lendemain matin, au petit déjeuner, il lui demanda :

— Alors, qu'as-tu décidé ?

Sarah ne voulait pas revenir sur sa position.

— Je vais m'installer pour trois mois à Saint-Germain.

— Quand pars-tu ?

— Dans huit jours, après le nouvel an.

— On passe quand même le réveillon ensemble, comme tous les ans ? Nos amis y tiennent.

— Je n'ai pas l'intention de changer nos habitudes. Mon départ n'a rien de définitif.

— Tu me rassures.

Début janvier, Sarah regagna Saint-Germain-de-Calberte et emménagea dans une maison qui avait changé d'aspect. Le rez-de-chaussée était en voie d'achèvement. Des fenêtres plus larges avaient été percées ; des contre-cloisons isolaient du froid ; au sol, un nouveau carrelage avait été posé ; le mur de séparation entre les deux corps de bâtiment était ouvert. Il ne restait plus qu'à disposer le mobilier et le gros poêle à bois que Sarah avait commandé chez Courtois, un magasin d'électroménager et d'appareils de chauffage d'Alès.

Elle se fit aider par le fils de Louis pour descendre les meubles du premier étage et aménagea l'espace comme elle l'avait envisagé avant les travaux. Le coin cuisine s'articulait autour de l'évier et de la gazinière. Une longue table de chêne occupait toute une partie de la pièce à vivre, devant un buffet de style Louis-Philippe et une armoire Louis XV qu'elle avait dénichés chez un antiquaire d'Uzès. Une grande bibliothèque décorait deux murs de l'ancienne épicerie, transformée en vaste salon dans lequel elle avait aussi placé une chaîne stéréo pour écouter ses disques préférés et un poste de télévision en couleur que les Etablissements Molinier d'Alès lui avaient livré lors de son précédent séjour. La salle de bains était fonctionnelle. Le téléphone la reliait au reste du monde. Il ne manquait plus qu'à terminer les travaux du premier étage, les chambres attendraient jusqu'au printemps. Elle en avait décidé ainsi avec le maître d'œuvre. D'ici là, elle dormirait dans le salon où elle avait disposé son lit et une table de chevet.

Elle n'avait plus aucune raison de prendre ses repas à la pension de Louis. Néanmoins, elle lui promit d'y venir chaque samedi soir afin de ne pas rompre le lien. En réalité – Louis n'était pas dupe –, elle souhaitait avant tout y retrouver Rodolphe.

Confortablement installée, Sarah avait l'impression de renaître. Elle était redevenue une femme libre.

N'ayant plus de contraintes de travail ni de comptes à rendre à Gilles, elle redécouvrait la vie. Elle pouvait se lever quand elle le décidait, manger quand elle le désirait, se coucher à toute heure de la nuit sans faire attention à ne pas réveiller celui qui partageait sa couche. Elle pouvait se promener où et quand elle voulait, rendre visite à ceux qui l'intéressaient, approfondir ses recherches sans devoir se justifier.

Enfin, elle allait revoir Rodolphe. Et cela, se disait-elle en se délectant, ça n'avait pas de prix !

Elle aimait le regard qu'il portait sur elle, ses attentions délicates, ses paroles affables tout en finesse, sa façon de lui tenir la main lorsqu'ils sortaient de table. Elle se souvenait de son parfum subtil, de la douceur de sa peau quand il avait approché son visage du sien et qu'il l'avait embrassée sur la joue. S'il avait insisté, ce jour-là, elle n'aurait pas refusé d'aller plus loin, de passer outre aux dernières barrières qui les séparaient encore de l'irrémédiable. Elle s'y était préparée. Elle y était prête de nouveau s'il la raccompagnait une autre fois jusqu'à sa porte.

Le soir, quand, allongée dans son lit, elle songeait à lui, elle s'étonnait de ce qu'elle était devenue en si peu de temps. Elle ne se reconnaissait plus. Elle ne reconnaissait pas la femme infidèle qu'elle s'apprêtait à devenir, suspendue aux paroles de cet homme rencontré par hasard alors qu'elle cherchait le secret de sa mère. Elle n'éprouvait aucun remords, car elle souffrait trop de l'indifférence de Gilles, de son amour normalisé, du non-avenir qu'il lui proposait, comme si leur vie était à jamais inscrite dans le livre de l'immobilisme. Elle n'aimait plus se sentir utile uniquement pour son travail ou pour être agréable à celui avec qui elle partageait son existence. Vivre était autre chose de bien plus exaltant, de plus enivrant. C'était une quête de tous les instants. Une succession d'émotions, de moments fébriles de bonheur et de doute, de tristesse et de joie subite.

C'est à cela qu'elle aspirait. C'est cela que lui inspirait Rodolphe.

Ils se revirent chez Louis le samedi suivant son retour. Il était assis à sa place habituelle.

Elle s'approcha de sa table sans hésiter.

Il l'invita comme s'ils s'étaient donné rendez-vous.

Ils dînèrent côte à côte, en reprenant les sujets de conversation qu'ils avaient eus auparavant. Puis, quand ce fut l'heure de se quitter, elle lui proposa de venir visiter son nouvel intérieur.

Il était tard. La nuit était tombée depuis longtemps. La voûte céleste irradiait d'étoiles. Le village était profondément endormi. Les volets des maisons laissaient percevoir de rares filets de lumière. Les Calbertois regardaient pour la plupart les émissions de télévision.

— Je ne sais pas si je dois accepter, dit Rodolphe. Si quelqu'un nous apercevait ensemble, il aurait beau jeu de colporter une rumeur qui pourrait vous nuire.

— Je suis libre de recevoir qui je veux chez moi, Rodolphe.

Il finit par agréer son invitation à boire un verre chez elle.

— La dernière fois que nous nous sommes vus, lui rappela-t-il, je vous avais proposé de venir chez moi.

— Ce sera pour un autre jour. Ce soir, faites-moi le plaisir d'inaugurer ma nouvelle maison. Vous serez le premier à y pénétrer depuis la fin provisoire des travaux. Ça se fête !

Rodolphe ne se fit pas prier.

Ils terminèrent la soirée en toute amitié. Il se garda de se montrer trop entreprenant, respecta les convenances avec tact. Son charme opéra sans qu'il eût besoin de lui tenir des propos avenants.

Il accepta un verre, puis un deuxième. Se rapprocha d'elle quand elle lui présenta les photos de la maison avant et après la rénovation. Son parfum légèrement poivré emportait Sarah vers un horizon où les sens sont sublimés, où l'esprit se noie dans les douceurs éthérées. Elle n'osait s'écarter de lui de peur de rompre le lien ténu qui les unissait. Elle frissonnait intérieurement à la seule pensée qu'il pût la prendre dans ses bras et l'entraîner dans un tourbillon de folies.

Elle était prête à se donner, à renoncer à tout ce qu'elle avait vécu avec Gilles, à oublier la quête qu'elle menait au nom de tous les siens.

Sarah perdait la raison.

Rodolphe avait conscience de l'effet qu'il produisait sur elle. Au lieu d'en profiter, il demeura très gentleman, lui faisant comprendre qu'il valait mieux attendre. Il se montrait sage pour deux. Certes, il avait cédé à ses invitations et l'avait lui-même conviée à poursuivre leur relation, mais il ne voulait pas brusquer les événements afin qu'elle n'eût jamais à le regretter.

Quand ce fut le moment de se séparer, il la serra contre lui.

Elle s'abandonna une fois encore, prête à succomber.

Cette fois, il l'embrassa tendrement, évitant de prolonger son étreinte pour ne pas fléchir à son tour.

— Il est préférable que je rentre, lui susurra-t-il à l'oreille. Je vous revois demain, promis. Je vous emmène au restaurant… Mais, n'oubliez pas… c'est vous qui m'invitez.

Grâce aux lectures répétées du journal d'Ana, Sarah commençait à mieux comprendre la personnalité de sa mère. Elle la découvrait sous un jour différent. Elle avait été étonnée au début de la voir tomber si facilement amoureuse d'un garçon qui, si charmant fût-il, l'emportait sous d'autres cieux alors qu'autour d'elle régnaient le malheur et l'insécurité. Quand elle songeait qu'au même moment ses parents, Simon et Martha, étaient plongés dans la crainte d'être dénoncés ou – pendant son séjour au Chambon-sur-Lignon – d'être à tout jamais séparés de leur fille, elle l'avait jugée un peu sévèrement pour son apparente insouciance, pour ce qu'elle avait pris pour de la légèreté. Par deux fois en effet, en quelques mois, Ana s'était éprise d'un garçon, au grand mépris de ce que pouvait penser sa famille.

En réalité, Sarah comprenait maintenant combien Ana aimait la vie, tout simplement, alors que le monde autour d'elle lui interdisait de vivre. De vivre libre.

Comme elle à présent, elle avait soif de toucher à l'inaccessible. Elle refusait de se laisser emprisonner, enfermer dans les carcans. Elle recherchait l'absolu.

Dans les yeux d'Ana, Sarah se souvenait qu'elle lisait cet hymne à la vie, cette ode à l'espérance. Ana était une jeune fille courageuse, tenace et clairvoyante.

Elle rêvait d'une existence meilleure et croyait sans doute pouvoir l'atteindre en niant la fatalité qui pesait sur les siens.

Les sentiments qu'elle éprouvait pour Rodolphe n'étaient pas différents de ceux que sa mère nourrissait pour Christophe et, quelques mois plus tard, pour Théo. Ils étaient l'expression de son profond désir d'être une femme libérée.

Si Gilles l'avait comprise lorsqu'elle lui avait montré les premiers signes de lassitude, se serait-elle lancée dans cette folie avec Rodolphe dont elle n'entrevoyait pour l'instant pas l'issue ? Où celle-ci pouvait-elle la mener ? Elle n'osait y songer sérieusement. Elle n'avait plus l'âge de croire au prince charmant. Elle avait conscience qu'une relation adultérine, si elle demeurait au stade de l'aventure passagère, ne pouvait aboutir sur rien de concret ni de solide.

Mais Sarah n'avait pas envie de se poser trop de questions. Elle était heureuse et avait hâte de se retrouver dans les bras de l'homme qui lui faisait perdre la raison.

Le lendemain, Rodolphe vint la prendre chez elle et l'emmena dans un restaurant renommé pour sa cuisine raffinée. Dans son cabriolet Peugeot 404, Sarah reconnut les effluves de son parfum. Elle se sentit transportée, radieuse comme une femme amoureuse. Elle retenait mal les battements de son cœur et aurait souhaité que le trajet durât toute une longue journée. Elle ne pouvait s'interdire de songer à ce que Rodolphe lui proposerait après le déjeuner. Une promenade dans un endroit idyllique ? Ou un retour immédiat à

Saint-Germain, chez lui, pour lui faire visiter sa vieille maison familiale qu'elle ne connaissait pas encore ?

Rodolphe conduisait sereinement, le bras accoudé à la portière, tenant le volant d'une main. De temps en temps, il quittait la route des yeux et la regardait en souriant, semblant lire dans ses pensées.

Le repas se déroula dans une certaine intimité. Il y avait peu de clients autour d'eux. Le serveur se montra d'une grande discrétion et s'éclipsa entre chaque plat, veillant toutefois à remplir leurs verres au fur et à mesure qu'ils les vidaient. Rodolphe parla peu de lui-même et de son travail, préférant s'intéresser à Sarah, à sa famille. Elle lui raconta son histoire et ce qui l'avait motivée à s'installer à Saint-Germain-de-Calberte. Elle lui cacha le différend qui l'opposait à son compagnon. Elle demeura évasive sur ce qu'était en train de devenir leur couple. Rodolphe comprit ce qu'elle sous-entendait et n'insista pas quand elle lui avoua à demi-mot qu'elle avait pris un peu de recul.

— Gilles a bien de la chance de vous avoir près de lui chaque jour de la semaine, lui dit-il comme pour lui signifier qu'il regrettait qu'elle ne fût pas entièrement libre. Et vous, vous devez apprécier de vivre avec un homme aussi large d'esprit !

Sarah n'osait pas reconnaître devant Rodolphe qu'elle était sur la voie de la séparation. Pour elle, rien n'était encore définitivement réglé. Elle savourait le moment présent. Pourquoi donc avait-elle amené la conversation sur Gilles et sa relation de couple ? se reprocha-t-elle.

Elle jouait avec le feu, elle en avait parfaitement conscience, mais rien ne pouvait l'empêcher d'aller jusqu'au bout de sa tentation.

Le repas terminé, il lui proposa de rentrer à Saint-Germain. Comme elle le souhaitait, il l'invita à finir la journée chez lui.

— La maison se trouve sur la route de Saint-Etienne-Vallée-Française, lui dit-il. Vous avez dû l'apercevoir si vous vous êtes promenée dans ce secteur. Un grand mas en pierre, entouré d'un pré bordé de mûriers.

— Je ne suis guère sortie du bourg depuis mon installation, reconnut Sarah.

L'après-midi touchait à sa fin. Le jour tombait. Rodolphe alluma la cheminée et convia Sarah à s'asseoir dans le canapé du salon. Il prit place à ses côtés, l'embrassa tendrement dans le cou.

— Je ne voudrais pas que vous pensiez...

Elle se dégagea de son étreinte. Le fixa dans les yeux.

— Je suis consciente de ce que je fais, lui murmura-t-elle. Je ne suis plus une enfant.

Alors, Rodolphe se mit à déboutonner son chemisier. Elle s'enivra à nouveau de son parfum. Se laissa déshabiller.

Il l'entraîna par la main dans sa chambre. Finit de la dévêtir.

Elle n'opposa aucune résistance. S'allongea sur le lit dans une pose lascive.

Il se déshabilla à son tour et l'enlaça amoureusement.

Sarah s'abandonna. Comblée. Il la pénétra avec douceur, lentement, attendant qu'elle fût au paroxysme de son plaisir pour prendre le sien et se laisser emporter par la vague déferlante de l'extase.

— Tu es heureuse ? lui demanda-t-il quand ils recouvrèrent ensemble leurs esprits.

Elle retint sa réponse, lui caressa le sexe, l'embrassa à en perdre la raison.

— C'était merveilleux, lui susurra-t-elle. Tellement merveilleux !

Ils firent l'amour une seconde fois, prolongeant leurs ébats jusqu'à épuisement. Sarah n'avait pas ressenti une telle volupté depuis si longtemps que son corps semblait lui échapper. Elle ne contenait plus ses réactions. Elle ne s'appartenait plus. Elle appartenait à Rodolphe.

Quand la houle qui les portait s'apaisa, Rodolphe fut le premier à revenir à la réalité. Il se leva. Regarda le cadran de sa montre.

— Sais-tu l'heure qu'il est ?

— Je n'en ai aucune idée.

— Bientôt dix heures.

— Alors il est l'heure d'aller se coucher ! Mais avant, j'ai une faim de loup.

Rodolphe s'approcha du lit. Sa nudité ne la gênait pas. Elle le contemplait comme si c'était la première fois qu'elle voyait un homme nu.

— Comme tu es beau !

— Arrête ! Tu vas me faire rougir ! Je suis très timide, tu sais !

— On ne dirait pas !

— Tu te lèves ou je viens me recoucher ?

— Allons manger quelque chose. Qu'as-tu à me proposer de bon ?

Sans prendre le soin de se rhabiller, ils passèrent dans la cuisine. Il ouvrit le réfrigérateur, en sortit une assiette de fromage et de charcuterie.

— Ça te convient ?

— Parfait.

Rodolphe tendit une de ses chemises à Sarah.

— Tiens, mets-toi ça sur le dos, lui dit-il. Tu vas prendre froid.

Il enfila son pantalon et invita Sarah à s'installer à nouveau dans le canapé.

— Plateau-télé, ajouta-t-il. Mais sans télé ! Pendant que nous mangerons, tu me raconteras toute l'histoire que ta mère a écrite dans son journal. Tu veux bien ?

Sarah ne put refuser d'accéder à la demande de Rodolphe. Elle se cala contre lui et, sans avoir recours au cahier d'Ana, elle commença à lui narrer son épopée.

Quand elle parvint à l'épisode de sa rencontre avec Théo et Lucien, Rodolphe se montra particulièrement attentif...

26

Trahison

1944

Ana retrouvait avec Théo la force de résister à la fatalité. Elle l'aimait comme on aime à seize ans, dans l'insouciance du lendemain. Elle le rejoignait à chaque occasion, quand son travail à la ferme le lui permettait. Elle ne disait pas toujours à sa mère qu'elle s'absentait. Elle prenait souvent prétexte d'aller faire les courses et partait sur le chemin du château Saint-Pierre. Ils se donnaient rendez-vous dans un lieu dérobé aux regards, situé dans les Calquières, une sorte d'abri que les anciens aménageaient dans les murs de pierres sèches pour ranger leur matériel agricole. C'était très exigu, mais suffisamment grand pour deux, assis l'un contre l'autre. Ils se dévoraient des yeux, se caressaient, s'embrassaient pudiquement, se faisaient mille promesses qu'ils savaient ne pouvoir tenir, mais qui stimulaient leur secret désir de pouvoir s'aimer bientôt sans contrainte.

Théo se montrait réservé. Il n'était pas du genre à se moquer des filles qui tombaient amoureuses de lui. Aussi ne put-il pas dissimuler longtemps à Ana la décision irrévocable qu'il avait prise en toute conscience.

— J'ai bien réfléchi, je prends le maquis. Je ne peux plus rester à me cacher pendant que d'autres se battent pour libérer le pays. Les Allemands sont en train de perdre pied un peu partout. La Résistance a besoin de renforts pour les harceler et leur faire céder du terrain sur tous les fronts.

Ana s'attrista. La guerre noircissait à nouveau son horizon.

Elle ne s'opposa pas à l'intention de Théo. Elle crut sur le moment que cela ne l'empêcherait pas de revenir régulièrement.

— Je vais rejoindre ceux du mont Aigoual, lui précisa-t-il.

— On se reverra ?

— Je pense. La forêt d'Aire-de-Côte est très proche d'ici. Dès que j'en aurai l'occasion, je ferai un saut à Saint-Germain et nous nous retrouverons. Je t'enverrai un message pour te signaler mon arrivée. Ne t'inquiète pas, je ne serai jamais absent très longtemps. Nous devrons seulement redoubler de prudence afin que personne ne soupçonne ma présence sur la commune.

Ana fut rassurée.

— Je t'apporterai des vivres et des habits quand tu en auras besoin. Dès que la guerre sera terminée, nous pourrons nous aimer au grand jour.

— Crois-tu que ta famille restera à Saint-Germain ? Aujourd'hui, elle y est en résidence forcée. Mais, une fois la paix revenue, vous repartirez où vous viviez avant. Sois lucide, Anne.

Dans ses envolées, Ana refusait la réalité. Elle prenait la vie jour après jour et espérait que tout finirait par s'arranger au mieux des intérêts de chacun. Théo tenta de la raisonner.

— Tu dois poursuivre tes études. C'est toi qui me l'as dit. Quant à moi, il me faudra chercher un travail. Jusqu'à présent, je n'ai fait que des petits boulots pour aider mes parents à s'en sortir. Je ne suis pas allé à l'école au-delà du certif. Mon avenir est tout tracé. Dans la région d'Alès, c'est l'usine ou les mines, pour quelqu'un qui n'a aucune formation.

Ana n'entrevoyait pas l'avenir aussi concrètement. Elle vivait dans ses rêves d'adolescente, croyant que tout est possible pour ceux qui s'aiment.

Elle se réfugiait dans les bras de Théo et se perdait dans son imaginaire sans penser que sa famille pourrait s'opposer à ses désirs.

— Tu n'es pas majeure, lui dit un jour Théo. Tes parents n'accepteront jamais de te laisser partir.

— Toi aussi, tu es encore mineur !

— Pour un an seulement. Mais là n'est pas la question.

— Où est le problème ?

Ana refusait de comprendre ce que Théo cherchait à lui signifier.

— Tu es trop jeune pour lier ton avenir à un garçon comme moi. Tu as du temps devant toi. Je ne pourrai jamais t'offrir autre chose qu'une existence terne, sans lendemains enchanteurs. Nous vivons aujourd'hui des moments exaltants. Mais après, que se passera-t-il ? Quand nous serons rendus à la normalité, tout nous séparera. Tu ne me verras plus avec le même regard.

Théo se montrait plus réaliste qu'Ana. Il avait conscience qu'après la guerre rien ne serait plus pareil. Il ne pouvait pas honnêtement lui promettre de l'épouser, envisager avec elle une vie toute tracée. Elle commençait à peine la sienne. Bientôt elle serait étudiante, aurait d'autres amis, d'autres occupations que celles qu'il pourrait alors lui proposer. Elle irait vivre dans une ville universitaire, se préparerait à une belle carrière. Que pouvait-il lui offrir en échange de son amour ?

Il ne voulait pas la bercer d'illusions ni la tromper. Il l'aimait trop pour la décevoir.

Mais Ana refusait de laisser entacher ses rêves.

Théo partit rejoindre le maquis quelques semaines plus tard. Auparavant, il montra à Ana l'emplacement d'un refuge de bûcheron abandonné sur les hauts de Saint-Germain.

— Quand je redescendrai te voir, je t'enverrai un signal par un moyen ou un autre. Alors tu t'arrangeras pour venir à la cabane en prenant toutes les précautions pour qu'on ne te remarque pas.

— Tu vas te battre ?

— Sans doute. Les partisans tendent des embuscades aux Allemands pour les harceler. Mais n'aie crainte, je serai prudent.

Ana fit contre mauvaise fortune bon cœur.

Depuis cet instant, elle ne vécut plus que dans l'attente d'un signe de Théo, avec l'espoir de se jeter à nouveau dans ses bras.

Elle reprit le cours de son existence à la ferme comme avant de le connaître. Mais son esprit était ailleurs. Martha s'aperçut du changement de comportement de sa fille et s'en inquiéta.

— Ana broie du noir, s'ouvrit-elle à Simon. J'ignore ce qui se passe dans sa tête, mais elle me semble bien perturbée.

— La vie que nous lui faisons mener n'est pas drôle pour elle. Mets-toi à sa place. Elle n'a pas d'amies de son âge. Elle ne va plus en classe. Elle s'ennuie. Travailler comme une fille de ferme n'est pas très enrichissant, je le reconnais. Mais ce n'est que provisoire. A la rentrée prochaine, quoi qu'il arrive, nous l'inscrirons à Florac. Elle y retrouvera ses marques.

— Autre chose la chagrine. Je me demande si ce jeune Théo Ravanel n'est pas la cause de ses états d'âme. Il y a longtemps que nous ne l'avons pas vu. Est-il encore dans les parages à se cacher ?

— Je l'ignore. Ana doit être au courant.

Martha interrogea sa fille le soir même.

— Théo est parti rejoindre le maquis, avoua Ana.

— C'est la raison de ta mélancolie ?

— J'ai peur pour lui.

Martha tenta de la rassurer, mais elle ne parvint pas à effacer toutes ses craintes.

Quand Ana se rendait au village, elle longeait toujours la façade de l'hôtel Martin où de nombreux réfugiés séjournaient dans une décontraction qui l'étonnait. Elle avait appris que plusieurs familles juives y côtoyaient d'autres transfuges de pays étrangers, fuyant tous le régime nazi. Elle les voyait parfois s'attabler à la terrasse des cafés ou se promener dans le bourg. Ils paraissaient si différents des habitants de Saint-Germain qu'ils ne passaient pas inaperçus. Elle osait parfois les aborder et leur faisait la conversation sans pour autant dévoiler qui elle était. Elle veillait à respecter la consigne que son père lui avait donnée : ne jamais révéler son nom à personne, affirmer venir de Corse, parler le moins possible, ne pas fréquenter d'autres Juifs. Elle fit bientôt la connaissance de deux Anglaises qui occupaient le plus clair de leur temps à lire et à boire du thé. Elle appréciait leur présence et s'aventurait à prononcer quelques mots dans leur langue. L'une d'elles s'étonna de son accent.

— Où avez-vous appris l'anglais, jeune fille ? On dirait que vous débarquez d'Oxford !

Ana faillit avouer qu'elle avait été scolarisée au Chambon-sur-Lignon, mais elle se retint au dernier moment.

— Au collège, se contenta-t-elle d'expliquer. Et à la maison, mentit-elle, ma mère parle anglais.

Les deux dames ne lui posèrent aucune question indiscrète. Elles avaient deviné qu'Ana, comme la plupart des pensionnaires de l'hôtel Martin, était réfugiée dans la commune. Elles la convièrent à boire le thé en leur compagnie quand elle le souhaitait.

— Nous parlerons la langue de Shakespeare entre nous, lui proposèrent-elles. Nous vous ferons progresser. Ainsi, à l'école, vous obtiendrez de meilleures notes.

Ana accepta volontiers l'invitation.

Le soir même, elle annonça à ses parents son heureuse rencontre. La joie rayonnait à nouveau sur son visage.

— Ça va mieux, on dirait ! remarqua Martha. Tu vois, la vie réserve toujours quelques belles surprises !

Au village, Ana croisait aussi le chemin de Lucien Rivière. Celui-ci était sur le point de s'engager dans la Milice et lui tenait des discours de plus en plus xénophobes.

— Il y a trop d'étrangers dans cette commune ! se plaignait-il. Ils déambulent dans les rues sans se cacher. Un jour, les Allemands débarqueront et les rafleront tous sans préavis et sans faire le tri. On sera bien débarrassés.

Ana évitait de s'insurger devant lui, pour ne pas révéler qu'elle était dans la même situation. Elle lui affirma que son père avait trouvé du travail dans une ferme après avoir été démobilisé en 1940 et que sa famille, originaire d'un village de Balagne près de Calvi, était trop impliquée dans une histoire de vendetta pour pouvoir retourner en Corse en toute sécurité.

— Ton père est un bandit corse ! s'étonna-t-il.

— Tu rigoles, pas un bandit ! Un chef de clan. C'est pas pareil. Nous, en Corse, on a le sens de l'honneur dans le sang. Jamais on ne laisse bafouer l'un des nôtres sans se venger. Quand la guerre sera finie, nous rentrerons chez nous et mon père relèvera le défi et portera haut le flambeau de notre famille.

Lucien goba le mensonge d'Ana. Celle-ci en riait aux éclats en son for intérieur. Elle ne put taire sa supercherie à ses parents.

— Vous auriez vu sa tête quand je lui ai dit que papa était un chef de clan corse, et qu'il était l'objet d'une vendetta ! C'était vraiment marrant !

— Pourquoi racontes-tu de telles sottises ? lui reprocha Martha.

— J'ai été obligée. Ce Lucien m'a demandé d'où nous venions et ce que nous faisions avant. J'ai dû inventer une histoire pour prouver que nous sommes corses. Et puis, il commence à m'ennuyer avec sa Milice et ses principes racistes qu'il ressort à chaque occasion. Il me bassine les oreilles avec la patrie, la famille, le travail, la révolution nationale et les Juifs qui sont la cause de tous les maux. S'il savait que je suis juive !

— Tu n'as qu'à l'éviter si tu le trouves dangereux. Tu n'es pas obligée de le fréquenter. Si tu préfères, j'irai faire les courses moi-même.

— Non, ce n'est pas la peine. J'aime faire les commissions. Je rencontre des personnes intéressantes. Comme ces dames anglaises.

— Alors, choisis mieux tes fréquentations.

En réalité, chaque fois qu'elle se rendait au bourg, Ana passait à la poste. Le receveur était un ami de Théo. Il n'appartenait pas à un réseau de résistance mais il œuvrait secrètement au profit des réfugiés, avec d'autres dans la commune, tels que le pasteur, sa femme, l'hôtelier, le boulanger, le tailleur, le secrétaire de mairie et tous ceux qui hébergeaient des familles entières. Le postier court-circuitait le courrier douteux, s'arrangeait pour ne pas distribuer certaines lettres, informait à temps leurs destinataires quand ils couraient un danger.

Théo était convenu avec lui d'avertir Ana de sa présence au moyen d'un signe discret qu'il affichait à l'entrée du bureau de poste. De temps en temps, il descendait de sa montagne et se cachait dans sa cabane de bûcheron, attendant avec impatience la venue de la jeune fille. Prévenue, celle-ci s'empressait alors de le rejoindre et, le cœur battant, passait tout le reste de la matinée blottie dans ses bras. Il lui racontait ses faits d'armes qu'elle transformait à sa manière en actes héroïques. Il taisait volontairement les dangers qu'il affrontait quand il participait à un sabotage ou à une embuscade avec ses camarades. Il ne parlait jamais des victimes après un assaut des unités SS. Il se contentait d'évoquer la fraternité qui régnait dans les rangs des maquisards, la générosité des gens qui les aidaient sur leur passage.

Quand ils se séparaient, elle rentrait à la ferme heureuse, ne pouvant dissimuler sa joie.

Martha ne lui faisait aucune remarque, mais se doutait qu'elle revoyait Théo.

Ana ne s'apercevait pas vraiment que Lucien, à son tour, la courtisait. Ne vivant que dans ses pensées pour Théo, elle croyait que le futur milicien lui prêchait ses idées uniquement pour la convertir. Théo, à qui elle s'était confiée, l'avait pourtant mise en garde :

« Méfie-toi de lui. Je le connais bien. A l'école, il jalousait tout le monde. Et chaque fois que j'avais une petite amie, il essayait de me la piquer.

— Ne t'inquiète pas, il n'a aucune chance avec moi. »

Lucien n'avait encore rien tenté avec Ana. Il se contentait de lui parler, s'efforçant de plaisanter pour l'amuser et la détendre. Il la sentait sur ses gardes et espérait pouvoir la conquérir en la détachant de Théo.

Mais Ana demeurait distante. Elle refusait d'entrer dans son jeu, croyant qu'il tenait ses propos uniquement pour se montrer supérieur, non pour lui chavirer le cœur. Petit à petit, elle lui fit comprendre qu'elle ne souhaitait plus le voir aussi souvent.

— Si Théo savait que je te rencontre régulièrement au village, il pourrait être jaloux, prétexta-t-elle.

— Théo ! Qu'il reste tranquille ! Je n'ai pas peur de lui. A l'école, j'avais toujours le dessus.

— Que sous-entends-tu ? osa Ana.

— S'il t'embête parce que je te fréquente, il aura affaire à moi.

— Mais on ne se fréquente pas, Lucien ! Que crois-tu tout à coup ?

Ana venait de réaliser que les intentions de Lucien n'étaient pas tout à fait désintéressées.

— Ecoute, poursuivit-elle. Je ne veux pas te faire de la peine ni te bercer d'illusions. Je ne t'aime pas, Lucien. J'aime Théo. Si j'ai accepté de bavarder avec toi, c'était uniquement parce que je te trouvais sympathique. Tu ne me donnais pas l'impression de t'attacher à moi comme tous ces garçons qui courent les filles avec des arrière-pensées. Je me suis donc trompée !

Lucien ne put dissimuler sa déconvenue. Son visage se rembrunit. Il ne dit mot sur le moment, mais il contenait difficilement sa déception et sa rancœur.

— Soit, se résigna-t-il. Je ne peux pas te forcer à m'aimer. Ton cœur est déjà pris. Je retire tout ce que j'ai dit… Théo a bien de la chance. Mais si tu changes d'avis… appelle-moi.

Plusieurs semaines s'écoulèrent. Ana ne voyait plus Lucien rôder autour d'elle au village. Elle apprit qu'il s'était engagé dans la Milice selon ses intentions et qu'il partait souvent en mission pour seconder la police allemande dans sa traque des résistants. Au fond d'elle-même, elle en fut soulagée. Son père l'avait mise en garde contre ce garçon aux idées très arrêtées. Toutefois il se gardait de le condamner a priori, lui trouvant même des raisons susceptibles de justifier son attitude.

— La jeunesse française est déboussolée, lui expliqua-t-il, un soir qu'elle se demandait comment on pouvait arborer la francisque sans en rougir. Beaucoup de jeunes gens cherchent, par le devoir envers leur patrie, une manière de s'affirmer. Certains le font en entrant dans la Résistance. Ceux-là croient en une liberté future, mais ne sont pas certains de triompher dans un avenir proche. D'autres, et Lucien en fait partie, espèrent que le maréchal Pétain assurera la grandeur de la France quitte à pactiser avec le diable. Ils refusent l'incertitude d'une victoire des Alliés face au rouleau compresseur de l'armée allemande. Ils sont impressionnés par la force, par la violence des combats, par les discours démagogiques que certains tiennent devant les foules. Ils vivent dans l'instantanéité.

— Mais leurs propos sont racistes et xénophobes ! Comment peuvent-ils accepter de mettre des milliers et des milliers de gens au ban de la société ? Comment peuvent-ils souhaiter pour leur pays un régime fasciste ?

— Ils ne le conçoivent pas comme toi. A leurs yeux, l'extrême droite n'a pas forcément un relent de fascisme. Elle incarne l'autorité, le respect des valeurs traditionnelles, l'obéissance aux règles de l'Eglise catholique. Bref, le conservatisme dans une période où tout semble disparaître. Au fond, c'est la peur du changement qui les anime.

Ana comprenait mieux ce qui pouvait motiver Lucien, mais elle préférait les idées de Théo, même si, avec lui, elle ne savait pas avec précision où elle allait ni ce que l'avenir lui réservait.

De temps en temps, Martha se rendait auprès de jeunes femmes enceintes qui l'appelaient pour les soulager ou leur donner des conseils. Elle demeurait très discrète sur cette activité, ne tenant pas à ce que l'on sache partout dans la commune qu'elle la pratiquait sans y être autorisée. Certes, elle pouvait compter sur le silence de ses patientes et sur l'appui de Paul Tinel et du pasteur Martin, mais elle craignait néanmoins que de mauvaises langues ne lui fassent du tort.

Début avril, Adrienne Rastel vint la chercher en urgence. Martha terminait la traite quotidienne des chèvres. Elle n'avait pas vu Adrienne depuis la matinée et ne s'en était pas inquiétée. Celle-ci lui faisait entièrement confiance et lui laissait souvent l'initiative des tâches à effectuer dans la journée. Elle s'apprêtait à remonter chez elle et à préparer le souper. Simon, lui, rentrait toujours à la tombée du jour et réclamait sans attendre son assiette de *badiana*, une soupe bien chaude à la châtaigne qu'il engloutissait avec de grosses tranches de pain couvertes de saindoux, habitude paysanne en temps de pénurie qu'il avait facilement adoptée. Cela lui permettait de patienter jusqu'au moment du repas qu'il prenait, une heure plus tard, avec Martha et ses enfants aux environs de sept heures.

— Vite, Marthe, lui dit Adrienne tout essoufflée d'avoir couru. J'ai besoin de vous.

— Que se passe-t-il donc ?

— La petite Chazal est en train d'accoucher. Elle a déjà perdu les eaux.

Sans s'affoler, Martha alla chercher sa trousse dans l'armoire de sa chambre, confia à Ana le soin de terminer la soupe de châtaigne et lui demanda d'avertir son père des raisons de son absence dès son retour.

Pour gagner du temps, Adrienne proposa à Martha de se rendre à vélo jusqu'à la maison des Chazal.

— C'est que... je ne suis pas montée sur une bicyclette depuis que j'étais gamine, objecta Martha.

— Oh, le vélo, ça ne s'oublie pas ! Quand on sait en faire, c'est pour la vie.

Elles se précipitèrent en direction du village. Delphine Chazal habitait non loin de l'ancienne filature. En contournant l'église, elles rencontrèrent Justin Fontanes, le mari de l'épicière, et faillirent le renverser.

Martha serra fortement les freins de sa bicyclette. Sa roue avant s'arrêta net. Elle tomba juste devant Justin qui s'exclama, surpris :

— Mais où courez-vous donc si vite ?

Martha se redressa. L'incident était sans gravité. Elle remonta en selle.

— Pas le temps de t'expliquer, Justin, se trahit Adrienne. La petite Delphine est en train d'accoucher.

Dans sa chute, Martha avait fait tomber sa trousse médicale qui s'était vidée aux pieds de Justin.

Celui-ci la ramassa et la lui remit entre les mains.

— C'est à vous tout cela ? s'étonna-t-il.

— Euh… oui, ne put mentir Martha.

Justin ignorait que les Rastel hébergeaient une sage-femme.

— C'est vous qui allez la délivrer, la petite Delphine ?

— Si on te le demande, Justin, coupa court Adrienne, tu répondras que t'en sais rien. Tu me comprends ?

— Oh ! moi, je disais ça comme ça. C'est pas mes oignons, après tout.

Les deux femmes s'éloignèrent sans s'expliquer davantage.

Comme c'était son intention, Justin entra au café de la Mairie et y retrouva Roger Rastel qui buvait un dernier verre avant de rentrer chez lui.

— Tiens, je viens de croiser ta femme et ta locataire, juste devant le parvis de l'église. Elles avaient l'air bien pressées toutes les deux !

— Ah bon ! s'étonna Roger.

— Devine où elles allaient.

— Je l'ignore. Je pensais qu'elles étaient à la ferme à cette heure-là !

— Elles allaient accoucher la petite Chazal.

— Si tu l'dis !

— T'es pas au courant que ta locataire met les enfants au monde !

— Non, mentit Roger. Mais je te crois.

Il n'insista pas. Il paya un verre à Justin et détourna la conversation.

— Alors, tu sais ce qui se passe dans la Vallée-Française ? Il paraît que ça barde. Les Boches ont du mal à débusquer les poches de résistance.

Dans le village, Justin Fontanes passait pour un agent de transmission de la Résistance locale. Il prétendait être en relation avec les chefs des différents maquis qui œuvraient dans la région. D'une grande discrétion, il ne se vantait jamais de ses agissements.

— Je n'ai pas le droit de t'en parler, affirma-t-il pour clore sur-le-champ une discussion qu'il ne souhaitait pas alimenter. C'est top secret. Mais les Boches effectivement vont avoir du fil à retordre. C'est tout ce que je peux te dire.

Roger ne put en savoir davantage. Justin paya à son tour sa tournée. Puis, les deux hommes se quittèrent en se donnant rendez-vous le lendemain.

— Tu me raconteras comment s'est passé l'accouchement, ajouta Justin en se dirigeant vers l'épicerie de sa femme.

Quand Martha rentra à la ferme en compagnie d'Adrienne, minuit venait de sonner au clocher de l'église. Simon ne l'avait pas attendue et s'était couché, exténué par sa journée de travail.

Seule Ana veillait encore dans son lit, ne parvenant pas à s'endormir. Quand elle entendit sa mère, elle l'appela doucement.

— Tu ne dors pas ! s'étonna Martha. Sais-tu l'heure qu'il est ?

— Je suis trop inquiète, lui avoua Ana. Cela m'empêche de trouver le sommeil.

— Que se passe-t-il, ma chérie ? Raconte-moi.

Martha prit sa fille dans ses bras et, comme lorsqu'elle était petite, la cajola en lui caressant les cheveux.

— C'est Théo, reconnut Ana. Je n'ai pas de nouvelles de lui depuis longtemps. J'ai peur qu'il lui soit arrivé quelque chose de grave.

Ana n'avait pas revu Théo depuis plusieurs semaines. Le groupe auquel il appartenait avait rejoint le maquis Bir-Hakeim du commandant Barot. Il se déplaçait beaucoup dans toute la région, entre le Gard et l'Hérault, participant à de fréquentes et dangereuses opérations armées contre les unités de la Wehrmacht.

Quelques jours plus tard, bien qu'aucun signe de lui n'ait été affiché à la poste, Ana se rendit à leur lieu de retrouvailles, la cabane de bûcheron au-dessus des Calquières. A peine arrivée, elle ressentit sa présence. Elle pénétra dans l'abri et le découvrit allongé sur une paillasse, l'air complètement abattu, en habit de militaire, une arme à ses côtés. Surpris, il se redressa aussitôt, saisit son fusil, roula sur le ventre, prêt à intervenir. Quand il aperçut Ana, il soupira de soulagement.

— Que fais-tu là ? lui demanda-t-il sans lui laisser le temps de s'exprimer.

— Je commençais à me faire du souci. Il y a si longtemps que tu ne m'as pas donné de nouvelles… Pourquoi ne m'as-tu pas avertie de ton retour ?

— Je dois me cacher pendant quelque temps. On s'est tous dispersés pour échapper aux Allemands.

— Que s'est-il passé ?

— On a anéanti une patrouille de Feldgendarmes à Saint-Etienne-Vallée-Française, il y a quelques jours[1]. Les Waffen-SS ont déclenché une vaste opération de représailles. Je dois demeurer à couvert. Je ne pouvais pas te contacter sans courir un grand danger.

— Tu resteras ici plusieurs jours ? se réjouit Ana. On se retrouvera comme avant ?

— Je crains que non. Mais dès que cela sera possible, je te tiendrai au courant. Pour l'instant, il vaudrait mieux que tu redescendes à Saint-Germain et que tu ne viennes plus me voir.

Attristée, Ana n'insista pas. Elle avait conscience que Théo risquait sa vie. Elle ne voulait pas le mettre davantage en péril en attirant l'attention sur elle par ses allées et venues dans la forêt.

Ils demeurèrent dans les bras l'un de l'autre sans pouvoir se séparer, s'embrassèrent à en perdre la notion du temps, se promirent de s'attendre sans jamais perdre patience et de penser à l'autre à tout instant du jour et de la nuit.

— Quand tu reviendras, lui demanda-t-elle, tu m'épouseras ? La guerre sera finie. On pourra enfin vivre libres.

— Crois-tu que tes parents accepteront ? Tu es trop jeune !

---

1. Evénements des 7 et 8 avril 1944.

— Je ne serai pas la première à me marier à mon âge !

Théo sourit, serra Ana très fort contre lui une dernière fois. Lui fit ses adieux.

Le lendemain, il rejoignit ses camarades de combat.

Les chefs résistants cévenols obligèrent ceux-ci à s'éloigner de la région. Ils les accusaient de nuire, par leurs actions téméraires et violentes, à la sécurité de la population locale et des nombreux exilés cachés par les habitants. La chance des biraquins commençait à tourner. Harcelés par la Milice et les Groupes mobiles de réserve de Montpellier, ils durent rapidement quitter l'Hérault pour se réfugier sur les contreforts du mont Aigoual.

Ana reprit le cœur gros la direction de la ferme des Rastel. Elle se doutait qu'elle ne reverrait plus Théo de sitôt. Quelque chose au fond de son âme obscurcissait son horizon. Elle sentit un grand frisson la parcourir. Elle repoussa en vain de son esprit les pensées négatives qui tentaient de s'y incruster : l'image de Théo blessé, demandant de l'aide, de son corps inanimé sur une civière ; celle d'une foule attristée autour de sa dépouille ; et elle, se tenant à l'écart, le visage décomposé, ne pouvant masquer son chagrin d'avoir perdu le garçon qu'elle aimait.

Elle marchait comme un automate, les yeux noyés de larmes. Dans le village, elle croisa les deux Anglaises qui l'appelèrent pour l'inviter à boire le thé en leur compagnie. Elle ne les vit pas et poursuivit son chemin.

— Qu'a-t-elle, cette petite, aujourd'hui ? s'étonna l'une d'elles. Elle n'est pas dans son assiette.

Quand Ana parvint à une centaine de mètres de la ferme, elle entendit quelqu'un l'interpeller. Elle se retourna machinalement, aperçut Roger et Adrienne Rastel à l'écart de la route, dissimulés derrière un tronc d'arbre, visiblement morts de peur.

— Viens vite ! l'appela Adrienne d'une voix étouffée. Ne t'approche pas de la maison. Des miliciens et des Allemands en civil sont là.

Surprise, Ana obtempéra sur-le-champ. Elle alla se cacher auprès de Roger et d'Adrienne.

— Que se passe-t-il ?

— Chut ! Pas de bruit. On a dû être dénoncés. Ils ont débarqué sans prévenir juste au moment où nous rentrions des champs.

— Papa… maman… David ! s'effraya Ana. Il faut les avertir.

— C'est trop tard, petite.

Stupéfiée, Ana découvrit son père, sa mère et son frère les bras levés comme des bandits pris sur le fait. Quatre miliciens armés les brutalisaient pour qu'ils avancent plus rapidement en direction des voitures noires dans lesquelles ils étaient arrivés. Des gestapistes les accompagnaient.

— Il faut faire quelque chose ! insista Ana. Ils les emmènent !

Elle amorça un pas en avant, prête à porter secours à ses parents. Mais Roger l'en empêcha.

— Ce n'est plus la peine. On ne peut plus rien pour eux. A moins de se jeter dans la gueule du loup.

Ana se débattait, en vain, les larmes aux yeux, la rage au ventre.

Roger dut lui mettre la main sur la bouche afin de ne pas la laisser se trahir.

— Papa… maman… David ! s'époumonait-elle désespérément.

L'intervention ne dura que quelques secondes de plus. Les hommes de la Milice et les policiers allemands s'engouffrèrent à leur tour dans les voitures. Celles-ci démarrèrent en trombe et disparurent.

Atterrés, Adrienne et Roger ne réagissaient pas. Ana s'était écroulée sur place, anéantie. Elle ne pouvait plus prononcer un mot.

Ils demeurèrent prostrés de longues minutes, impuissants.

Roger le premier reprit ses esprits.

— Ne restons pas là. Ce soir, il vaudrait mieux dormir loin d'ici. On ne sait jamais. Allons dans ma cabane de bûcheron. Il y a des paillasses pour la nuit. Demain, on avisera.

La mort dans l'âme, Ana les suivit. Ses pensées étaient ailleurs, perdues dans un monde inconnu et inquiétant.

Elle ne devait plus jamais revoir les siens.

27

Recluse

1944

L'arrestation des Goldberg jeta la consternation dans le village. Personne n'aborda le sujet, mais tous devinèrent qu'il s'agissait d'une famille juive.

Le lendemain du drame, les Rastel reprirent possession de leur ferme. Le calme était revenu. Méfiants, ils y pénétrèrent l'un après l'autre, Roger le premier. Quand il fut certain que tout danger était écarté, il appela sa femme et Ana. Celle-ci demeurait prostrée. Elle ne comprenait pas vraiment ce qui s'était passé. Elle ne cessait d'affirmer que ses parents rentreraient bientôt, qu'ils seraient relâchés avec son petit frère. Roger n'avait pas le courage de démentir.

Le pasteur Martin fut le premier à leur rendre visite. Il avait appris comme tout le monde la terrible nouvelle et ne trouvait pas de mots assez réconfortants pour soulager la malheureuse Ana.

— Ils ont de faux papiers d'identité et les certificats de baptême des enfants que je leur ai fournis, expliqua-t-il aux Rastel. Ils pourront justifier qu'ils sont français et protestants.

— J'ai bien peur que cela ne soit pas suffisant, objecta Roger en aparté pour qu'Ana n'entende pas ses craintes. S'ils peuvent prouver qu'ils sont juifs, ils les déporteront.

Gaston Martin voulait conserver l'espoir que tout pouvait encore arriver.

— Dans l'immédiat, ajouta-t-il en regardant en direction d'Ana, Anne ne doit pas rester chez vous. C'est trop dangereux. Ils pourraient revenir s'ils s'aperçoivent qu'il manque un membre de la famille. Anne doit se cacher ailleurs. Il faut la changer d'endroit en toute discrétion. Personne ne doit savoir si elle a été raflée avec les siens ou si elle en a réchappé.

Adrienne y avait songé. Elle proposa :

— Lucie Fontanes peut l'héberger. Elle m'a souvent confié son désir de venir en aide aux réfugiés. Elle accueillera volontiers Anne chez elle. De plus, m'a-t-elle confié, dans sa maison, il y a une cache qui a dû servir jadis aux camisards. Anne pourrait s'y dissimuler facilement. En cas de fouille, elle risquerait moins de se faire prendre à son tour.

Le pasteur Martin approuva la suggestion d'Adrienne.

— Je vais voir Lucie et lui parler. En attendant, prenez soin d'Anne. Soyez prudents. Empêchez-la de sortir. Si Lucie accepte, ce soir à la tombée de la nuit nous organiserons le transfert d'Anne. Personne ne doit se douter de rien.

La journée fut longue pour les Rastel, terrorisés à l'idée que les miliciens puissent revenir à tout instant. Ils ne savaient pas comment distraire Ana de ses sombres pensées. La jeune fille refusait de manger, ne cessait de pleurer, d'invoquer sa mère, son père, son frère afin qu'ils ne la laissent pas seule.

Tout à coup, elle eut comme un sursaut de clairvoyance :

— Théo va venir, affirma-t-elle. Il les délivrera. Je vais le retrouver dans notre cabane de la forêt. Il doit m'y attendre.

Roger éprouva toutes les peines du monde à la dissuader de sortir au grand jour.

— Réfléchis, petite. Théo ne pourra pas affronter la Milice et la Gestapo. De plus, on ignore où tes parents ont été emmenés. Sois raisonnable. Il faut patienter et te cacher pendant quelque temps.

Comme convenu, le soir, le pasteur Martin revint chez les Rastel. Adrienne avait préparé la valise d'Ana. Elle y glissa un cahier d'écolier et un stylo, ainsi que plusieurs livres tirés de sa bibliothèque.

— Si tu t'ennuies, lui dit-elle en la serrant dans ses bras, ils te feront passer le temps. Sois courageuse, ma chérie. Et surtout, ne perds pas espoir. Tout peut arriver à ceux qui gardent la foi.

Dans les yeux d'Ana, Adrienne lut toute la misère du monde s'imprimer à l'encre de ses larmes.

Lucie Fontanes et son mari, prévenus, attendaient Ana. Celle-ci connaissait bien Lucie pour avoir acheté des victuailles dans son épicerie. Elle connaissait moins Justin qu'elle croisait seulement de temps en temps, lorsqu'il partait au travail. Justin Fontanes était maréchal-ferrant mais aussi garde champêtre, et sillonnait les chemins de la commune du matin au soir, pas tant pour empêcher les braconniers d'agir que pour surveiller l'état des biens communaux. Accessoirement, il faisait aussi office d'ouvrier à la voirie pour effectuer des réparations. Tout le monde l'appréciait car, d'un abord jovial, il ne refusait jamais son aide à personne et buvait un verre dans les cafés du village quand on l'y invitait.

Lucie, visiblement embarrassée, proposa à Ana de s'installer dans l'une des chambres de sa maison. Celle-ci en comportait deux au premier étage. Elles n'étaient ni très confortables ni chauffées, et donnaient l'une sur la placette, l'autre sur le jardin derrière. Lucie et Justin dormaient au rez-de-chaussée dans le salon qu'ils avaient transformé en chambre à coucher afin de profiter de la chaleur de la cheminée.

— Pour ce soir, personne ne remarquera que je loge quelqu'un, affirma Lucie au pasteur Martin. Mais à partir de demain, il faudra prendre garde de ne pas attirer l'attention. Si on voit de la lumière par la fenêtre ou si on s'aperçoit que les volets sont toujours fermés, cela éveillera le doute.

Le pasteur ne lui cacha pas qu'Ana était juive et lui conseilla de se montrer extrêmement discrète.

— Je compte sur vous, Lucie. On ne doit pas savoir que vous hébergez une Juive sous votre toit. Votre maison se trouve au cœur même du village. Au fond, ajouta-t-il avec un certain regret dans la voix, ce n'était peut-être pas la meilleure solution pour cacher cette malheureuse enfant.

— Ne vous inquiétez pas, monsieur le pasteur.
Je redoublerai de prudence.

— Surtout, qu'Anne ne traîne jamais dans l'épicerie ! C'est l'endroit idéal pour les rumeurs. Bien
évidemment, il n'est plus question qu'elle vienne
à l'écolette le jeudi avec ma femme ni au culte le
dimanche. Elle doit absolument disparaître, se terrer
jusqu'à nouvel ordre. Je passerai de temps en temps
prendre des nouvelles.

Une fois le pasteur Martin parti, Justin, qui s'était
abstenu de tout commentaire, referma vite la porte derrière lui et déclara à Lucie :

— Tu ne m'as pas consulté pour accepter cette
gamine chez nous. Tu es complètement inconsciente.
On risque de gros ennuis. Si on se fait prendre, nous
serons logés à la même enseigne que les Rastel.
Nous devrons vivre à tout instant sur le qui-vive.
Qu'espères-tu donc ? Que la Gestapo va les laisser
dormir tranquilles alors qu'ils ont protégé des Juifs en
dépit de la loi qui l'interdit ! Ils risquent la déportation,
eux aussi. C'est ce que tu veux ?

Ana n'avait pas encore bougé depuis qu'elle était
entrée chez les Fontanes. Elle avait dit au revoir machinalement au pasteur, sans comprendre ce qui allait
maintenant advenir d'elle. Sa valise à ses pieds, elle
semblait ailleurs, perdue dans ses pensées, ne pouvant
se détacher de l'idée que ses parents réapparaîtraient
bientôt et qu'ils retrouveraient leur vie habituelle.

Lucie la secoua, l'invita à monter dans la chambre
qu'elle lui avait réservée, l'aida à s'installer.

— Je vais te préparer une bonne soupe, lui proposa-t-elle. Ensuite tu iras te coucher. Tu as besoin de te reposer. Demain sera un autre jour.

Puis elle revint vers son mari.

— Pourquoi me reproches-tu d'avoir aidé cette petite ? On ne pouvait pas la laisser chez les Rastel, c'était trop dangereux pour elle.

— Le pasteur aurait pu la cacher au presbytère. Cela n'aurait pas été la première fois qu'il y aurait hébergé un réfugié. Quand les GMR de Montpellier ont pris possession de l'hôtel Martin pendant huit jours l'année dernière, il a accueilli en pleine nuit tous les Juifs qui y logeaient.

— Tu oublies qu'on a frôlé la catastrophe. Ils ont aussi fouillé toutes les fermes et les hameaux voisins. Ils avaient dû être renseignés, c'est sûr. C'est un miracle qu'ils aient négligé la ferme des Rastel. Quant au presbytère, il en a réchappé, mais aujourd'hui, je ne me risquerais plus à y cacher quelqu'un recherché par les Allemands. Voilà pourquoi le pasteur nous a demandé de prendre Anne chez nous. Pour ne pas attirer l'attention sur sa propre maison où trop de gens sont déjà passés.

— Alors, je ne vois qu'une solution pour être tranquilles.

— Laquelle ?

— On va aménager la cave sous l'épicerie. Anne y sera en sécurité.

— J'y ai songé, figure-toi. Pour les cas d'urgence.

— Non, pas en cas d'urgence. Elle s'y cachera dès demain matin.

— Il faut d'abord lui installer le nécessaire pour qu'elle puisse y vivre sans trop souffrir de l'isolement.

Ana ne s'opposa pas à la décision des Fontanes. Elle obéit et intégra son nouvel univers sans broncher. L'endroit était sordide et exigu, bas de plafond et à peine éclairé par une petite fenêtre qui donnait au ras du sol extérieur. On y accédait par une trappe située derrière le comptoir de l'épicerie. Lucie et Justin y avaient descendu un lit, une table, une chaise et quelques étagères confectionnées à la hâte avec des planches de récupération posées sur des pierres. Sur l'une d'elles, Lucie avait volontairement oublié une bible.

— C'est une bible protestante, dit-elle à Ana, mais tu y retrouveras les textes qui te sont familiers. Seule la traduction peut changer par rapport à celle que tu as sans doute l'habitude d'utiliser chez toi. Et, bien sûr, elle comporte le Nouveau Testament.

— Je ne lis pas souvent la Bible, avoua Ana, sortant de sa torpeur. A la maison, mes parents sont ouverts. Ils nous laissent vivre notre judéité comme nous le voulons.

Lucie sentit que sa petite protégée reprenait le dessus.

— Cet endroit n'est pas très agréable, reconnut-elle. Mais, en des temps plus anciens, il a servi à d'autres réfugiés victimes de l'intolérance. Ces murs sont tout imprégnés de leur histoire tragique. Ils ont permis à certains d'entre eux d'avoir la vie sauve. Il faut espérer du fond du cœur qu'ils t'aideront à renaître la tête haute et l'esprit libre. Aussi, sois patiente, tu ne resteras pas longtemps recluse dans cette cave. Tu n'es pas seule. Tu m'entendras aller et venir juste au-dessus. Mais ne fais pas de bruit. Seul un plancher nous sépare de l'épicerie.

Lucie donna ses dernières recommandations à Ana, puis elle la laissa avec ses livres, ses pensées, sa détermination à vivre malgré le malheur qui s'était abattu sur elle.

Les semaines s'écoulèrent, interminables. Ana vivait au jour le jour, sans s'interroger sur ce qui se passait au-dehors. Elle voyageait dans ses souvenirs, y retrouvait les siens avec tristesse, gardant toujours l'espoir qu'ils soient enfin réunis.

Elle avait commencé la rédaction d'un journal intime afin d'y consigner non seulement l'épreuve qu'elle était en train de traverser, mais aussi l'histoire de sa famille telle que ses parents la lui avaient racontée maintes et maintes fois. Elle se rappelait parfaitement ce qu'ils lui disaient à propos de leur rencontre lointaine dans leur pays natal, la Pologne. C'était dans les années 1920, à l'époque où tous deux étaient étudiants à l'université de Varsovie. Martha se destinait à devenir médecin, Simon à épouser la carrière diplomatique. Ils avaient choisi de s'expatrier en Allemagne dans le but de multiplier leurs chances de réussir. Ils s'étaient mariés peu avant leur départ et Martha lui avait donné la vie à Berlin quelques mois plus tard. C'était une longue épopée, remplie de péripéties, de contrariétés, de joies et de difficultés. Celle de sa propre existence. Jusqu'à ce jour maudit où – elle en était persuadée – ils avaient été dénoncés.

Pourquoi avait-il fallu qu'un être malfaisant les trahisse pour les envoyer en enfer ? Qu'avait-on à leur reprocher pour qu'on les persécute ? Ils ne faisaient de mal à personne ! Martha se rendait même utile auprès des futures mamans qui avaient besoin d'aide. Pourquoi harceler les Juifs ? Pourquoi certains voulaient-ils les faire disparaître de la surface de la terre ?

En rédigeant son journal dans le cahier que lui avait offert Adrienne, Ana ne comprenait plus rien à la triste réalité du monde qui l'entourait. « Il y a tant de braves gens », se disait-elle en songeant au pasteur Martin et à sa femme, aux Rastel et aux Fontanes qui lui avaient ouvert leurs portes au péril de leur vie, à tous ceux qui, dans le village, fermaient les yeux sur les réfugiés venus des quatre coins de l'Europe leur demander seulement un peu de générosité et de tolérance. Pourquoi fallait-il que, dans le lot, se cachent quelques brebis galeuses obstinées à répandre la haine et la discorde ?

Dans un instant de colère, elle avait gravé dans la pierre d'un mur de la cave le mot « dénonciation », comme pour déjouer le mauvais sort qui semblait s'acharner sur elle. Elle n'avait aucune preuve et elle ne pensait à personne en particulier, mais au fond d'elle-même ne subsistait aucun doute.

Lucie descendait la voir plusieurs fois dans la journée. Elle lui apportait ses repas à heures régulières, s'inquiétait de son moral, lui demandait si elle ne manquait de rien. Elle passait de longs moments en sa compagnie à lui parler des siens afin qu'elle garde son espoir intact, à lui raconter les petits événements du village. Elle lui apprenait aussi les derniers soubresauts de la guerre qui n'en finissait pas. L'Armée rouge avait libéré Sébastopol, les Alliés marchaient sur Rome, partout la Résistance redoublait d'efforts pour repousser les troupes allemandes. Lucie se tenait informée en écoutant, le soir, Radio Londres sur sa TSF, malgré les récriminations de Justin, lequel affirmait qu'elle allait se faire remarquer et mettre Ana en danger.

— Il est un peu froussard, se moquait-elle. On ne dirait pas qu'il est garde champêtre ! Je me suis toujours demandé comment il s'y prend pour verbaliser un braconnier ! Quand je pense qu'il renseigne ses camarades du maquis...

Lucie n'acheva pas sa phrase. Dans son élan, elle n'avait pu se retenir.

— Il fait partie de la Résistance ? s'étonna Ana.

— Disons qu'il entretient des contacts avec le maquis local... Mais je n'aurais pas dû t'en parler. C'est confidentiel, ces choses-là.

Ana ne poursuivit pas.

A partir de ce jour-là, elle porta un regard plus admiratif sur Justin qu'elle avait considéré jusqu'alors avec indifférence. Lorsqu'il lui apportait son repas à la place de sa femme, elle ne lui tenait jamais de longs discours. Elle se contentait de le remercier et, à ses questions, ne répondait que par des phrases laconiques, sans engager vraiment la conversation. Justin ne lui avait pas semblé très sympathique.

Informée maintenant que, lui aussi, risquait sa vie pour défendre la liberté des autres, en plus de l'héberger sous son toit, elle commença à se rapprocher de lui et à se montrer moins renfermée.

Un soir, elle osa lui demander :

— Vous pourriez avoir des nouvelles de mes parents ? Vos amis savent peut-être où ils ont été incarcérés et s'ils ont été déportés. Ils pourraient les aider à les faire évader.

Justin parut embarrassé.

— Qui t'a mis ces idées dans la tête ? lui objecta-t-il.

— Si vous faites partie de la Résistance, vous êtes bien placé pour obtenir des renseignements.

— Qui t'a dit que j'appartenais à la Résistance ?

Ana comprit qu'elle ne devait pas insister. Elle se souvint que Lucie lui avait signifié avoir elle-même trop parlé. Elle n'aborda plus jamais le sujet en présence de Justin.

Parfois, elle l'entendait rentrer tard le soir. Le bruit qu'il faisait lui parvenait jusque dans sa cachette. Lucie lui reprochait d'avoir encore traîné au café avec ses comparses. Ana s'étonnait de ces remarques puisque Justin œuvrait pour la bonne cause. Mais, peu à peu, son attention fut éveillée par des bribes de conversations qui l'intriguèrent. Lucie condamnait l'attitude de Justin :

— J'en ai assez de te voir revenir complètement éméché. Tu me fais honte. Que doivent penser tes amis ? Comment peuvent-ils avoir confiance en toi ?

Ana ne s'était jamais aperçue que Justin buvait. Certes, son visage trahissait parfois quelques excès qu'elle avait mis sur le compte de la bonne chère. Mais jamais elle ne l'avait vu dans un état d'ébriété avancé.

Dès lors, elle se méfia lorsqu'il lui apportait ses repas. Elle le regardait attentivement pour voir s'il avait bu, évitait d'entretenir la conversation, feignait de demeurer dans son monde.

Au reste, Justin ne s'éternisait pas. Il ne lui parlait que pour s'inquiéter de ses besoins. Il préférait que Lucie descende elle-même à la cave, prétextant que la petite nécessitait une présence féminine pour pallier l'absence de sa mère.

— Elle file du mauvais coton, cette gamine, remarqua-t-il un jour. Depuis qu'elle m'a demandé d'essayer de savoir ce que ses parents étaient devenus, et que je lui ai expliqué que ce n'était pas en mon pouvoir, elle s'est à nouveau renfermée sur elle-même. J'ai peur qu'un jour elle ne commette une bêtise.

— Quelle bêtise ? s'étonna Lucie.

— Il ne faudrait pas qu'elle décide d'aller seule aux nouvelles, si tu vois ce que je veux dire. Elle croit que son Théo peut tout pour elle.

— Tu te fais des idées !

Lucie ne prêta pas attention aux propos de son mari. Elle tenta néanmoins de questionner Ana afin de vérifier si ce dernier avait raison de s'inquiéter. Mais en sa présence, Ana ne montrait aucun signe de découragement. Elle semblait même reprendre petit à petit le dessus, comme si elle s'était finalement résolue à admettre la triste réalité.

Cinquième partie

LA QUÊTE DE SARAH

28

La fuite

1976

Un mois s'était écoulé depuis le retour de Sarah à Saint-Germain-de-Calberte. Celle-ci n'avait pas tardé à retrouver Rodolphe Lauriol dont elle ne pouvait plus se détacher. Elle avait conscience que plus ils se voyaient, plus elle s'éloignait irrémédiablement de Gilles. Entre eux s'était établie une telle complicité, une telle intimité qu'elle se demandait comment elle avait pu aimer quelqu'un d'autre avant lui. Rodolphe se montrait toujours d'une extrême courtoisie, guettant chacune de ses réactions, de ses hésitations. Il l'écoutait attentivement, savait attendre le bon moment pour revenir à eux sans la brusquer.

Quand elle lui avouait ce qui la chagrinait dans l'histoire de sa mère, il tentait de la rassurer, de l'aider dans sa quête.

Sarah avait repris ses investigations dans le village. Le journal d'Ana s'interrompait brutalement en juillet 1944. Les dernières lignes de son cahier indiquaient qu'elle avait hâte de sortir de la cache dans laquelle elle se sentait enfermée, prisonnière. Pourtant elle ne se plaignait pas de sa condition. Elle affirmait que si elle n'avait pas rencontré des êtres généreux comme les Fontanes, elle aurait pu subir, à son tour, le même destin que celui de ses parents. Elle gardait malgré tout l'espoir de les revoir. Elle n'évoquait jamais la possibilité qu'ils puissent avoir été déportés. Connaissait-elle l'existence des camps de la mort ? Rodolphe soutenait qu'à l'époque peu de gens étaient au courant de cette terrifiante réalité. Beaucoup pensaient que les Allemands internaient les Juifs et tous les opposants au régime nazi dans des camps de travail. Aussi ne pouvait-elle pas deviner ce qui leur était arrivé.

Ana avait appris beaucoup plus tard le sort qui attendait sa famille. Elle n'avait pas caché à Sarah la disparition de Simon, de Martha et de David, gazés à Auschwitz. Mais elle avait toujours refusé de s'étendre sur le sujet, comme si cela était tabou.

— Elle ne voulait sans doute pas attrister ta vie avec cette tragédie, affirmait Rodolphe pour tenter de soulager Sarah dans ses moments d'abattement. Elle souhaitait avant tout te préserver. Il ne doit pas être facile en effet de porter en soi un tel souvenir. Rends-toi compte de ce qu'elle a pu penser à cette époque. Demeurer dans l'attente, sans savoir ce qui est arrivé à son père et à sa mère, imaginer le pire, croire qu'elle ne les reverra plus jamais… Cela a dû être pour elle un terrible cauchemar. Même si elle ignorait l'existence des camps d'extermination, elle devait se douter que ses parents vivaient un calvaire… s'ils vivaient encore au moment où elle écrivait ces lignes !

Rodolphe trouvait les mots justes pour atténuer la souffrance de Sarah.

— Je connais du monde à Saint-Germain, poursuivit-il. Si tu as besoin que je te présente, n'hésite pas. Mais, de cette époque, il ne reste plus beaucoup de survivants. Les anciens sont morts, les plus jeunes pour la plupart sont partis sous d'autres horizons.

— Comme toi, par exemple. Tu es bien originaire de Saint-Germain ?

— Non, je suis né à Nîmes.

— D'où vient alors ta maison familiale ?

— Je croyais te l'avoir dit : un héritage du côté de ma mère qui, elle, était de Saint-Germain. Mon père me l'a cédée à son décès. Il n'aimait pas cette maison qu'il jugeait trop vétuste et perdue au fin fond des Cévennes. Il n'a jamais voulu y habiter, même en résidence secondaire.

— Ce n'est pas ton cas. Tu as l'air d'apprécier les Cévennes.

— C'est exact. Je m'y ressource volontiers.

Sarah avait déjà entrepris quelques recherches afin de retrouver des témoins de l'époque. Les Rastel étaient morts depuis plusieurs années. Leur fils avait succombé au typhus en Allemagne, avant d'avoir pu être libéré. On lui avait appris que le pasteur Martin était parti exercer ses fonctions à Florac, puis qu'il avait sans doute cessé son ministériat. Elle ne savait pas où il résidait à présent, mais elle se promit d'aller à sa rencontre.

Les habitants du village semblaient mal connaître cette belle histoire de sauvetage des Juifs par les anciens Calbertois. Au reste, si Sarah avait entendu parler de celle du Chambon-sur-Lignon, célèbre bien au-delà de la région du Velay en Haute-Loire où elle s'était déroulée, elle ignorait totalement celle de Saint-Germain-de-Calberte. Pourtant, reconnaissait-elle, leur destin était analogue, même si le nombre de personnes sauvées dans la première n'avait rien de commun avec celui des rescapés de la seconde.

Elle n'hésitait pas à interpeller les gens lors de ses promenades dans le bourg, leur demandant s'ils avaient vécu dans la commune au cours du dernier conflit. Elle s'adressait surtout aux plus âgés, susceptibles d'avoir connu le pasteur Martin, les Rastel ou les Fontanes. Mais elle ne parvenait qu'à obtenir des réponses évasives, hésitantes. Les portes se refermaient. Les bouches se taisaient. Visiblement, on n'avait pas envie de se souvenir.

— Oh ! cela appartient au passé, lui rétorquait-on. Pensez donc, ça fait plus de trente ans. C'était la guerre. Une bien triste époque ! On ne veut plus jamais voir ça !

Personne ne souhaitait revenir sur cette histoire. Elle avait été définitivement rangée aux oubliettes.

Elle était persuadée que certains connaissaient la vérité sur ce qui s'était déroulé dans la maison des Fontanes en juillet 1944.

Quelle vérité ?

Que signifiait l'inscription :

A qui était-elle adressée ?

En discutant avec le secrétaire de mairie, elle finit par apprendre qu'une certaine Yvonne Cambon, résidant dans la commune voisine de Barre-des-Cévennes, pourrait la renseigner. Elle avait demandé à consulter les registres d'état civil des années de guerre pour savoir qui logeait à l'époque dans le village. Un bon nombre d'entre eux pouvaient encore être vivants mais habiter ailleurs. Le secrétaire de mairie, trop jeune pour avoir connu cette histoire de sauvetage de Juifs, l'aida néanmoins à passer en revue les listes de tous les anciens administrés.

— Tenez, lui annonça-t-il. Yvonne Cambon habitait la maison juste à côté de l'ancienne épicerie. Sans aucun doute, elle devait être au courant de ce qui se passait chez les Fontanes. Aujourd'hui, elle a soixante-seize ans. Elle est née avec le siècle. Elle a quitté Saint-Germain en 1966. Depuis, elle vit chez ses enfants à Barre-des-Cévennes.

— Comment savez-vous qu'elle n'est pas décédée ?

— Son fils est venu il n'y a pas longtemps me demander un extrait de naissance de sa mère. Elle ne pouvait pas se déplacer elle-même. Elle est dans un fauteuil roulant, d'après ce qu'il m'a raconté.

Dès le lendemain, Sarah se rendit à Barre-des-Cévennes pour rencontrer Yvonne Cambon.

Contrairement à ce qu'elle craignait, celle-ci lui ouvrit grand sa porte. La vieille dame ne dissimula pas son bonheur de se souvenir, en présence de sa visiteuse, de ce passé, qui, certes, comme à tout le monde, lui rappelait des heures tragiques, mais qui, aussi, avait été pour elle plein de riches enseignements.

— Lucie était ma meilleure amie, avoua-t-elle. Elle ne m'a jamais rien caché. Nous étions comme deux sœurs. Pensez donc, nous nous connaissions depuis notre naissance pour ainsi dire. Nous avions fréquenté les mêmes classes à l'école communale, puis l'écolette du jeudi avec la femme du pasteur… ah, son nom m'échappe !

— Martin ?

— Non. Bien avant lui… Bref, nous ne nous sommes jamais quittées. Ma famille possédait la maison située à côté de l'épicerie qui appartenait déjà à celle de Lucie. Nous avons été élevées côte à côte, puis nous nous sommes mariées et avons habité la maison de nos parents. Nous sommes restées amies et voisines toute notre vie, jusqu'à ce que la paralysie me cloue à ce maudit fauteuil roulant. Je me suis résignée alors à aller vivre chez mes enfants.

— Lucie quant à elle…

— Elle a survécu à son mari près de trente ans.

— On m'a appris qu'elle est morte en 1973 et qu'elle a fini ses jours dans une maison de retraite.

— Elle n'avait pas d'enfants.

— Je sais. C'est pour cela qu'elle a légué sa maison à ma mère. Mais j'en ignore la raison exacte. Je me suis installée à Saint-Germain pour éclaircir ce mystère.

Yvonne ne put retenir sa surprise et son émotion.

— Vous êtes… vous êtes la fille… d'Anne ? D'Anne Orsini ?

420

— Ana Goldberg était son vrai nom. Elle aussi est décédée, il y a sept ans maintenant. Au cours d'un stupide accident de la route.

— Oh, je suis désolée… J'étais au courant de la décision de Lucie. Avant d'aller chez le notaire, elle m'a confié ce qui s'est passé pendant ces quatre mois au cours desquels votre maman a séjourné sous son toit.

— Vous connaissez donc les motivations de Lucie, ce qui l'a poussée à donner sa maison et tous ses biens à ma mère ?

Yvonne réfléchit, la mémoire comme soudainement figée par la tristesse.

— C'est une histoire navrante. Personne ne vous l'a racontée, je suppose.

— Telle est la raison de ma démarche. J'aimerais en apprendre un peu plus pour compléter l'épopée d'Ana commencée dans son journal intime et interrompue bizarrement un matin de juillet 1944.

Yvonne hésitait. Visiblement, elle possédait des informations plus précises.

— Un jour, votre maman m'a rendu visite. Elle m'a tout expliqué. Cela corroborait les propos de Lucie. C'était… disons… en 1968 ou 1969, je ne me souviens plus très bien.

Sarah s'étonna.

— Donc, peu avant son décès ! Elle n'avait pas fait son deuil de cette tragédie !

— Et avant celui de Lucie. Ignorant où elle résidait, elle est venue jusqu'à moi. Elle ne savait pas encore qu'elle allait hériter. Je ne me suis pas autorisée à le lui révéler. Lucie m'avait mise dans la confidence, mais il ne m'appartenait pas de dévoiler ses intentions.

— Le notaire a attendu deux ans avant de me retrouver. Il ne possédait pas tous les éléments nécessaires pour deviner la véritable identité de ma mère.

— Personne ne connaissait le nom que vous m'avez donné tout à l'heure, sauf, bien sûr, le pasteur Martin.

— Ana n'est pas allée voir Lucie après vous avoir rencontrée ?

— Je le lui ai déconseillé. Lucie n'allait pas bien. Elle perdait la tête. Précisément à cause de cette satanée histoire. Elle n'a jamais tout à fait oublié ce qui est arrivé sous son toit.

— Mais pour quelle raison a-t-elle désigné Ana comme sa légataire universelle ?

— A cause de ce que j'essaie de vous dire... et ce qui a valu à Lucie de finir sa vie dans de terribles remords.

— Parlez, Yvonne. Révélez-moi la vérité.

Alors, Yvonne se mit à raconter ce qui s'était passé chez Lucie et qui avait motivé la fuite d'Ana.

Sarah en demeura stupéfaite.

1944

Dans le village, peu après l'arrestation des Goldberg, la vérité éclata rapidement au grand jour. La rumeur courut, en effet, que les Rastel avaient abrité une famille juive. Les bouches se turent, mais personne n'en douta un seul instant.

Mis devant le fait accompli, Justin ne put réprimer sa colère envers sa femme, quand celle-ci accepta d'accueillir Ana.

En réalité, Lucie n'était pas au courant de toutes les activités de son mari. Et elle ignorait la vérité. Elle ne l'apprit que plus tard, après sa mort, l'année suivante.

Comme la plupart des habitants du village, elle croyait que Justin entretenait des relations avec le maquis local. En tant que garde champêtre, il connaissait beaucoup de monde et voyait tout ce qui se déroulait aux alentours. Il se trouvait aux premières loges pour jouer un rôle d'informateur auprès des résistants. Mais Justin menait un double jeu et le cachait bien. N'ayant pas approuvé la défaite de son pays pour lequel il avait combattu au cours de la Grande Guerre sous les ordres du général Pétain lui-même, il ne s'était jamais résigné à considérer ce dernier comme un traître. Secrètement, il lui avait conservé sa confiance mais s'était toujours gardé de le claironner sur tous les toits. Ses idées contredisaient donc les actes qu'on lui prêtait. Certes, il avait des contacts avec la Résistance, mais cela lui permettait en fait d'obtenir des renseignements qu'il transmettait aussitôt à la police allemande avec laquelle il communiquait discrètement par l'intermédiaire de jeunes miliciens qui, comme Lucien Rivière, avaient fait le choix de l'ennemi.

Lucien chassait souvent dans les bois de Saint-Germain. Il y rencontrait Justin et discutait avec lui du passage des sangliers sur la commune, de la saison des grives, des pièges qu'il fallait poser pour éradiquer les animaux indésirables. Il ne lui avait pas dissimulé qu'il était tombé amoureux d'Anne Orsini, mais que celle-ci s'était éprise de son ancien camarade de classe, Théo Ravanel, « un poltron qui n'a pas le courage de répondre au STO, et qui se cache lamentablement pour y échapper », d'après ses propres paroles. Encouragé par Justin, Lucien avait fini par entrer dans la Milice. Les deux hommes, comme père et fils, se juraient de mettre bon ordre dans leur commune « abandonnée aux Juifs et aux étrangers ».

Un jour, peu après l'engagement de Lucien, ce dernier annonça à Justin une nouvelle qui allait le surprendre :

— Sais-tu ce que je viens d'apprendre ?

— Par qui ? Par tes nouveaux amis de la Milice ?

— Non. Par la bouche d'Anne elle-même. Elle s'est trahie en discutant avec moi.

— Comment ça, « trahie » ?

— Quand je lui ai demandé comment s'appelait son père, elle m'a répondu Simon et aussitôt elle s'est reprise et a dit Pierre.

— Et alors ?

— Tu ne comprends pas ? Tu es lourd, Justin !

Justin écarquilla les yeux.

— Pourquoi l'a-t-elle soudainement appelé Simon, un prénom juif ? C'est certain, sa famille se dissimule sous un faux nom.

— Tu crois ?

— C'est louche, non ? Quand je lui ai fait remarquer qu'elle avait appelé son père Simon, elle s'est troublée et a prétexté qu'elle s'était trompée en parlant trop vite. Tu crois, toi, qu'on peut confondre le prénom de son propre père ?

Justin en demeura stupéfait.

— Alors, qu'en dis-tu ? insista Lucien.

— Les Rastel sont de bons amis, surtout de ma femme. Je n'aurais jamais pensé qu'ils se mouillent pour venir en aide à des Juifs. Ce doit être encore un coup du pasteur Martin. C'est lui qui les a appelés dans la commune.

Lucien n'avait pas avoué combien il était jaloux de Théo et dépité d'avoir été éconduit par Ana. En se confiant à Justin, il soulageait sa rancœur et sa déception. Il trahissait les parents de celle qu'il aimait comme pour mieux se venger du destin qui lui refusait l'objet de ses désirs.

Justin n'hésita pas longtemps.

— Je vais les signaler à la police.

Deux jours après, la Gestapo et la Milice déboulaient dans la ferme des Rastel et arrêtaient Simon, Martha et David Goldberg.

Quand Lucie annonça à son mari qu'elle avait accepté d'héberger Ana, Justin ne put l'en empêcher. Il était trop tard pour revenir en arrière. Il se renfrogna mais ne laissa pas deviner sa forfaiture. Pendant tout le séjour d'Ana sous son toit, il feignit d'ignorer par qui ses parents avaient été dénoncés et agit envers elle comme si de rien n'était.

1976

Sarah était abasourdie. Elle n'avait jamais soupçonné Justin Fontanes d'être à l'origine de la tragédie de sa famille.

— En réalité, précisa Yvonne Cambon, il y a deux coupables dans cette histoire : Lucien, le premier qui a dénoncé vos grands-parents à Justin ; et ce dernier qui a averti la police. Mais ni l'un ni l'autre n'ont été récompensés de leur acte odieux. Ils ont payé leur trahison.

— Que s'est-il encore passé ?

— Lucien a été tué l'année suivante au cours d'un affrontement entre des miliciens dont il faisait partie et un groupe de résistants. Il venait d'épouser une jeune fille de Saint-Germain, une certaine Paulette. La malheureuse n'a pas eu de chance. A peine mariée et déjà veuve !

— Ce Lucien s'est vite consolé d'Ana !

— Certes, et il a mis son épouse enceinte sans attendre. Celle-ci a donc accouché d'un enfant orphelin de père.

— Et Justin ?

— Ce fut un drame quand on a appris sa collusion avec les Allemands. Lucie ne s'en est jamais remise. On a retrouvé son corps criblé de balles dans la forêt, un matin de mai 1945, une semaine avant la fin de la guerre. Les résistants, ayant eu connaissance de sa trahison, l'ont exécuté après un jugement sommaire et ont abandonné sa dépouille sur place, avec un écriteau sur lequel était inscrit le mot « traître ».

Sarah était sidérée d'entendre les détails de cette tragédie. Elle comprenait mieux à présent pourquoi les portes s'étaient refermées devant son insistance à percer la vérité concernant le refuge des siens à Saint-Germain.

— Qui était l'épouse de Lucien Rivière dont vous me parliez il y a un instant ? demanda-t-elle par curiosité.

— Paulette ? Oh, une malheureuse qui s'est laissé embobiner par ce Lucien. Elle s'appelait Duchêne et était issue d'une vieille famille calbertoise. D'ailleurs, sa maison existe toujours, vous avez dû l'apercevoir sur la route de Saint-Etienne, un gros mas entouré de prairies bordées de mûriers. Elle a été restaurée par son fils. Celui qu'elle a eu avec Lucien Rivière… Rodolphe, si je ne me trompe pas. C'est ça, Rodolphe.

Sarah blêmit.

— Mais il ne porte pas le nom de son père, ajouta Yvonne. Sa mère s'est remariée après la guerre. Son second mari, un honnête homme d'après ce que je sais, a reconnu son enfant et lui a donné son nom.

Saisie, Sarah ne réagit pas aux dernières informations d'Yvonne. Celle-ci s'en inquiéta :

— Ça ne va pas ?

— Il se fait tard, je dois vous quitter.

— Mais je ne vous ai pas encore expliqué ce qui est arrivé à cette malheureuse Ana, la raison pour laquelle elle s'est enfuie précipitamment.

Sarah ne pouvait plus rien entendre. Elle se sentait mal.

— Je… je reviendrai, dit-elle. Si je ne vous dérange pas !

— Vous ne me dérangez pas. Au contraire !

Sarah prit congé et rentra à Saint-Germain, assommée.

Le soir, dans son lit, elle ne put trouver le sommeil.

Rodolphe Lauriol, ressassait-elle. Rodolphe… le fils de Lucien Rivière… Le fils du délateur de mes grands-parents et de ma mère !

29

Explication

1976

Sa famille dénoncée par Justin Fontanes ; Rodolphe, fils d'un des deux responsables de la déportation de ses grands-parents ! C'en était trop. Sarah tomba dans un profond désarroi. Elle n'était plus que l'ombre d'elle-même. D'un seul coup, l'héritage de sa mère lui paraissait trop lourd à supporter. Elle eut envie de s'en débarrasser au plus vite, comme ç'avait été la première idée de Gilles. Elle l'entendait encore lui affirmer qu'il ne lui occasionnerait que des soucis. S'était-elle donc trompée au sujet de Rodolphe ? S'était-elle laissé emporter par ses sentiments à un moment où elle avait besoin de donner un autre sens à sa vie ?

Elle ne pouvait pas partir sans une franche explication. Elle devait exiger de Rodolphe sa version des faits, percer en lui le mystère qu'il dissimulait. Car il ne pouvait pas ignorer cette tragédie dont son père biologique était responsable. Elle devait l'affronter avec détermination et avoir le courage de lui faire ses adieux. Elle ne pouvait envisager, en effet, de prolonger leur relation. Que penserait sa mère si, de là où elle se trouvait, elle apprenait que sa fille se prélassait dans les bras du fils de son délateur ?

En quittant Yvonne Cambon, elle se jura d'avoir une sérieuse discussion avec Rodolphe dès le lendemain.

Ce dernier travaillait dans ses terres quand elle débarqua chez lui de bon matin. Le froid s'était abattu sur les montagnes. La neige tapissait les sommets. Rodolphe bataillait pour replanter une clôture que les sangliers avaient renversée. Emmitouflé dans une chaude vareuse de l'armée achetée dans un surplus américain nîmois, il ne l'entendit pas arriver. Sarah arrêta sa voiture juste à ses côtés. Surpris, il leva les yeux vers le conducteur du véhicule, s'étonna :

— Toi ici, si tôt ! Que me vaut ta visite ? Je ne pensais pas te voir avant ce soir. Nous ne devions pas dîner ensemble chez Louis ?

— J'ai à te parler.

Au ton de sa voix, Rodolphe comprit que Sarah avait des reproches à lui adresser. Pourtant, il était sûr de ne rien lui avoir dit de vexant et de s'être toujours comporté avec tact. Il avait appris à respecter sa susceptibilité, il la ménageait car il la sentait fragile, avançant pas à pas vers sa nouvelle destinée comme un petit oiseau apeuré qui se méfie de la main de celui qui lui donne du pain à picorer. Il l'avait apprivoisée avec douceur, intelligence et beaucoup de patience. Que lui avait-il fait pour déclencher subitement cette réaction de toute évidence teintée d'animosité ?

— Rentrons, lui proposa-t-il. Nous serons mieux au chaud près de la cheminée avec un bon café.

Sarah le suivit à l'intérieur du mas qu'elle connaissait maintenant comme sa propre maison. Rodolphe prit le temps de préparer le café, puis ils s'installèrent dans le salon l'un en face de l'autre.

— Alors, commença-t-il, qu'y a-t-il de si urgent ? Tu me parais bien soucieuse ce matin. T'ai-je contrariée ? Ou bien aurais-tu reçu de mauvaises nouvelles ?

Sarah fixait Rodolphe comme si c'était la première fois qu'elle le voyait. Devant lui, elle perdait toujours son sang-froid. Son cœur s'accélérait comme au premier jour de leur rencontre. Elle ne pouvait s'empêcher de l'admirer, percevant en lui un être d'exception, quelqu'un qui, sans qu'il ait besoin de paroles, la comprenait, devinait ce qu'elle éprouvait, savait se taire et attendre qu'elle ait fini de s'épancher pour s'exprimer. « Pourquoi donc suis-je à ce point attirée par lui ? » se demandait-elle pour se donner le courage de s'expliquer sans détour.

Elle se fit violence.

— Tu ne m'as guère parlé de ton père. Pourquoi ? Tu as honte de lui ?

— Mon père ! Pour quelle raison ? C'est un homme formidable qui m'a élevé avec beaucoup d'amour et qui m'a tout accordé. Il a fait de moi ce que je suis devenu. Il est encore vivant et pourrait, même affaibli, diriger son domaine viticole. Or il n'a pas hésité à me le céder et à se retirer en m'offrant toute sa confiance… Pourquoi me poses-tu cette question ?

— Je ne parle pas de Jacques Lauriol, qui n'est pas ton vrai père. Mais de Lucien Rivière, ton père biologique, le premier mari de ta mère. Pour quelle raison m'as-tu caché son existence ?

Rodolphe se rapprocha de Sarah, voulut la prendre dans ses bras. Elle s'écarta dans un mouvement de rejet.

— Ne me touche pas ! Comment oses-tu ?

— Je ne te comprends pas, Sarah. Si tu as quelque chose à me reprocher, explique-moi ce qui ne va pas.

— Avoue-moi la vérité. Celle que tu me dissimules depuis le début. Tu m'as trompée, Rodolphe. Tu ne vaux pas mieux que les autres. Dire que je te faisais confiance ! Je me suis séparée de Gilles pour venir te rejoindre, je te croyais sincère, généreux, honnête. Je pensais que tu m'aimais.

Sarah avait les yeux inondés de larmes. Sa voix saccadée trahissait son émotion. Son visage portait le masque de la déception.

— Mon père, mon vrai père, est celui qui m'a élevé. Il s'appelle Jacques Lauriol. Je n'ai jamais connu mon père biologique. Pourquoi voulais-tu que je t'en parle ? Il n'est rien pour moi, il n'a jamais rien représenté. Il a été le premier mari de ma défunte mère. Au reste, elle ne s'est jamais étendue à son sujet devant moi. Il était mort à ma naissance. Et je crois que ma mère l'a vite oublié. C'était une erreur de jeunesse de sa part de l'avoir épousé.

— C'est quand même ton père. Son sang coule dans tes veines. Tu ne peux pas le nier.

— Qu'est-ce que ça change entre nous ?

— Tout, Rodolphe. Tout. Rien ne pourra plus être comme avant.

— Je ne comprends pas.

— Tu ne comprends pas que je ne peux aimer le fils du délateur de ma famille, celui qui a envoyé mes grands-parents à Auschwitz où ils ont été gazés avec leur petit garçon par les nazis !

— Comment oses-tu affirmer une telle horreur ?

— Parce que c'est la réalité. Et tu me l'as cachée !

— Faux ! Je ne connaissais même pas le nom de mon père biologique. Tu viens de me l'apprendre. Ma mère ne m'en parlait jamais. Elle ne souhaitait pas revenir sur son passé.

— Je ne te crois pas.

Rodolphe semblait sidéré. Il se leva, se remplit un verre de cognac, le but d'un trait sans en offrir un à Sarah. Elle le lui reprocha.

— Tu perds ta galanterie ! C'est la vérité qui fait remonter à la surface ta vraie nature ?

Il se reprit.

— Pardonne-moi. J'en avais besoin. Veux-tu un verre de cognac ou quelque chose de moins fort ?

— Un café me suffira.

Il la servit et vint se rasseoir à côté d'elle.

Sarah sentait faiblir sa détermination. Elle ne lui laissa pas le temps de s'expliquer et poursuivit :

— Faisons le point : Lucien Rivière était ton père. Il s'était engagé dans la Milice pendant la guerre. Il était tombé amoureux de ma mère. Mais Ana l'a repoussé, car elle aimait un autre garçon, Théo Ravanel, un ancien camarade de classe de Lucien. Par dépit, Lucien a dénoncé Ana et ses parents à Justin Fontanes

432

quand il a appris par hasard qu'ils étaient juifs. Justin était un traître qui renseignait la police allemande dans le dos des résistants. Ils sont tous deux responsables de la tragédie qui a suivi cette délation. Et tu as le toupet de m'affirmer que tu ignores tout de cette histoire !

— Je te jure que oui. Jamais ni ma mère ni son second mari, Jacques Lauriol, que je considère comme mon vrai père, ne m'ont parlé de ce drame.

Sarah doutait des allégations de Rodolphe. Feignait-il de méconnaître la vérité ? Essayait-il de la tromper afin de se dédouaner et de tenter de la ramener à de meilleures considérations à son égard ? Il s'exprimait avec tant de conviction, tant de sincérité qu'elle ne parvenait pas à se faire un jugement impartial. Elle reconnaissait qu'il la subjuguait par ses paroles et ses actes pleins de prévenance envers elle. Elle l'avait tant admiré avec les yeux de l'amour fou qu'elle s'en était aveuglée avec délice et en perdant son âme sans retenue.

— Il m'est difficile de te croire, le coupa-t-elle. La tragédie de ma famille résonne en moi comme le glas. Je ne peux plus te voir comme avant. Tu me comprends ? Il subsistera éternellement un doute entre nous, un doute terrible, l'image de l'arrestation de mes grands-parents, l'image d'Auschwitz. Comment pourrais-je encore me donner à toi sans me heurter à cette effrayante vérité ?

En son for intérieur, Rodolphe reconnaissait le bien-fondé des arguments de Sarah. Il n'insista pas. Il lui prit la main, se satisfit d'un simple regard.

Elle devina qu'il souffrait d'avoir entendu ce qu'elle avait eu à lui reprocher. Elle faillit se rapprocher de lui, effacer d'une parole tous les griefs qu'elle lui avait formulés. N'en fit rien.

— Demain, je rentre à Lausanne, lui déclara-t-elle.

— Je te comprends, se contenta-t-il de répondre. Je ne peux m'imposer à une femme qui souffre à cause de moi et que j'ai déçue... Mais sache que je t'ai dit la vérité.

Sarah le quitta, la mort dans l'âme.

Le lendemain, elle prit la route à l'aube sans même avertir Louis de son départ. Dans la nuit, elle avait décidé de vendre la maison, de faire table rase. Elle ne connaissait pas la fin de l'histoire d'Ana. Elle n'était plus sûre de pouvoir aller jusqu'au bout de sa quête.

Est-ce que Gilles voudra toujours de moi ? se demandait-elle au volant de sa voiture. Il lui avait laissé entendre qu'il serait là quand elle reviendrait.

L'aimait-il encore ? L'aimait-elle encore ?

Gilles s'étonna de revoir Sarah revenir si tôt. Elle avait déclaré partir pour trois mois, le temps de réfléchir et de prendre une décision définitive. En réalité, il s'était armé de patience. Il l'aimait encore en dépit de ce qu'elle lui avait laissé entendre : elle souhaitait rompre la routine, bousculer le confort d'une existence bourgeoise où plus rien d'imprévisible ne survenait ; elle ne pouvait plus se contenter d'un destin tout tracé. Elle ne lui avait pas avoué avoir rencontré un homme qui l'avait fait rêver et avec lequel elle n'était plus du tout la même femme, ni confessé qu'avec lui elle se sentait renaître.

Quelle déception !

Oserait-elle reconnaître devant Gilles sa terrible déconvenue ?

Il était absent quand elle arriva le soir. Elle s'installa aussitôt sur le canapé du salon pour l'attendre, grignota devant la télévision dans l'espoir qu'il ne tarderait pas. Elle avait remarqué qu'il n'avait pas fait son lit avant d'aller au travail le matin, preuve qu'il n'était pas parti pour plusieurs jours et qu'il devait sans doute rentrer dans la soirée. L'avait-il remplacée depuis deux mois ? se demanda-t-elle, s'étonnant elle-même de cette pointe de jalousie qui ne lui ressemblait pas.

Vers minuit, alors qu'elle s'assoupissait devant le poste de télévision, elle entendit la porte d'entrée s'ouvrir. Gilles était de retour.

— Sarah ! fit-il aussitôt entré. Tu es là ?

Surprise, elle sortit de son demi-sommeil.

— J'ai aperçu ta voiture garée le long du trottoir, poursuivit-il.

Quand il pénétra dans le salon, il arborait un grand sourire.

— Tu aurais dû me prévenir. Je serais rentré plus tôt.

— Ce n'était pas prévu. Je me suis décidée au dernier moment.

— Tu as mangé quelque chose ?

— Oui, merci. Je me suis servie dans le réfrigérateur.

— Tu as bien fait. Alors, dis-moi, pourquoi es-tu revenue si vite ? Je pensais que tu restais trois mois à Saint-Germain !

— Je t'expliquerai demain. Pour ce soir, je suis fourbue. J'aimerais aller me coucher, maintenant que tu es là.

Sarah se sentait plus mal à l'aise que Gilles, coupable d'avoir déserté le navire. Lui, en revanche, donnait l'impression de ne pas lui tenir rigueur de son comportement.

Ils se couchèrent comme si tout était rentré dans l'ordre. Gilles ne lui demanda aucune justification, estimant au fond de lui-même qu'il ne fallait pas la brusquer, afin de lui permettre de se remettre de ses émotions.

Le lendemain, Sarah lui révéla tous les détails de ses découvertes, sans rien omettre. Elle lui parla même de Rodolphe, reconnaissant qu'elle avait connu avec lui le grand frisson.

Gilles, qui avait depuis longtemps deviné que le cœur de Sarah battait pour un autre et qu'elle avait hâte de retourner à Saint-Germain-de-Calberte pour cette raison, ne lui fit aucune remarque. Il l'écouta patiemment, l'interrompant de temps en temps, apparemment plus intéressé par l'histoire tragique d'Ana et de ses parents que par la romance sentimentale de Sarah. Toutefois, dans le ton de sa voix, celle-ci perçut une pointe de déception, de jalousie mal contenue.

— Tu m'en veux ? lui demanda-t-elle quand elle eut terminé son long récit.

— T'en vouloir ! De quoi ? D'être partie ? Pour moi, seul compte ton bonheur. Tu le sais bien !

— Je sens bien que tu me reproches de t'avoir abandonné.

Gilles tergiversait, n'osait dire ce qu'il avait sur le cœur.

— Si je ne peux te rendre heureuse, je ne désire pas que tu restes avec moi uniquement par compassion ou pire, par habitude. Il faut que ce soit clair entre nous. Moi aussi j'ai réfléchi. Je t'ai attendue, je peux te l'avouer, en espérant sincèrement que tu reviennes à de meilleures dispositions. Mais je ne peux te retenir contre ton gré ni exiger de ta part que tu te sacrifies pour moi.

Sarah était bouleversée. Elle devinait beaucoup d'amertume dans les propos de Gilles. Comment pouvait-elle le mettre dans une situation si inconfortable ? Celle d'un homme éconduit, bafoué, qui ne souhaitait pourtant que le bonheur de celle qui l'avait abandonné.

— Et pour la maison ? poursuivit-il. Qu'as-tu décidé en fin de compte ?

— Je ne sais plus très bien. Pour le moment, je n'ai plus très envie d'y retourner. C'est celle où ma mère a dû se cloîtrer du fait d'une trahison qui me collera à la peau toute ma vie, tu comprends. Rodolphe m'a juré qu'il n'était au courant de rien. Mais comment le croire ? Ne me cache-t-il pas la vérité ?

— Pourquoi doutes-tu de lui ? Quand bien même il serait le fils de Lucien Rivière, ça ne fait pas de lui un homme malhonnête. Nul n'est responsable des actes de ses parents. Il n'est aucunement coupable de ce qu'a fait son père. De plus, il ne s'agit que de son père biologique. Il ne l'a jamais connu.

Sarah ne reconnaissait plus Gilles. N'était-il pas en train de la convaincre qu'elle avait tort de condamner Rodolphe ? De la pousser à aller le rejoindre si c'était avec lui qu'elle pouvait trouver le véritable bonheur ?

Elle se réfugia dans ses bras, plus enfant que jamais.

— C'est toi qui me dis cela ! lui murmura-t-elle à l'oreille comme pour éviter que quelqu'un n'entende sa réaction. Alors que tu pourrais te montrer jaloux et me jeter dehors après ce que je t'ai appris !

— Je ne peux te forcer à m'aimer, Sarah. Si je t'ai déçue, il faut avoir le courage de l'avouer et de mettre fin à notre relation. Je préfère que tu sois heureuse loin de moi que résignée dans mon lit… Mais c'est toi qui décides de ta vie… pas moi.

Sarah était trop bouleversée par tout ce qui se passait soudainement autour d'elle pour prendre sur-le-champ une résolution grave de conséquences.

Elle proposa de patienter. Elle souhaitait faire le point. Loin de Saint-Germain, elle serait plus à même de retrouver ses repères.

Plus d'un mois plus tard, aux environs de Pâques, elle retourna à Saint-Germain-de-Calberte pour mettre un point final à sa quête. Elle ignorait si elle reverrait Rodolphe, partagée entre les sentiments que lui inspirait Gilles et ceux qu'elle éprouvait toujours pour lui, bien qu'elle s'en défendît.

Gilles comprit que le destin de Sarah se scellerait bientôt et ne la retint pas.

30

Le drame

Avril 1976

Les idées de Sarah s'embrouillaient dans son esprit. Au volant de sa voiture, elle ne parvenait pas à fixer son attention sur la route. A plusieurs reprises, elle faillit ne pas éviter l'obstacle qui se dressait devant elle.

Parvenue aux environs de Pont-Saint-Esprit, elle sortit de l'autoroute et s'arrêta sur le bord de la chaussée. Les larmes lui coulaient sur le visage. Son émotion était telle qu'elle suffoquait. Elle hésita à poursuivre son chemin, le cœur chaviré à la pensée de revoir Rodolphe. Elle ne pouvait croire qu'il lui avait dissimulé la vérité.

J'ai été injuste avec lui, songeait-elle. Pourtant, même s'il avait été sincère, cela ne changeait rien à son lien de parenté avec Lucien Rivière. En face de lui, je ne parviendrai jamais à oublier cette terrible vérité… Non, je ne dois plus le revoir, s'efforçait-elle de se convaincre.

Elle reprit la route, décidée à l'éviter, à ne plus jamais se retrouver sur son chemin. Je dois mettre fin à ma quête, se persuadait-elle, puis rayer pour toujours Saint-Germain-de-Calberte de ma mémoire.

Quand elle arriva au terme de son voyage, aux environs de vingt et une heures, n'ayant rien à manger dans sa maison, elle fut tentée de se rendre chez Louis. Elle avait aperçu de la lumière dans la salle du restaurant. Des clients s'éternisaient encore à table, comme souvent le samedi soir. Mais elle craignit d'y rencontrer Rodolphe. Elle préféra se passer de repas.

En cette mi-avril, la maison était glaciale. Sans prendre la peine d'allumer la cheminée, elle se glissa dans les draps et se couvrit d'un épais édredon. Ressassant sans cesse les mêmes pensées, elle ne parvint pas à trouver le sommeil, d'autant plus que, dehors, résonnaient les bruits de la fête votive.

Le lendemain, elle se leva tôt et se rendit sans tarder à Barre-des-Cévennes, chez Yvonne Cambon. Surprise de la revoir, celle-ci lui offrit une tasse de café sans attendre qu'elle lui annonce le motif de son retour.

— Volontiers, accepta Sarah. Je n'ai rien mangé depuis hier midi, un sandwich sur le bord de la route. Cela me fera du bien.

— Vous n'avez pas déjeuné non plus ? s'inquiéta Yvonne.

— Je n'avais aucune réserve dans la maison. Il faudrait que j'aille faire quelques courses pour la semaine.

— Vous êtes donc revenue pour plusieurs jours ?

— Juste le temps de faire le point sur cette tragédie dont vous me parliez lors de ma dernière visite.

— Vous êtes partie un peu vite, en effet. Mais j'ai compris votre réaction.

— Ce que vous m'avez révélé est terrifiant.

Yvonne ignorait quelles étaient les relations qu'entretenait Sarah avec Rodolphe Lauriol. Elle ne se doutait pas que ses paroles l'avaient anéantie.

— Je vais vous préparer un bon petit déjeuner, lui proposa-t-elle. Vous devez mourir de faim. A votre âge, il n'est pas recommandé de sauter des repas.

Elle sortit un bol de son buffet, une assiette et des couverts. Elle apporta un saladier rempli de fruits, un gros pain de campagne, du beurre, du miel et de la confiture.

— Je mitonne moi-même mes confitures, dit-elle avec fierté. Rien que des produits du verger. Et le miel, c'est mon fils qui l'extrait de ses ruches.

Sarah se détendit. Elle recouvra petit à petit son calme et se sentit prête à entendre la suite de la tragédie qu'avait vécue sa mère.

— Acceptez-vous de me raconter ce qui s'est passé dans la maison de Lucie à la fin du séjour d'Ana ?

Yvonne avança son fauteuil roulant près de Sarah et se saisit de la cafetière. Elle lui servit un grand bol de café noir, l'invita à manger.

— Où en étions-nous avant votre départ précipité ? commença-t-elle.

— Vous veniez de m'apprendre que Lucien Rivière avait fait un enfant à sa jeune épouse, Paulette Duchêne, et que celle-ci avait accouché après la mort de son mari. Puis, qu'elle s'était remariée avec un certain Jacques Lauriol qui avait reconnu le bébé.

— Ah oui, le petit Rodolphe.

Sarah ne sourcilla pas, contenant son émotion.

— Vous ai-je raconté dans quelles circonstances Lucien et Justin avaient été tués peu avant la fin de la guerre ?

— Oui, vous me l'avez dit. Ce que j'aimerais savoir, c'est pour quelles raisons Ana a interrompu son journal ? Et que signifie l'inscription sur le mur de la cuisine :

Ne cherchez pas à savoir ?

— Une inscription sur le mur de la cuisine ! s'étonna Yvonne. Je ne suis pas au courant.

— Je l'ai découverte en détapissant. Elle a été écrite par ma mère, j'en ai la preuve.

Yvonne réfléchit, troublée. Elle s'éloigna de la table, alla ouvrir un tiroir de son buffet, en tira une petite boîte en marqueterie.

— J'y cache mes bijoux de famille ! avoua-t-elle en souriant. Oh, je n'ai pas grand-chose de valeur, mais je possède encore les alliances de mes parents et la bague de fiançailles que mon mari m'a offerte quand j'avais dix-huit ans.

Elle en sortit une boucle d'oreille, la montra à Sarah.

— Regardez ceci. Cette boucle a dû appartenir à votre maman. C'est Lucie qui me l'a confiée avant de partir dans sa maison de retraite. Elle ne m'a pas donné d'explication. Elle m'a seulement dit qu'elle ne pouvait plus la conserver, qu'elle n'en avait pas le droit. J'ai été étonnée, car elle n'avait pas l'habitude de porter des boucles d'oreilles. De plus, il n'y en avait qu'une. Je ne lui ai pas posé de questions. J'ai mis la boucle dans mon coffret à bijoux. Je reconnais que je l'avais un peu oubliée.

— Qu'est-ce qui vous fait croire que cette boucle d'oreille appartenait à ma mère ?

— C'est une boucle de jeune fille. Elle ne pouvait appartenir à Lucie. Votre maman a dû la perdre au moment de s'enfuir.

— De s'enfuir ?

— Je vais vous raconter ce qui s'est passé. Vous comprendrez mieux après. Tout ce que je peux vous dire, je l'ai appris par votre maman elle-même, et, comme je vous l'ai déjà expliqué, ses propos recoupaient ceux de Lucie.

Sarah se cala dans sa chaise, finit son bol de café.

— Je vous écoute, fit-elle, le souffle court.

Yvonne, émue, reprit son récit, ajoutant au journal d'Ana des détails que Sarah ignorait encore, notamment à propos de ce qui avait motivé sa fuite. Ana elle-même les avait révélés à Yvonne quelques années avant sa mort.

1944

Ana vécut des heures sombres dans la cave des Fontanes. Non seulement elle se sentit brutalement abandonnée et trahie, mais elle avait aussi à affronter un terrible cauchemar, celui de ne pas savoir ce qu'il advenait de sa famille. Elle avait vu partir les siens sous ses yeux, aux mains de la Gestapo et des miliciens, sans pouvoir réagir, en toute impuissance. Elle n'avait eu qu'un seul recours : faire confiance aux Rastel, puis aux Fontanes. Elle avait accepté docilement de se réfugier dans la cachette proposée par Lucie, de demeurer discrète le temps nécessaire à ce que l'affaire se tasse et que, dans le village, on ne puisse pas deviner qu'elle en avait réchappé.

Les premiers jours, elle resta prostrée, dans l'incapacité d'émettre la moindre parole. Lucie crut sur le moment qu'elle avait été complètement traumatisée et qu'il lui faudrait peut-être appeler le médecin afin de lui rendre tous ses esprits. Les livres offerts par Adrienne ne lui étaient d'aucun secours, pas plus que la Bible de Lucie. Elle ne touchait pas aux plats que celle-ci lui apportait trois fois par jour. Et quand Lucie descendait pour discuter avec elle, elle se heurtait à un mur de silence.

— Si tu ne manges pas, lui dit-elle, tu finiras par tomber malade. Tu ne dois pas te laisser aller, petite. Tes parents ne voudraient pas te savoir dans cet état. Pense plutôt au jour où tu les reverras. Il faut garder l'espoir.

Ana s'enfonçait petit à petit dans la nuit. Elle cherchait à comprendre ce qui s'était passé. Pourquoi les avait-on dénoncés ? Qui était le délateur par qui son malheur était arrivé ?

Un jour, Lucie lui apporta une nouvelle qui la fit changer d'attitude.

— J'ai croisé Théo Ravanel dans le village, lui apprit-elle. Il m'a demandé si tous les membres de ta famille avaient été arrêtés. Je connais un peu ce garçon. Sa mère est une lointaine cousine de la mienne. Il devait croire que toute la commune était au courant de ce drame.

En entendant prononcer le nom de Théo, Ana réagit. Dans son désespoir, elle l'avait presque oublié, tant ses pensées étaient tout entières occupées par la disparition de ses parents et de son petit frère.

— Théo ! s'exclama-t-elle. Vous l'avez rencontré ? Il me cherche ?

— J'en ai l'impression. En tout cas, il s'inquiète à ton propos.

— Théo… Oh, Théo, viens vite, s'il te plaît, ne me laisse pas seule.

Elle se mit à pleurer sous le regard attendri et étonné de Lucie.

— Je n'ai pas pu lui dire que je te cachais chez moi. Cela n'aurait pas été prudent. Il faut encore attendre. Plus tard nous aviserons.

A partir de ce jour-là, Ana recommença à s'alimenter et à parler. Certes, elle n'accrochait jamais un sourire à son visage, mais elle semblait admettre ce qui s'était passé. Au fond de son cœur, elle recouvra l'espoir qu'elle reverrait bientôt sa famille, saine et sauve.

— On va les libérer, n'est-ce pas ? ne cessait-elle de demander à Lucie chaque fois que celle-ci venait lui tenir compagnie.

Un mois s'écoula, puis un second.

Ana finissait par s'accoutumer à sa détention forcée. La cache, où elle demeurait cloîtrée, ne lui paraissait plus aussi sinistre qu'aux premiers jours. Elle y avait pris ses habitudes, ses repères. Elle avait changé le lit de place afin d'être plus près du soupirail, seule source de lumière naturelle. Elle entendait les bruits de la rue et s'amusait à deviner ce qui s'y déroulait.

Elle reconnaissait des voix, toujours les mêmes aux mêmes heures de la journée. Elle tendait l'oreille, se délectant de son indiscrétion. De même, lorsque des clients entraient dans l'épicerie, elle s'approchait de la trappe, montait en silence quelques marches pour mieux percevoir leurs conversations. Parfois des ménagères s'entretenaient avec Lucie des événements de la guerre. Certaines se plaignaient de la vie chère, d'autres de l'impuissance du gouvernement français à s'imposer aux Allemands. C'est ainsi qu'elle apprit que les Alliés avaient repris Rome et que l'Italie était en train d'être libérée.

Un soir, Lucie descendit lui apporter son repas et ne put dissimuler sa joie :

— J'ai une grande nouvelle à t'annoncer.

— Mes parents ont été relâchés ! Ils sont vivants !

— Non, ma chérie, il ne s'agit pas de cela, hélas ! Pas encore. Mais cela ne tardera pas, j'en suis sûre.

— Alors ?

— Ça y est, les Américains ont débarqué en Normandie. Ça veut dire que c'est le début de la fin pour les Boches.

— La guerre est bientôt terminée ?

— Il faut l'espérer.

Dès lors, Ana reprit confiance en l'avenir. Elle se surprit à prier à nouveau, comme lorsqu'elle était petite et qu'elle ne se posait aucune question quant à l'existence de Dieu. Depuis cette époque pas si lointaine, elle s'était écartée de sa religion et de ses croyances, se sentant prisonnière des carcans ancestraux qu'elle n'approuvait plus. Elle s'adressa à Dieu naturellement et directement, sans se rendre compte qu'elle retrouvait ainsi le chemin de la foi, mais sans passer par celui de la prière, apprise par cœur dès l'enfance, selon le rituel juif.

Elle remit également la main sur le cahier offert par Adrienne et commença la rédaction de son journal intime. Tous les matins, après sa toilette qu'elle effectuait dans une cuvette émaillée apportée par Lucie, elle bordait son lit, rangeait chaque chose à sa place, comme s'il s'agissait de sa propre chambre, chez elle. Puis elle s'asseyait à la table et écrivait. Elle voulait narrer son histoire et celle de ses parents d'après ce que ceux-ci lui avaient eux-mêmes raconté.

Elle débuta ainsi :

Je m'appelle Ana Goldberg. Voici mon histoire et celle de ma famille…

Plusieurs fois par jour, elle retrouvait son journal avec plaisir. Celui-ci devint son plus fidèle compagnon dans sa morne existence. Il lui permettait de résister à la tentation de se laisser submerger par le chagrin et le désespoir. Quand elle évoquait ses parents, elle vivait avec eux les événements qu'elle rédigeait par le menu. Ses souvenirs prenaient vie comme par enchantement. Elle oubliait ce qui avait pu leur arriver depuis leur arrestation.

Quatre mois passèrent. Juillet annonçait de plus en plus la victoire probable des Alliés. Ana commenta dans son journal ce que Lucie lui avait appris la veille :

Les Russes sont à 20 kilomètres de Varsovie. Le pays de mes aïeux va enfin recouvrer sa liberté. Papa et maman doivent exulter. Si seulement je pouvais partager leur joie en leur présence ! Je suis certaine que nous serons bientôt réunis et que nous retrouverons notre vie d'avant...

Ana rêvait de reprendre le cours de ses études, rejointe par Théo à la sortie du lycée. Dans son esprit, elle mélangeait les lieux et les personnes, comme si tout ce qu'elle souhaitait allait se réaliser par enchantement. Elle s'imaginait à nouveau à Paris dont elle conservait des souvenirs précis, ceux de ses jeunes années, avant l'Occupation : les Champs-Elysées, l'arc de Triomphe, la tour Eiffel, le Sacré-Cœur..., autant de cartes postales qui lui permettaient de s'évader de son triste univers. Elle ne voulait pas se rappeler les heures sombres, à devoir se cacher, se dissimuler dans la foule, se méfier des autres.

Parfois Justin venait lui rendre visite, lui demandait si elle n'avait besoin de rien. Il ne se montrait jamais très bavard. Ana le trouvait peu sympathique. Il ne l'encourageait jamais à garder le moral, ne lui adressait que des propos d'une grande banalité. En sa présence, elle éprouvait une certaine gêne et se tenait à distance, surtout depuis qu'elle avait deviné qu'il avait tendance à boire. Elle pensait qu'il ne devait pas approuver sa présence chez lui. Lorsque Lucie lui annonça le débarquement, elle ne put s'empêcher de communiquer sa joie et son espoir de revoir sa famille. Alors Justin eut cette parole malheureuse :

— Les Juifs vont enfin quitter notre village !

Surprise, Ana comprit qu'il était animé de mauvais sentiments. Elle ne lui répondit pas et se tut devant Lucie afin de ne pas créer de tensions inutiles sous son toit.

Un soir de fin juillet, alors que Lucie n'était pas encore rentrée d'une visite à une amie, Ana terminait un paragraphe de son journal :

Quand j'ai rencontré Théo, je suis immédiatement tombée amoureuse de lui.

Elle s'interrompit, entendant Justin rentrer avec fracas. Sur le moment, elle crut qu'il devait fêter quelque événement, une bonne nouvelle à propos de ce qui se passait un peu partout en France depuis le débarquement des Alliés. Il parlait fort et ne semblait pas dans son état normal. Il n'était pas seul. Très vite, elle reconnut la voix de Lucien. Elle ignorait que les deux hommes se connaissaient. Elle comprit qu'ils avaient bu et étaient passablement éméchés.

Sûr, se dit-elle, ils doivent fêter quelque chose.

Elle tendit l'oreille, intriguée.

— Non, je peux pas, perçut-elle.

— Mais si, vas-y, je te dis. Sois pas couillon ! C'est qu'une Juive ! Profites-en, sinon c'est ton copain qui l'aura.

Ana prit peur. Elle devina immédiatement qu'ils parlaient d'elle. Elle rangea aussitôt son cahier dans sa cachette, une petite niche qu'elle avait découverte dissimulée derrière une pierre descellée d'un des murs de la cave, et se réfugia au fond de la pièce, dans l'endroit le plus obscur.

Quelques secondes plus tard, elle entendit la trappe s'ouvrir. Les deux hommes descendirent en titubant. Justin tenait une lampe à la main.

— On n'y voit rien dans cette turne ! ronchonna-t-il. Où te caches-tu, Anne ? N'aie pas peur. On va pas te faire du mal.

Tétanisée, Ana ne bougeait pas.

Justin la découvrit tapie dans son coin, lui projeta un rai de lumière en plein visage.

— Qu'est-ce que vous voulez ? demanda Ana.

— Oh, rien de bien méchant ! Lucien a des regrets. Il aimerait obtenir des petites faveurs de ta part. Hein, Lucien ?

— Allez-vous-en !

— Eh, pas si vite, petite youpine !

Le plus soûl des deux, Justin s'approcha d'Ana, la contint de force de ses deux larges mains.

— Laissez-moi ! Laissez-moi !

Sans ménagement, il traîna Ana sur le lit, la plaqua sur le dos.

— Allez, vas-y, petit. Je la tiens.

Ana appela Lucie à l'aide.

Lucien desserra sa ceinture, déboutonna son pantalon. Il n'avait encore prononcé aucune parole. Il s'allongea sur elle, la fixa dans les yeux.

Elle ferma les paupières, se débattant avec toute l'énergie qui lui restait.

Il tenta de la faire taire.

— Si tu ne m'avais pas rejeté, ça ne te serait pas arrivé, lui dit-il.

Son haleine repoussante empestait l'alcool. Ses mains moites et rugueuses s'immisçaient maladroitement sous la jupe d'Ana. Il lui ôta sa culotte, haletant déjà de plaisir.

Elle se refusait avec acharnement, contractant tous les muscles de son corps afin d'opposer la plus grande résistance. Elle sentit son sexe raidi sur la peau de son ventre, faillit s'évanouir...

Quelques secondes plus tard, elle sortit du trou noir dans lequel elle pensait avoir sombré.

— Qu'est-ce qui se passe ici ? entendit-elle hurler tout à coup.

Lucie apparut, épouvantée. Voulut les arrêter.

Justin desserra sa poigne. Lucien se ressaisit, se redressa sur ses jambes, remonta son pantalon.

Dans un sursaut, Ana se dégagea et échappa à ses agresseurs. En pleurs, elle bouscula Lucie au pied de l'escalier et s'enfuit.

— Qu'avez-vous fait ? s'écria Lucie. Vous n'êtes que des vauriens !

Pris sur le fait, les deux hommes ne bougeaient plus.

Alors Lucie les chassa de chez elle, avertissant Justin :

— Quand tu auras dessoûlé, nous aurons une sérieuse explication.

Les deux acolytes disparurent dans le crépuscule.

Atterrée, Lucie demeurait sans réaction. Elle remonta au rez-de-chaussée, s'assit dans un fauteuil, se tenant le visage entre les mains.

Mon Dieu, qu'ont-ils fait ? Qu'ont-ils fait ? se disait-elle.

Le silence régnait à nouveau dans sa maison. Elle resta dans l'obscurité de longues minutes refusant d'admettre ce que son mari et son complice avaient commis sur sa petite protégée.

Tout à coup, elle entendit un bruit furtif à l'étage.

Ana s'y était réfugiée.

Elle alla vite la voir. Elle la découvrit traumatisée.

— Que t'ont-ils vraiment fait ? lui demanda-t-elle, effarée.

Ana était trop choquée pour lui expliquer. Elle demeurait prostrée, les yeux hagards.

Lucie essaya de la consoler, de la rassurer.

— Tu n'as plus rien à craindre maintenant. Ils sont partis. Je les ai chassés. Ils ne te feront plus de mal, ma chérie.

Elle lui proposa de dormir dans l'une des deux chambres inoccupées.

— Pas question que tu retournes dans cette cave. Demain, nous aviserons. J'irai chez le pasteur. Ne t'en fais pas, il trouvera une solution. Car tu ne peux plus rester chez moi, à présent.

Ana ne parlait toujours pas.

Le lendemain matin, Lucie lui apporta sur un plateau un grand bol de café au lait et de larges tartines beurrées.

Quand elle poussa la porte de sa chambre, elle s'arrêta, surprise. Le lit n'était pas défait. Ana n'avait pas dormi.

Elle avait disparu au cours de la nuit.

Elle redescendit au rez-de-chaussée et aperçut alors, inscrits sur un mur de la cuisine, ces quelques mots que Sarah devait découvrir à son tour de nombreuses années plus tard :

Ne cherchez pas à savoir.

31

Cas de conscience

Avril 1976

La révélation d'Yvonne sidéra Sarah. Elle se doutait que sa mère avait subi un grave traumatisme au cours des mois qui avaient suivi l'arrestation de sa famille, mais elle n'avait pas imaginé un tel scénario. Elle avait pensé qu'Ana était tombée dans un puits de désespérance, étant donné ses nouvelles conditions d'existence et son ignorance totale du sort des siens. Elle n'avait jamais supposé qu'elle ait pu être l'objet d'un acte aussi odieux, surtout de la part d'êtres qui l'avaient entourée, voire aidée, comme ç'avait été le cas de Justin Fontanes.

L'idée que ce dernier ait pu abuser d'elle ne lui était jamais venue à l'esprit. Mais, maintenant, elle ne pouvait plus exclure qu'Ana ait été violée par Lucien Rivière, avec la complicité de Justin. Yvonne était restée dans le vague. Désirait-elle lui éviter une trop cruelle vérité ? Ou était-elle simplement incapable d'évoquer un tel drame en présence de celle qui en était au fond la victime a posteriori ?

Sarah eut vite fait de calculer. La scène s'était déroulée en juillet 1944. Or elle était née environ neuf mois plus tard, en avril 1945.

Elle ne put s'empêcher de lui poser la question.

— Ana a-t-elle été violée par Lucien ? Je veux savoir.

Yvonne fit pivoter son fauteuil sur place comme pour ne pas devoir faire face à un si douloureux dilemme.

— Vous ne répondez pas ! Votre silence équivaut à un aveu, n'est-ce pas ?

Elle se retourna à nouveau, regarda Sarah dans les yeux.

— Entre vous et Lucien, je ne perçois aucune ressemblance, autant que je me souvienne de lui à l'époque des faits. Mais il n'en demeure pas moins vrai que tout penche pour cette hypothèse, hélas ! D'après les propos de Lucie, c'est aussi ce que j'ai cru. Ce qu'elle m'a révélé laisse malheureusement peu de doute. Quand elle est arrivée et qu'elle les a arrêtés, Lucien était en train d'accomplir son acte odieux. Mais Lucie ne m'a jamais affirmé qu'il était parvenu au terme de son crime. Quant à votre mère, elle ne m'a pas entretenue en détail de cet épisode tragique.

Sarah se sentit défaillir. Lucien s'était donc vengé d'Ana parce qu'elle l'avait éconduit et lui avait préféré Théo Ravanel.

Elle demeura sans voix de longues minutes, plongée dans le plus grand désarroi. Yvonne ne pouvait plus s'étendre davantage, consciente qu'elle en avait déjà trop dit.

Sarah fondit en larmes. Non de désespoir, mais de colère. Elle éprouva soudain un sentiment qu'elle n'avait jamais nourri jusqu'alors : de la haine, de l'écœurement, un profond désir de vengeance. Mais également, presque aussitôt, une sensation d'abattement, d'impuissance. Une vague de nausée l'envahit, une envie d'aller se laver, se purifier, de faire peau neuve afin d'expurger la souillure de sa conception.

— Je suis le fruit d'un viol ! finit-elle par s'écrier, la rage au cœur. Je comprends maintenant pourquoi ma mère n'a jamais consenti à me parler de mon père. Elle avait honte de ce qu'elle avait subi. Elle me voulait loin de cette ignominie.

— Rien ne prouve vraiment qu'Ana ait été abusée par Lucien. Personne ne peut le certifier. Seuls Ana, Justin et Lucien le pourraient... Mais ils sont morts. Heureusement qu'il y a une justice, ajouta-t-elle. Lucien et Justin ont payé leur crime.

— Ça ne lavera pas ma mère du déshonneur ni moi de la tare que je devrai porter à présent toute ma vie : je ne suis qu'une bâtarde née d'un viol !

Dans son désespoir, Sarah n'avait pas eu une pensée pour Rodolphe. Tout son esprit était envahi par la vision dantesque d'Ana en train de se débattre entre les mains de ses bourreaux.

— Ce Lucien a bien caché son jeu, quand j'y songe, poursuivit Yvonne. Dire que peu après il mettait enceinte la fille Duchêne et qu'il l'épousait comme si de rien n'était ! Si Rodolphe Lauriol avait su qui était son père, je ne crois pas qu'il serait revenu à Saint-Germain-de-Calberte.

Au nom de Rodolphe Lauriol, Sarah réagit violemment.

— Rodolphe… Rodolphe…

Elle s'effondra littéralement sur place.

— Oh, mon Dieu ! Rodolphe… il est… il est…

Elle n'acheva pas sa phrase.

Yvonne comprit ce qu'elle essayait d'exprimer. Elle voulut sur-le-champ apaiser sa jeune visiteuse.

— Je vous le répète, rien ne prouve que votre mère ait été victime de ces deux bandits. Lucien n'a peut-être pas eu le temps de perpétrer son acte jusqu'au bout. Lucie l'en a sans doute empêché.

Yvonne avait beau tenter de consoler Sarah, plus elle parlait, plus celle-ci était convaincue.

— C'est l'évidence même, ma pauvre Yvonne. Rien ne sert de la nier. Je suis la fille de Lucien Rivière… et Rodolphe Lauriol est mon frère !

— Demi-frère ! rectifia Yvonne. Si ce que vous affirmez est vrai.

— Qu'est-ce que ça change ?

Yvonne ignorait que Sarah avait entamé une liaison amoureuse avec Rodolphe. Elle ne soupçonnait pas cet autre drame.

Pour faire diversion, elle ne sut qu'ajouter :

— Si vous voulez, je vous raconte la suite de l'histoire de votre mère, telle qu'elle me l'a racontée elle-même, lors de sa visite. Le reste de ses mésaventures juste après sa fuite de chez Lucie Fontanes.

— Plus tard, Yvonne. Pour aujourd'hui, j'en ai assez entendu. Laissez-moi le temps de me ressaisir, de digérer cette terrible réalité.

— Je me mets à votre place. Revenez quand vous le souhaitez. Vous ne me dérangez pas.

Sarah prit congé, complètement abattue.

Elle reprit la direction de Saint-Germain-de-Calberte, conduisant comme un automate sur la route sinueuse qui passait au lieu-dit le Plan de Fontmort. Elle s'y arrêta un instant pour recouvrer ses esprits. Sur une stèle, elle lut l'extrait de la légende de la Vieille Morte qui s'y rapportait. Celle-ci racontait qu'une vieille femme, ayant fauté malgré son âge et ayant été punie par une fée pour son acte impie, perdit en ce lieu l'enfant qu'elle avait mis au monde, après bien des tribulations. Un bâtard, comme moi, pensa-t-elle. A la place de son enfant, la pécheresse dut transporter sur son dos une énorme pierre jusqu'au sommet de la montagne qui tire aujourd'hui son nom de cette légende : la Vieille Morte.

Elle s'assit sur un tronc de châtaignier déraciné, se cacha le visage, comme pour échapper au regard des autres. Elle éprouvait malgré elle une honte abyssale, un profond dégoût d'elle-même, comme si la souillure de sa mère était tatouée sur sa propre peau. Elle se surprit à se toucher le bas-ventre. Elle ressentait la douleur du viol, la déchirure des chairs, la brûlure de la blessure à vif, l'écoulement écœurant du sperme dans ses entrailles. Elle eut envie de vomir. Se précipita derrière un arbre. Se vida du fiel qui l'empoisonnait.

Elle reprit le volant, toute retournée, comme quelqu'un au sortir d'une amnésie subite et momentanée. Elle avait perdu toute notion du temps, ne savait plus très bien ce qu'elle faisait sur ce chemin tortueux des Cévennes. Le regard vague, elle conduisait sans réfléchir. Elle s'arrêta à nouveau sur le bas-côté. Laissa son moteur tourner. Appuya le front sur son volant. Pleura comme une enfant.

De longues minutes s'écoulèrent. Une heure, peut-être deux. Elle n'en avait pas conscience.

Un homme sortant d'une propriété voisine la découvrit, immobile. Crut qu'elle avait un malaise. S'approcha lentement. Frappa à la vitre de sa portière.

— Ça ne va pas, mademoiselle ? s'inquiéta-t-il.

Surprise, Sarah leva les yeux, se les essuya d'un revers de manche, répondit :

— Si, si. Tout va bien, monsieur. Je m'étais assoupie. Tout va bien, je vous remercie.

Mais, ne se rappelant plus ce qu'elle faisait sur cette route ni où elle se trouvait, elle s'enquit, hébétée :

— Où sommes-nous, s'il vous plaît ? Je crois que je me suis égarée.

Intrigué, l'homme reprit :

— Vous n'avez pas l'air dans votre assiette. Je peux demander de l'aide si vous voulez. Ma maison se trouve juste à côté, et j'ai le téléphone. Je peux appeler un médecin.

— Non, ce ne sera pas utile. Je vous assure. J'aimerais seulement savoir ce que je fais ici. J'ai eu comme une absence.

Les mains de l'homme tremblaient, mais il parvint néanmoins à ouvrir la portière du véhicule.

— Vous devriez m'accompagner, mademoiselle. Vous ne pouvez pas reprendre le volant dans votre état. Venez vous reposer un instant chez moi. Mon fils vous fera un bon café. Cela vous aidera à retrouver vos idées.

Sarah accepta. Elle se sentait vidée, comme dans un état second. Elle suivit l'inconnu sans même fermer sa voiture à clé. Il habitait à une vingtaine de mètres de l'endroit où elle s'était garée, un vieux mas, au milieu de prairies entourées de mûriers.

Sarah ne reconnut pas le lieu, tant son esprit était ailleurs.

Elle entra machinalement dans la maison de son bienfaiteur. Celui-ci la convia à s'asseoir dans le salon.

— Je préviens mon fils, pour le café. Il doit travailler dans son bureau. Il vous tiendra compagnie, le temps que vous vous repreniez. Moi, je ne suis pas très causant et, comme vous pouvez vous en apercevoir, j'ai de la difficulté avec mes mains. Je tremble. C'est une sale maladie qui m'a mis sur la touche avant l'heure. Mais mon fils a assuré ma relève. Heureusement qu'il s'occupe de moi ! Je peux compter sur lui.

— Votre fils ? s'étonna Sarah qui sortait lentement de sa torpeur.

— Oui, nous sommes chez lui ici. Il est venu me chercher à ma maison de retraite pour que je passe quelques jours de vacances avec lui. Il est très pris par notre domaine viticole de Générac.

Les idées de Sarah demeuraient floues. Tout ce que lui racontait le vieil homme lui paraissait bizarre. Elle avait maintenant l'impression de reconnaître l'endroit où elle se trouvait, et ce qu'il lui disait ne lui était pas étranger. Mais elle avait beau fournir un effort surhumain pour se souvenir, rien de précis ne lui revenait.

— Quel est votre nom, mademoiselle, si ce n'est pas indiscret ? demanda l'hôte des lieux.

— Sarah Goldberg. J'habite en Suisse.

— Ah, vous passez vos vacances à Saint-Germain ?

Sarah se troubla.

— En vacances... à Saint-Germain... euh... je ne sais pas. Enfin... c'est-à-dire... euh... je crois que je ne me souviens plus très bien... excusez-moi.

Inquiet, l'homme sortit du salon et appela son fils, laissant Sarah un instant seule. Celle-ci examina ce qui l'entourait, persuadée que le décor de la pièce ne lui était pas inconnu. Elle se sentait flotter dans son corps, sa conscience évanescente.

Tout à coup, elle perçut du bruit. Elle sursauta.

— Mademoiselle..., entendit-elle derrière elle.

Elle se retourna. Ecarquilla les yeux.

— Sarah ! s'exclama l'individu dans l'embrasure de la porte. Que fais-tu là ? Tu aurais dû me prévenir de ton arrivée. Je serais venu t'accueillir.

Sarah fut comme éblouie par un éclair. Elle reprit rapidement ses esprits.

— Rodolphe ! s'écria-t-elle.

Quelques minutes plus tard, elle revint complètement à elle, comme si la brusque apparition de Rodolphe lui avait fait l'effet d'un électrochoc. Encore sous le coup de l'émotion, elle ne disait mot. Rodolphe s'aperçut de son malaise. Il lui servit un verre d'eau glacée et lui demanda de s'allonger sur le canapé.

— Détends-toi, lui conseilla-t-il. Tu vas tout m'expliquer. Qu'est-ce qui t'a mise dans cet état ? Je te croyais à Lausanne. Pourquoi es-tu partie si vite la dernière fois ? J'avoue ne pas avoir très bien saisi ta décision. Nous aurions pu discuter de cette affligeante histoire le lendemain, à tête reposée, faire le point. J'aurais su te faire comprendre que nous sommes tous les deux les victimes de ce drame. Au lieu de cela, tu m'as jugé comme si j'étais le seul coupable. J'ai parfaitement réalisé combien tu devais souffrir des révélations que tu as obtenues. Je ne t'adresse aucun reproche, mais tu aurais dû me donner une chance de me disculper d'un crime que je n'ai pas commis et dont j'ignorais l'auteur.

Rodolphe tentait d'apaiser Sarah et de la convaincre de l'écouter. Mais celle-ci ne réagissait pas à ses paroles.

— Tu me condamnes donc sans appel ! poursuivit-il. Tout est fini entre nous ?

Sarah se leva du canapé, les yeux inondés de larmes.

— Je ne peux plus t'aimer, Rodolphe. Nous ne pouvons plus nous aimer !

Il s'approcha d'elle, espérant qu'à son contact elle retrouverait le chemin de la raison.

Elle s'écarta d'un geste brusque.

— Non ! fit-elle. Ne me touche plus. De toute façon, entre nous, tout est devenu impossible. Nous sommes liés par le sang, Rodolphe… Tu es mon demi-frère.

— Que dis-tu ?

— Ton père, Lucien Rivière, a violé ma mère dans la cave de Lucie Fontanes. Neuf mois plus tard, je venais au monde. Je suis sa fille ! Ta sœur, Rodolphe !

Abasourdi, Rodolphe marqua un moment d'hésitation avant de se reprendre.

— Es-tu certaine de ce que tu avances ? Qui t'a raconté cela ?

— Une amie de Lucie à qui celle-ci s'est confiée et à qui Ana a tout révélé à la suite d'une visite qu'elle lui a rendue peu avant sa mort.

— Ana a raconté avoir été violée par Lucien Rivière !

— Yvonne Cambon m'a décrit la scène telle que toutes les deux la lui ont rapportée.

— J'insiste, c'est important : ta mère a parlé de viol ?

Sarah se remémora les paroles précises d'Yvonne.

— Non, pas exactement. Mais elle l'a laissé entendre. Lucien était en train de perpétrer son acte quand Lucie est arrivée et les a surpris, lui et son mari Justin. Le lendemain, lorsqu'elle s'est aperçue qu'Ana s'était enfuie de chez elle, elle a découvert sur le mur de sa cuisine quelques mots de la main de ma mère, qui en disent long sur ce qui s'est réellement passé.

— C'est-à-dire ?

— Elle a écrit : « Ne cherchez pas à savoir ».

Rodolphe ne savait comment interpréter cette injonction laconique. En son for intérieur, il reconnaissait que c'était un aveu de la part d'Ana. De plus, les deux affirmations, celle du témoin du drame comme celle de la victime, concordaient. Il ne pouvait qu'accréditer à son tour la thèse du viol.

Il s'affala dans un fauteuil, se frotta les tempes de ses deux mains comme pour essayer de mettre au jour le petit détail qui lui manquait.

— Je ne peux rien te dire de plus, admit-il, vaincu par l'évidence. Si seulement nous ne nous étions pas rencontrés, je ne t'aurais pas placée dans cette situation stupéfiante. Tout est de ma faute. Je le regrette sincèrement.

Sarah fixait Rodolphe avec les yeux d'une femme amoureuse et anéantie.

— Comme nous aurions pu être heureux si rien n'était arrivé ! gémit-elle. Comme je t'aimais, Rodolphe ! Jamais je ne pourrais me consoler de t'avoir perdu.

Il se leva, la prit dans ses bras. Cette fois, elle s'abandonna, prête à s'effondrer.

— Nous devons nous quitter à jamais, se reprit-elle. Ce serait trop difficile pour moi de te regarder sans penser à ce que nous avons commis. Nos chemins se séparent définitivement, ici et maintenant. Oublions ce que nous sommes l'un pour l'autre. Oublions qui nous sommes.

— Je ne pourrai pas te chasser de ma mémoire.

— Il le faut. Je ne peux plus te considérer comme avant. C'est fini, Rodolphe. Je pars, pour toujours. Tu ne me reverras plus.

La mort dans l'âme, Sarah fit ses adieux à Rodolphe sans s'éterniser et salua Jacques Lauriol dans le vestibule. Le vieil homme avait écouté la conversation de façon indiscrète, sans intervenir. Il s'était gardé de se mêler d'une histoire dont il n'était guère au courant malgré les liens étroits qui l'unissaient aux protagonistes de cette tragédie.

— Au revoir, mademoiselle, se contenta-t-il de répondre. Que Dieu vous vienne en aide !

463

Le lendemain, Sarah retourna à Barre-des-Cévennes afin d'entendre de la bouche d'Yvonne Cambon la suite des péripéties d'Ana : sa fuite de chez Lucie Fontanes et les événements qui avaient marqué sa vie jusqu'à son arrivée en Suisse et sa propre venue au monde peu avant la fin de la guerre.

C'était encore un long parcours parsemé d'embûches.

— Vous voulez vraiment que je poursuive ? demanda Yvonne, craignant d'atterrer une nouvelle fois sa jeune visiteuse.

— Il faut aller jusqu'au bout. Je ne dois plus temporiser. Après, vous n'entendrez plus parler de moi. Je ferai table rase de tout ce que j'aurai appris et tâcherai de repartir de zéro.

Alors, Yvonne reprit le cours de son récit :

— Après la tragédie que votre maman a subie, elle s'est enfuie dans les bois comme une désespérée...

32

Le refuge

1944

Ana prit la fuite au petit matin. L'aube se levait à peine et blanchissait l'horizon d'une lueur ouatée. Instinctivement, elle prit la direction de la forêt, courut sans s'arrêter, à en perdre haleine, terrorisée à l'idée de rencontrer l'un de ses bourreaux. Elle n'avait pas eu le temps d'entasser ses affaires dans un sac. Elles étaient restées dans la cave. Vêtue d'un simple chandail et d'une jupe en coton, elle grelottait, la fraîcheur étant encore vive sur les hauteurs.

Quand elle prit conscience du lieu où ses pas la conduisaient, elle s'enfonça davantage dans le sous-bois, cherchant le chemin de la cabane de bûcheron où elle retrouvait Théo. Elle coupa court à travers taillis et futaie, grimpa les pentes en dehors des sentiers, craignant à chaque fourré de tomber sur un repaire de sangliers ou de blaireaux. Les animaux sauvages se cachaient dans les endroits les plus touffus dès la levée du jour et y demeuraient tapis jusqu'à la nuit suivante.

Elle parvint au refuge au bout d'une petite heure de marche. Il paraissait abandonné. Visiblement, personne n'y était venu depuis un certain temps. Elle songea à Théo. Où pouvait-il être en ce moment ? Que pouvait-il bien faire ? Se battait-il avec les résistants ? Etait-il vivant ?

Exténuée, elle s'affala sur ce qui tenait lieu de lit, une paillasse à même le sol, recouverte d'une toile de jute. Elle se souvint des heures heureuses qu'elle y avait passées dans l'insouciance de ce qui se déroulait alentour. Théo n'avait pas fait mystère de son intention de rejoindre le maquis, mais il lui avait aussi promis de la tenir au courant, de ne pas l'abandonner.

Après s'être reposée une heure ou deux, elle chercha un peu de nourriture. En vain. Seules une bouteille d'eau à moitié vide et une assiette en fer-blanc témoignaient d'une présence humaine dans le cabanon, ainsi que des cendres à l'entrée, étalées entre trois pierres.

Désemparée, tremblant autant de froid que de peur, elle s'éloigna de quelques dizaines de mètres, à la recherche de tout ce qui pouvait se manger. Elle connaissait mal les plantes comestibles et ne se serait pas aventurée à goûter le moindre champignon. Quelques châtaignes de l'automne précédent finissaient de se dessécher sur un tapis de bogues. Elle les ramassa et tenta de les grignoter. Elle s'y cassa les dents et dut renoncer. « Si je reste ici longtemps, se dit-elle, je finirai par mourir de faim. »

Elle rentra dans le cabanon et fit le vide en elle, les oreilles aux aguets, craignant toujours d'autres mauvaises rencontres.

Une journée passa. Puis une deuxième. Dans la même monotonie. Dans le même profond silence. Affaiblie de n'avoir rien mangé ni bu depuis plus de quarante-huit heures, Ana sombrait lentement dans une douce léthargie et laissait ses pensées l'envahir. Les images de ses parents et de son frère la rassuraient et l'inquiétaient à la fois. Puis les souvenirs de Thérèse et Charles Marchand à Paris lui revinrent à l'esprit, ainsi que du jeune gendarme du camp du Vernet, Jean Lissac, qui l'avait aidée à reprendre contact avec son père. Elle se revit avec David dans le train pour Le Chambon-sur-Lignon. Les pensionnaires des Libellules, Christophe, tous ceux qu'elle avait croisés dans sa fuite, jusqu'aux Rastel et aux Fontanes… comme ils étaient nombreux ! Et que de chemin parcouru depuis le début de son exode ! pensait-elle.

La réminiscence de Justin Fontanes la sortit de sa rêverie. Les yeux de Lucien, rivés sur elle comme ceux d'un renard hypnotisant sa proie, la ramenèrent à la réalité.

Elle se ressaisit, se frictionna énergiquement le corps. Son regard se porta par hasard en dessous de la table. Elle y aperçut une boîte d'allumettes à moitié ouverte. Il restait trois allumettes. Elle alla chercher du bois mort à proximité, ramassa quelques bogues et alluma du feu entre les trois pierres de l'entrée. Elle alimenta les flammes avec quelques branches de châtaignier en évitant de provoquer trop de fumée afin de ne pas se faire repérer.

Une fois réchauffée, elle se mit en quête d'une source. Théo lui avait affirmé que, dans la forêt, les bûcherons construisaient toujours leurs abris à proximité d'un point d'eau. Au bout d'une demi-heure, munie de la bouteille du cabanon, elle découvrit un petit ru qui coulait tout doucement dans l'anfractuosité d'une paroi schisteuse. Il ne lui restait plus qu'à trouver de la nourriture. Dans une sorte de clairière voisine, elle cueillit des pissenlits. Sur le retour, elle tomba sur une énorme termitière. Du bout d'un bâton, elle fouilla le nid. Les fourmis blanches, affolées, se dispersèrent dans tous les sens. Alors, malgré son appréhension, elle en ramassa à foison, les écrasant au fur et à mesure, et les rassembla dans un mouchoir.

De retour à la cabane, elle activa le feu qui couvait sous la cendre, posa les insectes et les pissenlits dans l'assiette en fer, les fit griller sur les flammes.

Au bout d'une minute, elle tenta une première dégustation. « Je n'ai pas le choix, s'efforça-t-elle de se persuader. Si je ne veux pas mourir de faim, je ne dois pas faire la difficile. »

Elle ingurgita sa mixture sans traîner. Agréablement surprise, elle se rassura : Je peux renouveler l'expérience, ça me permettra de tenir, le temps d'aviser et de reprendre des forces.

Le plus éprouvant pour Ana, dans sa nouvelle expérience de survie, était le manque d'eau. Ne disposant que d'une bouteille d'un litre environ, il lui était difficile de faire sa toilette. Elle avait découpé dans sa robe un morceau de tissu qu'elle se contentait une fois humecté de passer sur son visage et sur son corps. Je dois sentir mauvais, craignait-elle chaque fois qu'elle se débarbouillait de cette manière. Je dois ressembler à une femme des bois, une sauvageonne !

Une semaine s'écoula.

Ana ne voyait jamais personne, ne percevait que les bruits de la forêt : les pas furtifs des biches et des renards, les grognements rauques des sangliers, les trilles des oiseaux dans les branches des arbres, le souffle du vent sur les cimes voisines. Elle finit par s'habituer à son environnement qu'elle avait estimé hostile les premiers jours. Ce qui lui manquait le plus était son cahier-journal, ce compagnon des heures de solitude, ce miroir magique où elle retrouvait tous les siens et dans lequel elle pouvait leur parler, s'épancher, sans se soucier d'être entendue ou jugée. Alors, ne pouvant écrire, elle se narrait au fond d'elle-même ce qu'elle aurait aimé raconter, elle prononçait tout bas les phrases qu'elle aurait souhaité enchaîner les unes aux autres pour sceller à jamais son histoire et celle de sa famille.

A la fin de la seconde semaine, son moral déclina. Son alimentation ne lui permettait pas de fournir de gros efforts. Elle commençait à avoir des troubles de la vision, des malaises gastriques. Elle n'eut bientôt plus la force d'aller quérir sa nourriture et son eau. Elle demeurait couchée sur sa paillasse toute la journée, somnolente, à demi inconsciente.

Elle finit par tomber dans une sorte de coma qui atténuait ses douleurs et l'empêchait de réagir.

Un soir, elle perçut des bruits de pas. Ne réagit pas. Un homme entra sans se douter qu'elle gisait sur le sol dans l'obscurité.

Il alluma aussitôt sa lampe torche et balaya l'espace d'un rai de lumière. Surpris de découvrir un corps inerte replié sur lui-même, il s'avança, le retourna, s'exclama :

— Anne !

Il la secoua doucement, lui passa la main sur le visage, sortit une gourde de son sac, lui offrit un peu d'eau.

— Bois, dit-il. Bois, ça te fera du bien. Anne, tu m'entends ?

Elle ouvrit les yeux, comme au sortir d'un rêve. Sourit.

— Théo ! Je savais bien que tu reviendrais.

Théo s'occupa d'Ana sans compter son temps. Au bout de quelques jours, elle fut totalement remise et put sortir dans la forêt sans craindre une nouvelle défaillance. Elle lui raconta tout ce qu'elle avait enduré, sans s'éterniser sur ce qu'elle avait vécu au moment où Lucien et Justin s'étaient acharnés sur elle, tant le souvenir lui était douloureux.

Alors, il lui expliqua :

— J'ai appris ce qui est arrivé à ta famille. Justin Fontanes n'est pas celui pour qui il se fait passer. En réalité, c'est un collabo. On le soupçonne de jouer un double jeu auprès des Allemands. Un jour, il paiera sa traîtrise. Quant à Lucien, son engagement dans la Milice prouve à qui vont ses sympathies. Lui aussi devra rendre des comptes après la guerre. Mais après ce qu'ils t'ont infligé tous les deux, il ne faut pas attendre davantage. Ils ne méritent pas de vivre.

Théo voulut rendre justice à Ana sans tarder, mais elle l'en dissuada.

— Cela ne servirait qu'à te mettre en danger. Je ne veux pas te perdre. Je t'aime, Théo. Reste à mes côtés. Je n'ai plus que toi.

Il l'écouta, mais jura que leur crime ne demeurerait pas impuni.

— Raconte-moi plutôt ce que tu as fait depuis ton départ, poursuivit-elle et pourquoi viens-tu te cacher ici ?

— Oh, c'est une longue histoire ! J'ai rejoint le maquis Bir-Hakeim. Nous nous sommes battus avec acharnement contre les Allemands à Hures-la-Parade sur le Causse Méjean. C'était le 28 mai dernier. Beaucoup de mes camarades y ont laissé la vie ou ont été arrêtés puis fusillés dès le lendemain. J'ai eu la chance de m'en sortir. Les survivants se sont éparpillés en attendant les nouveaux ordres. Depuis, je suis revenu plusieurs fois à notre cabanon. J'espérais t'y retrouver. Je ne savais pas que tu étais réfugiée chez les Fontanes. Cela a dû être terrible pour toi.

Ce passé, elle le gardait dans son cœur comme un fardeau trop lourd à porter. Elle espérait toujours que ses parents seraient libérés. Elle ne pouvait imaginer qu'ils aient disparu.

— Quand nous serons réunis, nous nous marierons, n'est-ce pas ?

Il la prit dans ses bras, l'embrassa délicatement dans le creux de son cou.

— Tu désires toujours être ma femme ! lui dit-il à mi-voix. Vraiment ?

— Oui, Théo. Je t'aime.

— Mais tu es si jeune !

— A seize ans, je sais ce que je fais et ce que je veux. Quand la guerre sera finie, nous ne nous quitterons plus.

Il l'entraîna sur le matelas, lui offrit tout son amour. Elle accepta ses étreintes et se perdit dans un nuage de volupté comme pour mieux oublier ses peines.

Quelques jours plus tard, Théo lui annonça qu'il s'absentait. Ses camarades du maquis devaient l'avertir d'une décision à prendre collectivement.

— Je serai vite rentré, la rassura-t-il. Tu ne risques rien ici. Tu as des vivres pour trois jours. Mais je compte revenir avant.

Il partit au petit matin, laissant Ana inquiète. En réalité, les événements se précipitaient. Les Alliés avaient débarqué en Provence et leur avance repoussait les troupes allemandes chaque jour plus loin vers le nord et vers l'est. Les villes étaient libérées les unes après les autres. La Résistance avait besoin de tous ses effectifs.

Théo fut de retour deux jours plus tard, l'air grave.

Ana comprit qu'il n'était pas porteur d'une bonne nouvelle.

— Je ne peux plus rester auprès de toi, lui annonça-t-il. Je dois rejoindre les Forces françaises de l'intérieur pour achever la libération de notre territoire. Mais quand tout sera terminé, je reviendrai te chercher. Nous retrouverons tes parents et ton frère. Je te le promets. Et nous nous marierons.

Ana fondit en larmes. Elle se sentait une fois de plus abandonnée.

— Ne pleure pas, mon amour. Ça ne durera pas longtemps. Je t'écrirai tous les jours.

— Mais où veux-tu que j'aille à présent ? Je n'ai plus personne pour me protéger. Les Allemands doivent encore être dans la région. S'ils me trouvent, ils m'arrêteront à mon tour.

— J'y ai pensé. Tu vas regagner Le Chambon-sur-Lignon. Là-bas, tu retrouveras des amis. Ils s'occuperont de toi le temps nécessaire.

— Comment y retournerai-je ?

— Je t'y amènerai moi-même. J'ai déjà averti le Collège cévenol de ton retour.

Ana ne put s'opposer à la décision de Théo. Il n'y avait pas d'alternative. Elle ne doutait pas de ses sentiments. Elle se blottit dans ses bras, s'y perdit à nouveau.

A l'aube, ils prirent la route pour la Haute-Loire. Un camarade de Théo les attendait au Collet-de-Dèze avec une fourgonnette. Il lui remit les clés du véhicule et lui donna quelques recommandations.

— Surtout, sois de retour ce soir. Nous avons ordre de rejoindre notre unité demain matin.

Théo conduisit Ana à bon port. Au Collège cévenol, la directrice, mademoiselle Pont, accueillit avec joie son ancienne élève et la confia aux bons soins de Germaine Dubois, la propriétaire de la pension des Libellules.

— Voilà une revenante, dit celle-ci en embrassant Ana chaleureusement. Comme je suis heureuse de te voir saine et sauve !

473

— Anne a traversé de douloureux événements, l'avertit la directrice. Soyez attentive à ce qu'elle ne manque de rien, surtout pas d'affection.

Un peu plus d'un an s'était écoulé depuis le départ d'Ana. Le temps semblait s'être anormalement ralenti. Il s'était passé tant de péripéties dans sa vie que son précédent séjour au Chambon lui paraissait remonter à une éternité.

— Tu reprendras vite tes marques auprès de nous, la rassura Germaine Dubois. Certes, tes amies ne sont plus là. Mais tu t'en feras d'autres, j'en suis sûre.

— Est-ce que monsieur Albert Camus, l'écrivain, vit toujours au Panelier ? s'enquit Ana qui retrouvait subitement tous ses souvenirs intacts.

— Je ne crois pas. J'ai appris qu'il était parti à Paris. Pourquoi ?

— Nous devions nous revoir pour parler théâtre et littérature.

— Je constate que tu n'as rien oublié. Tu me fais plaisir !

Théo ne disait rien. Il souffrait de devoir abandonner Ana. Mais en même temps, il était rassuré de la savoir en de bonnes mains.

Il l'emmena un peu à l'écart. La directrice regarda Germaine Dubois d'un air complice.

— Ces deux-là ne se quitteront pas facilement ! reconnut Germaine. La petite semble tenir à lui.

— Depuis qu'elle a perdu les siens et qu'elle s'est retrouvée seule, sans l'aide de personne, il s'occupe d'elle. C'est lui qui nous a contactés pour que nous la reprenions.

— Que sont devenus ses parents ?

— Arrêtés et sans doute déportés avec son frère.

— La pauvre ! Comme je la plains ! Elle n'a pas de chance. En partant d'ici il y a un an, elle était si heureuse de les rejoindre.

— En attendant, il faudra prendre soin d'elle. Mais les conditions ont changé. Elle n'a plus de famille. Nous ne gardons pas les orphelins très longtemps. Nous devrons envisager son transfert en lieu sûr.

— Vous avez l'intention de la faire passer en Suisse ?

— Ce serait mieux pour elle. Là-bas, elle ne risquerait plus rien. Mais il est inutile de lui en parler. C'est trop tôt.

Théo s'éternisait. Il avait pris Ana dans ses bras et la consolait, ne cessant de l'embrasser tendrement. Il avait l'impression de la trahir. Mais son devoir l'appelait. Alors, songeant à ses camarades qui l'attendaient, il se fit violence.

— Je dois te laisser, mon amour. Je ne peux plus m'attarder davantage.

— Ne me quitte pas, Théo. Sans toi, que vais-je devenir ? Qui m'apprendra où se trouvent mes parents. Il n'y a que toi qui pourras aller aux nouvelles.

— Je te promets de te tenir au courant.

— Mais tu pars te battre ! Quand reviendras-tu ? Si tu reviens ! S'il t'arrive quelque chose…

— Il ne m'arrivera rien. Je penserai à toi, à nous, tout le temps.

Ana ne retenait plus ses larmes. Sa tristesse la submergeait.

— Ressaisis-toi, ma chérie. Je serai bientôt de retour.

Elle enleva l'une de ses boucles d'oreilles.

— Prends-la, lui dit-elle. C'est la seule qui me reste. J'ai perdu l'autre chez Lucie quand…

Elle n'acheva pas sa phrase. Théo comprit. Il détourna la conversation.

— Je la cacherai là, sur mon cœur, jusqu'à ce que nous nous retrouvions. D'ici là, écris ton journal, comme tu le faisais chez les Fontanes. Ainsi, tu seras tous les jours avec moi.

Il l'embrassa une dernière fois.

Elle s'accrocha à lui.

Il s'évanouit dans le soir avant d'être tenté de changer d'avis.

Ils ne devaient jamais plus se revoir.

33

Le passage

1944

Au Chambon-sur-Lignon, la situation avait changé. La Gestapo s'était faite de plus en plus pressante car, tout autour du Puy, la Résistance avait redoublé de vigueur, surtout depuis le débarquement des Alliés en Normandie et en Provence au mois d'août. Les pasteurs Theis et Trocmé avaient été de nouveau menacés et durent disparaître dans la clandestinité. André Trocmé demeurait dans les environs immédiats, en Ardèche, en Isère et dans la Drôme. Mais il dut abandonner ses fonctions à la direction du Collège cévenol. En compagnie de son fils Jacques, il fut pris dans une rafle à la gare de Lyon-Perrache et put s'échapper de justesse. Son collègue, Edouard Theis, quant à lui, s'était mis au service de la Cimade et y œuvrait comme passeur. Il conduisait les transfuges en Suisse au péril de sa vie, à travers les montagnes de Haute-Savoie.

Ana retrouva la chambre dans laquelle elle avait séjourné plusieurs mois en compagnie de celles qui étaient devenues ses amies. Hélène et Martine avaient été transférées en Suisse. Juives comme elle, elles n'étaient plus en sécurité dans la commune. Germaine Dubois n'avait plus de leurs nouvelles. Elle savait néanmoins qu'elles étaient parvenues à bon port saines et sauves. Les autres pensionnaires des Libellules étaient tous partis. Il ne restait plus qu'un étudiant autrichien de dix-neuf ans, Hans, dont la famille avait été déportée au début de la guerre. Lui avait évité le pire en s'enfuyant et en gagnant la France après un long et dangereux périple. Il avait abouti à Lyon et avait été pris en main par une organisation de secours qui l'avait conduit au Chambon. Depuis son arrivée trois ans plus tôt, il poursuivait ses études de théologie au Collège cévenol. Contrairement à la plupart de ses camarades, il n'avait pas voulu s'engager dans la Résistance locale ou dans les FTP, obéissant ainsi aux conseils des pasteurs Trocmé et Theis. Ceux-ci, en effet, hostiles à l'idée qu'on puisse mener une guerre sainte ou constituer un maquis chrétien, n'avaient pas souhaité que les grands élèves du collège se joignent aux combattants. Ils ne s'y étaient pas opposés pour autant. Christophe Muller, lui, ne les avait pas écoutés et s'était engagé. Personne n'avait plus de ses nouvelles.

Fin septembre, Ana reprit les cours sans conviction. Elle intégra une classe de première littéraire. Mais elle pensait trop à Théo pour avoir l'esprit libre. Ses nouvelles compagnes de chambrée, deux jeunes Juives comme elle, avaient perdu leurs parents dans les rafles du Puy et de Lyon. Elles ignoraient ce qu'elles allaient devenir.

— On va nous faire passer en Suisse, affirmait Julie, la plus âgée des deux. Ici, ils ne gardent pas ceux qui n'ont plus de famille. Par sécurité, paraît-il. La Suisse accueille les enfants de moins de seize ans. Mais on n'y est pas toujours les bienvenus. La police veille aux frontières.

Ana prit conscience qu'à seize ans révolus, elle ne pourrait pas être évacuée vers ce pays de refuge. Au fond d'elle-même, elle en fut rassurée car elle craignait d'être à tout jamais séparée de Théo.

— Quel âge avez-vous toutes les deux ? demandat-elle.

— Moi, j'ai quatorze ans, répondit Julie, et Léa en a dix. Et toi ?

— J'ai eu seize ans en avril.

— Alors ils ne t'emmèneront pas en Suisse.

Ana n'avait pas l'esprit à nouer des relations amicales avec ses compagnes de chambrée. Le soir, après ses cours, elle n'ouvrait guère ses livres pour faire ses devoirs. Elle se plongeait immédiatement dans son journal intime, un cahier de classe qu'on lui avait remis avec les autres fournitures scolaires. Elle avait repris la suite de son épopée à l'endroit où elle l'avait abandonnée après la tragédie qu'elle avait subie. Elle espérait qu'un jour elle pourrait aller rechercher son premier cahier dans la cachette où elle l'avait soigneusement déposé chez les Fontanes le soir du drame. Cette fois, elle s'étendait sur sa relation amoureuse avec Théo et affirmait qu'il lui ramènerait bientôt toute sa famille saine et sauve. Elle faisait des projections sur l'avenir car, au stade où elle en était, elle n'avait plus rien ou presque à raconter, sa vie lui paraissant au point mort. Ce second journal intime, personne ne devait jamais le retrouver. Ana l'oublia au Chambon-sur-Lignon au moment de son départ.

Plus d'un mois s'était écoulé quand Germaine Dubois lui demanda de l'accompagner au Collège cévenol, alors que c'était un jeudi et qu'elle n'avait pas cours ce jour-là.

— La directrice veut te voir, lui dit-elle. Elle a des choses importantes à t'annoncer.

Sur le moment, Ana crut qu'elle avait commis quelque chose de répréhensible.

— C'est à cause de mes mauvais résultats ? s'inquiéta-t-elle. Je le reconnais, depuis mon retour, je n'ai pas l'esprit à mes études. Mais ça va changer, je vous le promets.

— Il ne s'agit pas de cela, petite.

— On sait ce que sont devenus mes parents ! C'est ça, n'est-ce pas ? Ils sont morts en déportation. La directrice vient de l'apprendre et souhaite m'en informer.

— J'ignore la raison exacte de ta convocation. Ne te fais pas de souci à l'avance. Apprête-toi et suis-moi.

Mademoiselle Pont, qui remplaçait le pasteur Theis, accueillit Ana avec un large sourire. Celle-ci fut soulagée et se réjouit.

— Vous avez des nouvelles de ma famille ? C'est pourquoi vous m'avez fait demander ?

— Non, Anne, il ne s'agit pas de tes parents, mais de toi.

480

— Théo vient me rechercher, alors !

Mademoiselle Pont s'assombrit. Ana crut que les renseignements qu'elle avait à lui communiquer n'étaient pas aussi bons qu'elle l'avait espéré.

— Théo est mort. Il a été tué !

Elle se retint de s'effondrer. Elle ne voulait pas révéler à quel point elle était éprise du jeune combattant.

— Laisse donc tes suppositions de côté, la coupa froidement la directrice. A ton âge, tu devrais avoir d'autres préoccupations que celles qui t'animent depuis que tu es arrivée. J'ai constaté que tes résultats sont mauvais. Cela m'a étonnée de ta part. Tu ne nous avais pas habitués à cela lors de ton premier séjour. Que se passe-t-il dans ta tête, Anne ? Je comprends que tu puisses être perturbée de ne pas savoir ce qu'il est advenu de ta famille. Mais tu te dois, au nom des tiens, de te montrer courageuse et tenace. Tes parents doivent pouvoir être fiers de toi, quoi qu'il ait pu leur arriver.

Ana ne disait mot. C'est donc cela, pensa-t-elle, elle voulait me réprimander pour mes mauvais résultats scolaires.

— Cela n'arrivera plus, mademoiselle. Je me remettrai au travail dès demain. A la fin du trimestre, vous n'aurez plus à vous plaindre de moi.

La directrice semblait tergiverser. Elle se dégagea de son bureau, s'assit à côté d'Ana. Germaine se tenait derrière elles, muette.

— Voilà, poursuivit mademoiselle Pont, en réalité nous ne savons pas ce que sont devenus tes parents. Nous ne pouvons qu'espérer qu'ils soient encore vivants. Mais dans l'ignorance, nous ne pouvons te garder parmi nous. Nous organisons le passage des jeunes orphelins vers la Suisse, afin de leur procurer la plus grande sécurité possible...

— J'ai seize ans révolus. Je ne suis plus une enfant, protesta Ana. Je ne peux pas partir. Théo viendra me rechercher quand il sera de retour.

— Cesse donc de penser à ton amoureux. Il n'est pas responsable de toi. Nous, si ! Tu es mineure. Tu n'as plus de famille... pour l'instant. Nous devons nous occuper de toi. Certes, tu as seize ans, mais, à quelques mois près, nos amis suisses ne feront pas d'objection à ton transfert.

— Je ne veux pas m'en aller d'ici ! s'écria Ana.

— Tu n'as pas le choix, Anne. C'est dans ton intérêt. Réfléchis un instant à ce qui pourrait t'arriver si la Gestapo débarquait à l'improviste dans nos locaux ou à la pension, et te trouvait ! Tu serais immédiatement déportée, comme tous les adultes qui tombent dans leurs filets.

Ana se leva, prête à s'enfuir. Mais Germaine la retint.

— Calme-toi, ma chérie. Ne laisse pas ton cœur l'emporter sur ta raison. Songe à tes parents. S'ils en ont réchappé, tu les retrouveras bientôt.

Ana s'effondra. Elle ne savait plus que penser. Tout allait trop vite. Elle avait subitement perdu tous ses repères. Elle se sentait désespérément seule. Abandonnée. Orpheline.

Elle dissimula son visage dans ses mains et pleura en silence.

A côté d'elle, mademoiselle Pont ne pouvait cacher son propre désarroi. Elle comprenait Ana, mais voulait se montrer ferme afin de l'exhorter à faire face à l'adversité.

— Tu as toujours fait preuve d'un grand courage, ajouta-t-elle. Nous te demandons encore un petit effort. Ton transfert se fera sans problème. Tu seras accompagnée par une assistante sociale et par un passeur qui ont l'habitude de ce genre de voyage. Avec toi, il y aura tes deux camarades de chambrée, Julie et Léa. Leur tour est arrivé de se réfugier en lieu sûr. Tu vois, tu ne seras pas seule.

— Et là-bas, où irons-nous ?

— Vous serez accueillies dans une institution avec laquelle nous sommes en relation depuis le début de la guerre. Elle reçoit tous nos enfants que nous devons mettre à l'abri. Comme il s'agit d'orphelins, ils y sont pensionnaires et y sont scolarisés, comme ici au Chambon. Tu y resteras jusqu'à ce que tes parents refassent surface et viennent t'y rechercher.

— Mes parents…

Ana n'alla pas au fond de sa pensée. Elle s'essuya les yeux du revers de la main, fixa mademoiselle Pont du regard, ajouta :

— Puisqu'il le faut, je suis prête à partir.

— Tu es raisonnable, ma petite. Je suis fière de toi.

Ana quitta définitivement Le Chambon-sur-Lignon huit jours après son entrevue avec sa directrice. Tout avait été soigneusement préparé. Une assistante sociale, Françoise Larguier, et un passeur, Pierre Delarue, tous deux âgés d'une petite quarantaine d'années, devaient accompagner les trois jeunes Juives à Genève, en passant par les montagnes de Haute-Savoie, comme le faisait le pasteur Theis. Le voyage n'était pas sans danger car, dans les gares, ils pouvaient toujours tomber sur des policiers soupçonneux ou des agents de la Gestapo zélés, en particulier à Annemasse en zone rouge. Aussi prenaient-ils un train pour Lyon, puis de là un autre pour Grenoble. Ensuite, un relais devait les conduire en Haute-Savoie en voiture jusque dans le massif du Chablais, puis ils franchiraient la frontière à pied afin d'éviter tout contrôle. L'automne, dans les montagnes alpines, pouvait se montrer inhospitalier. Les cimes étaient parfois déjà tapissées de neige. Une fois parvenus en territoire helvétique, ils devraient encore contourner le lac Léman par Lausanne, pour gagner Genève où ils étaient attendus.

Munis de sacs à dos, ils se mirent en route par un matin de début octobre. Par la fenêtre du wagon où ils avaient pris place, Ana regardait défiler le paysage qu'elle avait découvert à son arrivée au Chambon presque deux ans plus tôt. A Lyon, ils se fondirent dans la foule et franchirent les contrôles de police sans problème. Leurs papiers étaient en règle. Les faux dont ils étaient porteurs ne laissaient aucun doute sur leur apparente authenticité. Néanmoins les trois jeunes filles éprouvaient une crainte viscérale qu'elles avaient peine à dissimuler.

— Ne soyez pas aussi figées, leur conseilla Françoise. Ayez l'air naturel. Vous voyagez avec vos parents, ne l'oubliez pas. Tutoyez-nous et appelez-nous papa et maman quand vous passerez devant les policiers. N'attirez pas les regards sur vous.

Ana se souvint du périple qu'elle avait effectué avec son père et son frère David. Elle s'était montrée à la hauteur du danger qu'ils couraient. Elle saisit la main de Léa et commença à lui raconter une histoire. La fillette se détendit.

Dans le train qui les emmena de Lyon à Grenoble, Léa dut aller aux toilettes. Françoise lui conseilla de faire attention et de ne pas trop s'attarder, car ils arrivaient bientôt à destination. Se rappelant la mésaventure de son frère, Ana se proposa de l'accompagner.

— Je lui tiendrai la porte. On ne sait jamais.

Pierre se sentit rassuré. Ana faisait preuve de sang-froid et de responsabilité envers ses jeunes camarades.

— Elle prend les choses en main, se réjouit-il devant Françoise, dont c'était le premier transfert par la Haute-Savoie. Mais le plus dur reste à faire. La marche en montagne les fatiguera si elles n'ont pas l'habitude de randonner.

— Tu connais bien l'endroit par où nous allons passer ?

— Heureusement ! Sinon, je ne me risquerais pas à vous y emmener. A vrai dire, la frontière n'y est pas très surveillée, surtout la nuit. L'ascension est rude, mais relativement sûre.

— C'est par où ?

— Par le val d'Abondance. Un massif qui porte un joli nom : les Cornettes de Bise. On pourrait emprunter un autre chemin, mais celui-là est le plus tranquille car difficile d'accès. Je suis originaire de Bernex, un petit village situé au pied de la Dent d'Oche. Toute cette région, je la connais comme ma poche. Je pourrais vous y guider les yeux fermés.

Françoise fut réconfortée. Elle n'avait pas l'habitude de telles épreuves. Jusqu'à présent, elle n'avait été envoyée en mission que dans les gares des grandes villes pour convoyer les enfants à placer en toute sécurité.

Parvenus à Grenoble, ils furent pris en charge par un jeune homme appartenant à la Cimade et qui se présenta sous le nom de Jean Charles.

— Charles est mon nom, leur avoua-t-il, Jean mon prénom. Enfin, dans la vie clandestine que nous menons ! Je dois vous conduire à Abondance et vous remettre aux bons soins d'un prêtre à l'abbaye. Il s'occupera de vous et vous fournira tout ce dont vous aurez besoin pour la poursuite de votre voyage.

Sans attendre, Jean les emmena vers sa fourgonnette, un TUB Citroën de 1939, dont il était particulièrement fier.

— Il n'y a pas de sièges pour tout le monde, mais derrière il y a de la place, dit-il en conviant ses passagers à monter à bord. Les petites n'ont qu'à s'asseoir sur le plancher, vous deux installez-vous devant, à côté de moi. On se serrera.

La route était longue jusqu'à la vallée d'Abondance. Partis aux environs de midi, ils arrivèrent le soir. Les filles étaient toutes les trois malades d'avoir été confinées des heures durant dans un intérieur dépourvu de fenêtres et qui exhalait une forte odeur d'essence. Mais plus que les autres, Ana avait des nausées. Elle avait remarqué que ses règles avaient du retard. Elle n'avait osé en parler à personne à la pension des Libellules. Elle avait mis cette aménorrhée sur le compte de la fatigue occasionnée par tout ce qu'elle venait de vivre.

Quand elles sortirent du véhicule, elles se sentirent soulagées. Jean s'était garé sur la place du village. Dans le clair de lune, Ana fut la première à s'émerveiller. Devant elle, un pont étroit enjambait un torrent dont les eaux cristallines bruissaient dans le silence de la nuit tombée depuis plus de deux heures. De l'autre côté du pont, l'abbaye médiévale lançait son clocher à bulbe vers un ciel étoilé qui ressemblait à un toit de verre. Tout autour d'eux, la masse sombre des montagnes faisait écran et protégeait la petite commune endormie.

— Le curé vous attend à l'abbaye, expliqua Jean. En ce qui me concerne, mon rôle s'arrête là. J'ai ordre de vous laisser sur le pont. Je dois rejoindre sans tarder un ami qui s'est proposé de m'héberger. Demain matin, je reprendrai le chemin du retour. Je vous souhaite bonne chance.

Les trois transfuges firent leurs adieux à leur bienfaiteur et se dirigèrent vers l'entrée de l'abbaye en compagnie de Pierre et Françoise.

Le prêtre, informé, les accueillit chaleureusement.

— Je vais vous conduire dans vos chambres... enfin dans les cellules qui, jadis, servaient aux moines. Vous devez être fatigués. Auparavant vous mangerez volontiers quelque chose. Vous devez mourir de faim.

— Ce n'est pas de refus, reconnut Pierre. Nous n'avons fait que grignoter depuis notre départ.

— Ma gouvernante vous a préparé une soupe paysanne bien épaisse. Puis je vous offrirai un morceau de fromage d'Abondance. Ça vous calera.

Ana et ses camarades d'infortune s'affalèrent dans leurs lits sitôt le repas terminé. Sur les conseils de Pierre, elles ne s'attardèrent pas à discuter entre elles, le lendemain serait éprouvant, les avait-il prévenues.

A peine couchée, Ana fut prise de vomissements. Elle sortit de sa chambre pour prendre l'air, tomba sur Françoise qui ne trouvait pas le sommeil.

— Que se passe-t-il, Anne ? Tu te sens mal ?

— Ce n'est rien. J'ai des nausées. Je crois que c'est la voiture.

Son visage était blanc comme la craie. Françoise ne fut pas dupe.

— Tu as mauvaise mine, lui affirma-t-elle. Cela t'arrive souvent de vomir ainsi ?

— Non, jamais.

Françoise, qui avait été infirmière avant de devenir assistante sociale, examina les yeux de sa protégée.

— Dis-moi, tu ne serais pas enceinte, par hasard ? Tu en as tout l'air !

Ana s'effondra.

— J'ai deviné juste, n'est-ce pas ?

— Ce n'est pas possible ! s'écria Ana. Pas ça !

— Ma petite, il fallait faire attention. A ton âge, quand même !

Françoise n'insista pas. Elle conseilla à Ana de se remettre au lit et d'essayer de dormir.

Ana lui obéit sans broncher, mais ne ferma pas l'œil de la nuit, obsédée par sa terrible découverte.

Le lendemain, levé dès l'aurore, le petit groupe prit congé du brave curé et se dirigea vers le massif des Cornettes de Bise. La marche d'approche leur demanda plusieurs heures. Quand ils parvinrent à Bise, ils s'extasièrent.

— C'est joli, n'est-ce pas ? releva Pierre. Je vous l'avais dit. Ce sont les plus belles montagnes au monde.

— Tu n'es pas un peu chauvin ? répliqua Françoise, moqueuse.

— Un peu. Rien de plus normal, je suis chez moi, ici.

Les sommets étaient poudrés de neige et étincelaient sous le ciel azuré. Le soleil dardait ses rayons d'or et d'argent comme sur un bouclier d'airain.

— Maintenant, il va falloir grimper ! ajouta Pierre. La Suisse se trouve derrière. Si vous voulez y arriver avant ce soir, ne traînons pas. Il faut bien compter cinq bonnes heures de marche pour atteindre la crête. Une fois là-haut, nous ne craindrons plus rien. Nous aurons franchi la frontière. Nous dormirons dans un abri d'alpage.

— Les douaniers ne peuvent pas nous arrêter ? s'inquiéta Julie qui ne semblait pas rassurée.

— En temps de paix, il y a la volante, pour les contrebandiers. Aujourd'hui, nous devrions plutôt redouter les gardes-frontières allemands. Mais là où nous passerons, ils ne s'y aventurent pas. C'est trop élevé et trop isolé. Nous ne rencontrerons que des bouquetins. Ils sont de moins en moins nombreux, mais il en reste.

— Des bouquetins ! s'étonna la petite Léa.

— Une sorte de grosse chèvre sauvage.

— Ils sont dangereux ?

— Ne crains rien, ils auront plus peur que toi. Mais si tu ne fais pas de bruit, ils ne s'enfuiront pas.

Ils se mirent en marche vers midi. Le froid ne s'était pas dissipé. Vêtus chaudement, ils progressaient sans précipitation, car la pente était forte jusqu'au premier palier d'altitude, le Pas de la Bosse. Françoise peinait.

— J'ai un souffle au cœur, reconnut-elle. Je ne peux pas tenir votre rythme.

— Nous allons ralentir, proposa Pierre. Nous ne sommes pas en retard.

Les trois filles avançaient sans difficulté. Ana ne faisait que penser à son état et s'épouvantait à l'idée que Françoise ait dit la vérité. Son esprit était parti au-dessus des cimes et déambulait sous d'autres cieux.

A cause des problèmes de Françoise, ils ne parvinrent au sommet qu'à l'approche du soir. La neige, fraîchement tombée, entravait leur marche. Le froid les frigorifiait.

Quand ils atteignirent l'autre côté de la crête, ils furent arrêtés par un troupeau de bouquetins qui semblaient faire barrage. Pierre en dénombra une bonne douzaine. Deux mâles s'affrontaient devant de jeunes femelles et leurs petits.

— C'est la période du rut, expliqua-t-il. Méfions-nous, il ne faut pas les déranger. On ne sait jamais.

Ils passèrent devant les animaux en évitant de faire des gestes brusques. Puis, une fois éloignés, ils se retournèrent une dernière fois pour les admirer.

— Dire que les hommes sont assez fous pour s'entretuer ! murmura Ana. La nature est si belle ! On ne mérite pas ce que Dieu nous a offert.

— Ça y est, on est arrivés en Suisse ! s'exclama Pierre à voix étouffée. Vous êtes sauvées, mes petites. Et libres ! Nous avons réussi.

Ana s'étonna de ne pas avoir rencontré plus de difficultés.

— On ne risque vraiment plus rien ? insista-t-elle. Les douaniers suisses ne vont pas nous refouler quand ils nous verront débarquer ?

— Nous les éviterons. Mais n'aie pas peur, ils ont l'habitude. N'oublie pas, la Suisse n'est pas en guerre et elle accepte d'accueillir les persécutés des nazis.

Ils se dirigèrent vers un chalet d'alpage. En cette saison, les troupeaux étaient déjà redescendus dans leurs étables. Ils s'installèrent à la spartiate dans la paille, emmitouflés dans tous les vêtements qu'ils avaient emportés, et sombrèrent dans un profond sommeil.

Le lendemain, ils rejoignirent le premier village. Leur course folle s'achevait. Il ne leur restait plus qu'à trouver le moyen de regagner Lausanne, puis Genève.

Pierre avait pris des contacts dans des communes des cantons du Valais et de Vaux qu'ils devaient encore traverser avant de parvenir à bon port. Ils se rapprochèrent d'eux pour atteindre leur destination finale.

Au fur et à mesure qu'ils progressaient, Ana s'inquiétait. Que va-t-il se passer à présent, si je suis enceinte ? se demandait-elle.

Elle se sentait mal, étrangère dans ce pays de refuge. Quel accueil allait-elle recevoir de la part de gens qu'elle ne connaissait pas et qui, sans doute, la jugeraient et la considéreraient comme une orpheline, ce qu'elle refusait d'admettre ? Une orpheline avec un enfant naturel ! Mes parents et mon frère m'attendent quelque part, j'en suis certaine, se persuadait-elle quand son moral baissait.

Trois jours encore furent nécessaires pour atteindre Genève, en contournant le lac Léman. Sur leur chemin, ils rencontrèrent des âmes charitables qui les prirent dans leur voiture, serrés les uns contre les autres. Parfois, ils durent se contenter d'une charrette de paysan.

Quand leur aventure prit fin, juste devant l'institution où les trois jeunes filles étaient attendues, Pierre déclara :

— Mission accomplie. Nous avons fait le boulot.

Puis se retournant vers Françoise :

— Y a plus qu'à rentrer en France !

Ana était parvenue au terme de son calvaire. Sauvée des griffes des nazis après de nombreuses péripéties, de terribles moments de tourment, d'effroi, d'abattement, de désespoir, mais aussi d'exaltation, elle avait fait preuve d'un courage exemplaire, d'une ténacité et d'une persévérance qui n'avaient d'égal que l'amour qu'elle éprouvait pour les siens, auxquels elle n'avait jamais cessé de penser.

Quand elle pénétra pour la première fois dans l'enceinte de l'institution privée où elle devait terminer ses études, elle sut qu'elle n'en ressortirait qu'en femme libre, prête à affronter la vie, une vie qui ne ferait que commencer.

Alors, elle se toucha le ventre de la paume des mains. Non, se dit-elle, ce n'est pas possible !

34

Frère Paul

1976

Sarah était complètement abattue. Le récit d'Yvonne Cambon la rendait perplexe et angoissée à la fois. A présent, elle connaissait toute l'épopée d'Ana, depuis la rencontre de ses parents, Simon et Martha Goldberg, jusqu'à son arrivée dans cette même ville de Lausanne où elle-même avait toujours vécu.

Fidèle aux propos d'Ana, Yvonne lui avait expliqué comment son histoire malheureuse s'était terminée. A son entrée dans l'institution d'obédience calviniste, Ana ne put longtemps dissimuler son état. Françoise Larguier lui avait promis de ne rien dire au directeur de l'établissement, afin de lui laisser le temps de prendre conscience du problème auquel elle allait être confrontée. Au reste, Ana niait être enceinte, ne pouvant imaginer passer si rapidement de l'adolescence à la vie d'adulte, qui plus est à celle de future mère.

Au cours de sa visite à Yvonne, elle ne s'était pas attardée sur le nom du père de son enfant. Elle lui avoua seulement que, au bout d'un certain temps, il ne lui avait plus été possible de cacher sa grossesse. Alors, avait-elle reconnu, elle avait sombré dans un profond désespoir. Yvonne, qui connaissait toutes ses mésaventures, y compris l'acte de violence perpétré par Lucien et sa liaison avec Théo, n'osa lui demander plus de détails.

— Si je comprends bien, insista Sarah, Ana a été violée par Lucien Rivière et, quelques semaines plus tard, elle a eu une relation avec Théo.

— Ce ne sont que des suppositions, objecta Yvonne. Jamais Ana n'a été catégorique à ce sujet. Personne ne peut certifier qu'elle a été violée ni qu'elle a couché avec Théo. Elle l'a laissé entendre, mais sans jamais l'affirmer franchement. Je n'ai pas essayé d'en savoir davantage. J'ai respecté ses scrupules. Il n'est pas facile d'avouer ces choses-là.

— Autrement dit, je ne connaîtrai jamais le nom de mon père. Le doute est pour moi pire encore que la vérité. Car, au fond de moi, je me sentirai toujours l'enfant d'un viol. De plus, Théo n'a pas cherché à la retrouver après la guerre. Entre eux, ce n'était peut-être pas aussi sérieux qu'Ana l'a laissé entendre. Elle était très jeune à l'époque. Comme beaucoup d'adolescentes de son âge, elle a sans doute enjolivé son histoire d'amour avec Théo, laissant croire à une grande passion. En réalité, après ce qu'elle a subi de la part de Justin et de Lucien, il est peu probable qu'elle se soit donnée si vite à un autre homme, fût-il celui de qui elle était éperdument éprise.

— J'ignore ce qu'est devenu Théo. A-t-il été tué au cours des combats de la Libération ? Vous devriez vous renseigner. Il doit être possible de le savoir.

— En tout cas, ma mère n'a jamais fait allusion à lui devant moi.

Yvonne raconta brièvement comment vécut Ana dans les mois, puis dans les années qui suivirent son arrivée à Lausanne. Cela n'avait plus rien d'héroïque, mais sa vie n'en était pas moins demeurée attristante à certains égards.

1945-1965

Ana accoucha de Sarah en avril 1945, peu avant la fin de la guerre. Elle refusa obstinément de révéler qui était le père de son enfant. Et pour cause ! Le savait-elle elle-même ? Oui, si elle n'avait entretenu que des relations platoniques avec Théo ou si elle n'avait pas été violée par Lucien. Non dans les deux cas contraires.

Les membres de l'institution furent dans l'embarras. Ils n'avaient pas l'habitude de gérer une telle situation. Ana n'avait plus de famille. Elle était mineure. Elle n'était pas suisse. Et elle était juive. Rien ne les autorisait à la maintenir longtemps dans leurs effectifs. Ils auraient pu la renvoyer dans un centre d'accueil pour orphelins de guerre en France. Mais la directrice la prit en pitié et voulut lui épargner de nouvelles souffrances. En outre, personne ne pouvait certifier que ses parents étaient bien morts en déportation. Les recherches s'avéraient longues et difficiles. Ana, elle, affirmait avec acharnement que sa famille était toujours vivante.

Les règles de l'institution étaient draconiennes. Il n'était pas question de faire une exception. Ana dut obéir comme tous ses camarades. Elle devint interne et poursuivit ses études sans rechigner. On lui enleva son bébé peu après son sevrage, sous prétexte qu'elle était trop jeune pour l'éduquer seule, surtout en menant parallèlement sa scolarité. Ce fut pour elle un nouveau déchirement, car sa fille représentait à ses yeux ce qui la retenait le plus à la vie. On lui permettait de la voir une fois par quinzaine pendant le week-end. Elle s'en occupait maladroitement, avec beaucoup d'amour. L'enfant lui souriait, mais semblait à chaque rencontre ne pas reconnaître celle qui lui avait donné le sein pendant plusieurs mois. Si bien qu'Ana crut qu'elle ne serait jamais sa vraie mère.

Sarah fut élevée dans un home de nourrissons, puis dans un orphelinat dépendant de l'institution, pendant quatre ans.

Ana poursuivit brillamment ses études secondaires commencées en France. Elle se plongea à corps perdu dans le travail afin d'oublier les épreuves qu'elle avait endurées, ne comprenant pas pourquoi, alors que la guerre était terminée, elle devait encore en subir les conséquences. Elle aurait voulu quitter l'institution où elle se sentait prisonnière, aller à la recherche des siens. Elle avait appris que des organismes s'étaient constitués pour aider les familles des disparus de la Shoah. Comme elle aurait désiré se mettre à leur service, se rendre utile, prouver qu'elle refusait la fatalité !

A dix-huit ans, elle passa le baccalauréat avec brio, puis entama un cursus de droit à la faculté de Genève où, toujours encadrée par l'institution calviniste, elle était logée dans un foyer de jeunes étudiants. Elle aurait pu s'en échapper, rentrer en France, mais avec le temps, elle comprit que son avenir, dorénavant, était en Suisse, auprès de sa fille. Elle ne souhaitait plus affronter d'autres dangers, se retrouver seule et sans soutien. A Lausanne, puis à Genève, elle se sentait en sécurité, entourée par tous ceux qui s'étaient occupés d'elle depuis son arrivée. Elle avait fini par accepter son sort.

A vingt et un ans, elle récupéra pleinement la garde de son enfant. Sarah avait quatre ans et était devenue une ravissante petite fille, vive et intelligente. Elle avait appris à considérer Ana comme sa maman, une maman qu'elle ne voyait que de temps en temps, une maman sans papa.

Ana termina ses études l'année suivante et chercha aussitôt un travail afin de pourvoir aux besoins de sa fille. Elle s'installa à Lausanne dans un petit appartement et ne quitta plus cette ville du bord du lac Léman où elle avait trouvé refuge cinq ans auparavant. Elle ne chercha jamais à retrouver Théo, voulant tirer un trait sur un passé qu'elle désirait oublier.

Au début des années 1960, à trente-trois ans, elle fut embauchée comme secrétaire de direction dans une agence immobilière prospère créée par Henri Latour, dont elle épousa le fils Philippe quelques années plus tard. Sarah venait de fêter ses vingt ans.

Ils vécurent cinq ans heureux. A trente-sept ans, Ana avait enfin trouvé la plénitude et une raison de croire en l'avenir.

Un obstacle sur la route de leurs vacances devait tragiquement interrompre cet espoir, le soir du 11 août 1969.

1976

— Ma mère a eu une enfance et une adolescence mouvementées, reconnut Sarah à la fin de son entretien avec Yvonne. Et pour finir, elle n'a pas cherché à remuer ciel et terre pour découvrir la vérité.

— En avait-elle besoin ? objecta Yvonne.

— Elle lui a tant fait défaut !

— L'ignorance est parfois préférable à la connaissance !

— Je ne suis pas de votre avis, Yvonne. Tout être humain a besoin de savoir d'où il vient et qui il est vraiment.

Sarah n'avait plus envie de s'éterniser à Saint-Germain-de-Calberte. La présence de Rodolphe la gênait. Ils étaient peut-être liés par le sang. Ils s'étaient donnés l'un à l'autre. Cette idée la répugnait.

Elle quitta Yvonne Cambon, fermement décidée à regagner Lausanne et à réintégrer au plus vite son poste à Genève.

Avant de partir, elle mit ses affaires en ordre, contacta le notaire de Saint-Jean-du-Gard afin de l'avertir de son intention de vendre la maison. Puis elle boucla sa valise et reprit la route de la Suisse sans penser une seconde qu'elle aurait pu aussi faire ses adieux à Rodolphe.

Gilles ne l'attendait pas. Il ne cacha pas sa surprise quand elle entra sans s'être annoncée. Il l'accueillit néanmoins sans la moindre réprobation, comme s'il était convenu entre eux qu'elle rentrerait ce soir-là. Fair-play, il lui demanda comment s'était passé son séjour et s'efforça de la tranquilliser. Mais il s'aperçut aussitôt que Sarah lui dissimulait un lourd fardeau.

— Allez, raconte. Entre nous, il ne doit subsister aucun secret. Je peux tout entendre. Explique-moi ce que tu as découvert et qui te chagrine encore.

Gilles l'aimait trop, encore, pour la condamner et lui jeter la pierre. Il savait qu'il ne la récupérerait pas en lui adressant des reproches. Il était prêt à tout lui pardonner, même sa liaison avec ce Rodolphe dont elle lui avait déjà parlé.

— Rien ne va plus avec Rodolphe, c'est de cela qu'il s'agit ?

Alors Sarah s'épancha comme la première fois.

Gilles fut à son tour abasourdi. Il n'aurait jamais imaginé un tel drame. Mais très vite, il chercha à comprendre, à trouver le petit détail auquel personne n'avait songé et qui aurait pu tout remettre en question. Sarah n'entendait rien. Ne voulait plus revenir sur cette navrante histoire qui l'avait mêlée à la tragédie de sa mère.

— C'est toi qui avais raison, admit-elle. Je n'aurais jamais dû me lancer dans cette quête ni accepter cet héritage. Tout est parti de là. Maintenant j'ai tout perdu.

— Pour moi, rien ne change. Tu peux toujours compter sur moi.

Sarah regarda Gilles avec attendrissement.

— Je t'ai assez fait souffrir. Nous ne pouvons plus continuer comme si rien ne s'était passé entre nous. Il faut savoir tourner la page, Gilles. Nous allons nous séparer pour de bon. Tu reconstruiras ta vie sans moi. C'est mieux ainsi. De mon côté, je vais reprendre le boulot et tâcher d'oublier tout ça.

Ce soir-là, Gilles n'insista pas.

Quelques jours plus tard, il découvrit une lettre au courrier, adressée à Sarah. Elle provenait de Générac, dans le Gard. L'expéditeur n'avait pas écrit son nom au dos de l'enveloppe.

Sarah préparait son départ. Elle avait trouvé un meublé à Genève, tout près des bureaux de l'ONU, et s'apprêtait à y emménager.

— Tiens, lui dit Gilles, c'est pour toi. Générac, c'est la commune de Rodolphe Lauriol, non ?

Sarah blêmit. Repoussa la lettre de la main.

— Ça ne m'intéresse pas. Tu peux la mettre au feu.

— Voyons, sois raisonnable. Ouvre-la. On ne sait jamais.

— Non. Je ne veux plus entendre parler de cette histoire, ni des Cévennes, ni de Saint-Germain-de-Calberte, ni de Générac !

— Tu as tort.

Gilles allait jeter la lettre dans la corbeille à papier quand Sarah se ravisa.

— Que dit-elle, cette lettre ?

— Je l'ignore. Je ne me serais pas permis de l'ouvrir à ta place. Tiens, lis-la.

— Fais-le, toi.

Gilles s'exécuta. Lut à haute voix :

500

— « Sarah, je t'adresse rapidement ces quelques mots pour t'inviter à me rejoindre au plus vite. J'ai des nouvelles intéressantes à te communiquer. Je ne peux le faire par courrier. C'est trop important... »

Gilles termina sa lecture, tendit la lettre à Sarah, qui, cette fois, s'en saisit, intriguée.

— Qu'est-ce que cela signifie ?

— Tu ne le sauras qu'en allant voir Rodolphe.

— Non. Je ne peux pas. J'ai tiré un trait sur notre histoire. Je regrette vraiment d'y avoir cru. Il s'accroche. Moi, pas. Qu'espère-t-il, enfin ?

— Il a sans doute des révélations à te faire. S'il te demande de le rencontrer, c'est que ça doit être important. Tu devrais y aller.

— Ce n'est pas la jalousie qui t'étouffe ! répliqua-t-elle, un peu agacée par la gentillesse de Gilles.

— Pour te dire la vérité, je désire une bonne fois pour toutes en finir avec cette affaire. Je suis prêt à tout te pardonner, à reprendre la vie commune, à oublier ce que tu m'as fait endurer. Mais je veux que tout soit clair, qu'il n'y ait aucun malentendu entre nous. Tu es tombée amoureuse d'un autre. Je peux l'admettre. Cela arrive dans beaucoup de couples. Tu es déçue ! Tu te poses des questions ! Alors je ne peux que te conseiller d'aller jusqu'au bout. Moi, je tiens toujours à toi et souhaite que tu trouves rapidement la solution qui te rendra ta tranquillité d'esprit. Mais sache que je n'insisterai pas si tu ne veux plus de moi.

Sarah tergiversait. Et si Rodolphe avait découvert la vérité à propos d'Ana ? songeait-elle, la tête chavirée.

Elle prit la nuit pour réfléchir.

Le lendemain matin, elle avertit Gilles qu'elle ne s'attarderait pas.

— Tu es libre, lui dit-il sèchement. Tu as tout ton temps.

Sarah sentit un brin d'amertume dans le ton de sa voix. Elle regretta aussitôt de le mettre à nouveau à l'épreuve.

— Tu m'aimes donc à ce point ? Je ne te mérite pas, Gilles.

— Je vais finir par le croire. Allez, file vite.

En cours de route, Sarah téléphona à Rodolphe pour le prévenir de son arrivée imminente. Il lui demanda de le rejoindre à Saint-Germain-de-Calberte, sans s'étendre davantage.

Elle parvint à bon port aux environs de vingt heures et s'arrêta chez Louis, où Rodolphe lui avait donné rendez-vous.

— De retour, les amoureux ! releva l'hôtelier, qui ne savait rien des méandres de leurs relations.

Sarah n'apprécia pas sa repartie et plongea le nez dans son assiette.

— Alors, commença-t-elle, qu'as-tu à m'annoncer encore ? Je suis venue uniquement pour mettre un terme à notre histoire. Je ne t'avais pas fait mes adieux en partant la dernière fois.

Rodolphe paraissait détendu, comme s'il avait enfin trouvé la sérénité. Il souriait.

— Après ton départ précipité – que j'ai appris par Louis qui t'a vue filer à l'anglaise ! –, je me suis mis à la recherche de Théo Ravanel. Je ne comprends pas pourquoi personne n'a entrepris cette démarche avant.

— Personne n'y avait intérêt. Seule ma mère aurait pu le faire. Elle n'en a pas ressenti la nécessité, j'ignore pourquoi. C'était son droit le plus strict. Je ne souhaite pas revenir sur ce sujet.

— Mais s'il était ton père ?

— Ne recommence pas avec cette hypothèse. Nous ne pourrons jamais rien prouver.

Rodolphe prit le temps de se servir un verre de vin, en proposa un à Sarah.

— De l'eau, s'il te plaît.

— Théo est vivant. Je l'ai retrouvé.

Sarah faillit renverser son verre.

— Vivant ! Théo ?

— Parfaitement.

— Tu lui as parlé ?

— Non. J'ai préféré te l'annoncer avant.

— Où habite-t-il ?

— Tu ne vas pas me croire. Théo Ravanel, je devrais dire frère Paul, vit dans un minuscule monastère pas très loin d'ici.

— Frère Paul ! Qu'est-ce que cela signifie ?

— Théo est rentré dans les ordres quelques années après la guerre. Aujourd'hui, il a cinquante-deux ans et il est moine, une sorte d'ermite qui vit en petite communauté avec trois autres confrères. J'ai téléphoné pour demander à le rencontrer. C'est un de ses collègues qui m'a répondu. Il n'y a aucun problème. Nous pouvons aller le voir quand nous voulons.

Sarah était trop stupéfaite pour réagir. Elle ne trouvait pas les mots pour préciser le fond de sa pensée.

— Qu'espères-tu de cette entrevue ?

— Ce que tu cherches toi-même à savoir. La vérité. Lui seul, à ce jour, est en mesure de te la fournir.

Sarah hésitait.

— Je m'étais promis de ne plus revenir sur cette histoire.

— C'est toi qui décides. Théo peut t'apporter ce que tu cherches.

— Même s'il reconnaît avoir couché avec Ana, ça ne prouvera pas que Lucien ne l'a pas violée et que je ne suis pas sa fille. Entre les deux, il y aura toujours un doute.

Rodolphe ne pouvait la contredire. Il insista.

— Allons le voir ensemble.

A la fin du repas, elle finit par accepter.

— D'accord, mais s'il n'a rien de plus à me révéler, je repars sur-le-champ. N'essaie surtout pas de me retenir.

— Promis.

Le refuge de frère Paul et de ses collègues était perché sur un promontoire rocheux situé dans la région de La Bastide, en Margeride. A l'écart de la route principale, il s'agissait en réalité d'un vieux mas restauré par les quatre moines au fil des ans. Solitaires, ils y vivaient en autarcie, dans la prière et le travail manuel. Ils sortaient peu de leur tanière et n'avaient que de rares contacts avec l'extérieur. Frère Paul était le plus connu des quatre dans la commune, car il s'occupait de l'intendance et de l'accueil des marcheurs de passage. L'un de ses confrères peignait des reproductions pieuses sur bois et les exposait dans une salle attenante à celle où les quatre religieux s'adonnaient plusieurs fois par jour aux prières rituelles.

Frère Paul travaillait dans son bureau quand Sarah et Rodolphe s'annoncèrent. Son collègue, frère Siméon, les reçut avec civilité et les fit patienter dans le vestibule. Alors, Rodolphe lui demanda la permission d'être introduit le premier auprès de frère Paul.

— Si vous y tenez. Suivez-moi, accepta frère Siméon.

Sarah n'eut pas le temps de réagir. Rodolphe disparut à la suite du moine.

Plus d'un quart d'heure s'écoula.

Qu'est-ce qu'ils peuvent bien se dire ? s'interrogeait Sarah, intriguée.

Autour d'elle, la décoration mettait l'accent sur les grandes épreuves que le Christ avait subies au cours de son martyre. Pas très gai ! pensa Sarah qui n'était guère attirée par la religion. Elle ne se trouvait pas très à l'aise dans cet univers confiné, qui sentait le renfermé, les vieilles boiseries, l'encaustique, l'encre et le papier. Sur un guéridon, une bible était ouverte à la page d'une Epître aux Corinthiens. Elle s'approcha, lut quelques lignes, finit par se demander ce qu'elle faisait en ce lieu étrange. Perdue dans ses songes, elle sursauta quand la porte s'ouvrit.

Dans l'embrasure, un homme d'une cinquantaine d'années, grand, svelte, habillé en civil, mais arborant une petite croix sur le revers de sa veste et portant la barbe avec élégance, lui apparut à contre-jour. Elle amorça un pas en avant, intimidée, les yeux écarquillés.

— Je te présente frère Paul, fit Rodolphe. Ou plutôt… Théo Ravanel.

Le religieux s'avança, la main tendue.

— Je suis heureux de faire enfin votre connaissance. Monsieur Lauriol vient de m'expliquer rapidement l'objet de votre visite.

Sarah était troublée. Frappée par leur ressemblance, elle ne pouvait détacher son regard du visage de frère Paul. Elle ne trouvait pas de mots pour lui signifier ce qu'elle éprouvait.

Théo ne cessait de l'observer, ému.

Alors, ne retenant plus ses larmes, Sarah se jeta dans ses bras.

Les effusions passées, Théo ajouta :

— A l'instant où je t'ai aperçue, j'ai vu dans tes yeux la même petite étincelle que celle qui brillait dans les yeux d'Ana. Tu es donc sa fille… notre fille !

— Votre ressemblance est frappante, releva Rodolphe.

Sarah s'effondra de bonheur. Sa quête était enfin terminée. Elle s'achevait comme elle l'avait toujours espéré au plus profond de son cœur. Elle avait perdu sa mère, mais elle venait de retrouver son père.

Théo la fit entrer dans son bureau et lui révéla les ultimes explications qui manquaient au récit d'Ana.

— Quand Ana s'est réfugiée dans le cabanon après s'être enfuie de chez les Fontanes, elle était terrorisée. Mais elle m'a certifié que ses agresseurs n'avaient pas eu le temps de commettre leur machiavélique dessein. Heureusement, Lucie Fontanes les a arrêtés à temps ! Je me suis beaucoup occupé d'elle… Mais Ana ne cessait de penser à la disparition de sa famille. Je ne parvenais pas à la consoler. Puis, petit à petit, elle a repris le dessus… Et ce qui devait arriver est arrivé.

Nous nous sommes donnés l'un à l'autre. Elle avait sans doute envie de conjurer le sort, d'oublier tous ses malheurs. Elle n'a jamais regretté son acte. Elle aimait la vie et, ce jour-là, elle a prouvé qu'elle était plus forte que la mort qui l'entourait.

Théo parlait avec des trémolos dans la voix. Il revivait ces intenses moments de bonheur qu'il avait connus dans les bras d'Ana.

— La guerre nous a ensuite éloignés. Je n'ai pas cherché à la retrouver. Quand j'ai senti que ma voie était ailleurs, auprès de Notre-Seigneur, je n'ai pas souhaité renouer avec ce passé. Je savais qu'Ana aurait souffert en me revoyant. Elle aurait eu du mal à accepter de renoncer à notre amour. J'ai préféré disparaître, priant Dieu pour qu'elle trouve enfin son chemin. J'ignorais qu'elle attendait un enfant.

Rodolphe patientait dehors.

Théo et Sarah ne parvenaient pas à se séparer.

Une bonne heure s'était écoulée quand Théo raccompagna Sarah sur le pas de la porte du petit monastère.

— Tu reviendras ? lui demanda-t-il. N'oublie pas, avant d'être frère Paul, je suis ton père, maintenant !

— Je reviendrai, promis, frère Paul… euh… papa.

Rodolphe s'était installé au volant.

— Alors, où va-t-on maintenant ? Dans la maison du souvenir ? Ta maison !

— Non. Chez toi. Une nouvelle vie nous attend.

Saint-Jean-du-Pin, le 31 mai 2017

Table

Composition et mise en pages
Nord Compo à Villeneuve-d'Ascq

Imprimé en France par

MAURY IMPRIMEUR
à Malesherbes (Loiret)
en janvier 2021

Visitez le plus grand musée de l'imprimerie d'Europe

POCKET - 92 avenue de France, 75013 PARIS

N° d'impression : 250699
S30565/01